湖畔荘 上

ケイト・モート

庁の女性刑事セイディは、を置き去りにして母親が失踪したネグレクト事件について本部と意見が対立、問題を起こし、謹慎処分となった。ロンドンを離れ、コーンウォールの祖父の家で日々を過ごすうちに、打ち捨てられた屋敷を偶然発見、そして70年前にそこで赤ん坊が消える事件があり、その生死も不明のまま迷宮入りになっていることを知る。彼女は謎に満ちたこの赤ん坊消失事件を調べ始めた。ミッドサマー・パーティの夜、そこで何があったのか？

仕事上の失敗と自分自身の抱える問題と70年前の事件が交錯し、謎は深まる！

湖畔荘 上

ケイト・モートン
青木純子訳

創元推理文庫

THE LAKE HOUSE

by

Kate Morton

This book is published in Japan
by TOKYO SOGENSHA Co., Ltd.
by arrangement with David Higham Associates, London
through Japan UNI Agency, Inc., Tokyo.

目次

＊（　）を付した章題は邦訳に際して補ったものである。

わたしのいちばん小さな真珠、ヘンリーに

湖畔荘　上

1　コーンウォール　一九三三年八月

雨が激しさを増し、泥はねがドレスの裾《すそ》を汚した。服はあとで処分するしかないだろう。外にいたことを気づかれてはまずい。

雲が月を隠した。願ってもない幸運。漆黒の闇のなかを足早に進んだ。穴は早いうちに掘っておいたので、あとは闇に紛れて作業を終わらせるだけ。雨が鱒《ます》の泳ぐ小川にいくつもの波紋を描き、岸の地面を容赦なく打ちすえる。近くの羊歯《しだ》の茂みに何かが逃げこんだが、彼女はひるみもしなければ、足を止めもしなかった。生まれてからずっと出入りしているこの森の流儀はそらんじていた。

あんなことになってしまい、すぐに打ち明けようかとも考えた。おそらく早い時期にそうするべきだったのだろう。だがきっかけを失い、取り返しのつかない状況になった。あまりにもいろいろなことが起こりすぎた。捜索隊、警官たち、情報提供を呼びかける新聞記事。彼女には相談できる相手もなく、事態を収拾する手立てもなく、いまさら許してもらえるわけがない。

となれば、証拠となるものを埋めるしか残された道はなかった。

目指す場所にたどり着く。箱を収めた袋は驚くほど重く、地面におろして一息つく。それから四つん這いになって、目くらましにかぶせておいた羊歯や小枝を払いのける。たっぷりと水を含んだ土壌からモリアカネズミやキノコ、その他さまざまな腐敗臭がどっと立ち昇る。そういえば以前父さまが、何世代にもわたりこの森を歩き回ってきたご先祖たちもいまはこの重い土の下深くに埋まっているのだと話してくれた。そんなふうに思いを馳せることが父に喜びをもたらすことを彼女は知っていた。連綿と続く自然の営みに安らぎを見出し、確固とした長い過去には目先の問題を軽減する力があると信じているのだ。場合によってはそうかもしれないが、今回は無理、今度のような問題には通用しそうにない。

穴に袋をおろすと、ほんの一瞬、月が雲間から顔を覗かせたようだった。土をかぶせるうちに涙がこみ上げてきたが、懸命にこらえた。いまここで泣くことは、自らに禁じてきた甘えを許すことになる。平らにならした地面を両手で叩き、息が切れるまでブーツで踏み固めた。

これでよし。終わった。

孤絶したこの場所を離れる前に何か一言言うべきだろうかと、ふと思う。無垢《むく》な魂の死について、今後ずっとつきまとうことになるだろう深い呵責《かしやく》について。だが、やめにした。そんなふうに思うこと自体、いたたまれなかった。

急いで森を抜け、引き返す。用心してボート小屋には近寄らず、そこにまつわる記憶も頭から追いやった。家に着くころには空が白みはじめ、雨はこやみになった。湖岸に波が打ち寄せ、ナイチンゲールの最後の群れが別れを告げていた。ズグロムシクイとヒタキが目を覚まし、遠くのほうで馬がいなないた。このときは知る由《よし》もなかったが、こうした鳥のさえずりや馬の声がその後もずっと、彼女の耳を離れることはなかった。それらはこの瞬間から彼女につきまとい、夢想や悪夢に忍びこみ、己のなした行為を絶えず思い起こさせることになるのだった。

2 コーンウォール 一九三三年六月二十三日

湖を眺めるのにもっとも適した場所はマルベリー・ルームだったが、アリスはバスルームの窓で妥協することにした。いまごろミスター・ルウェリンは小川のそばに立てたイーゼルに向かっているはずだが、いつも早めに引き揚げてくるので、鉢合わせだけは避けたかった。この老人は人畜無害とはいえ、変わり者だし寂しがり屋だし、最近とみにそうだったから、彼の居室にはいりこんでいたりすれば妙な期待を抱かれそうでいやだった。アリスは顔をしかめた。子供のころは彼のことが大好きだった、可愛がってももらった。だが、十六になったいま、当時を思うと妙な気分になる。彼が聞かせてくれたお話や、描いてもらった小さなスケッチはアリスの宝物だったし、彼の立ち去ったあとには不思議な空気が歌のように尾を引いたものだった。それはともかく、バスルームはマルベリー・ルームよりも湖に近いし、あと数分もすれば各部屋にまだ花が飾られていないことに母さまも気づくだろうし、階段を上がって時間を無駄にする余裕はなかった。乾拭《からぶ》き布を手に玄関ホールをせわしなく行き交うメイドの一団に紛れてバスルームに身をすべりこませると、アリスは窓辺に急いだ。

それにしても彼はどこにいるのか？　気分が一気に落ちこみ、高揚感は一瞬にして落胆に変わった。窓ガラスに両手を押しつけ、外の景色に目を走らせる。クリーム色とピンク色の薔薇《ばら》、花びらは揉《も》み革で磨きあげられたような輝きを放っていた。庭を囲む塀には見事な桃の木の枝が伸び広がり、横長に延びる湖は午前半ばの光に照り映《は》えている。屋敷全体が非の打ちどころない状態に整えられ、飾りつけもあらかた終わっていたが、いまもいたるところで人々が立ち働いていた。

雇いの楽師たちが仮設ステージに金ぴかの椅子を引き出し、仕出し屋の車が入れ替わり立ち替わりやって来ては土埃《つちぼこり》を舞い上げ、組み立て途中の天幕が夏の微風を受けてふくらんでいる。慌ただしい動きの只中で唯一、静止したままなのはドシールお祖母《ばあ》さまだ。図書室の窓下に置かれた鋳鉄製の庭椅子にちんまりと背を丸めてすわり、蜘蛛《くも》の巣だらけの思い出にふけっているのか、周囲の木々に吊るされたガラス製の丸ランタンにはまるで目もくれず――。

アリスははっと息を呑んだ。

彼がいた。

抑えようもなく頬がゆるむ。湖の真ん中に浮かぶ小島で大きな丸太を肩にかつぐ彼の姿が目に留まるや、喜びが、とびきり甘美な喜びが胸に広がった。咄嗟《とっさ》に手を振りそうになる。彼は家に背を向けているのだから馬鹿げた振舞いだ。たとえこちらを向いていたとしても、手を振り返したりはしない。必要以上の用心が必要なことはどちらもわかっていた。

すぐにだらんと耳元に垂れてくるリボンに、指を絡《から》ませてはほどく仕草を何度も繰り返す。こんなふうに遠くから眺めているのが好きだった。そのほうが気丈になれた。いざふたりきりになると、たとえば庭にレモネードを運んでいくとか、こっそり家を抜け出して敷地のずっと奥のほうで作業中の彼をいきなり訪ねていくときなどは、そうはいかない。彼から小説の進み具合や家族のこと、近況などを尋ねられると、あれこれ話を聞かせて笑わせながらも、金色の斑点がきらめく彼の深緑色の瞳に呑みこまれないようにするだけで精一杯だった。

見つめていると、彼はちょっと腰を沈めて弾《はず》みをつけ、肩にかついだ丸太を、すでに積み上げられた丸太の山のてっぺんに投げ上げた。強靭《きょうじん》な肉体であるのはいいことだ。なぜいいことなのかは、アリスにもよくわからない。まだ踏み入れたことのない深遠な世界ではそれが大事なことのように思える、というにすぎない。頬が熱い。紅潮していた。

アリス・エダヴェインは内気なほうではない。男の子の知り合いだっている。といってもそうたくさんいるわけではない――両親は毎年恒例のミッドサマー・パーティのとき以外、めったに人づき合いをしないことで有名だし、夫婦水入らずで過ごすことが多い――だがアリスは、村の少年や、帽子を目深《まぶか》にかぶって父親の後ろをうつむきがちについて歩く小作人の息子に出くわせば、さりげなく言葉を交わすこともやってのけられた。だが今回は、そういうのとは違う……。そう、まるで別物だった。そんなふうに言えば狂おしいほど思い焦《こ》がれているように聞こえることは百も承知、いかにも姉のデボラが口にしそうな科白《せりふ》だが、まさにそうなってしまったのだ。

ベンジャミン・マンロー。彼の名前を頭のなかで言ってみる。ベンジャミン・ジェイムズ・マンロー。二十六歳、最近までロンドンにいた。身寄りはなく、働き者で、無駄口は叩かない。両親は共に考古学者、サセックスで生まれ、極東の地で育った。好きなものは緑茶とジャスミンの香り、それと、やがて雨を運んでくるような暑い日盛り。

どれも直接本人から聞いたわけではなかった。彼は自分の身の上や手柄話を、それなりに可愛い知りたがりの娘に勿体ぶって吹聴《ふいちょう》するような男ではない。そうでなく、これは彼女が耳をそばだて、観察し、少しずつ集めていった成果であり、すきを見て作業小屋に忍びこみ、庭師頭《がしら》がつけている雇用記録を調べて得た情報だった。そればかりか、日頃から探偵の才があると自負するだけのことはあって、ミスター・ハリスの几帳面な植栽記録のページの裏にピンで留めてある、ベンジャミン・マンローの履歴書を見つけ出してもいた。内容自体は簡潔で、母さまが見たらがっかりするような筆跡だった。アリスはこれにざっと目を走らせて重要な箇所を頭に刻みつけ、その一語一語が自ら創り上げて胸に温めているイメージに深みと色を加えていくことにどきどきした。そういえば手帳のページに挟んである押し花も、彼を思い描く助けになっている。それは先月、彼がくれたものだった。「見てごらん、アリス――」彼の大きくてたくましい手に握られた茎は緑色で、はかなげだった。「今年最初のクチナシだよ」

そのときのことを思うと自然と口元がほころび、気がつけばポケットに手を滑りこませ、革表紙の手帳のなめらかな表面を撫でさすっていた。手帳は子供のころから肌身離さず持ち歩いている。八歳の誕生日に最初の一冊を贈られて以来、それは母さまの苛立ちの種にもなっていた。褐色のこの手帳が愛おしくてたまらない！　これを選んでくれた父さまは実に賢明だ。わたしも日記をつけているんだよと言う父さまの生真面目《きまじめ》な口調に、尊敬と感謝の念が湧き上がった。不満そうに見守る母の前で、さっそく扉ページの淡いセピア色の罫線に自分のフルネーム――アリス・セシリア・エダヴェイン――をゆっくり丁寧に書きこむや、自分がこれまで以上に本当の自分になれたような気がしたものだった。

　母さまは、アリスが始終ポケットに手を入れて手帳を撫《な》でさする癖を嫌っていた。「こそこそと何かよからぬことを企《たくら》んでいる」ように見えるというのがその理由だが、アリスは歯牙《しが》にもかけなかった。むしろ母の不興は嬉しい余禄くらいに思っていた。もっともエリナ・エダヴェインの美しい顔をくもらせることがなくても、手帳には触れつづけていただろう。そうするのは手帳こそが自分の試金石、自分らしさを思い起こすよすがだったからだ。それはまた腹心の友であり、ベン・マンロー研究の大家《たいか》の証でもあった。

　彼と知り合ってから、ほぼ一年が経っていた。彼がここ〈ローアンネス〉にやって来たのは一九三二年、見事なまでの晴天が続いていた夏の終わりのことだった。すでにミッドサマーの興奮もおさまり、誰もが眠気を誘う暑さに身をゆだねる以外にすることもない、そんな時期だった。怠惰な静寂とでも言うべき天の御使いが屋敷に舞い降りたせいか、母さまでさえ、妊娠八か月という身重の体を薔薇色に火照《ほて》らせ、真珠のカフスボタンをはずしてシルクの袖を肘《ひじ》までまくり上げるほどだった。

その日、アリスは柳の下のブランコを漫然とこぎながら、「喫緊《きっきん》の課題」に頭を悩ませていた。もしもこのとき彼女が耳を澄ましていたら、家の者たちがたてる生活音がそこここに聞こえたはず――ボートのオールがのんびりとしたリズムで水を切る音に混じって、母さまとミスター・ルウェリンの笑い声がかすかにあがる。クレミーは、両手を飛行機の翼のように大きく広げて草地をぐるぐる駆け回りながら、ひとりで何やらつぶやいている。デボラは、ロンドンの社交シーズンの最新スキャンダルを、乳母のローズに聞かせている――だが、自分ひとりの世界にのみ意識を集中させていたアリスの耳には、夏場の昆虫たちがたてる穏やかな羽音以外、はいってこなかった。

すでに一時間近く、新しい万年筆から染み出した黒インクが白いコットンドレスに広がるのにも気づかぬまま、アリスはブランコに腰かけていた。そこへ木立の暗がりから陽射しあふれる車道に姿を現わしたのが彼だった。帆布の道具袋を肩にかけ、手にはコートらしきものを握りしめ、男らしいしっかりした足取りだった。途端にブランコをこぐスピードが落ちた。ブランコのざらつくロープに頰を押しつけ、柳の垂れ下がる枝の隙間から彼の歩みを目で追った。

地形が入り組んでいるせいもあり、人が〈ローアンネス〉にうっかり迷いこむことはめったにない。屋敷は深い谷間に位置し、その周囲を茨《いばら》がみっしりと絡みつく森が囲んでいる。まさにお伽噺《とぎばなし》にありそうな家だった(これがいずれ悪夢の家と化すのだが、このときのアリスにわかるはずもない)。そこは家族だけが憩《いこ》う日だまり、ドシール家代々の住まい、アリスの母親が先祖から引き継いだ土地だった。なのに彼が、見ず知らずの他人が、ここにやって来た、昼下がりの魔法が解けでもしたように。

アリスは好奇心が旺盛だった——物心ついてからずっとみんなからそう言われてきたし、それを褒《ほ》め言葉だと受け止めていた。人の役に立ちたいという性分がそうさせるのだと。だがこの日、興味の炎を燃え上がらせることになった原因は苛立《いらだ》ちにあった。ただの好奇心というよりは気分を変えたい一心からだった。この夏のあいだずっと、情熱と謎の詰まった小説の構想を練ってきたのだが、それが三日前から行き詰まっていた。すべては主人公ローラのせいだった。冒頭の何章かは彼女も豊かな内面を見せてくれていたのに、ここに来て協力を拒みだしたのだ。背が高くて浅黒い肌のハンサムな紳士、ハリントン卿という素敵な名前の紳士と出会わせてやった途端に、才智も生気も彼女からすっかり消え失せ、とことん退屈な人間になってしまったのだ。

それならば、と目の前の青年が車道を進む姿を見つめながらアリスは決断した。ローラはしばらく待たせておくとしよう。ほかにやるべきことができたのだ。

軽やかな水音を響かせながら敷地内を流れる小川は、しばし陽射しを受けてきらめきを放ったのちに進路を変えて森のほうへと戻っていく。やがてその先に見えてくるのは、何代か前の大伯父が架けたという石造りの橋で、これを渡ると〈ローアンネス〉に通じる土手道だった。見知らぬ男は橋まで来たところで足を止めた。それからゆっくりと振り返り、いま来た方角に顔を向けてから、手にした何かにちらりと目をやったようだった。紙切れ？　光のいたずら？　首をかしげ、鬱蒼《うっそう》とした森に視線をさまよわせるその様子から思い悩んでいるのを見て取ると、アリスは訝《いぶか》しげに目を細めた。なんといっても彼女は作家である、人の心が読めるのだ。一目見れば相手の心を見抜ける。何をそんなに迷っているのか、原因は？　再び彼は前に向きなおると額に手をかざし、アザミの植えこみが左右に延びる車道の先、忠実な歩哨《ほしょう》よろしく居並ぶイチイの木立に囲まれた屋敷のほうに視線を投げかけた。そのまま動かなかった、呼吸すら止めているように見えた。しばらく見守っていると、やがて彼は道具袋とコートを地面に降ろし、両手を上げて伸びをしながら、ふうっと息を吐いた。

その瞬間、アリスに確信めいたものが生まれた。他人の心理状態を見抜く力がどこから湧いてくるのかわからないが、とにかくそういう力が不意に、十全に機能するのである。彼女はただ直感した。すなわち、ここは彼にとって馴染《なじ》みのある場所ではないということ。なのに運命に導かれてやって来た。このまま回れ右して立ち去りたいという気持ちがありながら、それでも運命に逆らわない――いや、逆らえないのだと。なんとも陶然とするような設定である。気がつけばアリスはブランコのロープをいっそう強く握りしめていた。さまざまな考えがせめぎ合うなか、見知らぬ男が次にどう出るかを見守った。

果たせるかな、彼はコートを拾い上げ、袋を肩にかつぐと、木々に隠れた家を目指して車道を歩きだした。新たな決意がその一挙一動に加わり、それまでの彼の様子を知らない人には、確固とした意志が、迷いのない使命感が彼の全身にみなぎっているように見えただろう。アリスの頬が満足げにかすかにゆるむ。とそのとき、閃《ひらめ》きの強烈な一撃に打だれ、ブランコから転げ落ちそうになった。スカートについたインクの染みに気づいたのもそのときだった。「喫緊の課題」の解決の糸口が見つかったのだ。しかもこんなに明快に！　ローラは何にもまして洞察力に優れているのだから、この見知らぬ男に魅せられながらも、やがて彼の内面を見抜き、彼の抱える恐ろしい秘密を、罪深い過去を突き止めることになる。そしてふたりきりになって沈黙が流れたその瞬間、ローラは彼の耳にそっと――。

「アリス?」

〈ローアンネス〉のバスルームに引き戻されたアリスは、ぎょっとした拍子に窓の木枠に頰を打ちつけた。

「アリス・エダヴェイン! どこにいるの?」

アリスは背後の閉じたドアを一瞥《いちべつ》した。去年の夏の心躍るような思い出が、恋に落ちたときの胸のときめきが、ベンとの今日に至るまでの交流の日々が、彼女の創作を支える陶然とするようなあれこれが、一瞬にして散りぢりになった。外の廊下をせかせかと通り過ぎる足音にブロンズ製のドアノブがかすかに揺れた。アリスは息を殺した。

母さまはこの一週間、ずっとぴりぴりしていた。毎年いつもこうだった。女主人の役が苦手なのだ。それでもミッドサマー・パーティはドシール家最大の伝統行事であり、母さまは彼女の父親アンリの大のお気に入りだったから、この催しだけは父親を偲《しの》んで毎年欠かさず開いてきた。そのたびに母さまはきりきり舞いすることになるわけだが――そういう性分なのだ――今年は以前にもましてひどかった。

「いるのはわかってますよ、アリス。ついさっきデボラがあなたを見かけたって」

デボラ。姉であり、模範的優等生であり、最大の脅威。アリスは奥歯を嚙みしめた。名にし負う良妻賢母エリナ・エダヴェインを母に持つだけではまだ足りないとでもいうのか、ほぼ非の打ちどころのない姉のあとに生まれた自分が恨《うら》めしかった。美しくて聡明で、社交シーズンに射止めた相手とすでに婚約中の身……。もっともよくしたもので、アリスの次に生まれたクレメンタインはかなりの変わり者だから、それと比べたらアリスのほうが多少なりともまともに見えなくもない。

母さまがエドウィナを従えて猛然と廊下を遠ざかると、アリスは窓を少しだけ開けた。熱気をはらんだ微風が、刈りたての草のにおいが、海からの潮の香りが、顔を撫でた。エドウィナはこういう状態の母さまにもじっと耐え忍べる唯一の存在だ（といっても彼女はゴールデン・レトリーバーであって、人間ではない）。父さまにしても、すでに何時間も前から屋根裏部屋に退散し、自然史という壮大な研究テーマを相手に静かな時を楽しんでいるに違いない。問題は、エリナ・エダヴェインが完璧主義者だということ、ミッドサマー・パーティが細部に至るまで彼女の厳しい基準を満たすものでなければならないという点にあった。とことん無関心を装っているアリスではあったが、それでも母さまの期待にまるで添えない自分を長いあいだずっと気に病んできた。鏡を覗けば高すぎる背丈に落胆し、魅力に欠けるネズミのような茶色い髪の毛にうんざりし、現実世界の人よりも架空の人物を相手にするほうが好きな自分も疎《うと》ましかった。

だが、もう悩まない。瞬く間にできあがっていく大篝火《おおかがりび》の丸太の山にベンが次の丸太を投げ上げるのを見守りながら、アリスは微笑んだ。自分はデボラのようにチャーミングでもないし、母さまみたいに大評判になった児童書の主人公として不朽の名声を得ることもないだろうが、そんなことはどうでもよかった。アリスはそういうのとはまるで違う存在なのだ。「きみはお話の名手だね、アリス・エダヴェイン」少し前の午後、小川が涼しげな水音を響かせ、鳩たちがねぐらに戻っていく時分に、そうベンに言われたのだ。「これほどの想像力と素晴らしいアイディアを持った人に会ったのははじめてだよ」その声は優しく、まなざしは真剣そのものだった。彼の目に自分がどう映っているのかを知り、それが自信につながったのだ。

母さまの声がバスルームのドアの外を駆け抜けた。花がどうのこうのとさらにまくしたて、その声もやがて曲がり角の向こうへ遠のいた。「承知いたしましたわ、お母さま」アリスは慇《いん》懃《ぎん》無《ぶ》礼《れい》につぶやいた。「そんなにあたふたなさるとズロースがよじれますことよ」エリナ・エダヴェインの下着をあえて持ち出すことで溜飲《りゅういん》を下げる。アリスは唇をきゅっと閉じて笑いを封じこめた。

最後にもう一度、湖に目をやってからバスルームを出ると、抜き足で廊下を進んで自室に飛びこみ、マットレスの下から大事な原稿の束を取り出した。それから、曾祖父のホレイスが冒険旅行の際に中東で買い求めたバルーチ族の赤い絨毯《じゅうたん》のほつれに足を取られないよう気をつけながら、階段を一段飛ばしで駆け下りると、玄関ホールのテーブル中央に置かれたバスケットをつかみ取り、まだ始まったばかりの一日のなかに飛び出した。

＊

申し分のない日和《ひより》だった。板石敷きの小径《こみち》を進みながら、アリスはハミングせずにはいられなかった。バスケットはすでに半分は埋まったものの、野生の花が咲く草原はまだずっと先だった。そこまで行けば見てくれだけの園芸種とは大違いの、はっとするほど愛らしい花が手にはいるのだが、それではチャンスを逃してしまう。午前中は母親から身を隠しつつ、ミスター・ハリスが昼休みにはいってベンがひとりきりになるのを待ちつづけていたのだ。

前回彼に会ったとき、渡したいものがあると言われ、アリスはつい笑い声をあげてしまった。すると彼は、アリスの膝の力が抜けそうな微笑を浮かべ、「何がそんなにおかしいんだい?」と訊いてきた。そこでアリスは精一杯背筋を伸ばし、実はわたしからも渡したいものがあると告げたのだった。

石畳の果てにそびえるイチイの巨木のところで足を止めた。その木はパーティに合わせてきれいに刈りこまれたばかりだった。アリスは木の陰から首だけ突き出した。ベンはいまもまだ小島にいて、ミスター・ハリスは湖の向こう岸で、彼の息子のアダムが丸太をボートに積みこむのを手伝っていた。気の毒なアダム。アリスが見ていると、彼は耳の後ろをぽりぽり掻いた。料理番《コック》のミセス・スティーヴンソンの話によれば、かつてアダムは家族の自慢の息子で、体格にも恵まれた頭のいい子だったのに、パッシェンデールの戦い（第一次大戦の激戦地）で榴散弾《りゅうさんだん》の破片を側頭部に受けて脳をやられてしまったのだという。戦争はとんでもなく悲惨なものだと、彼女は罪のないパン生地の塊《かたまり》をキッチンテーブルに叩きつけながらぼやくのが趣味だった。「前途ある若者をあんなふうに連れ去ってさんざん痛めつけた揚句、ぼろ雑巾みたいにおっぽり出すんだからね」

ミセス・スティーヴンソンに言わせると、アダム自身はそうした自分の変化に気づいておらず、それで深刻にならずにすんでいるのはせめてもの救いなのだそうだ。「そんな救いのある話ばかりじゃないんですよ」と、彼女に深く根ざすスコットランド人特有の悲観主義を覗かせて、こうつけ加えるのが常だった。「すっかり笑いを失って戻ってきた人がそりゃもう大勢いるんだから」

アダムをうちで雇いたいと言い張ったのは父さまだった。「彼には生涯ずっとここで働いてもらうつもりだよ」と、父さまがミスター・ハリスに向かって言うのを、アリスはたまたま耳にした。感きわまったかのような上ずった声だった。「そのことは前にも言ったはず。彼が仕事を必要とする限り、アダム君の居場所はここだからね」

アリスは左耳のあたりに旋風《つむじかぜ》のようなものを感じた。吐息のような微風が頬をかすめる。横目でちらりと見やれば、視界の隅にトンボが浮かんでいた。黄色い羽根を持つ珍種だった。すると昔懐かしい興奮が湧き起こった。ミッドサマーのことで頭がいっぱいの母さまを逃れて書斎にこもる父さまのことが頭をよぎった。ここでぱっとトンボを捕まえられたら、階段を駆け上がり、父さまのコレクションに加えてもらえるのではないか。この貢《みつ》ぎ物が必ずやもたらすだろう喜びに浴することができる。父さまの鑑定をわくわくしながら見守ることができる、幼い少女だったころのように。そんなときは選ばれし者の特権として、科学の書物や白い手袋、ガラスの陳列ケースであふれ返る埃っぽい部屋への入室が許され、銀色に光る虫ピンの怖ささえ消し飛んだものだった。

言うまでもなく、いまは時間がなかった。いやはや、そんなことを考えること自体、気が散っている証拠。アリスは顔をしかめた。時間とはおかしなもの、ひとつのことに夢中になると、時の流れがあやふやになってしまうのだ。腕時計を確かめた。あとちょっとで十二時十分。二十分もすれば、庭師頭はいつものように作業小屋へ引き揚げ、チーズとピカリリ（カレー風味のピクルス）を挟んだサンドイッチを食べ、そのあとは競馬新聞にかかりきりになるはずだ。彼は習慣の人であり、アリスには好都合だった。

トンボはひとまず忘れることにし、小径をさっと横切ると、芝地を避け、精巧な打ち上げ花火の点火台付近で掃除中の作業員の一団をやり過ごし、暗がりを選んで人目につかぬように湖沿いを進み、やがて一段低い場所に設けられた庭園《サンク・ガーデン》にたどり着いた。陽射しで温《ぬく》もった古い噴水の石段に腰をおろし、バスケットを脇に置く。ここなら申し分ない、そう判断した。そばのサンザシの茂みは身を隠すのにもってこいだし、葉群《はむら》の隙間からは新しい桟橋《さんばし》が見通せた。

ベンがひとりきりになるのを待ちながら、海の青さをたたえる空で二羽のミヤマガラスがもつれるように飛ぶさまを目で追った。視線を家のほうに戻すと、そこでは梯子《はしご》に乗った男たちが煉瓦《れんが》の外壁に枝葉で編んだ巨大なリースをいくつも飾りつけ、ふたりのメイドは軒下の細紐に繊細な紙細工のランタンを吊るすのに余念がない。太陽が最上階の鉛線細工の装飾窓を照らした。するとこれでもかというくらい徹底的に磨きたてられた自分たち家族の住まいが、毎年恒例のオペラ見物のために正装して宝石をまとった老淑女のようにきらめきを放った。

愛おしさが大波のようにアリスに襲いかかった。物心ついたころからずっと、〈ローアンネス〉の屋敷にも庭にも命が息づいていることに、アリスは気づいていた、それは、彼女の姉妹にはない感覚だった。デボラにとってロンドンが憧れの地であるのに対し、アリスはここにいるとき、小川の畔《ほとり》に腰をおろしてゆるやかな流れに足先を浸しているとき、夜明け前にベッドに身を横たえながら、窓の軒下でアマツバメの一家がせっせと巣づくりする音に耳を澄ますとき、手帳を小脇に挟んで湖畔をそぞろ歩くとき、そんなときがもっとも幸福感にひたれるし、もっとも自分らしくいられた。

いずれこの自分も大人になる、しかも大人というのは両親の家に住みつづけたりしないのが世の習い、そう気づいたのは七歳のときだった。そのとき実存的不安とでもいうべき深い裂け目が胸中にぽっかりと口を開けるのを感じたアリスは、すきあらば朝食室の窓の樫材の硬い木枠に、銃器室のタイルの目地に、玄関ホールを飾るウィリアム・モリスの「イチゴ泥棒」の壁紙に、という具合に、ところかまわず自分の名前を刻みつけるようになった。そうしたささやかな行為が、自分をこの場所にしっかりと永遠につなぎとめてくれるとでもいうように。だがこの奇妙な愛情表現は母さまの知るところとなり、以来デザートのプディングはお預けになった。お仕置きは痛くも痒《かゆ》くもないけれど、度の過ぎた破壊行為と不当にも見なされたのには我慢がならなかった。「あなたは誰よりもこの家に敬意を払っていると思っていたのに」と母さまは怒りにまかせて金切り声を張りあげた。「よりによってわたしの子が、よくもこんな軽率な振舞いを、こんな残酷で浅はかな悪ふざけをするなんて」こんなふうに決めつけられ、我が物にしたいという情熱に駆られての行為を月並みないたずらにおとしめられたことで、アリスは屈辱を味わい、深く傷ついた。

だが、そんなことはもうどうでもよかった。彼女は両足を前に突き出すと爪先をきちんとそろえ、満足の息を深々と吐き出した。あれはもはや過去のこと、橋の下をゆく水の流れのようなもの、子供じみた病的執着だったのだ。陽射しがあたり一面に降りそそぎ、庭の木立の鮮やかな緑が黄金色にきらめいた。近くの柳の葉蔭にひそむズグロムシクイが甘美なファンファーレを奏で、マガモのつがいが丸々と太ったカタツムリを奪い合っている。リハーサル中の楽団が奏でるダンス音楽が、湖面をかすめて流れてくる。文句なしのお天気！　何週間も前からおろおろと心配し、朝焼けに目を凝《こ》らしては〝お天気博士たち〟の意見を求めてきたわけだが、この日の太陽は漂う雲を焼き払いながら、まさにミッドサマー・イヴにふさわしい姿を現わしていた。夜は暑くなりそうだ、そよ風も心地よく、いつもながらの魅惑的なパーティになるだろう。

夜更かしが許されパーティに出られる年齢になるずっと前から、アリスはミッドサマー・イヴの魔力に気づいていた。そのころは乳母のブルーエンの引率《いんそつ》で階下に連れていかれるだけだった。アリスとふたりの姉妹はいちばんいいドレスを着せられ、招待客の前に並ばされて挨拶をするのである。パーティがまだ始まりもしないうちから、立派な身なりをした大人たちは妙にとりすまして礼儀正しく振舞いながら、夜の到来を待ちかまえていた。だが、子供たちはその後ベッドに追いやられてしまうわけで、それでもアリスは乳母の寝息が深まるのを待って育児室の窓辺に忍び寄り、椅子の上に膝立ちになって夜の闇のなかで熟れた果物のように光輝くランタンや、月明かりで銀色にきらめく水面に浮かんで見える篝火の炎に見惚《みと》れたものだった。そこはまさに、そっくり全部とは言わないまでも、アリスの記憶にあるさまざまな場所や人々が息づく魔法の国だった。

そして今宵《こよい》はアリスもその一員になれる。とびきりの一夜になるはずだった。思わず口元がほころび、期待に胸が高鳴った。腕時計に目をやり、それからバスケットに押しこんできたフォルダーを取り出すと、表紙を開いて貴重な中身を確かめる。原稿はレミントン・ポータブルでさんざん苦労してタイプした二部あるうちの一部、一年がかりでようやく仕上げた労作だった。表題を打ちこむ際に〝y〟とすべきところをうっかり〝u〟と打ってしまったが、それ以外は完璧だった。ベンは気にしないだろう。彼は、仕上げた原稿はすぐにもヴィクター・ゴランツに送るべきだと言ってくれた最初の人だった。これが出版された暁《あかつき》には、いの一番に彼に進呈するつもりだった。献辞のすぐ下にサインを入れた一冊を。

『バイバイ、ベイビー』。心のなかでタイトルを読み上げながら、背筋を駆け抜けるかすかな戦慄《せんりつ》にうっとりとなった。自信作だった、これまでのうちでもっともいい出来だったし、出版への意欲を強くしていた。殺人ミステリ、それも本格ものである。『探偵小説十戒――幻の探偵小説コレクション』の序文をじっくり読みこんだあと机に向かい、ロナルド・ノックス氏が提唱する十のルールを手帳に書き写した。すると、自分がふたつの異なるジャンルを結びつけようとしていたことに気づいたため、ローラにあっさり見切りをつけると、はじめからもう一度書き直し、今度はとある田舎の広大な屋敷《カントリーハウス》を舞台に、ひとりの探偵と各人が重大な秘密を抱える家族を創り上げた。謎解きの描写はかなり手ごわく、いかに読者に容疑者を悟られないようにするか、その工夫《くふう》に難儀した。となれば相談相手が必要だ、ホームズにワトソンがいるように。そう思い定めたところに、運よく見つかったのが彼だった。しかも彼はそれ以上の存在にもなった。

事件捜査のパートナーにして人生の共犯者、B・Mに捧ぐ。

アリスは献辞の箇所を親指でなぞった。小説が出版されたら、ふたりの仲を周囲に知られてしまうだろうが、ちっともかまわなかった。その日が待ち遠しいという気持ちも少なからずあった。姉のデボラに、いや、妹のクレメンタインにまで思わず打ち明けそうになったことは数知れず、思いのたけを口にする自分の声が聞こえてきそうなほど思いつめていたし、母さまとはなるべく口をきかないようにしていたのも、母さまがうすうす感づいているらしいと察していたからだ。ともあれ彼女たちには、処女出版となるこれを読んではじめて気づいてもらうのがいい。

『バイバイ、ベイビー』は、ベンとの会話のなかから生まれた作品だった。彼なくしては成し得なかっただろうし、いまもこうしてふたりの思考を虚空から摘《つま》み取っては文字にして紙に書きつけ、実体のない単なる可能性でしかないものを現実に仕立て上げていた。原稿の副本を彼に贈ることで、ふたりが暗黙のうちに交わした約束のほうも実現に向けてさらに進展するはず、そう思わずにいられなかった。約束の厳守は、エダヴェイン家が重要視している教えである。子供たちは口がきけるようになるとすぐさま母親から叩きこまれる家訓のようなもの。いわく、守る気のない約束はするべからず。

サンザシの茂みの向こうで話し声が起こり、アリスは咄嗟に原稿を胸に抱き寄せた。耳をそばだて、油断怠りなく、茂みの陰に急いで移動すると、葉群がつくるダイヤモンド形の隙間から様子をうかがった。すでにベンは小島を離れ、ボートは桟橋に戻っていて、見れば庭師の三人は残りの丸太の山のそばに集まっていた。アリスはベンがブリキのコップで水を飲む様子を見守った。飲みくだすたびに動く喉仏、不精ひげの生えた顎《あご》のあたりにできた陰影、襟元まで伸びた黒い巻き毛。汗がシャツに染みをつくっていた。アリスの喉がぎゅっと締めつけられた。彼のにおいが大好きだった。土くさく、彼らしいにおいだった。

ミスター・ハリスが自分の道具袋をまとめ、立ち去り際に何やら指示を出すと、ベンがそれにうなずき返し、笑みらしきものを浮かべた。アリスもつられて微笑んでいた。彼の左頰に浮かぶえくぼ、がっしりした肩、強烈な陽射しを受けて輝くむき出しの前腕を、アリスは目に焼きつけた。そうこうするうちに彼が大きく伸び上がった。遠くから聞こえる物音に引き寄せられたらしい。ミスター・ハリスから逸《そ》れた彼の視線をたどっていくと、向こうに広がる野生植物の花壇に行き着いた。

エレムルスやバーベナが咲き乱れるなかに小さな人影が見えた。家のほうに向かって危なっかしい足取りで懸命に歩いていく。セオだった。まだ赤ん坊の弟の姿に、アリスは思わず相好《そうごう》をくずした。だが、その背後に迫る大きな黒い影に気づき、いっぺんに興醒《きょうざ》めした。ベンが顔をしかめた理由もこれで腑に落ちた。乳母のブルーエンに対する気持ちはアリスも同じ、大嫌いだった。何かにつけて暴君のように振る舞う人に好感など持ちようがない。優しくて愛らしいローズがなぜ急に乳母を辞めさせられてしまったのか、誰にとっても謎だった。ローズはセオを心底可愛がっていたし、溺愛していると言ってもいいくらいで、彼女を嫌う人なんてひとりもいなかった。父さまだってそうだ。セオがアヒルの群れを追って遊ぶ横でローズとおしゃべりしている父さまの姿をよく見かけたし、なんといっても父さまは人を見る目がある。

それでも母さまの神経を逆撫でするような何かがあったのだろう。つい二週間ほど前、母さまとローズが言い争っているところをアリスは見てしまった。育児室の外で、声を落としてはいたが激しいやりとりだった。セオをめぐる意見の対立のようだったが、もどかしいことに、少し離れた場所にいたアリスには話の中身までは聞き取れなかった。そして気づいたときにはすでにローズはいなくなっていて、ブルーエンが呼び戻されて再び乳母の座におさまったのである。顎にひげが生えていて、ヒマシ油の瓶を絶えずちらつかせているこのがみがみ婆さんとは金輪際《こんりんざい》顔を合わせることもないだろうと、アリスは思っていた。そればかりか、この老乳母の堪忍袋の緒を切ったのはやんちゃなアリスだと、ドシールお祖母さまが言うのを耳にしたときには、自尊心をくすぐられたほどだった。ところがなんと、その彼女が舞い戻ってきたのである、それも以前よりさらに偏屈の度を強めて。

ローズを失ったことをこんなふうに改めて嘆いていたアリスだったが、茂みのこちら側にいるのはもはや自分ひとりではないことに気がついた。背後で枝の折れる音がした瞬間、はっと身を起こして振り返った。

「ミスター・ルウェリン！」アリスは声をあげた。そこにいたのはイーゼルを小脇に抱え、もう一方の腕に写生帳を不器用に挟んだ猫背の人物だった。「もう、びっくりするじゃないの」

「ごめんよ、アリス。脅かすつもりはなかったんだ。ちょっとおしゃべりでもどうかと思ってね」

「いまここで？　ミスター・ルウェリン」この老人のことは憎からず思っているものの、アリスは煩悶《はんもん》の波と闘った。スケッチをする彼のそばに張りついていたり、ボートで一緒に川下りをしたり、ふたりで妖精を探しながら子供じみた秘密を彼に打ち明けたりといった日々はもう遠い過去のことだというのが、彼にはわかっていないようだった。かつてはアリスにとって大切な人だったというのは否定しようのない事実である。幼いころはかけがえのない一番の友だったし、ものを書きはじめたころには師匠のような存在になった。不意に湧き上がる着想に駆られて書きつけた、稚拙《ちせつ》な短い物語を息せき切って見せに行ったことは数知れず、そのたびに彼はこの上なく真剣な態度で批評してくれたものだった。だが十六歳になったいまのアリスには別の関心事が生まれていたのであり、それは彼と分かち合えないものだった。「なんだかんだやることがいっぱいあるのよ」

彼の視線が生垣の隙間のほうに流れると、アリスは自分の頬がかっと火照《ほて》るのがわかった。

「パーティの準備の進み具合を監督しないとならないし」慌《あわ》ててそう言うと、ミスター・ルウエリンが彼女の目当てはとっくにお見通しだと言わんばかりの笑みを浮かべたので、さらにこう言い足した。「母さまに頼まれて、お花を摘んでいたところなの」

彼が放り出されたバスケットに素早く視線を走らせた。真昼の暑さで花はしおれかけていた。

「やりかけの仕事をすませてしまわないと」

「そりゃそうだ」彼はうなずいた。「お手伝いにいそしむきみの邪魔をする気はこれっぽっちもないよ。ただ、どうしても話しておきたい大事なことがあるんでね」

「悪いけど、いまは無理だわ」

ミスター・ルウェリンはいつになくがっかりした様子だった。そういえば最近はやけに元気がなかった。ふさぎこんでいるというほどでは必ずしもないが、どこか上の空で、悲しげだった。見ればサテンのベストのボタンを掛け違えているし、首に巻いたスカーフもみすぼらしい。途端に気の毒に思え、彼の写生帳のほうにうなずいて見せた。「とってもよく描けているわ」せめてもの罪ほろぼしのつもりだった。実際、素晴らしい出来映えだった。アリスの知る限り、これまで彼がセオを描いたことは一度もなかったし、見事なまでによく似ていた。丸い頰やふっくらした唇、人を疑うことを知らぬつぶらな瞳に赤ん坊らしさがにじみ出ている。愛すべきミスター・ルウェリン、彼にはものごとの最良の部分を見抜く力があるのだ。「お茶のあとでもいいかしら?」アリスは励ますような笑みを浮かべて提案した。「パーティの始まる前に」

ミスター・ルウェリンは写生帳を抱え直しながらアリスの申し出をしばし斟酌《しんしゃく》し、かすかに顔をくもらせた。「今夜、篝火のところで待ち合わせるのではどうかな?」

「あら、いらっしゃるの?」なんとも意外だった。ミスター・ルウェリンは人づき合いが苦手な紳士で、いつもは決して人前に出ようとしないのだ——とりわけ彼に会おうと手ぐすね引いている人々の前には。彼は母さまの崇拝者だが、その母さまでさえ、ミッドサマーの宴《うたげ》に彼を誘い出せたことはこれまで一度もなかった。母さま所蔵の『エリナの魔法の扉』の初版本が今回も例年どおりお披露目されるだろうし、その作者に人々は会いたがるはず。彼らは飽きもせずに生垣のそばにひざまずいては、土中に埋もれた古い石柱を探し回るのだ。「ほら、シメオン、ここにあったよ!　地図にあった例の真鍮《しんちゅう》の輪っか、本に書かれているそのまんまじゃないか!」彼らのような好奇心旺盛な客が立ち入れないよう地下通路は何年も前から封鎖されていたが、そのことを知る者はほとんどいなかった。

　普段のアリスならさらに質問を重ねて探りを入れたところだが、そこへいきなり生垣の向こうで男の笑い声が起こり、いかにもうちとけた口調で「それはあとでやればいいよ、アダム——親父さんとランチに行っておいで、そいつを全部いっぺんに積む必要はないんだから」と言う大きな声が聞こえてきたため、アリスは本来の目的に引き戻された。「じゃあ、そういうことで」アリスは言った。「今夜、パーティでね」

「十一時半に四阿《あずまや》でいいかな?」

「そうね、了解よ」

「大事な話だからね、アリス」

「十一時半ね」アリスは焦《じ》れたように繰り返した。「ちゃんと行くわ」

それでも彼は立ち去るどころか、その場に貼りついてしまったかのようにぐずぐずと居残り、深刻そうに沈んだ表情を浮かべ、さもアリスの顔を脳裡《のうり》に焼きつけようとするかのようにまっすぐに見つめてきた。

「クレメンタインの誕生日にボート遊びをしたこと、憶えているかい?」

「ミスター・ルウェリン?」

「ええ」彼女は言った。「もちろん憶えているわ、すごく楽しかったわね。格別の思い出よ」

アリスがこれ見よがしに石段からバスケットを取り上げるのを見て、ミスター・ルウェリンはそれとなく察したのだろう、アリスが言い終えたときにはすでに立ち去ったあとだった。

なんとなく後味の悪さが尾を引き、アリスは深い溜息をもらした。こんなふうに誰に対しても憐れみのような感情を抱くのは恋をしているせいだろうかと思った。お気の毒なルウェリンおじさま。昔は彼のことを魔法使いだと思っていたのに、それがいまでは、ヴィクトリア朝期の身なりと習慣を手放そうとしない、猫背の惨めな老いぼれとしか見ていない自分がいた。彼は若いころに何かあって苦い挫折《ざせつ》を味わっている――それは秘密ということになっているが、アリスは知るべきでないことをいっぱい知っていた。彼がそういうことになったのは母さまがまだほんの子供で、彼がいまは亡きアンリ・ドシールの無二の親友だったころのことらしい。その結果、彼はロンドンでのキャリアを断念し、それとほぼ時を同じくして『エリナの魔法の扉』の着想を得たという。

何が原因で挫折したのかまではアリスも知らなかった。いまはそれを突き止めるほうが大事な気がしなくもなかったが、今日はまずい。ほかに大事な用があるのだ。生垣のすぐ向こうに未来が待ち受けているというのに、過去にかかずらっている暇はなかった。いま一度さっと目をやり、ベンがひとりきりになったのを確かめた。彼はちょうど道具類をまとめ、ランチを食べようと庭を抜けた先にある自分の住まいに向かうところだった。アリスはすぐさまミスター・ルウェリンを忘れた。太陽を仰ぎ見ると、強烈な光に頰が照り輝くのがわかった。いまというまさにこの瞬間、自分が自分であることの喜びを嚙みしめた。これ以上の充実感に満たされた人などどこを探してもいないような気がした。かすかに輝いて見える未来の際《きわ》に立つ少女という心躍るような自己像に酔いしれながら、アリスは原稿を手に、桟橋のほうに歩きだした。

3　コーンウォール　二〇〇三年

強烈な木漏れ日《こもれび》を浴びて走りどおしだったセイディの肺が、足を止めろとしきりに懇願した。だが、そのまま走りつづけた。さらに速度を上げ、着実な足の運びがもたらす快感を味わう。靴底のリズミカルな衝撃が、苔《こけ》むし湿った地面と踏み固められた下草の厚い層に吸い取られてかすかな反響を生む。

連れてきた犬たちは少し前から狭い踏み分け道を外れ、鼻面を地面にこすりつけながら露に濡れたキイチゴの茂みの隙間を、流れ出した糖蜜のようにするすると進んでいく。雨がようやく上がって解放感を満喫できるとあって、セイディ以上にほっとしているのかもしれない。この二匹を連れ歩くのがこれほど喜びをもたらしてくれるとは驚きだった。祖父バーティから勧められた当初はさんざん抵抗したセイディだが、バーティのほうも——いきなり玄関先に現われたセイディをすでに訝《いぶか》しんでもいたわけで(「いつから休暇の取れる身分になったんだ?」)——負けてはいなかった。「あそこの森はところどころ深くなっているし、なんといってもおまえさんは土地の人間じゃない。すぐに迷子になっちまうぞ」ついには地元の青年を誰かひとり、〝相棒〟に見つくろってやろうなどと言いだし、セイディには答える気もない質問をぶつけたそうな目で見つめてきたものだから、ならばランニングの相手は犬にしておくと、セイディは慌てて歩み寄ったのだった。

ひとりで走るのが常だった。ベイリー事件の捜査でドジを踏み、ロンドンでの暮らしに行き詰まってからはずっとそうしてきた。ひとりが一番だった。体力づくりのために走る人もいれば、楽しみで走る人もいるが、セイディの場合は、死から逃れようとする者のような走りだった。以前つき合っていた男にそう言われたことがある。ハムステッド・ヒースの真ん中で体をふたつ折りにしてぜーぜー喘《あえ》ぎながら、彼が悪しざまにそう言ったのだ。それのどこが悪いのか、セイディにはさっぱりわからず肩をすくめたわけだが、それと同時にこれでふたりの仲は終わったなと、さしたる後悔もなく悟ったのだった。

突風が木々の枝を揺らし、最後の雨滴を顔面に降り注いだ。頭を振りはしても、走る速度はゆるめなかった。道の両側に野薔薇が現われだした。毎年決まって、羊歯と倒木の隙間に居場所を確保する習性のある植物だ。こういうものが存在すること自体、素晴らしい。詩や陳腐な決まり文句ではないが、この世に美と善が実在することの証だろう。セイディのような仕事をしていると、そういう事実をつい忘れがちになる。

この週末にかけてロンドンの新聞は続報を掲載していた。見知らぬ男の肩越しにそれがちらっと目に留まったのは、《ハーバー・カフェ》でバーティと朝食をとっている最中だった。もっとも朝食をとったのはセイディだけで、バーティは草のようなにおいを放つどろりとした青汁のようなものを飲んでいた。それはごく小さな記事で、五面のコラム欄だったが、マギー・ベイリーの名前に思わず目が吸い寄せられ、しゃべりかけていた言葉を呑みこみ、小さな活字を貪《むさぼ》るように追っていた。目新しいことは何も書かれておらず、つまり進展なしということだ。そもそも進展があるわけない。捜査はすでに打ち切られているのだ。デレク・メイトランドの署名記事。彼が骨つき肉に食らいついて離れない犬のようにあの事件にいまも固執しているのは驚くにあたらない。それが彼の性分だ。そもそもセイディが彼に白羽《しらは》の矢を立てたのも、ある意味そこに期待してのことだった。

とそのとき、アッシュが耳をはためかせ大きく開けた口を唾液できらめかせながら、木立の背後から目の前に飛び出してきて、セイディはぎょっとした。後《おく》れを取らぬよう自らを叱咤《しった》し、指が手のひらに食いこむほど強く拳《こぶし》を握りしめ、もうひと踏ん張りした。新聞に目を通すのは禁じられていた、いまは「すべてのことから距離を置き」、頭のなかを整理して、ロンドンでのごたごたがおさまるまでおとなしくしていろと、ドナルドには釘を刺されていた。セイディが自らとった軽率な行動で苦境に立たされないようにと、必死にかばおうとしてくれているのだ。それはわかっていたし、ありがたくもあったが、現実問題としていささか手遅れの感があった。

そのころには新聞という新聞に取り上げられ、テレビニュースにもなり、世間の関心は衰えるどころかその後何週間にもわたって拡大し、セイディのコメントの詳細を報じるものから、果てはロンドン警視庁の隠蔽体質を嬉々として糾弾する記事まで飛び出した。アシュフォードが怒るのも無理はなかった。この警視は何かにつけて忠誠心についての持論を声高に語るような御仁である。ランチの染みがついたズボンをたくしあげ、居並ぶ刑事たちに唾をまき散らしながら一席ぶつのが常だった。「いいかみんな、たれこみ屋ほど卑劣なやつはいないんだ。不満は署内で処理すべきものだ。それをべらべらと外に垂れ流して警察の威信に傷をつけるなど、おまわりの風上にも置けないんだからな」そしてもっとも憎むべき外部の人間、ジャーナリストに触れるときは決まって「強欲非道なゴロツキどもめ」と憎悪に顎を震わせた。

幸い、垂れ流した張本人がセイディだということを警視はまだ知らなかった。ドナルドが伏せてくれたのだ。仕事でミスを重ねたときも、かばってくれたのは彼だった。「相棒なら当然さ」と、セイディがおずおずと口にした感謝の言葉を、彼はいつものぶっきらぼうな態度で払いのけた。それは最近ふたりのあいだで交わされる、ちょっとしたジョークにもなっていた。日頃は几帳面なセイディが、この時期小さなミスを連発するようになっていたのだ。だが今回の失態はその比でなかった。上級捜査官であるドナルドには部下の行動に責任があるわけで、事情聴取に手帳を忘れてくるくらいはまだ愛嬌があるとしても、捜査本部の不手際を外に漏らすのは論外だろう。

この記事が出るや、リーク元がセイディだとドナルドはすぐに気づいた。そこで彼は、一杯やろうと《狐と猟犬亭》にセイディを呼び出し、しばらくロンドンを離れていろと勧告した。反論の余地はなかった。有給休暇を取って、いま抱えている諸々の屈託《くったく》を頭から追い出せるまで、仕事と距離を置けというわけだった。「これは冗談なんかじゃないぞ、スパロウ」剛毛が伸びかけた鼻の下からビールの泡を拭いながら、彼は言った。「おまえさんに近ごろ何があったか知らないが、アシュフォードだって馬鹿じゃない、リーク犯をなんとしても見つけ出す気でいる。たしかコーンウォールに、お祖父《じい》さんがいるんだったよな？　おまえさんのためにも――というか、我々ふたりのためと思って――そっちに行っててくれ。気持ちの整理がつくまで戻ってくるんじゃないぞ」

横倒しになった丸太がいきなり目の前に現われ、それを飛び越える際にランニングシューズの先端をひっかけた。アドレナリンが熱いシロップのように皮膚の下を駆け巡り、その勢いを借りてさらに頑張って走った。**気持ちの整理がつくまで戻ってくるんじゃないぞ**。言うは易《やす》し行なうは難《かた》し。セイディの集中力の欠如と失態の原因をドナルドは知る由もないが、セイディにはわかっていた。パーティの家の予備室の、ベッド脇のキャビネットに押しこんである封書をセイディは脳裡に呼び出した。美しい紙、整った手書き文字、氷水を浴びせられたような衝撃の内容。六週間前のあの夜、ロンドンの自宅フラットに仕事から戻り、ドアマットに足を載せたらその手紙を踏んでいた。それを境に、あれこれヘマをするようになった。はじめのうちは集中力が途切れてちょっとしたミスを繰り返すようになり、それはどうにかごまかしも利いたが、その後ベイリー事件が起き、母親をなくした幼い少女と関わるようになると、ドカン！とんでもない失態をやらかしたのだった。

　ありったけの力を振りしぼり、体に鞭打って折り返し地点の黒ずんだ切り株まで猛ダッシュした。速度をゆるめぬままつんのめるような格好で、じっとりと濡れたぎざぎざの断面にタッチするや、膝小僧に手のひらを押し当てたままその場に倒れこみ、荒い息を整えた。横隔膜が激しく上下し、目の裏側に星がちかちかした。苦しくもあり、満たされてもいた。アッシュがすぐそばで鼻をくんくんさせ、急斜面に突き出た苔むす切り株の先端のにおいをしきりに嗅いでいる。セイディはボトルの水を貪るように飲み終えると、口を開けて待っている犬にもわずかに残った分を与え、両耳のあいだの黒光りする毛並みを撫でさすった。「おまえの弟はどうした？」そう問いかけると、アッシュは小首をかしげ、賢そうなまなざしをただ返すばかり。「ラムゼイはどこに行ったの？」

　周囲の旺盛な緑に目を走らせた。羊歯の茂みが陽射しに向かって張り合うように伸び広がり、くるんと巻いた葉がほどけかけていた。スイカズラの甘い香りが、雨上がりの土のにおいと混じり合う。夏の雨。昔からこのにおいが好きだった。ある種のバクテリアが引き起こすにおいだとパーティから教わって、なおのこと好きになった。条件さえ整えば、悪から善も生まれ得る、ということだ。それを真理だと信じるのは、セイディなりのわけがあった。

　樹木が密生する森だった。ラムゼイを探しながら、たしかにバーティの言うとおりだと思った。こういう場所に迷いこんだら最後、永久に出られなくなりそうだ。セイディのように帰り道を鋭い嗅覚で探しあてられる犬を連れていれば問題はないが、無邪気な人、たとえばお伽噺に出てくるあの少女はそういうわけにいかない。頭にロマンスがぎっしり詰まったあの少女なら、危険も顧《かえり》みずにこういう森の奥深くに分け入り、あっさり道に迷うのだろう。

　セイディはお伽噺をあまり知らない、知っているのは有名な作品どまりである。考えてみれば同年代の者たちに比べ、セイディの生い立ちには大きな欠落部分がいくつもあり（上級進学《A》資格《レベル》とか、親の愛情とか）、そのひとつがお伽噺だった。ベイリー家の幼い少女の、家具もまばらな寝室にさえ本棚があり、何度も読みこまれたグリム童話集があった。だが、セイディの子供時代に、「昔々あるところに」で始まる物語を耳元でささやく声は皆無《かいむ》だった。セイディの母親は優しくささやくタイプとは程遠く、父親に至ってはなおさらで、どちらも空想的なものを目の敵《かたき》にするような人だった。

　とはいえ、セイディもその手の洗礼は世間並みにそこそこ受けているわけで、お伽噺では人が行方知れずになることや、それにはたいてい深くて暗い森が関わっていることくらいは知っていた。そして現実世界でも、人はしばしば行方不明になる。そのことは職業柄知っていた。何らかの不運に見舞われての場合もあれば、自発的に姿をくらます場合もある。連れ去りと家出は別物だ。後者は見つけてほしくない人、つまりマギー・ベイリーのような人たちだ。

「家出」——ドナルドは早いうちからマギーの失踪をそう決めつけた。あの日、幼女ケイトリンがフラットにひとり置き去りにされているのが見つかり、その後しばらくして置き手紙が出てきたため、彼の読みが正しいということになった。「荷が重すぎたんだな。子育てに家計のやりくり、日々の暮らし。こういう事件に出くわすたびに一ポンドずつもらっていたら、いまごろおれは大金持ちに……」

ところがセイディは、彼の推理を鵜呑《うの》みにできなかった。自分なりに考えた別の筋書きにこだわるうちに、これには何らかの犯罪が絡んでいる、ミステリ小説でしかお目にかかれそうにない類《たぐい》の事件ではと、空想めいた仮説にいつしか取り憑かれるようになり、あんなふうに母親が子供を放置するはずがないと執拗に言いつのり、もう一度証拠を洗い直すべきだ、重要な手掛かりを見落としている可能性があると訴えつづけたのだった。

「おまえさんは見つかりっこないものを見つけようとしているだけだ」ドナルドにそう言われた。「世間にはこういうこともあるんだよ、スパロウ——そう多くないとしても——ものごとは見た目どおり単純なことだってあるのさ」

「あなたみたいに、ってことですね」

ドナルドはあははと笑った。「こいつ、生意気言いやがって」そう言ってから口調をやわらげた。どこか父親めいたその言い草は、セイディに言わせると、怒鳴りちらされるよりもたちが悪い。「そういうことは誰にだってあるさ。事件に長く関わりすぎたせいで、思い入れが強くなっているんだよ。おまえさんに人間味があるってことだが、だからと言ってそれが正解とは限らない」

呼吸はひとまず落ち着いたが、ラムゼイの姿は依然見当たらない。大声で呼びかけてみたが、そこここの湿った暗がりからこだまが返るばかりだった。ラムゼイ……ラムゼイ……ラムゼイ……かすかな残響が尾を引くようにして消え去った。ラムゼイはなかなか打ち解けてくれず。信頼を得るまでにかなりの時間がかかった。それだけに、と言っていいかどうかわからないが、ラムゼイには強い思い入れがあった。人懐こい相手だとかえって用心が働いてしまうのだ。マギーの母親、ナンシー・ベイリーにも自分と同じような気質を嗅ぎ取った。それが自分たちふたりを引き寄せたのではないかと、セイディは睨《にら》んでいる。一般に〝感応精神病《フォリ・ア・ドゥ》〟と呼ばれる、感応によって生じる妄想性障害。ほかのことでは正気の人間同士が、互いに影響し合って同じ妄想を抱くようになる精神障害だ。いまならセイディにもわかる、自分とナンシー・ベイリーはその状態に陥っていたのだと。互いが相手の空想を補い合い、マギー失踪の裏には目に見える以上の何かがあると思いこんでしまったのだと。

そうなったのはやはり血迷ったせいだろう。警察官になって十年、刑事課に配属されて五年、その間に学んだことすべてが、カビ臭いフラットにひとり置き去りにされた幼女を目にした途端、どこかに吹き飛んでしまったのだ。愛らしい顔立ち、逆光を受けて後光のように輝いて見えたふわふわのブロンド、玄関から飛びこんできたふたりの見知らぬ人物を見つめる大きな瞳。そのときセイディは少女に駆け寄り、両手を取って、自分らしからぬ明るくはっきりした声音で話しかけていた。「こんにちは、お嬢ちゃん。パジャマについているこの子は誰かな？　この子のお名前は？」無防備な少女に、その華奢《きやしや》な体に、心細そうなその様子にセイディは、いつもは固く閉ざして人に見せることのない感情を揺さぶられていた。その後数日間、握りしめたときの小さな手の感触が忘れられず、夜、眠りにつこうとすると、ママは？　ママはどこ？　とむずかる、かぼそい声がよみがえった。なんとしても事態を収拾したい、幼い少女に母親を取り戻してやらなくてはと、そんな執念に駆り立てられたセイディにとって、ナンシー・ベイリーはうってつけの同志に思えた。だが、ナンシーが自分の娘の軽率な振舞いを必死にかばい、幼い孫娘があんなふうにひとり取り残されたという衝撃の事実から目を逸らし、むしろ自らの落ち度を責めたてる（「週末に友人たちと出かけてさえいなければ、孫をひとりにすることもなかったのに」）、そんな藁《わら》にもすがる思いになるのは無理からぬこと、だからこそセイディのほうはもっと理性的に対処すべきだったのだ。これまで積み上げてきたキャリア、成人してからのセイディの人生はそっくり全部、分別によって築き上げられてきたのである。

「ラムゼイ」セイディは再度呼びかけた。

またしても返ってくるのはこだまだけ。耳に届くのは葉のこすれ合う音や、雨で増水した排水溝を流れる遠い水音ばかりだった。自然がたてる音は人の気持ちをいっそう孤独にした。セイディは両手を突き上げて伸びをした。ナンシーと連絡を取りたいという衝動が胸中にどっしりと居すわり、汗ばんだ手で肺を鷲づかみにされる気分だった。自分の落ち度でこうむった不面目には耐えられても、ナンシーを思うたびに湧き上がる屈辱感はひどくこたえた。すべては自分のとんでもない判断ミスであり、鬱憤晴らしで外部に漏らしたわけではない、そうナンシーに釈明したくていまも気が急《せ》いていた。そんなセイディの思いをドナルドはお見通しだった。セイディをコーンウォールに送り出す際に彼がかけた言葉はこうだった。「それといいな——あの祖母《ばあ》さんと連絡を取ろうなんてゆめゆめ考えるなよ」

今度はもっと大声を張り上げた。「ラムゼーイ！　おーい、どこ行ったの？」

全神経を研ぎ澄まし、耳をそばだてた。驚いた鳥の重い羽ばたきが上空で起きる。ふと視線を上げれば、格子状に重なる枝越しに、青白い空との境界もはっきりしない白っぽい平原の一画が垣間見えた。この平原を東にたどっていった先にロンドンがある。その広がりを見つめるうちに、意識がばらばらになったような奇妙な感覚に襲われた。めまぐるしい日常が、ほかでもないこの自分の人生が、当人をさしおいてかの地で続いていると思うと不思議な気分だった。

ロンドンを離れて以来、ドナルドから一度も連絡はなかった。期待していたわけではない。なくて当然。こっちに来てまだ一週間しか経っていないのだし、まるまる一か月休めと言い渡されているのだ。「その気になったら、休暇を早めに切り上げてもいいんですよね？」そう尋ねたセイディに人事課の青年が見せた戸惑いの表情からすると、そんな質問をされたのははじめてだったらしい。「そんなことは絶対に許さん」と、あとでドナルドにきつく言われた。「中途半端な状態で戻ってこようものなら、いいかスパロウ、これは冗談なんかじゃないぞ、そうなったらすぐさまアシュフォードに報告するからな」彼ならやりかねないこともわかっていた。定年退職を間近に控える彼としては、トチ狂った部下に有終の美を台無しにされるのは願い下げだろう。というわけで、もはや打つ手もなく、荷づくりをすませると、尻尾を巻いてすごすごと一路コーンウォールへと車を走らせたのだった。かの地の携帯電話の電波は当てにならないからと、ドナルドにはバーティの家の電話番号を伝え、いずれ呼び戻してもらえることに希望をつないだのである。

低い唸《うな》り声が傍らで起こり、咄嗟に視線を足元に移した。アッシュが彫像のように身をこわばらせ、向こうに見える森に目を凝らしている。「どうした、アッシュ？　自己憐憫《れんびん》のにおいがお気に召さなかったのかな？」首の毛を逆立てて耳をぴくりとさせるも、アッシュの目は一点を見つめたままだ。そのときセイディの耳もそれをとらえた。かなり遠くから聞こえてきた。ラムゼイだ、吠えている――危険を知らせる吠え方ではないようだが、それでも尋常ではなかった。

二匹の犬の世話をするようになってからこっち、柄にもなく、母性のようなもの（漠然と心をざわつかせる感情）が芽生えていた。アッシュの深い唸り声を再び耳にすると、水のボトルのキャップを閉め、「さあ行くよ」と自分の太腿《ふともも》を叩いてアッシュをうながした。「おまえの弟を探さないとね」

ロンドン時代に祖父母が犬を飼ったことはなかった。ルースにアレルギーがあったからだ。その後ルースが亡くなり、コーンウォールに引っこんだバーティは、精神的に不安定になった。「こっちの暮らしは気に入っているよ。昼間はけっこう忙しくしているしね。だが夜が静かすぎるんだ。気がつくとテレビを相手に議論している始末さ。このままボケちまうんじゃないかとやたらと気になってね」

努めて呑気《のんき》を装っていても、祖父の声に走る亀裂をセイディは見逃さなかった。祖父と祖母が恋に落ちたのはどちらも十代のころだった。ハックニーにあったバーティの両親が営む店にルースの父親が商品を卸《おろ》していたのが縁で、以来ふたりは切っても切れない仲になった。祖父の悲しみは手に取るようにわかったから、少しでも慰めになるようなことを言ってやりたかった。だが甘言は得意なほうではない。そこで、どうせ議論するならラブラドールを相手にするほうがいいのではと提案したのである。祖父はあははと笑い、考えてみようと言ったが、その翌日には動物の保護施設に出向いていた。そして、そこはいかにもバーティらしく、引き取ったのは一匹でなく二匹の犬、ついでに偏屈な猫まで一匹連れ帰った。コーンウォールに来てまだ一週間のセイディの目にも、動物三匹と人間ひとりの家庭生活は万事順調と映った。もっとも猫はほとんどの時間をソファの陰に隠れて過ごしている。祖父もルースが病に倒れる以前と同じ、穏やかな日々を取り戻したようだった。だからなおのこと、二匹がそろわぬまま家に戻るわけにはいかなかった。

アッシュの歩調が早まると、セイディも彼を見失わないよう速度をあげた。周囲の植生《しょくせい》が徐徐に変わっていくのに気づいた。空気も薄くなっていく。間引かれた木々の周囲には、陽光をたっぷりと浴びられるようになった茨の灌木《かんぼく》が嬉々として伸び広がっていた。藪《やぶ》に分け入ると、棘《とげ》がショートパンツの裾に引っかかった。セイディに空想癖があったなら、茂みが行く手を阻もうとしていると想像をたくましくしたところだろう。

散在する大岩を避けながら急斜面を這い上がると、そこは小高い山の頂、森のはずれだった。

セイディは足を止め、周囲の景色に目をやった。こんな遠くまで来たのははじめてだった。丈の高い草におおわれた草原が眼前に広がり、はるか前方に柵らしきものと、一方にかしいだゲートのようなものが見えた。その先もさらに同じような草原が続いていて、ところどころに盛大に葉を茂らせた巨木が立っている。セイディははっと息を呑んだ。子供がいた。幼い少女が逆光にシルエットを浮かび上がらせ、草原の真ん中にひとりたたずんでいる。顔ははっきりしない。声をかけようと口を開きかけたが、まばたきする間に子供の姿は溶解し、黄白色の小さなきらめきと化していた。

セイディはかぶりを振った。頭がうまく働かない。目も疲れていた。飛蚊症《ひぶんしょう》の検査を受けるべきか。

いったんは勢いよく駆けだしたアッシュだったが、首だけねじってセイディの位置を確かめると、意に染まぬらしく焦れたように吠えたてた。そこでアッシュを追ってセイディも駆けだした。いけないことをしているのではという、あまりありがたくない意識はあえて脇に追いやった。そんなふうにためらうこと自体、セイディには珍しかった。基本的にくよくよ悩む性質《たち》ではない。だが最近起こした仕事上のトラブルのせいで臆病になっていた。臆病にだけはなりたくなかった。臆病というのはセイディに言わせると、かえって敵の攻撃を受けやすい。だからトラブルに直面したら避けて通るのでなく、敢然と立ち向かうのが一番だと思っている。

たどり着いてみると、ゲートの扉は木製だった。陽射しで色が抜け、ひび割れが走り、蝶《ちょう》番《つがい》が取れかけていた。倦《う》みつかれようにぐったりとうなだれる風情から、かなり前からこの状態だったことがうかがわれた。ラッパ状の紫色の花をつけた蔓草《つるくさ》が柵の支柱全体に絡みついているので、重みでたわんだ柵の隙間を抜けるしかなかった。アッシュは女主人がついてきているのを目にして安心したのか、威勢よく吠えると速度を上げ、地平線のほうに走り去った。

草が膝にこすれるせいで、汗をかいて乾いた部分がかゆくなった。この場所には気持ちを落ち着かなくさせる何かがあった。ゲートを越えてからこっち、奇妙な感覚につきまとわれていた。まずもって馴染みのない、うまく説明のつかない感覚だ。セイディは胸騒ぎというのが好きではない——五感がちゃんと機能している限り、第六感に用はない——それに間違いなく、この奇妙さには合理的な説明がつくはずだった。案の定、十分ほど歩くうちに正体は判明した。草原は閑散としていた。木々と草と鳥たちは存在していても、それ以外のものが欠けているのだ。ぱたぱたと音をあげて行き来するトラクターもなければ、農民たちが柵を直しているわけでもなく、草を食《は》む動物の姿もない。世の中にこんなおかしな場所があったとは。

セイディはあたりに目を走らせ、判断の誤りを正してしてくれそうなものを探した。さほど遠くない場所から水の流れる音が聞こえ、ワタリガラスと思《おぼ》しき一羽の鳥が、すぐそばの柳の枝からこちらを見張っていた。ざわざわと揺れる長い草が一面に伸び広がる土地と、節くれだったこの木があるばかりで、目の届く範囲に人影はなかった。

視界の隅に黒いきらめきが走り、思わず身をすくめた。先ほどの鳥が枝から飛び立ち、セイディのほうに向かってきた。体当たりされるのではとぱっと脇によけた拍子に、何かに足を取られた。四つん這いの格好で倒れこんだ先は、柳の巨木の下のぬかるみだった。恨みがましく振り向くと、カビだらけのロープが左足に絡みついていた。

ロープ。

本能的に——というか、過去の捜査で出くわしたおぞましい事件現場をいくつも見てきたせいなら経験的にというべきか——ぱっと上を見た。あれだ。一見すると木のこぶにしか見えないが、柳のいちばん太い枝に巻きついていたのはロープの切れ端だった。そのすぐ横にも同じようなものがぶら下がり、その線をたどって地面に目をやると、板きれの湿った残骸に行き着いた。首吊りの輪縄ではない、ブランコだ。

セイディは立ち上がり、泥にまみれた膝小僧を手でぬぐうと、ぶら下がったロープの周囲をゆっくりと一巡した。こんな寂しい場所に遊具の残骸があること自体、そこはかとない不安を駆きたてる何かを感じずにいられなかった。が、さらに考えを進める間もなく、アッシュが再び駆けだした。セイディの身を案じる気持ちは、弟を見つけ出さねばという思いにすぐさま取って代わられたらしい。

いま一度ロープに目をやってから、セイディはアッシュを追った。ここにきて、それまで見過ごしていたものに気づきはじめた。はるか前方に見えていた伸び放題のイチイの木の連なりは、いまは生垣となって眼前に姿を現わした。手入れもされぬまま野生化してはいるが、それでもいちおう生垣の体《てい》をなしている。北方向のずっと奥に見えていた、両側に野花が密生するあたりには、橋らしきものが架かっていることが判明した。先ほど越えたゲートは、もはや単にふたつの自然空間を隔てているものではなくなり、野生に文明が乗りこんできた結果を示す境界のように思えてきた。つまり、いまこうして歩いているこの土地は未開地ではなく、人の手が加えられた庭だということだ。少なくとも以前はそうだったのだろう。

イチイの生垣の反対側から遠吠えが届くと、アッシュはそれに大声で応えながら植えこみの隙間に姿を消した。セイディもそれに続いたが、くぐり抜けたところではたと動きを止めた。インクを流したような大きなよどみが前方に広がり、こそとも動かぬ濃密な空間にガラスのきらめきを放っていた。水の周囲を柳の木がぐるりと囲み、水の中央には大きな盛り土というか、島のようなものがある。いたるところにアヒルがいた。オオバンやアカライチョウの姿も見える。地味豊かなにおいがあたりにたちこめていた。ひたすらじっと見つめてくる鳥の目の、黒い輝きは薄気味悪かった。

ラムゼイの長く尾を引く声がまたあがる。セイディは湖畔のぬかるんだ土手を、声のするほうに向かって歩きだした。地面は水鳥の糞でぬるぬるしていた。滑りやすいので、木の下を慎重に進む。今度はアッシュも吠えている。見れば、向こう岸に突き出た木の桟橋の上で、鼻面を天に突き出し警報を発している。

セイディは柳の垂れた枝を片側に手で払いのけると、錆《さ》びた鎖から下がる奇妙なガラスのドームを腰をかがめてよけた。先に進むとさらに四つ、同じ球体に出くわした。どれもみな汚れてくもり、内部は数世代分の蜘蛛の巣が絡み合っていた。球体のひとつの底部にそっと触れ、それがたたえる不思議な魅力にうっとりしながら、何に使うものなのだろうかと首をひねる。葉陰に生《な》った奇妙な果実といった風情である。

栈橋に着いてみると、ラムゼイが後ろ足で朽ちた床板を踏み抜き、出られなくなっていた。ラムゼイはパニックに陥っていた。セイディは急いで、だが慎重に栈橋を進んだ。それから犬のかたわらに膝をついてしゃがみ、耳を撫でながらたいした怪我はしていないことを確かめると、さてどうやって引き出すのがベストかと思案した。だが、抱きかかえて引っ張り出すという方法くらいしか思いつかなかった。ラムゼイは感謝するどころか、痛いじゃないかと言わんばかり、前足の爪で敷板をしきりにひっかいては吠えたてた。「はいはい、わかったわかった」セイディはぼそりとつぶやいた。「世の中、救助がうまい人ばかりじゃないんですからね」

やっとこさ犬を引き出すと、セイディは仰向けに倒れこんで荒い呼吸を整えた。犬のほうは気が立ってはいたが、怪我はないらしく、一目散に栈橋を離れた。セイディが目を閉じて笑い声をあげると、アッシュが感謝のしるしに首筋を舐めた。敷板が崩れ落ちるぞと警告のささやきが頭の隅に聞こえたが、耳を貸すには疲れすぎていた。

すでに太陽は空の高みに昇りつめ、顔面を直撃する熱は強烈だった。セイディはものごとをあまり深く考えるほうではないが、このときばかりは他人があれこれうるさく言ってくる気持ちが理解できた。満足の吐息がもれる。最近は満足という言葉に縁がなかった。自分の息づかいが聞こえた。こめかみのうすい皮膚を通して脈動が伝わる。耳に巻貝を押しあてると聞こえる潮騒《しおさい》のように、それは大きく響いた。

目でとらえることはできないが、自分を取り巻く世界全体が突如音で満たされ、活気づくのがわかった。体のすぐ下の、支柱に打ち寄せる波の音、アヒルたちが飛びこむ際にあげる水音や水を切って進む気配、木の板が太陽に熱せられて膨張する音。耳を澄ますうちに、それらの背後に紛れて、ぶーんというくぐもった音を感知した。何百もの小さなモーターがいっせいに始動したような音。それは夏の代名詞ともいえる音、すぐには思い出せなかったが、少ししてわかった。虫の羽音、それもすさまじい数の羽音だ。

上体を起こし、まばゆい光にひとしきりまばたきを繰り返す。白一色だった世界がすみやかに常態に戻る。きらめきを放つ睡蓮《すいれん》の葉は、水面にハート形のタイルを敷き詰めたようだし、その花は小さな握り拳を空に向けて突き上げている。周囲には、小さな羽虫の大軍が群れている。セイディはぱっと立ち上がると、犬たちを呼び寄せようとした。とそのとき、対岸にある何かが目に留まった。

陽射しを浴びた空き地の真ん中にあったのは一軒の家。レンガ造りで、ふたつの切り妻屋根と、玄関先に屋根つき柱廊《ポルティコ》をそなえた屋敷だった。瓦葺《かわらぶ》きの屋根の上には何本もの煙突が突き出し、三階部分の鉛線細工の装飾窓が陽光を受けて、陰謀めく目配せを交わしている。煉瓦の外壁には青々とした葉を盛大に茂らせた蔦《つた》が絡みつき、その巻きひげがつくる渦巻き模様の隙間を小鳥たちがせわしなく出入りしては、途切れることのない生命活動を見せつけていた。セイディはひゅっと口笛を吹いた、「あなたみたいな威風堂々とした老婦人が、こんなところで何をしているの？」そっとささやくように言ったつもりだったが、よそ者の声が歓迎されるはずもなく、口にしたユーモアにしても押しつけがましいだけで、猛々《たけだけ》しい自然に満ちた庭への冒瀆でしかないように思われた。

セイディは湖畔沿いを屋敷のほうに向かって歩きだした。誘惑には抗《あらが》えなかった。アヒルや野鳥たちはセイディに見向きもしない。この日の暑さ、湖が運んでくるむっとする湿気と相まって、我が物顔の鳥たちが鬱陶《うっとう》しかった。

湖を半周すると狭い小径に出た。サンザシに侵略されていたが、これが家の玄関まで続いているはずだ。ランニングシューズの爪先で路面をつつく。石だった。付近の村の家々に使われている地元産の石のように、かつてはピンクがかった薄茶色をしていたのだろうが、長いあいだ放置されていたせいですっかり黒ずんでいた。

家もまた庭と同じく、すっかり忘れ去られたままになっていることが、近づくにつれてわかってきた。屋根瓦《やねがわら》はところどころはがれ落ち、地面に砕け散っていたし、最上階のガラス窓の一枚は割れていた。残っているガラスには鳥の糞がべっとりと貼りつき、その白い塊が窓の下枠から垂れ下がり、地面をおおう艶《つや》のある葉に滴《したた》り落ちていた。

堂々とした建物の所有権を主張するかのように、壊れた窓から飛び立った一羽の小さな鳥が、いったん急降下したかと思うとすぐさま上昇に切り替えて、セイディの耳元をかすめていった。思わず身をすくめたセイディだが、退散する気はさらさらなかった。小鳥たちはいたるところにいた。湖で目にした鳥たちも、匍匐《ほふく》植物の下の暗がりをせわしなく出入りしては、しきりにさえずりを交わしている。鳥だけではない。葉蔭にはあらゆる種類の昆虫——蝶や蜂や、名前も知らないその他諸々——がひしめき合い、建物の荒廃ぶりとは裏腹に、不変の活気を印象づけていた。

ここは空き家だと思いたい誘惑に駆られたが、高齢者の住まいに何度も呼び出された経験のあるセイディは、空き家に見えても一歩足を踏み入れれば、そこには悲惨な物語がしばしば待ち受けているということも知っていた。狐の頭部を象《かたど》った、艶の失せた真鍮製のノッカーが、ひび割れた木製のドアの上で斜めに傾き、取れかかっていた。セイディは手を伸ばそうとして、すぐにひっこめた。誰かが出てきたら、どう言うつもりなのか？　指を折ってあれこれ言い訳を考える。今日ここにこうしている理由は何ひとつなかった。言い訳はいっさい通用しないだろう。不法侵入で捕まるのはご免だった。だがそう思いつつも、杞憂《きゆう》だということもわかっていた。目の前にあるのは間違いなく廃屋だ。うまく言葉にできないが、とにかくそんなたたずまいだ。そういうオーラを放っていた。直感がそう教えていた。

華やかなガラスが一枚、ドアの上にはまっていた。長い衣をまとった四人の人物が、それぞれ異なる季節を表わす背景の前に描かれている。セイディの知る限り宗教画ではないようだが、それと似た印象を与える。デザイン自体に厳粛さが――たとえば敬意らしきものが――ある。連想したのは教会のステンドグラスだ。セイディは汚れた大きな植木鉢をドアのほうに移動させると、その縁におっかなびっくりよじ登った。

大きめの透明ガラスがはまった箇所からなかを覗くと、玄関ホールの中央に置かれた楕円のテーブルが目に留まった。その上に花瓶がひとつ載っている。電球のような形をした陶器で、側面に花々が描かれている――ここで目をすがめる――その持ち手には金線紋様がうっすらと見える。何かの細い枯れ枝が数本、おそらく柳だろう、無造作に投げこまれ、かさかさになった葉がテーブルの上に散っていた。天井にはシャンデリア――クリスタルガラスの洒落《しやれ》たデザイン――が漆喰《しつくい》仕上げの円花飾り《ロゼット》から下がり、ホール奥には擦り切れた赤い絨毯を敷きつめた幅広の階段がゆるやかな曲線を描いて上方に延びている。左手の、閉じたドアのすぐ横の壁には、円形の鏡が掛かっていた。

植木鉢から飛び降りる。ポルティコ脇の外壁沿いに作られた花壇では植物がもつれ合っていた。そこを掻き分け奥に進む。棘でTシャツを摑まれながら茨の茂みに分け入る。強烈だが不快でもないにおい――湿った土のにおい、草木の腐敗臭、陽射しを浴びようとふくらみかけている花の香り――がたちこめ、丸々と太ったマルハナバチが大挙して、咲き乱れるピンクと白の小花からせっせと花粉を集めていた。ブラックベリー。いつの間にか昔習った知識を掘り起こしている自分に気づき、セイディは驚いた。ここにあるのはブラックベリーの花、この茂みが数か月後にはたわわに実をつけるはずだ。

窓のひとつにたどり着くと、木の窓枠に何やら刻みつけられているのが目に留まった。文字だ。A、それとおそらくE。雑な彫り跡にカビが生えて暗緑色になっている。深くえぐれた文字を指でなぞりながら、誰がやったのだろうかと考えるともなく考えた。窓下に繁茂する灌木の隙間から、鉄でできた曲線を描く物体が覗いていた。枝を払いのけると、すっかり錆びきったベンチが姿を現わした。首を巡らせ、いましがた分け入ってきたジャングルを一瞥する。かつて誰かがここにゆったりと腰をおろし、当時は手入れが行き届いていただろう庭を眺めている場面を思い浮かべるのは骨が折れた。

あの不思議な、不気味といってもいい感覚に再びとらえられたが、頭を振って追い払う。相手にすべきものは事実であって感情ではない。最近身に降りかかったあれこれを思えば、そのことを肝に銘じて損はない。三角形をこしらえた両手を窓ガラスに当て、そこに顔を押しつけて室内を覗く。

室内は薄暗かったが、目が慣れるにつれて、そこにあるべき品々が闇のなかから浮かび上がってきた。ドアのすぐ横の一隅にはグランドピアノ、中央にはソファ、それと向き合う形で一対の肘掛椅子、奥の壁には暖炉。他人の人生の蓋を開けるときに感じる、セイディにはお馴染みのあの快感が全身を駆け抜けた。こういう瞬間は警官という職業ならではの特権だとセイディは思っている。たとえ悲惨なものを目にすることのほうが多いとしても、彼女は人々の暮らしぶりにいつも魅了されてきた。ここは犯罪現場ではないし、いまは職務中の刑事でもなかったが、本能的に頭のなかにメモを取りはじめていた。

壁紙は色あせた花柄で、灰味がかった藤色。壁面の書棚は、膨大な数の本の重みでたわんでいる。歩哨《ほしょう》よろしく暖炉上部に掛かる油彩の肖像画の、鼻筋の通った女性は秘密めく微笑を浮かべている。ダマスク織の重厚なカーテンに縁取られたフレンチドアが、セイディのすぐそばの壁の隣に設けられている。そこから横手の庭園に出られるようになっているらしい。今日のような晴れた朝にはガラス越しに光が射しこみ、絨毯敷きの床に熱をはらんだまばゆい方形の光を投げかけることだろう。観察もここまでだった。アイビーの執拗に波打つ蔓が張りついたガラスは、ごくわずかな光の粒子しか通さない。ドアの脇に奥行きの浅い木製テーブルがあり、そこに洒落た額におさまる写真が立てかけてあるが、暗すぎて被写体を確認することはできなかった。たとえ光が十分でも、手前に置かれた古めかしいティーカップとソーサーが邪魔している。

唇を噛んで、しばし熟考した。蓋が開いたままのピアノ、位置がずれたソファのクッション、テーブルの上のティーカップ——その様子はどことなく、誰かがついさっきまでここにいて、いまにも戻ってきそうな印象を与えた。だがそう思うと同時に、ガラス窓の向こうの世界には、永遠に続きそうな不気味な静寂があった。部屋が凍りつき、中身が宙吊りになったままの状態というか、あらゆる要素のなかでももっとも非情ともいえる空気さえ締め出され、ここでは息も満足にできそうにない。ほかにも気づいたことがあった。それは長いこと放置されていたことを暗に示すもの。はじめセイディは疲れ目のせいだと思っていたが、この部屋がたたえる鈍い光は厚く積もった埃によるものだった。

窓のすぐ下のデスクに積もる埃が、いまはっきりと見て取れた。光の矢が、そこにあるひとつひとつ——インク壺、ランプシェード、その中間に、開いたまま乱雑に投げ出された何冊もの本——をおおう皮膜を露わにした。本の山の上に載った一枚の紙がセイディの目をとらえた。子供の顔の素描。つぶらな瞳、ふっくらした唇、両の耳にかかる髪。彼の（あるいは彼女、判断がつきかねた）美しい顔だちは、現実の子供というよりは庭に棲む小妖精を思わせた。描線のところどころに染みが浮き、黒インクがにじみ、力強い線もぼやけている。紙の下端に書かれているのはサインと日付。一九三三年六月二十三日。

大きな物音と猛スピードで駆け抜ける気配が背後で起こり、ぎょっとした拍子にガラスにおでこをぶつけた。息を荒らげて茨の茂みに飛びこんできた二匹の黒い犬が、セイディの足をくんくん嗅いだ。「朝ごはんがほしいのね」湿った鼻先で手のひらをつつかれながら声をかける。その言葉につられてセイディのお腹もぐうぐう鳴った。「さあ行くよ」セイディは窓を離れた。「おうちに帰ろう」

犬に続いて伸び放題のイチイの生垣をくぐり抜ける前に、屋敷に、最後の一瞥を投げかけた。上空にかかる太陽が雲間に隠れてしまい、窓のきらめきが湖に反射することもなく、屋敷はむくれた表情になっていた。注目の的になっていい気分でいる甘やかされた子供のように、いまは無視され面白くないのだろう。鳥たちでさえ以前より厚かましさの度を強め、笑っているような不気味な声を互いに交わしながら、靄《もや》でかすむ空き地を縦横に練り歩いている。虫たちのコーラスも昼間の熱暑がふくれ上がるにつれてますます大きくなった。

のっぺりした湖面が秘密めくスレート色の光沢を帯びる。すると突然、この自分が侵入者以外の何ものでもないという気分になった。踵《きびす》を返して歩きだす。イチイの茂みをくぐり抜け、犬たちを家路へと追い立てるうちに、刑事課に身を置く人間なら自然と研ぎ澄まされる勘とでもいうのか、ある確信めいたものが生まれていた。かつてあの家で、何か恐ろしいことが起きたのだと。

4　コーンウォール　一九三二年十月

娘たちは笑い転げていた。一同から歓声があがったのは言うまでもない。なにしろ母さまの頭上すれすれをかすめ飛んでいったのだ！　アリスは興奮の体で両手を握り合わせ、クレメンタインは玩具のグライダーを追ってばたばたと駆けていった。

「赤ちゃんのすぐそばで飛ばすのは禁止ですよ」母さまは警告を発すると、頭のてっぺんに手をやってすべてのヘアピンが定位置に挿さっているかどうかをひとつずつ確かめた。

その声が果たしてクレミーに届いたのかどうか、反応はなかった。自分の生死はこれにかかっているとでもいうように、クレミーは両手を前に突き出し、スカートをはためかせながら駆けていく。破損着陸《クラッシュ・ランディング》する前に受け止めようというわけだ。

いったい何の騒ぎかとばかり、物見高いアヒルの一団が湖からよたよたと這い出してきていたが、クレミーの奮闘むなしく、その群れの只中にグライダーが落ちてきて滑るようにして止まったものだから、いまや羽をばたつかせ、憤慨の声をあげながら四方八方に逃げていく。

古びた植木鉢の脇に置かれたベンチで詩集を読んでいた父さまが、本から目を上げて笑顔を見せ、「見事な着陸だ！」と声をあげた。「実に素晴らしい！」

グライダーは父さまの発案だった。雑誌に載っていた広告を見て、わざわざアメリカから取り寄せたのだ。それは秘密裡に進められた計画のはずだったが、アリスは何か月も前から知っていた——彼女はいつだって、誰が誰に何を贈るのかという情報をかなり早い段階でつかんでしまうのだ。今回は今年春のある夕刻のこと、父さまがその広告を指さしながら、「これ、見てごらんよ。クレメンタインの誕生日のプレゼントにぴったりじゃないかな?」と言っているところを目にしたのである。

母さまは気乗り薄で、果たして木製グライダーが十二歳の娘にふさわしい贈り物だろうかと煮えきらない様子だったが、父さまはただ微笑んで、クレメンタインはそんじょそこらの十二歳の娘とはわけが違うんだと言った。たしかに父さまの言うとおり、クレミーはとことん変わっている——セオが生まれてくる前は、父さまは彼女のことを「うちの息子」と愛情こめて呼んでいたほどだ。グライダーに関しても父さまの読みは正しかった。クレミーは昼食後のテーブルで、破り取った包装紙の下から現われた贈り物に目を丸くすると、文字どおり喝采《かっさい》の叫びをあげたのだ。それから椅子をぱっと飛びおりると、テーブルクロスを引きずらんばかりの勢いでドアに向かって駆けだしていた。

「クレミー、お戻りなさい」母さまは、倒れそうになった花瓶に慌てて手を伸ばしながら懇願の声をあげた。「まだデザートがすんでいないでしょ」それから今度はすがるようなまなざしを一同に向け、「おお、外はやめましょうよ。このあと図書室でジェスチャーゲームをしようと……」

だが、誕生日の主役が部屋を飛び出してしまっては、誕生パーティどころではなくなった。

母さまには無念としか言いようのないことだが、こうなってはせっかく美しくセッティングされたテーブルももはや用済みとなり、午後は祝いの席を庭に移すしかなかった。

というわけで家族全員が、そこにミスター・ルウェリンとお祖母さまと乳母のローズも加わり、〈ローアンネス〉の芝生に集《つど》っていたのである。午後の長い影が、深緑に染まる芝生に広がりはじめていた。この日は見事に晴れわたり、秋とはいえまだ寒くはなかった。家の外壁にはいまもクレマチスの花が咲き乱れ、小鳥たちもさえずりながら広々とした庭をひょこひょこ歩き回っているし、赤ん坊のセオも、幌付きのバスケットに寝かされたまま外に連れ出されていた。

近隣の畑で農夫がヘザーを燃やしているのか、芳《かぐわ》しいにおいが流れてきた。アリスは季節の移ろいを感じさせるこのにおいを嗅ぐと、きまって心が浮き立った。クレミーが木製グライダーの手入れをする様子を眺めつつ、うなじが陽射しで温もるのを味わい、地面のひんやりした感触を素足に受け止めながら、この上ない幸福感にひたった。

アリスはポケットに手を突っこむと、手帳を取り出した。この感動を、この日のことを、ここにいる人たちのことを書きとめておかねばと気が急いた。万年筆の尻尾を嚙みながら、日に照らされた家や柳の木の連なり、きらめく湖、鉄のゲートに絡みついた黄色い薔薇に視線を泳がせた。ここは物語に出てくるような庭だった——というか、まさに物語から抜け出てきた庭——アリスはこの地を愛していた。〈ローアンネス〉から出ていく気などさらさらなかった。この先も絶対に。ここで年老いていく自分の姿が想像できた。白くなった髪を長く伸ばし、猫たちに囲まれている幸せそのものの老婦人――そう、話し相手は数匹の猫だけで十分だ（クレミーは訪ねてきてくれそうだが、デボラはまずもって来ないだろう。なにしろ姉はロンドンにいるほうが断然幸せなのだ。豪邸に暮らし、大金持ちの旦那様がいて、身の回りの世話をする大勢のメイドに囲まれて……）。

　こういう日にはきっとみんなも同じ気分なのだろうと、アリスはうきうきとペンを走らせながら思った。父さまは息抜きに書斎から出てきたし、ミスター・ルウェリンはフォーマルなジャケットを脱いでシャツとベスト姿でそこらを歩き回っているし、ドシールお祖母さまも柳の木の下でうつらうつらしながらも楽しげだ。母さまだけは著《いちじる》しい例外だが、入念に整えた計画をすっかり台無しにされたわけだから、不快も露わにむくれたくなって当然だろう。

　自分はもう一人前の淑女だとばかり普段は玩具になど見向きもしないデボラまでが、クレミーの熱中ぶりに感染していた。そんな自分が癪《しゃく》にさわるのだろう、デボラは図書室の窓下のベンチから動こうとしない。もっとましなやりたいことがほかにいくらもあるのに、こうしてつき合ってあげているのだからありがたいと思えと言わんばかりだ。そのデボラが、「旋回させてごらんなさいな」と、グライダーのはいっていた箱を持ち上げて声を張りあげた。「ゴム紐を説明書どおりに巻き上げると、機体を旋回させられるんですってよ」

「お茶がはいりましたよ」午後の展開が想定していたものからどんどん違うものになっていくせいで、母さまの非難がましい声はとんがっている。「淹《い》れたてのお茶なのに、これじゃすぐに冷めてしまうわ」

昼食をしっかり食べたせいでみんなはお茶を飲む気になれなかったが、そこは義理堅い友らしく、ミスター・ルウェリンは言われるままに前に進み出て、母さまが無愛想に突き出すカップとソーサーを受け取った。

それとは対照的に、デボラは母さまの懇願にはいっさい取り合わない。「ほらさっさとおやりなさいな、クレミー。もう一回飛ばしてごらん」

クレミーはワンピースのサテン地のベルトにグライダーを挟んだままで返事をしない。そのうちスカートの裾をズロースにたくしこむと、首を伸ばしてシカモアの木のてっぺんを仰ぎ見た。

「クレミーったら！」デボラがしびれを切らして声を荒らげる。

「ねえ、誰か抱え上げてよ」妹の返事はこれだった。

ミスター・ルウェリンにケーキを押しつけるのに余念がないとはいえ、差し迫るトラブルの予兆に絶えず目配り怠りない母さまが、ケーキの欠片《かけら》ひとつ落とすことなく声を張りあげた。「いけません、クレミー！　絶対に駄目ですからね！」それから同意を求めるように父さまのほうへさっと目を向けたが、父さまは本に顔をうずめ、キーツの世界にひたったままだ。

「好きにやらせておやりなさいな」ミスター・ルウェリンがなだめるように言った。「大丈夫ですよ」

もはや呼びかけに抗しきれなくなったデボラが、箱をベンチに放り出すと、木の下に駆け寄った。乳母のローズが両腕を組んで踏み台をこしらえると、クレミーがそこに足をかけた。しばしもたつき、何度か失敗を繰り返したあと、クレミーの姿は下のほうに張り出す大枝のなかに消えた。

「気をつけてよ、クレメンタイン」母さまは注意をうながし、現場に引き寄せられた。「お願いだから無茶はしないでね」木の下をおろおろと歩き回り、苛立ちの溜息をもらしては、密生する葉のあいだを進んでいくクレメンタインから目を離さない。

やがて勝ち誇ったような叫び声がおこり、木の頂き付近に突き出された片腕が振りたてられた。アリスが午後の陽ざしに目をすがめてにやつきながら見守るなか、いちばん高い枝の分岐点に達した妹が、ベルトに挟んであったグライダーを手に取った。それからゴム紐をしっかり巻き上げると、グライダーを高くかまえて最適な発射角度を按配しながら間合いをはかり――えいっ！

グライダーが鳥のように飛び立った。淡い青に染まる空を滑るように進んだ。途中、機体がわずかに沈むもすぐに持ち直し、やがて速度が落ちると尾翼に減圧が生じ、機体の尻が持ち上がる。

「ほら見て！」クレミーが叫ぶ。「あれを見て！」

たしかにグライダーは大きく旋回し、湖のほうへ進路を変えた。その見事な飛行に、桟橋のところで作業していた庭師頭のミスター・ハリスと新入りの庭師までが、手を止めて空を見上げた。グライダーが曲芸飛行をやり遂げ、さらに湖面をかすめ飛び、対岸の噴水近くの平らな草地に優雅に着地すると、どっと歓声があがった。

小さなグライダーが空中に輪を描いた瞬間、全世界がぴたりと動きを止めたかのようだった。だから赤ん坊の泣き声が起きたとき、アリスはちょっと驚いた。かわいそうな坊や！ 興奮のあまり、バスケットのなかの存在は頭からすっかり消し飛んでいたのだ。何事にも傍観者たらんとするアリスは、周囲にちらりと目を走らせ、誰かがなんとかするのを期待したのだが、どうやらあやしに行ける暇人は自分しかいないようだった。ならばと意を決してセオのバスケットのほうに歩きかけたそのとき、一歩先を行く父さまの姿が目に留まった。

赤ん坊をあやすのは人任せと考える父親は多い、というかアリスはそう思いこんでいたのだが、父さまは違った。父さまは世界一素敵な父親である。誰に対しても親切だし温厚な性格だし、掛け値なしに聡明な人だ。自然と科学をこよなく愛していて、地球に関する本まで書いている。その大作に十年以上も前から取り組んでいて、（こんな気持ちは認めたくないが）できることならそこだけは父親に変わってほしいと思っていた。父親が聡明なことは嬉しいし、当然のこと誇らしくもあったが、本を相手に過ごす時間があまりにも長すぎるのだ。そんなことよりみんなと一緒に過ごしてくれる父親でいてほしかった。

「アリス！」

デボラが呼んでいた。何の用かは知らないが、姉が尊大な口調をころっと忘れているところからすると、大事なことに違いない。「アリス、早くいらっしゃいな！ ミスター・ルウェリンがボートに乗せてくれるんですって！」

ボート！ やった！ またとないチャンス——そのボートは母さまが子供のころに愛用して

いたもので、それゆえアンティークとみなされ、「使用禁止」を言い渡されていた。アリスは満面に笑みを浮かべ、心ときめかせた。午後の陽射しが一気に明るさを増した。今日という日がいまだかつてない最良の一日になろうとしていた！

5　コーンウォール　二〇〇三年

「ただいま！」セイディは祖父の家の狭い玄関ホールで泥だらけのランニングシューズを脱ぎ捨てると、これを足先で幅木《はばき》沿いに追いやった。崖の上に立つこのコテージにたちこめる風味豊かなにおいにつられ、朝食に飢えたお腹がぐうぐう鳴った。

「ねえ、バーティ、聞いたらびっくりするわよ、すごいもの見つけちゃった」そう言って、コート掛けの下に置かれた桶《おけ》から一食分のドッグ・フードを取り出した。

「いまキッチンだ」声が返ってきた。

セイディは腹ぺこの犬たちの体を優しく叩いて、室内に向かった。

祖父は食事用の木の丸テーブルについていたが、ひとりではなかった。見るからに元気潑剌《はつらつ》といった感じの、灰色のショートヘアに眼鏡をかけた小柄な女性が祖父の向かいに腰かけ、マグを両手で包み、にこやかにセイディを迎えた。

「あら、ごめんなさい。てっきりひとりかと――」

祖父が謝罪の言葉を手で払いのける。「やかんのお湯は沸かしたてだよ、セイディ。自分の分を淹れておいで。こちらはルイーズ・クラークさん、病院にお勤めでね、夏至祭《ソルスティス・フェスティバル》のバザーに出す玩具を取りにみえたんだ」セイディが挨拶がわりの笑みを向けると、祖父が言い足した。「ご親切にもシチューを持ってきてくださってね」

「そんなたいそうなものじゃないんですよ」ルイーズが、セイディと握手しようと腰を浮かしかけた。色あせたジーンズにTシャツといったいでたちだ。Tシャツは眼鏡フレームと同じ鮮やかなグリーンで、「奇跡は起こる！《マジック・ハプンズ》」と書かれている。世の中には内面の輝きが透けて見えるような表情をした人がいるが、彼女もその部類らしく、村の誰よりもたっぷりと睡眠を取っていそうだった。セイディとしては、薄汚れて無愛想な我が身を思い知らされるばかりだ。

「お祖父さまはすごい腕をお持ちなのね、木の扱いが実に細やかなの。今年のバザーは病院の出店が大にぎわいでしょうね。お祖父さまに協力していただけてラッキーだったわ」

セイディも同感だった。だが、祖父があからさまな賛辞を好まないことを知っているので、口には出さずにおく。代わりに、祖父の椅子の背後の狭い空間に体をねじこんで、禿げ上がった頭のてっぺんにキスをした。「だったら今後はわたしがビシバシ発破《はっぱ》をかけて、仕事をさせなくちゃね」そう言ってベンチに戻る。「いただいたシチュー、いいにおいだわ」

ルイーズが嬉しそうな笑みを浮かべた。「とっておきのレシピよ――材料はレンズ豆と愛情」

返答の仕方は幾通りかあったが、そのうちのひとつに決めるより先にバーティが話に割りこんだ。「セイディはしばらくこっちにいるんですよ、普段はロンドン住まいでね」

「休暇旅行ってわけね、素敵だわ。だったら二週間後もこっちにいらっしゃる？　そのころフェスティバルがあるんですよ」

「たぶん」セイディは祖父の視線を避けながら言った。祖父に予定を訊かれたときも、はっきりしたことは告げなかった。「万事成行き任せなもので」

「運を天に委ねる、ってわけね」ルイーズがしたり顔で言った。

「ま、そんなところですね」

バーティが眉を上げたが、深追いは思いとどまったらしい。それからセイディの泥まみれの服に顎をしゃくって見せた。「戦場帰りのようだね」

「敵はもっと重傷よ」

ルイーズが瞠目《どうもく》する。

「うちの孫娘はランナーでしてね」バーティが解説する。「苦痛に喜びを感じる、いわば変わり者の部類ですよ。悪天候が一週間も続いたせいで閉所熱にかかったらしく、そいつを山道で発散してきたんでしょうな」

ルイーズがからからと笑った。「こっちに来てまだ間がない人は、そういうものなんでしょうね。霧を知らずに育った人には鬱陶しいだけよね」

「今日はありがたいことに霧はなし」言ってセイディは、バーティが毎日焼くサワーブレッドを厚めに切り取った。「水晶みたいに澄みわたっていましたよ」

「それは何よりだわ」ルイーズがお茶を飲みきる。「うちの病院には三十二名のやんちゃな子たちがいましてね、今日は海岸でピクニックをするのでおおはしゃぎなんです。これ以上待たせたら、反乱が起きてしまうわね」

「だったらこいつらに一役買ってもらいましょう」バーティが言う。「ちびっ子どもに暴動を起こされたくないですからね」

ふたりが木工玩具を紙にくるんで段ボール箱に丁寧に詰めていくのを横目に、セイディはパンにバターとマーマレードを塗った。森で見つけた家のことをバーティに話したくて焦れていた。奇妙でうらさびれたあの雰囲気にいまも引きずられながら、ジャックとかいう理事のひとりをめぐって交わされるふたりのやりとりを聞くともなく聞いていた。「だったらわたしが彼を訪ねてみるかな」バーティーが話にけりをつけた。「彼の好物の梨のケーキを手土産《てみやげ》に、うまく説き伏せてみせますよ」

セイディはキッチンの窓の外に目をやった。庭の向こうには港が広がり、ベルベットのような海に浮かぶ何艘もの漁船が上下に揺れていた。バーティが新しい土地のコミュニティにこんなにもすんなり溶けこんでいるとは驚きだった。こっちに移り住んでまだ一年とちょっとだというのに、まるで生まれてからずっとここで暮らしてきたかのように、濃密な人間関係を早くも築いているらしい。住んで七年になる集合住宅の住人の名前を全部言えるかといったら、セイディにはまるで自信がない。

テーブルを前に、真上の部屋に暮らす男がボブだったかトッドだったかロッドだったかと記憶をたどろうとしたが、バーティに話しかけられたところでそれもうやむやに終わった。「よし、セイディ、話の続きを聞こうじゃないか――何か見つけたって言っていただろ。銅山の廃鉱にでも落っこちたみたいな顔をしているぞ」バーティーは梱包作業の手を止めた。「そうなのか？　落っこちたのか？」

セイディは呆れたように目を回す仕草をした。バーティは心配性なのだ、ことセイディのことになるとそうなる。ルースが亡くなってからは特に。

「埋蔵品でも見つけたか？　わたしらは大金持ちになったのか？」

「残念でした」

「このあたりにそんな幸運が転がっているとは思えないわね」ルイーズが言った。「密売人たちが海岸沿いに掘ったトンネルならあちこちにあるけれど。岬のほうを走ってきたの？」

「森のほうです」セイディは答え、ラムゼイの一件――途中でラムゼイを見失い、やむなくセイディとアッシュは道を逸れて彼を探すことになった経緯――を手短に報告した。

「セイディ――」

「はいはい、お祖父ちゃん、森は深く、わたしは都会っ子だって言いたいんでしょ。でもアッシュが一緒だったし、探しに行って正解だったのよ。やっと見つけたときには、古い桟橋を踏み抜いて身動きがとれなくなっていたんだから」

「桟橋？　森にかね？」

「厳密には森のなかじゃないの。森を切り開いた土地というか、あそこは誰かの所有地なんでしょうね。草木が伸び放題の庭に囲まれた湖があって、そこに桟橋があったの。見たらきっと気に入るわ。柳の木や大きな生垣もあって、昔はかなり壮観な眺めだったでしょうね。それとお屋敷もあったわ。誰も住んでいなかったけど」

「エダヴェイン家の地所だわ」ルイーズが小さくつぶやいた。「ローアンネス」

口にされた途端、その名前があまたあるコーンウォール語のなかでも魔法の呪文を思わせる情趣を帯び、虫たちがもたらしたあの奇妙な感覚、家そのものが息づいているかのような感覚がいやでもよみがえった。「ローアンネス」セイディは反復した。

「コーンウォール方言で〝湖の家〟という意味よ」

「そうですか……」セイディは泥で濁った湖とそこに棲みつく薄気味悪い鳥たちを思い出していた。「ええ、そこだと思います。何かいわれでも？」

「恐ろしいことがあったの」ルイーズが悲しげな表情を浮かべ、かぶりを振った。「一九三〇年代ごろの話よ、わたしはまだ生まれていなかったけど、母からよく聞かされたわ——子供たちが勝手に遠くに行かないようにするための教訓話としてね。盛大なパーティが開かれた夜に、子供がひとりいなくなってしまったの。当時はかなり大騒ぎになったらしいわ。一家はお金持ちだったし、全国紙で大々的に報じられたみたい。地元警察も大がかりな捜査に乗り出し、ロンドンのトップクラスの捜査員まで駆り出されてね。でも結局、見つからなかった」ここでルイーズは玩具の最後のひとつを箱に納め、蓋を閉めた。「気の毒に、いなくなった坊やは一歳にもならない赤ん坊だったの」

「その事件、初耳です」

「セイディは警察勤めでね」バーティが解説した。「刑事なんだ」誇らしげな補足に、セイディは思わず身がすくんだ。

「あらそうなんだ。でもだいぶ昔の事件だしね」ルイーズが言った。「それにしても、なぜかほぼ十年おきに事件のことが話題になるから不思議よね。誰かがどこからか手掛かりらしきものを見つけて警察に通報したり、行方不明の男の子はこの自分だと言い出す人間がいきなり現われたりして。もっともそれだって地元紙に載るのが関の山だから」

セイディは埃をかぶった書斎を、机の上に開いたまま置かれた何冊もの本を、あの素描画を、壁に掛かる肖像画を思い浮かべた。かつて誰かにとっては特別な意味を持っていたに違いない私物たち。「どういう経緯で空き家に？」

「住んでいた家族が出ていったんですよ。戸締まりだけして、そのままロンドンにね。時間が経つにつれて、家の存在自体もいつしかみんなの記憶から消えてしまった。我らが郷土の〈眠れる森の美女〉ってわけ。あんなふうに森の奥深くにあるんだもの、よっぽどの理由がない限り近づく人なんていませんよ。昔は美しい庭園と大きな湖がある素敵な場所だったと聞いているわ。まるで桃源郷のようだったと。でも、幼い男児が忽然と姿を消した時点で、何もかもがすっかり変わってしまったのね」

バーティが満足げに深い吐息をもらし、両手を軽くこすり合わせた。「そうだよ、そうこなくっちゃ」彼は言った。「コーンウォールに来たからには、そういうことがなくちゃね」

セイディは眉をひそめた。祖父の相も変わらぬ現実主義には呆れるばかりだ。たしかに不思議な話ではあるが、警官としての本能がたち騒いだ。忽然とであれ何であれ、人がただ消えるなどということはあり得ない。バーティの反応はひとまず措《お》くことにし、セイディはルイーズに顔を向けた。「その警察の捜査ですけど……。容疑者はいたんですか？」

「おそらくいたんでしょうね、でも犯人は特定できなかった。記憶する限り、迷宮入りになったはずよ。決め手になる手掛かりもなかった。かなり大がかりな捜索もされた。当初はその子がひとりでどこかに行ってしまった、という読みだったようだけど、足どりがまったくつかめなかったみたいね」

「一家はその後、一度もこっちに戻っていないんですか？」

「ええ、一度も」

「家は売らなかった？」

「わたしの知る限りではそのはずよ」

「なんとも奇妙な話だね」バーティが言った。「ただ戸締まりをしただけで、いまのいままでほったらかしだなんて」

「それくらい家族の悲しみが大きかったってことでしょうね」ルイーズが言った。「たくさんの思い出が詰まった場所だろうし。子供を失うというのがどういうことか、当事者でなければ到底わかりっこないですよ。そりゃもう嘆き悲しみ、無力感に苛《さいな》まれただろうし。悲劇の現場から一刻も早く立ち去りたい、どこか別の場所で人生をやり直したいっていう気持ち、わかる気がするわ。きれいさっぱり忘れたかったんですよ」

セイディは同意しながらも、歯切れは悪かった。自分自身の経験に照らせば、どんなに必死に逃げようと、どう人生をやり直そうとしても、どれだけ歳月が流れようと、過去はいずれ追いつく術《すべ》を知っているのだ。

＊

その夜、バーティにあてがわれた二階の自室で、セイディは封筒を取り出した。その前夜も、その前の夜も同じことをしていた。ただし封筒の中身は引き出さなかった。その必要はなかった。何週間も前から内容はすっかり頭にはいっていた。封筒の表面に親指を走らせる。宛先の上には「写真在中、折曲げ厳禁」と大文字で記してある。その写真もすべて思い浮かべることができた。証拠。自分がやらかしたことの紛れもない証拠。

犬たちがベッドの裾で寝返りを打った。ラムゼイが眠りながらくーんと鼻を鳴らした。セイディは安心させてやろうと、ラムゼイの温かい脇腹に手を当てた。「よしよし、いい子だ、何の心配もないからね」これは犬にだけでなく、自分自身に向けても言っているのだと気がついた。過去は、十五年の時を経てセイディを見つけ出してしまった。この十五年間、ひたすら前だけを見つめ、後ろを振り返らないようにしてきたというのに。まったくなんということか、さんざん苦労して築き上げた過去と現在を隔てる防壁も、たった一通の手紙があっさりとつき崩してしまったのだ。いまも目を閉じれば、十六歳当時の自分が、両親と暮らしていた洒落た棟割り住宅の、煉瓦の外壁にもたれて待つ自分の姿が、脳裡にありありとよみがえった。身に着けていた安物のコットンドレスも、唇にたっぷり塗りつけたリップグロスも、瞼《まぶた》の上に塗りたくったアイシャドウもはっきり憶えている。すすけた色のちびたアイペンシルで瞼の上を塗る仕草も、鏡に映った自分の顔も、地肌が隠れて見えなくなるほど目元を黒くしたいという欲求も、いまだに忘れたことはない。

セイディの知らない男女が――セイディの祖父母の知り合い、とだけ聞かされていた――車で迎えに来た。男の人は運転席にすわったまま、布切れで黒いハンドルを磨いていた。女の人は、パールの光沢のあるコーラルピンクの口紅とてきぱきとした無駄のない動作だけが印象的な人で、助手席から降りたつと足早に近づいてきて、「おはよう」と声をかけてきた。これから人助けに乗り出そうとしている自分に気をよくしている人にありがちな、妙に明るく、癇《かん》にさわる声だった。「あなたがセイディね」

セイディは午前中ずっとそこにしゃがみこんでいた。空っぽの家に居つづける意味はなかったし、さりとてほかに行くあてもなかった。髪をヘナで染めたソーシャルワーカーから待ち合わせの日時と場所を告げられたとき、やめてしまおうかと考えたが、それも一瞬のことだった。これが最良の選択肢だと思いなおしたのだった。たしかに自分は馬鹿なことをしたのかもしれない――両親からはおまえは馬鹿だと始終言われてきた――だが、セイディは愚かではない。

「セイディ・スパロウさんよね？」女の人はしつこく繰り返した。上唇の上に生えた金髪の産毛にうっすらと汗が光っていた。

セイディは返事をしなかった。言いなりになるのにも限界があった。返事をする代わりに唇をきゅっと引き結び、空を舞うムクドリの群れに気を取られているふりをした。

そんなことでめげるような相手ではなかった。「わたしはミセス・ガーディナー、あそこにいるのはミスター・ガーディナーよ。あなたのお祖母さまのルースに頼まれて迎えに来たの。お祖母さまもお祖父さまも運転できないし、それでお役に立てればと思ったわけ。ご近所同士だし、たまたまこっちに来る用事もあったしね」セイディが何も言わないでいると、女の人はセイディの父親が一年前にフランクフルトに出張した際に持ち帰った英国航空のバッグのほうに、スプレーで固めた髪を振って見せた。「荷物はそれだけ?」

セイディはバッグの持ち手を強く握りしめると、コンクリートの路面にこすれるのもかまわず、太腿近くに引き寄せた。

「身軽な旅行者、ってわけね。ミスター・ガーディナーが感心しそうだわ」女の人が鼻先に止まった蠅を手で払うのを見て、セイディはピーター・ラビットを思い出した。生まれ育った家と今生《こんじょう》の別れをする間際に頭をよぎったのが、こともあろうに童話のキャラクターだったとは。それはそれで愉快なはずだが、そのときのセイディは愉快な気分になどなれなかった。

生まれてからずっと暮らしてきた家を振り返って見るようなセンチなことはしたくなかったが、ミスター・ガーディナーがハンドルを切って歩道際から離れる瞬間、視線はそんな思いを裏切っていた。どうせ家には誰もいないし、見えるものといったらこれまでさんざん目にしてきたものばかりだ。隣家の窓辺の薄いカーテンが少し持ち上がり、すぐに下りた――セイディ出奔という心ときめく一幕があっけなく終わり、これでまた判で押したような郊外の日常が戻ってくることを告げる正式な合図というわけだ。ミスター・ガーディナーの車は道の突き当りの角を折れると、ロンドンを目指してひたすら西に進んだ。再出発の場所は何度か会っただけの祖父母の家だった。彼らが行くあてのないセイディを引きとってくれたのだった。

*

かすかな衝撃音が何度も頭上に降ってきた。セイディは回想に見切りをつけるべくまばたきを繰り返し、意識を現実に引き戻した。ほの暗い明かりに照らされたこの寝室は石灰塗料で白く塗られていて、天井は傾斜し、ドーマーウィンドウからは茫洋とした暗い海が見渡せた。壁には一枚だけ写真が掛かっている。額装されたこの写真は、祖父母と暮らしていたロンドンの家の、セイディのベッドの上にルースが飾ってくれたものだった。嵐で波立つ海と、三層の小型漁船が大波に呑みこまれようとしている場面だ。「わたしたちがハネムーンで買ったものなの」と、祖母がある夜、話してくれた。「一目惚れだったわ。いままさに砕けようとしている大波の緊迫感がよく出ているでしょう。勇敢で経験豊かな漁師たちは頭をかがめて、大事な命を必死で守ろうとしているのね」セイディはそこに教訓めいたものを嗅ぎ取った。そんなことをルースにくどくど説かれるまでもなかった。

またしてもどすんと音がした。パーティが屋根裏に上がっているのだ。

ここ〈望洋荘〉に来てすでに一週間、この家にはある種のパターンがあることにセイディは気づいていた。日中は新生活の雑用や友人たちとの交流、それに庭木の手入れや近々開催予定のフェスティバルの準備などであれこれ忙しくしている祖父も、夜は違った。毎晩夕食をすませてしばらくすると、そういえばあれはどこにいったかなとか唐突に口走っては、鍋やら泡だて器やら料理本やらを探すふりをして、ぐらつく梯子をよじ登るのである。中身を調べるべく持ち上げた箱をどすんと置く音が何度か繰り返され、そのうちその間隔が長くなると、やがてパイプ煙草の甘い香りが天井の隙間から漂ってくる。

祖父が何をしているのか、セイディにはわかっていた。ルースの衣類の一部はすでに慈善ショップ〈オックスファム〉に寄付していたが、手放しがたい遺品がいまも膨大な数の箱に納められたままだった。屋根裏は生涯かけて収集した品々の収蔵庫、祖父はそこの学芸員《キュレーター》なのである。セイディが仕分け作業の手伝いを買って出たときも、「まだいいんだ」と即座に言い返された。それから、ついきつい口調になったことを後悔したかのように、こう言ったのだった。「別に邪魔になるものじゃないからね。ここにルースがいると思っていたいんだよ、同じ屋根の下にね」

ロンドンの家を売却してコーンウォールに引っ越すと祖父から聞かされたときは、驚いた。そこはバーティとルースが所帯を持ってからずっと暮らしてきた家だったし、セイディにとっても愛する家族と暮らした家、心安らげる場所だった。だから祖父はずっとあの家に住みつづけるはず、たくさんの楽しい思い出が古いスライド写真のように埃っぽい家の隅々で動きだしそうなあの家を出るなどあり得ない、そう勝手に思いこんでいた。だが、バーティとルースが共に育《はぐく》んできたような愛情で人を愛したことのないセイディに、本当のところがわかるはずもなかった。移住計画はもう何年も前から夫婦のあいだで話し合われていたことだったのだ。まだほんの子供だったバーティの心にコーンウォールへの憧れを植えつけたのは、店に来ていたひとりの客だった。ブリテン島南西部の温暖な気候、見事な庭園の数々、潮風と海と豊富な民間伝承のことなど、その人はさまざまな話を聞かせてくれたという。「結局、実現できずに終わっちまったよ」と、葬儀から何週間かが過ぎたころ、祖父はしんみりとセイディに打ち明けたのだった。「時間はまだたっぷりあると思っているうちに、結局は時間切れになってしまうんだね」そのうちロンドンが恋しくなるのではと尋ねると、祖父は肩をすくめ、そりゃあロンドンは自分が生まれ育った故郷だし、生涯の伴侶と出会い、所帯を持った土地だからねと言った。「だがそれはもう過ぎたことなんだ、セイディ、どこに行こうと過去と縁が切れるわけじゃない。新生活と言っても、そこはルースとさんざん話し合ってきたことだからね――ある意味ルースにも未来を与えてやれるくらいに思っているんだ」

そのとき、踊り場で足音がしたと思うと、ドアがノックされた。セイディは慌てて封筒を枕の下に押しこんだ。「どうぞ」

ドアが開くと、バーティがケーキ皿を手に立っていた。

セイディはわざとらしい大きな笑みを浮かべた。鼓動が早まった。咄嗟にとりつくろったのが後ろめたかった。「探し物は見つかった？」

「こいつを探していたんだよ。明日は秘伝の梨のケーキを焼こうと思ってね」それからちょっと顔をしかめ、「だが考えてみたら、梨を切らしていた」

「料理に疎《うと》いわたしが言うのもなんだけど、それってやっぱり問題だわね」

「明日の朝、村に行って調達してきてくれると助かるんだがね」

「ちょっとスケジュールを見てみないと……」

バーティがあははと笑った。「恩に着るよ、セイディ」

祖父はしばらくぐずぐずしていた。ほかに何か言うことがあるらしいと察しをつける。思ったとおりだった。「実は、上でこんなものも見つけたんだ」祖父はケーキ皿のなかからページの角が折れた一冊の本を取り出すと、セイディに表紙が見えるように掲げて見せた。「きれいなまんまだろ?」

セイディはすぐにわかった。ドアを開けたら思いがけず旧友がそこに立っていたような気分だった。とりわけ辛く困難な時期にいつもそばに寄り添ってくれていた友。バーティとルースがこれを大事に取っておいてくれたとは意外だった。いまとなっては思い出すのも辛いことだが、ふたりと暮らしはじめた当時のセイディにとって、このパズルの本はかけがえのない相棒だった。祖父母の家の店舗の上、孫娘のためにルースが特別に整えてくれた予備の小部屋に引きこもり、セイディはこれを一ページずつ、最初から最後までこつこつと解いていった。その熱中ぶりは信仰にも匹敵するほどだった。

「全部解いちまったのか?」バーティは言った。「ひとつ残らず?」

その声にこもる誇らしげな調子にセイディは胸が熱くなった。「まあね」

「答を見るまでもなかったんだね」

「そんなこともないけど」セイディは、巻末のぎざぎざになった切断面に目をやった。答を見ないように、見ることができないように、誘惑に駆られないようにと、解答部分を破り取った跡だった。答は自力で出すべきものであって、そこに一点のくもりも不正もあってはならない。そうすることで何かを証明しようとしていたのは言うまでもない。両親がどう思おうと、この自分は愚か者ではないことを、救いようのない人間ではないことを、「人間のクズ」でないことを証明したかったのだ。どれほど難問でも解くことができた。大波が砕け散ろうと、漁師たちは生き延びるのだと。「ルースが買ってくれたのよ」

「そうだったね」

時宜《じぎ》にかなったうってつけのプレゼントだったのに、セイディはあまり喜ばなかったのではなかったか。祖母からこれを手渡されたとき、自分がどう言ったのかは思い出せなかった。おそらく無言で受け取ったのだろう。あのころはとにかく誰とも口を利きたくなかった。相手が誰であれ、救いの手を差し伸べてくれた奇特な身内にまで横柄《おうへい》に振る舞い、何に対しても一言で切り捨てるような、屈折した十六歳だった。「お祖母ちゃんはどうしてわたしの気持ちがわかったのかな」

「そういう人なんだよ、思いやりがあったし聡明だった。人の心が読めるんだ、相手がどんなに必死に隠そうとしてもね」バーティが笑みを浮かべた。ルースの話になると祖父の目はすぐに潤《うる》んでしまうのだが、どちらも気づかぬふりをした。祖父がベッド脇のテーブルにパズルの本を置いた。「ここにいるあいだ、もう一冊調達せにゃならんだろうな。それとも小説がいいかね。世間じゃ休暇にはそうするみたいだし」

「そうなの?」

「そう聞いたがな」

「だったらそうしようかな」

祖父が片眉を上げた。セイディの来訪がひどく気になりながら、孫娘の性格を知っているから無理に触れようとしないのだ。祖父は代わりにこう言った。「さてと、そろそろ寝るとするかな。海辺の空気に勝るものなし、だろ?」

セイディは同意を伝え、ゆっくり休んでねと告げた。ところが部屋を出てドアが閉まると、祖父の足音は廊下の先のベッドには向かわず、屋根裏のほうへと遠ざかった。

パイプの煙が天井板の隙間から漂い出し、犬たちは夢でも見ているのか、セイディの横で体をぴくりとさせた。そして祖父はいま、上階で自分の過去と向き合っている。セイディは渡された本をぱらぱらとめくった。ただの粗末なパズル集、洒落たものでもなんでもない。それでもこれがセイディの人生を救ってくれた。祖母からこれを渡されるまでは、自分を利口だと思ったことはなかった。パズルが得意だという自覚もなければ、パズルを解く作業が、学校をずる休みするのと同じような快感をもたらしてくれるとは思いもしなかった。ところがパズルはすいすい解けたし、痛快な気分も味わえ、すると未来への扉が開き、想像だにしなかった人生が眼前に広がりだした。成人を迎え、悩み多き十代から抜け出すと、気がつけば現実世界のパズルと向き合う仕事に就いていていた。しかも解きそこねたら最後、単なる知的挫折ではすまない仕事に。

バーティが今夜これを、あの当時を強烈に思い起こさせるこの本を出してきたのは、ただの偶然だろうか？　それとも今回の滞在が、祖父母の家で暮らすきっかけとなった十五年前の出来事と関係があることに、祖父はうすうす感づいているのか？

セイディは例の封筒を取り出すと、責めたてるような手書きの文字に改めて目を凝らした。封筒の幅いっぱいに書かれた宛名と住所が非難の声に感じられた。なかにおさまる便箋は自分に向けられた時限爆弾、信管のはずし方を必死に考えているあいだにも、チクタクチクタクと時を刻んでいた。なんとしても信管をはずす必要があった。これがすべてを台無しにしたのであり、うまく処理しない限り、脅威はこの先もずっと続くことになる。こんな忌まわしいものは受け取らずにすませたかった。郵便配達員がバッグから取り落とし、風がどこかに運び去り、どこかの犬がこれを追いかけ、見るも無残な姿になるまで嚙みちぎってくれたらよかったのだ。セイディは憂鬱の溜息をもらすと、パズル本のあいだに封筒を挟んだ。わたしはもう世間知らずの小娘なんかじゃない、この世に〝公正《フェア》〟などというものは存在しないことも知っている。にもかかわらず、閉じた本を人目につかない場所に押しこみながら、自己憐憫にとらわれていた。たった一度の過ちで人生が二度も狂わされるのは、どこか間違っているように思えてならなかった。

＊

解決策は眠りに引きこまれる寸前に見つかった。それは、逆光を受けて戸口にたたずむ幼い少女の夢に引きこまれようとしているときだった。これは最近の定番になっている夢で、少女は両手を大きく広げて母親を求めて叫んでいた。そこではっと目が覚めた。答は実にシンプルだった（目下セイディを悩ませている諸問題の答はどれも、どうやら澄みきった夜のなかに転がっているらしい）。それに気づくのに六週間もかかってしまったとは信じられなかった。パズルを解く能力にはかなりの自負がある。そもそも手紙が届かなければよかったのだ。ならば届かなかったことにすればいい。セイディは上掛けをはねのけ、パズル本に挟みこんだ封筒を取り出すと、ベッド脇のテーブルの上にあるペンを手探りした。そして封筒の表に「転居先不明」と素早く書きつけた。力みすぎたせいで、いつも以上に文字が乱れた。「要返送」。安堵《あんど》の息を大きく吐き出し、仕上がりに目を凝らす。肩の荷が下りた気分だった。写真をいま一度見たいという衝動をねじ伏せ、誰にも見られないようにしっかりと封をしなおした。

翌朝早く、バーティと犬たちが目を覚まさぬうちにランニングウェアに着替えると、まだ暗く静まり返った道を駆けだした。手には封筒が握られていた。それをロンドンに送り返すべく、村にひとつしかない郵便ポストに投げ入れた。

続いて岬に進路を取るあいだも、こみ上げる笑みをこらえきれなかった。気力が戻り、足取りも軽かった。ピンクの空を黄金色に染めながら太陽が昇ると、胸のつかえもすっかりとれ、一仕事終えた解放感にひたっていた。あの手紙ははじめから届かなかったことにすればいいだけだ。これでセイディがいきなりコーンウォールにやって来たことの真の原因をバーティが知る必要もなくなり、仕事にも復帰できる。手紙の文面に判断力を鈍らされてさえいなければベイリー事件もきっちり解決できたはず、ずっとまとわりついて離れなかった気の迷いからこれでやっと抜け出すことができる。あとはドナルドに連絡を取るだけだ。

＊

バーティに頼まれた梨を買いに再び外出したセイディは、村までの長い距離を歩くことにした。断崖を越え、展望台のほうに向かい、西に延びる急坂をくだって公園に出た。ここがこの世の楽園であることは否定しようがなかった。なぜバーティがこの土地に惚れこんだのかがわかる気がした。「感じたんだよ」バーティは、意外なほどひたむきな情熱をほとばしらせて言ったものだった。「この地にある何かがわたしを呼んでいるってね」ここには目に見えない不思議な力が働いている、この移住は〝運命〟だったのだと本気で信じているような口ぶりの祖父に、セイディはただ微笑んでうなずき、そう感じるのはお祖父ちゃんばかりじゃないわよ、と混ぜ返すのはやめにしたのだった。

ポケットから取り出したコインを、念じるように手のひらで揺する。電波が届きにくいこの村では携帯電話は当てにならないが、公園には公衆電話があった。ここならバーティに立ち聞きされる気づかいもない。コインを投入口に落とし、しばし待つ。そのままの姿勢で親指で唇を連打した。

「はい、レインズ」電話線の向こうから呻《うめ》くような声が届いた。

「ドナルド、わたしよ、セイディ」

「スパロウか？　わからなかった。休暇はどう？」

「ええ、最高よ」少したためらってから、言い足した。「のんびりやってるわ」休暇中の人が言いそうな科白と踏んでのことだ。

「そうか、そいつはよかった」

沈黙が流れた。どちらも世間話を楽しむタイプではない。そこで一気に本題にはいることにした。「お蔭でいろいろじっくり考えることができたわ、だから、もういつでも戻れそうよ」

沈黙。

「仕事に、ってことだけど」と言い足す。

「まだ一週間しか経ってないじゃないか」

「こっちに来てから頭のもやもやが吹き飛んでしまったの。海辺の空気とか、自然が豊かなせいかな」

「はっきり言ったはずだぞ、スパロウ。きっちり四週間、問答無用だ」

「そりゃそうだけど、でも……」肩越しにちらりと目をやると、ひとりの女性がブランコに乗った子供の背中を押していた。思わず声を落とす。「出すぎた真似をしたのは認めます。とんでもないことをしてしまいました。過剰反応しすぎて、馬鹿なことをしました。あなたの言うとおり、ちょっと悩みを抱えていたの、個人的な問題で。でも、そっちはもう解決したし
――」

「ちょっとごめん」

セイディの耳に、電話の向こうで誰かのひそひそ声が届いた。

ドナルドがそれに小声で応じ、電話口に戻ってきた。「もしもし、スパロウ、呼び出しだ」

「え？　何か事件？」

「もう行かないと」

「わかった、そうよね、もう切るわ。とにかくこっちはいつでも戻れるから——」

「電話の調子が変だな。何日かしたらかけなおしてくれ、いいね？　来週にでも。そのときちゃんと話し合おう」

「でも、わたし——」

電話をいきなり切られ、受話器に向かって毒づいた。ポケットに手を入れ、さらに小銭を取り出す。同じ番号にかけたが、留守番電話に切り替わっていた。数秒待って再度挑戦する。結果は同じ。メッセージは残さなかった。

公園近くのベンチに腰をおろした。二羽のカモメが包装紙代わりの新聞紙から覗くフライドポテトを奪い合っていた。ブランコに乗った子供が泣きだすと、それに同情するかのようにブランコの鎖がきしみをあげた。あとからかけた電話をドナルドはわざと無視したのだろうかと気になった。きっとそうだ。すぐそこに公衆電話があり、ポケットには小銭もある、ほかに連絡が取れそうな人はいないかとしばし考えた。誰ひとり思い浮かばなかった。膝を小刻みに揺する。居ても立ってもいられなかった。なんとしてもロンドンに戻りたい。向こうでなら一人前の働きができる、梨を買いに出る以上にやるべきことがいくらもある。焦り、無力感、いきなりねじ伏せられた高揚感、それらがせめぎ合った。ブランコの子供がいまでは癇癪《かんしゃく》を起こしていた。小さな体を弓なりに反らし、涙で汚れた顔をぬぐおうとする母親を拒んでいる。できることならセイディも仲間に加わりたかった。

「引き取ってくれるなら、お安くしておくわ」そばを通りかかったセイディに母親が声をかけた。我が子を手放すジョークを口にするときに親たちが決まって発する、もうお手上げだと言わんばかりの声音《こわね》だった。

セイディは薄い笑みを返し、村に向かった。梨を選ぶという、それだけのことなのに、一列に並んだ容疑者のなかから犯人を特定するように、ひとつひとつをじっくりと見比べた。それから選んだ梨の代金をレジで支払い家路についた。

図書館の前は何度も通っていた——ハイストリート沿いに建つこの石造りの建物は、祖父の家と村の中心部の途中にある嫌でも目につくランドマークだ——だが、はいってみようと思ったことは一度もなかった。図書館通いの習慣がないのだ。本の数が多すぎるのも、静かすぎるのも苦手だった。だが、このときは窓辺の展示に目が行き、足が止まった。ものすごい数のミステリ小説がピラミッド状に積み上げられていた。どれも黒いカバーがかけられていて、表紙には銀色のボールド体でA・C・エダヴェイン作とある。この作家のことはセイディも知っていた。A・C・エダヴェインは警察官にも愛読者がいる数少ない作家のひとりだったし、この国では知らぬ者がいないくらい有名だ。ルイーズからエダヴェイン家のことや、その一族が所有する湖畔の家のことを聞かされたときは、この作家と結びつけて考えることはなかった。だが、展示物の上部に張り出されたポスター――〈地元出身の作家、五十作目の刊行間近〉――を目にするや、一見何のつながりもなさそうなふたつの要素が結びつくときに感じる、ぞくりとするようなあの独特の快感が湧き上がった。

ためらうことなく、すぐさま館内に向かった。シャツの胸元に名札をつけた、いかにも頼りになりそうな地の精《ノーム》を思わせる小柄な男性がいた。その彼が、ええ、もちろんですとも、この地方の郷土史をまとめたコーナーがありますよと言った。何かお探しですか？「ええ。実は」セイディは梨のはいった網袋を床に下ろして言った。「ある家のことをできるだけ詳しく知りたいんです。それと過去の事件記録も。それとは別に、A・C・エダヴェインの作品のなかであなたがイチオシのものを一冊、教えてください」

6　ロンドン　二〇〇三年

バスに乗ろうと駆けだした途端、ピーターは小脇に抱えた包みを落としそうになった。生まれつき不器用なせいもあり、お蔭で物を受け止める訓練は積んでいる。足を止めることなく肘で押さえつけ、ことなきを得た。ポケットからバスの定期券を取り出し、目元にかかる髪を払いのけ、ひとつだけ空いている席に向かう。「失礼」誰にともなく声をかけながら通路を進むあいだにバスが急発進した。「おっと失礼、どうも。すみません。とんだご無礼を」

バスが角を曲がった拍子に空席に倒れこんだピーターに、窓際にすわる口を引き結んだ女性が、広げた『ザ・タイムズ』越しに顔をしかめて見せた。わざとらしく体をちょっと脇にずらし、いかにも不快げに溜息を小さくもらすことで、ピーターが迷惑千万な旋風を運んできたと言いたげだ。自分にはそういうところがあるらしいことは日頃から自覚しているピーターなので、当てこすりには少しも腹が立たない。「歩きにしようかとも思ったんですけどね」鞄《かばん》と包みを足のあいだに置きながら、気さくに話しかけた。「ここからハムステッドまではかなりの距離だし、なにしろこの暑さですからね」

女性は笑みで応じたが、ピーターほどおおらかでない人なら渋面と見なすであろう笑みだった。彼女はすぐさま新聞に目を戻すと、大判紙を盛大に一振りしてページの歪みを整えた。これは隣席の人間の存在をとことん無視した振舞いだが、ピーターはさほど大柄ではないし、背もたれに背中を押しつけて反り身になれば紙面をどうにか盗み読むこともできる。記事の見出しだけでもざっと押さえられれば、ハムステッドに着いてから新聞販売店に立ち寄る手間も省けるというものだ。

アリスはいつも、その日のニュースをピーターから聞くのを心待ちにしていた。興が乗ればいくらでも話をしたがるし、世の愚か者には小気味よいほど容赦がない。後者についてはアリスから面と向かって言われていた。彼女のところで働くことになった第一日目、自分には相手の愚かさを一目で見抜ける超人的な力があるとでもいうように目を細めながら、そう言い放ったのである。

ピーターは自分の膝あたりまで侵略して広げられた二ページ目に視線をさまよわせた。最新の世論調査によると労働党と保守党の支持率は互角、イラクで英国軍憲兵の殺害、マーガレット・ホッジが児童担当大臣の有力候補。それはともかく、ベイリー事件が一面から消えていた。あれは痛ましい事件だった。少女が何日間もひとり置き去りにされたのだ、しかも放置したのは、その子の世話をするのが当然とも言える人間だった。この事件が世間をにぎわしていた当時のある日の午後、お茶の時間にそんなふうに話を切りだすと、アリスはカップ越しにじっと見つめてきて、事件の全貌を知らない人間が偉そうに意見するものではないと言って、ピーターを驚かせたのだった。「あなたはまだ若いわね」と歯切れよく先を続けた。「年を重ねれば青臭い決めつけもしなくなるんでしょうけどね。確実なことはただひとつ、人の言うことは当てにならない、ってことよ」

はじめのうちはアリスの歯に衣着《きぬき》せぬ物言いにかちんときたものだが、雇われて一か月もすると好きに言わせておくようになり、やがて、これが彼女の生まれもった気質、ある種のユーモアであり、ときには冷酷に思えても腹黒さは微塵《みじん》もないのだとわかってきた。ピーターは真面目すぎるのだ。それが性格上の疵《きず》であることはわかっているし、直そうともしたし、というか、せいぜいその部分を見せないようにしている。とはいえ、そう容易なことではない。物心つくころからずっとそんなふうだった。母も父も、ふたりの兄たちも、みんな陽気で笑うことが大好きな人たちだったから、子供のころのピーターが冗談やからかいをまるで理解できずいつまでも考えこんでいると、みんなはかぶりを振ってはくすくす笑い、ピーターの髪をくしゃくしゃと掻き乱しては、こいつはおかしなやつだ、うちの巣に迷いこんできたクソ真面目な変人だよ、気の毒なこった、と言ったものだった。

これにはピーターも悩んだが、たいした悩みではなかった。たしかに変わり者には違いないし、真面目が悪いわけではない。ふたりの兄は肩幅が広くたくましい子供だったし、成人してもやはり肩幅が広くたくましいままである。要するに片手にビターのジョッキ、もう一方にはサッカーボール、というようなタイプ。そこにピーターが生まれた。痩せっぽちで色白の長身、要するに〝カモになりやすい〟タイプ。母親は非難がましくというよりはむしろ呆れた口調で、こんなに痣《あざ》になりやすい肌質で、図書館の入館証に飽くなき情熱を燃やす奇妙な取り替え子《チェンジリング》がどうして自分たち夫婦に授かったのかと言っていた。「この子は本の虫でしてね」と友人に話すときの両親は、まるでピーターがヴィクトリア十字勲章を授与されでもしたような恐縮ぶりだった。

たしかに本の虫だった。キルバーン図書館の児童書コーナーにある本は八歳までに読破してしまった。これは誇らしくも喜ばしき快挙ではあったが、一方、成人用貸出カードを発行してもらうには年齢が足りないという厄介な事態にも直面した。そこに救いの手を差し伸べてくれたのがミス・タルボットだった（彼女に祝福あれ）。彼女は唇を噛んで表情を殺し、レモンイエローのカーディガンに留めた名札の歪みを直すと、ピーターに向かって――いつもの穏やかでなめらかな声を決意でかすかに震わせながら――今後はわたしが責任を持って、いつでも本が読めるようにしてあげます、と言った。ピーターに言わせれば、彼女は魔術師だった。秘密の暗号の解読者、索引カードとデューイ十進分類法の達人、素晴らしき世界への扉の鍵を持つ人だった。

陽射しに温もった埃（それと百年のあいだに湿気が生んだ白カビの胞子）を吸いこみながら、図書館で何千冊もの本に囲まれて過ごす昼下がりは無上の喜びだった。いまから二十年も前の話だが、ハムステッド・ヒース行きの１６８番バスに揺られるうちに、心はいつしかあのころの自分に戻っていた。子馬めく華奢《きゃしゃ》な体の九歳児だった当時を思うと手足がむずむずした。世界はとてつもなく大きく可能性に満ちあふれている、そう思うと同時に、煉瓦に囲まれたこの建物に閉じこもっている限り、世界は安全でどこでも自由に行けそうな気になれた。そんなことを思い返すうちに心が浮き立った。

隣席から溜息がもれるのを覚悟の上で新聞をよけるようにして身をかがめると、式次第を取り出そうと鞄を漁った。ミス・タルボットに敬意を表して読み返しているディケンズの『大いなる遺産』のページに挟んでおいたそれを抜き取ると、表紙で微笑む顔写真をしみじみと眺めた。

土曜日の午前中は葬儀に出るので休ませてほしいと告げたとき、いかにもアリスらしく好奇心を露わにした。ピーターのこれまでの人生の断片を事細かに知りたがるのが常だった。気分が乗るとあれこれしつこく訊いてきた。それも地球のことを知りたがっている宇宙からの留学生が投げかけてきそうな類のもので、八十六歳の地球人がしそうな質問ではない。自分の半生などわざわざ語るまでもないごくありふれたものだという気がしていたから、高齢の女性に興味をもたれること自体、はじめのうちは居心地悪かった。自分の人生を語るより、他人の人生や考えを本を通じて知ることのほうが断然面白い。だがアリスはそんな抵抗が通用するタイプではなかったし、ピーターのほうも時と習練を重ねるうちに、彼女の質問に率直に答えるのが苦でなくなった。自分に価値があると思うようになったという意味でなく、アリスの関心がピーターひとりに向いているわけではないとわかってきたからだ。庭の作業小屋の裏手で細々と暮らすひょろ長い脚をした狐たちの習性を知りたがるのと大差ないのだと。

「葬儀?」アリスは、スペインの出版社からの依頼でやっていた自著へのサインの手を止め、ぱっと目を上げた。

「はじめてなんです」

「最後でもなさそうね」アリスは感情を交えずそう言うと、目の前のページに流れるような筆致でサインした。「一生のあいだに何度も経験するわよ。わたしくらいの年になると、身近な人のほとんどは土の中、朝のお茶を楽しむ相手にも事欠くようになってしまう。言うまでもなく、葬儀は大事なことよ。葬儀をしなかったら、死から得られるものなんて何もないもの」この意見に首をかしげたくなったが、さらに思考を進めるより先にアリスが続けた。「お身内の方?　それとも友人?　若い人が亡くなるのはいつだって辛いものだわ」

そこでピーターはミス・タルボットのことを話した。思い出話をするうちに、これだけ多くのこまごまとしたことが九歳の脳にしまいこまれていたのかと、我ながら驚いてもいた。いつも腕に巻いていたピンクゴールドの腕時計、考えごとをしているときに人差し指と親指の先をこすり合わせる癖、かすかに立ち昇るムスクと何かの花のような香り。

「人生の案内人」アリスが銀色の眉を上げて言った。「人生の師というやつね。あなたは恵まれていたのね。じゃあ、ずっとおつき合いは続いていたの？」

「それがそうでもなくて。ぼくが大学進学で町を離れてからは、つき合いもなくなってしまって」

「でも会いには行っていたのね」断定であって、問いかけではなかった。

「頻繁にというわけでは」

実は一度も訪ねていないのだが、恥じ入るあまり真実を言いそびれた。図書館を訪ねようと考えないでもなかったが、日々の雑事に追われ、そこまで手が回らなかった。ミス・タルボットの訃報は偶然に知った。アリスに頼まれた用事で大英図書館《ブリティッシュ・ライブラリー》に出向き、古書保管庫に収蔵されている毒薬に関するドイツの本が出てくるのを待ちながら、暇つぶしに『全国図書館連盟通信』をめくっていたら彼女の名前が目に飛びこんできたのだった。ミス・タルボット――ルーシー・タルボット、彼女にも当然のこと名前があった――は癌との闘いに敗れ、葬儀は六月十日火曜日に行なわれるとあった。全身に衝撃が走った。病気だったとは知らなかった。いや、知らなくて当然だ。それがものごとの道理、子供は成長し巣立っていくもの、だから事情はどうあれ気に病むことではない、ミス・タルボットとの友情の思い出を美化しているだけ、そう自分に言い聞かせた。彼女とは特別な絆《きずな》で結ばれていると勝手に思っていたが、彼女にすれば単に職務をこなしていただけであって、この自分など大勢の入館者のひとりにすぎなかったのだと。

「それはどうかしら」アリスが言った。「彼女が出会い、特別な絆を結べずに終わった子供は大勢いただろうし、それを思えば、深く関わることのできた子供は彼女にとって、とりわけ大事な存在になった可能性はかなり高いでしょうね」

アリスがピーターの名誉挽回のつもりでそう言ったわけでないことは、ピーターにもわかった。ただの思いつきを口にしたわけではなく、いかにも彼女らしい率直さで発せられた意見。となれば、それでピーターが恩知らずな自分を恥じることになったとしても、アリスにどんな罪があるというのか？

これでその話は終わったものと思っていた。だがそれから数時間後、アリスが断固として使いたがらない新しいコンピューターに、午前中に仕上がった原稿を入力するという日課をこなすピーターに、アリスがいきなりこう切り出した。「その人、わたしの本を薦《すす》めたことがあった？」

ピーターは入力中の、たっぷりと手直しされたタイプ原稿から目を上げた。何を訊かれたのか、一瞬、頭が混乱した。まだ彼女が部屋にいることさえ気づかずにいた。作業中のピーターのそばに張りついていること自体、かなり珍しいことである。いつもは判で押したように時間がくれば部屋を離れ、午後はたいてい、ちょっとそこまでと言って出かけてしまうのだ。何をしに行くのか、本人の口から明かされたことは一度もない。

「例の司書さんよ。その人、わたしの作品をあなたに薦めたことはあった？」

嘘をつこうかと思ったが、すぐに思い直した。アリスは嘘をすぐ見抜く。薦められなかったと言うと、アリスが笑い声をあげたので驚いた。「賢明だわ。子供向きじゃないもの、わたしの書くものは」

たしかにそうだった。アリスの作品はミステリだが、心地よさとは無縁のものだった。書評には「心理的にきつい」とか「倫理観が曖昧《あいまい》」とか書かれるような類の推理小説で、犯人探しや犯罪トリックだけでなく、犯行動機も読みどころだ。ＢＢＣのインタビューで自ら語っているように、殺人それ自体に魅力を感じているわけではない。人をして殺意に駆りたてるもの、つまり人間的要因、おぞましい行為に走らせる情念や怒り、そういったものこそが、作品を説得力のあるものにしているのだという。こと情念と怒りに関するアリスの洞察力には並々ならぬものがある。インタビュアーがその点に触れ、さらに続けて、殺意に関するあなたの描写は妙に真に迫っている、というようなことをほのめかすと、うなずきながら礼儀正しく聞き終えたアリスは、こう答えた。「言うまでもなく、殺意を描くために、実際に人を殺す必要はありません。アジャンクールの戦いについて書くのにタイムマシンが不要なのと一緒です。わたしに必要なのは、心に闇を抱えた人間の、その暗部をとことん探究したいという思いだけです」そう言って素敵な笑みを浮かべたのだった。うっとりするような笑みだった。「こういうものがなかったら、わたしたちが殺人願望を満たす機会なんてありませんでしょ？」

このインタビューから数日のあいだに、彼女の本の売れ行きが大幅にアップした。といっても当の本人は平然としたものだった。何十年も前からすでに大成功をおさめていたわけだし、いまもその人気は続いている。A・C・エダヴェインといえば英国ミステリ界の象徴的存在だ。彼女の創造した探偵ディゴリー・ブレントは偏屈な元兵士、パッチワークが趣味という一風変わった人物で、幅広い層の読者からは彼らの父親以上に愛されている。これはピーターの誇張でも何でもない。『サンデー・タイムズ』が最近行なった読者アンケートの結果がそれを証明した。版元から電話でそのことを知らされたアリスは、「やったわね」と言った。それでも彼女が読者を喜ばせることを少しは気にかけていると、一瞬たりとも思わせたくなかったのだろう、すぐに続けて「もっともこっちの狙いはそこじゃないけれど」と言った。

アリスには言っていないのだが、彼女のアシスタントになるまで、彼女の本は一度も手に取ったことがなかった。それを言うなら、現代作家の作品もあまり読んでいない。ミス・タルボットは大人向けの本を未成年者に差配するにあたり、その責任をきわめて重く受け止めていたため、ノンフィクションから始めるのがベストだろうかと少し迷ったのち（歴史書を子供が読んで何が悪い、と彼女なりの私見も口にした）、結局、古典の名作で基礎を固めるのが順当だという結論に達し、図書館の棚から『大いなる遺産』を抜き取ったのだった。ピーターはガス灯とフロックコートと馬車の世界にすっかり魅了され、途中で投げ出すこともなかった（そして、次を読むのが待ちきれなくなった）。

人生とは不思議なもの、そうやって取り憑かれるように貪り読んだ十九世紀小説が、やがてアリスとの縁を生むのである。大学院を出たところで岐路を迎えた――『比喩表現の偉人たち

――一八七五年から一八九三年にかけてのヴィクトリア朝小説における啓蒙主義・自我・感受性』なる論文で博士号を取得したような人間を雇おうなどという会社がそうあるわけもなく、そこで一夏かけて堅実な人生設計を立てることにした。家賃の支払いもあったので、兄のデイヴィッドが営む害虫駆除会社でアルバイトをすることになった。アリスから依頼の電話があったのはアルバイト初日、月曜日の朝だった。週末のあいだずっと、壁のなかでかちかちと不気味な音が続いて一睡もできず、すぐに調べてほしいとのことだった。

「口の悪い婆さんでね」ヒース・ストリートでバンを降り、アリスの家に向かいながらデイヴィッドが言った。「だが、悪気はないんだ。しょっちゅうおれを呼びつけちゃ、どんな虫が出てくるかを予想するという妙な趣味があってさ。これがまたよく当たるんだ」

「シバンムシ《デスウオッチ・ビートル》じゃないかと思うのよ」デイヴィッドがアリスの寝室の壁の前に工具を広げ、ガラスの聴診器を壁板に押しつけるそのそばで、アリスが言った。「学名はクセストビウム――」

「――ルフォビロスム」ピーターも同時につぶやいていた。ピーターがいきなりわけのわからないことをしゃべりだしでもしたように、デイヴィッドが見つめてきたので、「『告げ口心臓』に出てくるんだ」と言った。

しばし冷えびえした沈黙が流れ、そこにアリスが、女王陛下が害虫駆除の現場視察に立ち会っていたらいかにも出しそうな声音で「こちらは?」と訊いてきた。「アシスタントを雇うなんて聞いてなかったと思うけど、ミスター・オーベル?」

そこでデイヴィッドが説明に乗り出した——アシスタントはいない、こいつは自分の弟で、やりたい仕事が見つかるまで数週間だけ手伝わせているのだと。「本に漬かりっぱなしだったから、ちょっとは息抜きしないとね」と補足した。「頭がよすぎるってのも考えもんですよ」

アリスはかすかにうなずくと、その場を離れ、足音高く階段を上っていってしまった。その先は屋根裏部屋で、そこはいまではピーターも知る、執筆のための部屋がある。

その後、《犬と指笛亭》の紫煙がたちこめる奥のブースで、デイヴィッドがピーターの肩をぴしゃりとやった。「おまえってやつは、ドラゴンを目覚めさせやがって、よく無事に生還できたもんだよな」そう言って、兄は残りのビールを飲み干し、ダーツの矢をかき集めた。「おまえが言っていたあれ、何なんだ？　心臓がどうとかってやつ」

そこでピーターはエドガー・アラン・ポーが書いた名無しの語り手が出てくる短篇のこと、彼が犯した用意周到な殺人のこと、自分は正気だという彼の主張、最後は罪悪感で身を滅ぼすことなど、ひととおり話して聞かせたわけだが、ゴシック趣味とはまるで縁のないデイヴィッドは、その間ずっとダーツの矢を的のど真ん中に次から次へと命中させていった。そして矢を使いきったところで、アリスに壁に塗りこめられずにすんでラッキーだったなと、からりと言った。「なにしろあの女は殺しが商売だからな。といっても本物の殺人じゃない——とりあえずそのはずだ。紙の上でありとあらゆる犯罪に手を染めているんだ」

アリスから手紙が届いたのは、その一週間後だった。代金を記入した小切手と一緒の封筒にはいっていた。手紙は、eの文字がきれいに出ないタイプライターで打たれたもので、ネイビーブルーのインクで署名してあった。内容は簡潔明瞭。専従アシスタントが休暇中のため、その穴を埋めてくれる臨時アシスタントがほしい、ついては金曜日正午、面接に来られたし。

なにゆえ言われるがまま出向いたのか？いまとなっては記憶も定かではないが、いずれ彼女と接するうちにわかっていくように、アリス・エダヴェインの指示には有無を言わせぬところがある、としか言いようがない。正午きっかりにドアの呼び鈴を鳴らし、一階の翡翠色《ひすいいろ》でまとめた居間に通された。アリスは綾織りのパンツとシルクのブラウスを上品に着こなしていた。いまでは彼女の定番としてピーターの頭にも刷りこまれている組み合わせだ。首にかけたチェーンには大ぶりの金のロケットが下がっていた。白い髪はさりげなく、だがきちんと整えられていた。前髪は生え際からウェーブを描くように掻き上げられ、左右の耳にかけた髪は先端がきれいにカールしていた。マホガニーのデスクに向かっていた彼女は、向かいの肘掛椅子にすわるよう手ぶりでうながすと、肘をついて左右の手指で組み上げた橋越しに、すぐさま矢継ぎ早の質問を繰り出した。どの質問も、彼女が穴を埋めたいという職種とはかけ離れたものに思えた。しばらくしてピーターが質問に答えようとしたそのとき、アリスはマントルピースの上の船舶時計に鋭い一瞥を与えると、唐突に立ち上がってデスク越しに握手を求めてきた。驚くほどひんやりとした鳥のような手の感触はいまもはっきり憶えている。面接はここまで、と彼女は素っ気なく言った。この週末は用事があるので、来週からお願いすると。

168番バスがフィッツジョンズ・アヴェニューを登りきって速度をゆるめると、ピーターは手荷物をまとめた。あの面接からすでに三年。専従アシスタントはなぜか職場に復帰することなく終わり、ピーターがそのまま居残ったのである。

＊

アリスはとりわけ面倒な場面にさしかかっていた。ストーリーの転換部というやつだ。これには毎回苦労する。ある人物を重要な場面Aから次の重要な場面Bに、読者の興を削《そ》ぐことなく移動させるという一見単純な作業だが、こういう本筋と無関係の瑣末《さまつ》な部分がかえって難しい。アリスは誰に対しても、いわんや報道関係者には決して明かすことはないのだが、すでに四十九冊の小説をものしたいまも、このうんざりするような作業に相も変わらず苦しめられていた。

アリスは鼻先にずり落ちた老眼鏡を押し上げると、タイプライターの紙送りをかたかたと回転させ、打ち出したばかりのセンテンスを読み返した。**ディゴリー・ブレントは死体安置所を出ると、オフィスに戻るべく歩きだした。**

機械的動作、明快さ、方向の指示、とくれば、続くセンテンスも一直線に進めるべきだろう。やるべきことはわかっていた。まずは小説のテーマに沿った思考を彼にさせるのだ。移動の描写に時折これを交ぜこんで、主人公が何を考えているかを読者に喚起し、最後のセンテンスで彼にオフィスのドアをくぐらせたら――さてお立会い！――彼を次なる行動に駆り立てる衝撃がそこに待ち受けていることを、情景描写によって伝えればいい。

問題は、思いつく限りの手を使い尽くしていることだ。アリスは倦んでいた。こういう精神状態は馴染まないし、意にも染まない。無聊《ぶりょう》は嘆かわしきもの、愚の骨頂だと、母はよく子供たちに言ったものだ。タイプライターのキーに指を乗せたまま、アリスは思案した。彼には制作中のパッチワークキルトのことでも考えさせようか。捜査が予期せぬ方向に向かう寓意《アレゴリー》として使えそうだ。

パッチワークに用いる四角い小切れは重宝《ちょうほう》した。これに助けられたことは一度や二度ではない。パッチワークキルトとの幸運な出会いについては、思い出すたびいまでも胸が躍った。さまざまなパターンを読み取るディゴリーの直観を際立たせるのに、どんな趣味を持たせようかと頭を抱えていたちょうどそのころ、アリスの姉が妊娠し、すると気質ががらりと一変したかのように姉が針と糸を持つようになったのだ。「こうしていると気持ちが落ち着くのよ」と姉は言った。「ついつい悪いことばかり想像して不安になるのを紛らしてくれるの」裁縫は、ディゴリーのような男にとって、以前は家族との団欒《だんらん》で過ごした夜長を埋める格好の癒しになりそうだった。この趣味を彼の荒っぽさを中和させるためにアリスが採用した方便だと、批評家たちは相も変わらず決めつけているが、実際は違う。アリスは荒っぽいのが嫌いではない。そんなふうには決してなるまいとする人間こそ大いに疑わしいと、アリスは思っている。

ディゴリー・ブレントは死体安置所を出ると、オフィスに戻るべく歩きだした。で、次は……？　アリスの指がキーの上を浮遊した。さあどうする？　歩きながら考えた……。何を？

頭のなかは真っ白だった。

焦燥感に駆られながら紙送りをかたかた回して紙を元の位置に戻すと、眼鏡をはずし、窓外の景色に目を転じた。六月初旬の暖かい一日で、空は青く澄みわたっている。子供のころのアリスは、日の光を浴びた葉やスイカズラの香りがたちこめ、熱せられたコンクリートがちりちり音をたて、コオロギたちがひんやりした下生えの陰に身をひそめている、そんな日に外の世界の誘惑に抗えるわけがないと思ったものだ。だが、少女時代はもはや遠い昔のこと、創作の女神に見放されたときでさえ、特に行きたい場所がほかにあるわけでもないので、いまもこうして仕事部屋に引きこもっているのである。

この部屋は、ホリー・ストリートの高台に立つヴィクトリア朝様式のテラスハウスの最上階にあった。傾斜した天井を持つ小部屋で、ここを下見した際に不動産屋から、前の持ち主はこの部屋に母親を監禁していたと聞かされた。どうやら母親が足手まといになったらしい。それを聞いて自分に子供がいないことを喜んだ。この家を買ったのはこの部屋に惹かれたせいだが、そこに悲しい過去が秘められているからではない。その手の過去は自分の身内にいくらもあったし、その免疫があるお蔭で歴史を空想物語と履き違えるような馬鹿はしない。ここを自分のものにしたいという気にさせたのは、この部屋の位置である。鳥の巣、ワシの高巣、監視塔のようだからだ。

デスクの前に腰かけると、ヒースの丘のほうまでハムステッドが一望できた。その先には女性専用の遊泳池があり、ハイゲートの尖塔群が遠くに見える。この窓の反対側、船舶仕様の丸い小窓からは裏庭を眺められた。苔むした煉瓦塀と木造の小さな納屋が敷地裏手の境界になっている。裏庭は草木が所狭しと植わっている。これもまた王立植物園《キュー・ガーデン》の元職員だったという前の持ち主が、裏庭に「悦楽の園」を創出すべく熱心に取り組んだ名残である。アリスの手に委ねられてからは生い茂るにまかせているが、偶然が生み出す妙を狙ったわけでも、不精の結果でもない。森をこよなく愛するアリスは、人の手を寄せつけない世界により惹かれる。

階下で、玄関ドアの錠が外れる音がし、ホールの床板がみしりと鳴った。何かがどすんと床に落ちる。ピーターだ。不器用なわけではなく、長い手足を持て余しているにすぎない。アリスは腕時計に目をやり驚いた。すでに二時を回っていた。お腹がすくのも無理はない。左右の手指を絡め合わせて腕を前に突き出す。それから立ち上がった。ディゴリー・ブレントをA地点からB地点に移動させるという作業に難航し、午前中がまるまるつぶれてしまったのは癪だが、じたばたしても仕方がない。ディゴリー・ブレントには死体安置所とオフィスのあいだのグレーゾーンで一晩過ごしてもらうしかなさそうだ。裏窓脇の小さな流しで手を洗い、タオルで拭くと、狭い階段を下りた。

無論のこと、行き詰まっている原因はわかっていた。スランプなどという単純なものではない。憂鬱な記念行事が間近に控えていて、そうなればあちこちの版元が大騒ぎするだろうことは目に見えていた。こちらにすれば名誉なことだし、向こうも善意で祝ってくれるのだから、普段であれば自分の名を冠した祝宴をそこそこ楽しめそうなものだが、なにせ今度の新作はひどい出来なのだ。少なくとも本人は駄作になりそうだと恐れている——これが悩みの半分を占めていた。あとの半分は、それを客観的に知る術がないということだ。担当編集者のジェーンは頭が切れるし仕事熱心だが、まだ若いし、ただ褒めちぎるだけだろう。書評にしても、真摯なものは望むべくもない。

とことん気分が落ちこんだときは、作品の質が落ちてもそれを指摘してくれる人さえいなくなるのではと恐ろしくなったりもする。いずれそういう日はきっと来る。自分と同世代の同じジャンルの作家たちが書くものには常に目配りしていたから、そういう事態に陥っている本があることも知っていた。そういう作家は、現代人の道徳観や精神構造を把握する力が衰えはじめているのである。わかりきったテクノロジーをいささか過剰に説明したり、人口に膾炙《かいしや》した略語をわざわざ正式名称にしたり、すでに終わった流行を持ち出したり――それが必ずしも悪いとは言わないが、それだけで作品全体が嘘くさいものになってしまうのだ。自作の迫真性には自負があり、作家になってからずっと称賛しか浴びてこなかったアリスにとって、作者自らが最高傑作と思えないものを世に送り出すのをよしとする、そんな自分を想像するだけでもぞっとした。

毎日午後になると地下鉄に乗るのもそうならないためだった。ときには行く必要のないところにまで出かけていった。生まれてからずっと、人に興味があった。必ずしも人が好きなわけではない、人恋しさに友を求めることはまずもってないが、それでも気がつけば人に魅了されている自分がいた。それに、人でごった返す地下鉄ほど観察にもってこいの場所はない。ロンドン市内全域に張り巡らされた地下トンネル内では、珍無類の人々の流れが絶えず起きている。その狭間《はざま》にアリスは幽霊のように身をひそめるのである。年を取るのはいただけないが、それの唯一いいところは透明マントを手に入れられることだ。車輛の片隅の席でハンドバッグを膝に置いてとり澄ましている老婦人になど、誰ひとり目もくれない。

「ただいま戻りました、アリス」ピーターがキッチンから声をかけてきた。「昼食、すぐに用意します」

アリスは二階の踊り場で逡巡《しゅんじゅん》した。大声で返す気になれなかった。礼儀の何たるかを説き聞かせる母の声が、時を隔てていまも耳にわんわん鳴り響くのだ。エリナはそういう人だったと、階段の残り半分を下りながら思いを巡らせた。同じ屋根の下に暮らしていたときからすでに七十年近く経つというのに、母には関わりのないこの家にまで、自ら定めたルールを押しつけてくるのである。仮に母がもっと長生きしていたら、娘の選んだ人生をどう思っただろうか、娘の職業を、服装を、伴侶を持たぬ生き方をよしとしてくれただろうかと考えることがある。エリナは一夫一婦制と終生変わらぬ夫婦の絆に確固としたこだわりを持っていたが、彼女の場合、結婚相手は初恋の人だったわけで、それと比較されても迷惑な話だが。アリスには子供時代の記憶にある母の存在感が大きすぎるあまり、エリナを遠い過去にいた一人物としか考えられなくなっていて、時の移ろいとともに変化していったはずの母を思い描くのは不可能に近かった。いまもアリスにとって母は、誰からも愛されているのにどこかよそよそしく、摑みどころのない美しい女性、我が子を失ったことで心を固く閉ざしてしまった人としてありつづけているのであり、ときには傷ついた子供のように無性にすがりつきたくなる、ただひとりの存在でもあった。

普段のアリスに依存心はない。成人してからはそのほとんどをひとりで生きてきたし、それを誇るでもなければ恥じてもいない。過去に恋人は何人もいたし、そのつど相手の服や歯ブラシがこの家に持ちこまれ、なかにはしばらく居つづけた人もいるが、それで何かが変わるわけでもなかった。自分から相手に同居を求めたことは一度もないし、ある日を境にこの家をわたしたちの家と認識するようになったこともない。そうなっていたら事情も変わっていたのだろうが――一度だけ婚約まで行ったことがあった――第二次大戦が始まるとあまりにもいろいろなことがありすぎて、その関係も終わってしまった。人生とはそういうもの、可能性の扉は絶えず開閉を繰り返しているわけで、人はその間隙にやみくもに身を滑りこませる。

キッチンに行くと、コンロの上の鍋が湯気を上げ、ピーターがテーブルの端に立って小さな包みを開けていた。戸口を通り抜けるとピーターが目を上げ、口を開いた。「お待ちしていました」ちょうどそこに調理台の上のタイマーが鳴りだした。「いつもどおり、完璧なタイミングですね」

ピーターは気持ちのいい笑顔の持ち主だ。口角がしっかりと上がった誠実な笑み。これは彼を雇うことにした決め手のひとつといっていいだろう。それより何より、指定した時間きっかりに現われた唯一の志願者でもあった。以来、彼は高い有能性を発揮してくれているわけだが、それも驚くにはあたらない。自分には人を見る目があると思っている。少なくとも今回は眼鏡に狂いはなかった。過去には何度もしくじった。前任者のほうがまだましだったと臍《ほぞ》をかんだこともある。

「何か急を要するものはある?」クロスワードパズルのページを開いたまま朝から放ってある

新聞の前に腰かけながら、アリスは尋ねた。

「『ガーディアン』のアンガス・ウィルソンが、例の記念パーティの件で近いうちに打ち合わせをしたいと言ってきています。ジェーンはあなたにも関わってもらいたいのでしょう」

「きっとそうね」アリスは淹れたてのダージリンを口に運んだ。

「国立歴史博物館からは、近々開催される展覧会のオープニングでスピーチをお願いしたいとのことです。それと『誰だっていつかは死ぬ』の刊行十周年の祝賀イベントへの招待状、あとお姉さまのデボラさんから、今週金曜日に予定しているお母さまの命日の食事会の確認葉書が届いています。残りは、ざっと目を通した感じでは、読者からの手紙ですね――こっちの整理は昼食後に取りかかります」

ピーターが皿を前に置いたところで、アリスはうなずいた。茹《ゆ》で卵とトースト。この二十年間、毎日同じものを食べてきた――無論、外で食事をするときはその限りでない。習慣の効率性を評価しているアリスだが、ディゴリー・ブレントのような習慣の奴隷にまではなっていない。ディゴリーは自分好みの茹で加減と正確な手順をウェイトレスに指示することで有名だ。アリスは固めの黄身をスプーンですくってトーストに載せ、それを四等分した。そうしながらピーターが郵便を仕分けする様子を眺めた。

彼は多弁ではない。これもまた大いに評価すべき点だ。こちらが話に引きこみたいときはもどかしくなることもあるが、過去に雇ったおしゃべりなアシスタントたちよりはずっと好ましい。いまくらい少し伸び気味の髪も好感が持てる。ひょろ長い手足と黒い瞳は、イギリスのポップシンガーの誰かを連想させるが、今日の装いが珍しくフォーマルなせいかもしれない。黒っぽいベルベットのスーツがそう思わせるのだ。それで思い出した。今日は旧知の図書館員の葬儀に参列すると言っていた。出勤が遅くなったのはそのせいだ。そう気づくと急に心が浮き立ち、報告を早く聞きたくなった。彼の人生の師とも言うべきその女性のことを聞かされたとき、アリスは胸が熱くなった。そして心はミスター・ルウェリンに向かったのだった。かの老人を懐かしむことはめったにない——彼に対する心情はあの恐ろしい夏と強く結びつきすぎているせいで、努めて考えないようにしてきた——だが、ミス・タルボットのこと、彼女がピーターに残した鮮烈な印象や、少年時代のピーターに示した関心について話を聞くうちに、何の脈絡もなしに数々の思い出がいっきに押し寄せてきたのである。川辺の湿った土のにおい、ミスター・ルウェリンと一緒に古いボートで川を下っていくときに周囲から聞こえてきた水生昆虫たちの立てる音、ふたりでお気に入りの物語について語り合ったことなどが。あれほど完璧な充実感を味わえたのは生涯であの時期くらいではなかろうか。

さらに一口、お茶を口に含み、過去のいやな思念をもみ消した。「ご友人を見送ってきたのよね」葬儀ははじめてだというピーターに、これからいくらも体験することになるとアリスは言ったのだった。「期待どおりだった？」

「そうですね。悲しくもあり、ある意味、感慨深くもありました」

「というと？」

ピーターがしばし考えこむ。「ぼくの知っている彼女は単にミス・タルボットでしかなかった。でも、ほかの参列者——ご主人とか息子さんとか——のスピーチを聞くうちに胸が熱くなりました」ピーターが目元にかかる髪を手で払う。「なんだか馬鹿みたいですかね？　ありきたり《クリシェ》というか……」言って、彼ははじめから仕切り直した。「彼女にはぼくが知る以上の人生があったわけで、それを聞けたのが嬉しかったですね。その人を突き動かしているものを知れば知るほど、人間というのは面白いなってつくづく思います、ですよね？」

　アリスはかすかに浮かべた満足の笑みで同感の意を伝えた。とことん退屈な人間などこの世にそういるものではないとアリスは思っている。そのあたりを見極めるコツは適切な質問を投げかけること。これは彼女が登場人物を造形する際に用いるテクニックでもある。読者が思いもかけない人を犯人に設定するのがベストなのは誰もが認めるところだ。だが、肝心なのは動機だ。殺意を秘めた祖母を登場させて人をあっと驚かせるのも結構だが、その拠《よ》ってきたる原因に遺漏があってはいただけない。愛情も憎しみも妬《ねた》みも、どれもが立派な動機になり得る。つまりすべては情念の問題である。一個人の情念を掻き立てることになった要因、そこさえ摑めればあとは勝手に展開する。

「おや、これはちょっと違うかな」すでに仕事に戻って読者からの手紙を開封していたピーターが、手元の手紙に目を通しながら黒い眉をひそめた。

お茶が突如苦くなった。批判に対する免疫はなかなかできるものではない。「読者からの手紙？」

「差出人は警官、刑事課のスパロウ巡査とあります」

「ああ、それなら読者だわ」警官には二種類あると、アリスは経験から知っている。執筆中に捜査手順に関する有益な情報を提供してくれるタイプと、本が出たあとにあれこれ難癖をつけてくるいけすかないタイプ。「で、そのスパロウ巡査とやらは、どんな貴重なご意見をくださったの？」

「いや、それがそういうことではなくて、この女性は読者ではありませんね。実際にあった失踪事件について書いてきています」

「どういうことかしら。ひょっとして〝すごいアイディア〟を思いつき、それをわたしに書かせて儲《もう》けを山分けしたいとか？」

「子供の行方不明事件です」ピーターが先を続けた。「時代は一九三〇年代。場所はコーンウォールのお屋敷。未解決事件だそうです」

　突如ヒースの丘から吹きつける風が室内を冷気で満たしたのか、はたまた体内のサーモスタットが作動したのか、一生かかっても判断はつきそうにない。それはともかく、その瞬間、現実世界は押し流され、長いあいだなりをひそめ、潮目が変わるのを待ち構えていた大波のように、過去が一気に襲いかかってきた。言うまでもなく、手紙に書かれている事件のことも、それが作品内で起こる整然とした作り物のミステリとはまるで関係ないことも知っていた。

　見ればごくありふれた便箋だった。紙はぺらぺらの安物だ。読者から送られてくるものとはまるで違った。過去からの強烈な爆弾を送りつける役を担った作中人物にさえ、アリスはこういう便箋は使わせない。

気がつけば、ピーターが声に出して手紙を読み上げていた。やめさせたかったが、言葉は干上がり、アリスには聞くまでもない遠い過去の事件の概要を朗読するピーターの声にじっと聞き入るしかなかった。おそらく情報源は新聞記事、あるいはあのピカリングとかいう男が書いた噴飯《ふんぱん》ものの本あたりだろう。こうやって見ず知らずの他人が公になった資料を調べ上げて手紙を送りつけてくることを、あの場所、あの時代に戻ることをなんとか避けてきた人間の昼食の席にまで忌まわしい過去を運んでくることを、こちらに止める手立てはない。

「どうやらこの女性は、ここに語られている事件のことをあなたがご存じだと思っているようですね」

アリスの頭のなかに当時の映像が、トランプのカードのように次々に降りそそいだ。きらめきを放つ湖に膝までつかった捜索隊、図書室のむせ返るような暑さに汗だくになっていた太った警官、しきりにメモを取る年若い新米警官、死人のように青ざめた顔で地元紙のカメラマンの前に立つ父と母。あのときフレンチドアに背中を押しつけて両親を見つめながら、どうしても打ち明けられずにいる秘密に気が揉め、胸底に巣食う罪悪感に苛まれていた自分が、いまも見えるようだった。

自分の手がかすかに震えているのに気づくと、衝撃が身体におよぼす影響を描写する必要がいずれ出てきたときのために、この感覚を、生涯かけて冷静沈着を装う術を身につけてきた一個の人間をあえなく叩きのめす氷の一撃を頭に刻みつけておこうと、アリスは自らに言い聞かせた。それから不実な両手を膝の上でしっかり重ね合わせると、ぐいと顎を突き出し、口を開いた。「それは処分してちょうだい」驚くほど平板な響きになった。内に秘めた緊張をそこから読み取れる人間は、もうこの世にほとんど残っていなかった。

「何もするなということですか？　返事も書くなと？」

「意味がないでしょ？」アリスは視線をまっすぐに保った。「スパロウとかいう刑事は何か勘違いしているのね。わたしを別の人と混同しているんだわ」

7　コーンウォール　一九三三年六月二十五日

男がしゃべっていた。口がしきりに動き、言葉があふれ出ているが、エリナにはうまく受け止めることができない、意味をなしてくれないのだ。単語だけがときおり耳に飛びこんできた。失踪……ひとり歩き……迷子……。エリナの頭には霧がかかっていた。恵みの霧。ドクター・ギブソンズのお蔭である。

汗が襟足を伝い、肩甲骨のあいだに流れ落ちた。その冷たさに身震いすると、隣にすわるアンソニーがいたわるようにさらに強く抱き寄せた。手と手が重なり合った。大きいほうが小さいほうを包みこむ。よく見知った手なのに、今日は悪夢のような成行きのせいで別人のもののように感じられた。毛が生えていて、皺《しわ》が寄り、浮き上がる青白い血管が道路地図を思わせる。どれもこれまで気づかなかったことばかり。

いまも熱暑が居すわっていた。すぐにも来そうだった嵐は結局来なかった。一晩じゅう鳴っていた雷鳴も、やがて海上に遠ざかった。そのほうが好都合だと警官は言った。雨になるとせっかくの手掛かりが洗い流されてしまう恐れがあると。警官は若いほうの人で、新聞に両親の声が載れば捜査に役立つはずだと言ったのだった。「そうすれば大勢の人の目を味方につけられて、坊ちゃんを見つけやすくなります」

エリナは不安のあまり気分が悪くなった。恐怖で体はこちこちだった。幸い、記者の質問にはアンソニーが答えてくれている。夫の声ははるか彼方から聞こえてくるように感じられた。ええ、息子は生後十一か月の赤ん坊ですが、もう歩けます――エダヴェイン家の子供たちはみな、歩きだすのが早いんです、体力もあり健康で……髪はブロンド、目はブルー……もちろん、写真はお貸しします。

窓からは、陽光あふれる庭と、その先に広がる湖まで見渡せた。そこにも男たちの姿があった。制服警官たちだ。それとエリナの知らない男たちもいた。ほとんどの人は、草が生い茂る湖岸に一塊になってたたずんでいるが、何人かは湖上に出ている。今日の湖はガラスのようになめらかだった。巨大な銀色の鏡にぼんやりと映りこんだ空にさざ波が立っている。すでにアヒルたちは水辺から逃げ出し、黒い潜水服とマスクをつけた男が、午前中ずっと小型のボートの上から捜索を続けていた。あのあと連中は鉤手《かぎて》のような道具を使っていたよ、と誰かが言うのをエリナは耳にした。

少女のころ、エリナは自分専用の小さなボートを持っていた。父親が買ってくれたもので、船体にはペンキで彼女の名前が書かれていた。木製のオールが二本と、手縫いの白い帆もついていて、午前中はたいていこれに乗って遊んだものだった。ミスター・ルウェリンはエリナのことを冒険家エリナと呼び、ボートが彼のいる岸辺の草叢《くさむら》の前を通りかかると、手にしたスケッチブックから目を上げて手を振ってくれたし、彼女の冒険旅行の話をいくつもこしらえては昼食の席でみんなに披露したものだ。そんなときエリナがさかんに拍手をし、父が笑い興じても、母は苛立ちまじりの苦笑いを浮かべるのだった。

母はミスター・ルウェリンのことも彼の物語も見下していた。感傷的な人間が大嫌いで、それを〝性格的な弱さ〟と決めつけていたわけだが、たしかに母と比べたらミスター・ルウェリンはずっと柔和な人だった。ミスター・ルウェリンは若いころに心を病み、いまだに鬱状態に陥ることがある。そういう場面に出くわすたび、母コンスタンスは軽蔑を露わにした。父が娘にねだられるとすぐに小遣いを渡すのも、母には唾棄すべき〝不健全な猫かわいがり〟と見なされた。そんなことでは子供を、とりわけ〝不穏な反抗心〟をすでに芽生えさせている子供を駄目にしてしまうと言い張った。もっとましなお金の使い道があるでしょうにと。両親のあいだで始終繰り返されるのはお金の話、というか苦しい家計のこと、いまの暮らしが母の望んでいた暮らしといかにかけ離れたものかということばかりだった。夜に両親が図書室で言い争う声を、母の金切り声とそれに対する父の優しくなだめるような声をエリナは何度も耳にした。いつ止むともしれない母の非難に父はどうやって耐え忍んでいるのかと、エリナはときどき首をかしげたくなったものだ。そんな疑問をミスター・ルウェリンにぶつけると、「それが愛だよ」と彼は言った。「われわれ人間は、どこでどうやって誰と生きていくかを自分で選べるとは限らないんだ。それに耐える勇気を、とても耐えられそうにないことにも耐えられる勇気を、与えてくれるのが愛なんだよ」

「ミセス・エダヴェイン？」

エリナははっと目を開け、図書室のソファにいる自分に気がついた。傍らにはアンソニーがいた。いまも彼の大きな手が守護するように彼女の手に重ねられている。スパイラル式の小型手帳を手に持ち、耳に鉛筆を挟んだ男が向かいの席にいるのが目にはいり、一瞬はっとした。現実が狭い通路を抜けてようやく戻ってきた。

記者だった。セオの話を聞きに来ているのだ。

いなくなった幼い我が子を思うと、腕がふいに重くなった。あの子とふたりきりで過ごした最初の夜が思い出された。四人の子供のうち、早産だったのはこの息子だけだった。抱いてあやしていると、彼が両のかかとをエリナの手に押しつけてきた。数日前にはお腹の皮を通してしか感じ取れなかった、あの小さくてなめらかな関節がすぐ目の前にあった。薄闇のなかでエリナは息子にそっと声をかけ、これからは何があってもおまえを守るからと……。

「ミセス・エダヴェイン？」

はじめからセオは別格だった。子供たちのことは全員愛していた――いや、正直なところ、はじめて対面したときはそうでもなかったが、歩きはじめるころにはどの子も間違いなく愛していた――だが、セオには愛情以上のものがあった。まさに目に入れても痛くないほどの存在だった。セオが生まれると自分のベッドで添い寝をし、毛布にくるみ、その目を覗きこんでは、持って生まれてきてもやがて失われることになる英知をそこに読み取ろうとした。息子のほうも見つめ返してきて、小さな口を開けたり閉じたりして、まだ知ることのない言葉で、あるいはもはや思い出せない言葉で宇宙の神秘を語ろうとしていた。その様子は亡くなる間際の父を思い起こさせた。父も同じようにエリナをじっと見つめ、その深いまなざしはこれまで言えずに終わったあらゆる思いをたたえていた。

「ミセス・エダヴェイン、おふたりの写真を撮らせてください」エリナは目をしばたたいた。新聞記者だった。彼の手帳がアリスに意識を向かわせた。あの子はどこ？　デボラとクレミーは？　誰かが娘たちを見てくれているのだろう。母ではないはず、となるとミスター・ルウェリンか？　そうだ、朝から彼の姿を見かけないのは、そのせいかもしれない。きっと娘たちの世話を買って出て、子供たちをごたごたから遠ざけてくれているに違いない。そうしてくれるよう以前から頼んであったのだ。

「ミスター&ミセス・エダヴェイン、じゃあいいですね」暑さで顔を真っ赤にした恰幅《かっぷく》のいい男が、三脚の背後で手を振った。「こっちを見てください」

写真には慣れていた——お伽噺から抜け出たような愛らしい少女だったから、生まれてからずっと絵やスケッチや写真のモデルになってきた——だが、いまは身がすくんだ。事態の収拾がつくまで闇に身をひそめていたかった。目を閉じ、そのままじっと動かず、誰とも口を利かずにいたかった。疲れていた、頭が働かないくらい疲れていた。

「さあ、エリナ」耳元でアンソニーの声がした。気づかうような静かな声だった。「頑張って乗りきろう。ぼくがついているからね」

「ひどく暑いわ」エリナはささやくように言った。絹のブラウスが背中に貼りついていた。スカートのギャザーの縫い目がウエストに当たった。

「こっちを見てください、ミセス・エダヴェイン」

「息ができないわ、アンソニー。できれば――」

「ぼくはここにいるよ、そばにいるからね。ずっと一緒にいるからね」

「じゃあ行きます、はい……」カメラのフラッシュが白色光を放つ。視界が揺らいだそのとき、エリナはフレンチドアのそばに人影を見たような気がした。アリス、間違いない、あの子が直立不動でじっとこちらを見ている。

「アリス」そう呼びかけ、まばたきをして目のくらみを治す。「アリス?」

そこへ、湖のほうで叫び声があがった。男の声。それが大きく鋭く響くと、椅子からぱっと立ち上がった記者が窓に駆け寄った。アンソニーも立ち上がり、エリナもそれにならったが、途端に足の力が抜けてよろめいた。時が止まってしまったかのようだった。やがて若い記者が振り返り、かぶりを振った。

「違ったようです」興奮が一気にしぼんだかのようにぼそりと言うと、ハンカチで顔をぬぐった。「見つかったのはただの古靴で、遺体じゃなかった」

エリナの膝は体を支えきれそうにない。フレンチドアのほうに目をやると、すでにアリスの姿は消えていた。代わりに目に留まったのは、マントルピースの脇に掛かる鏡に映りこんだ自分のまなざしだった。一瞬、自分だとわからなかった。万事ぬかりなく装ってきた〝母親〟は跡形もなく消え去り、鏡のなかから見つめ返しているのは、遠い昔にこの家に暮らしていた、行儀など気にしない、野性的で飾らない、自分でも忘れかけていたあの少女だった。

「もういいだろう」アンソニーのとがった声がいきなり耳に届いた。わたしの愛する人、救世主の声。「きみには配慮というものがないのかね、家内はショックを受けているんだ、彼女の子供がいなくなったんだ。取材はもう終わりにしてくれたまえ」

＊

エリナの頭がふわりと軽くなる。

「ご安心ください、ミスター・エダヴェイン、これはかなり強力な催眠鎮静剤です。一錠で午後いっぱいゆっくり休んでもらえます」

「ありがとうございます、先生。ひどく取り乱していたものですから」

声の主はわかった。アンソニー。

するともうひとりが再び口を開いた。医者。「あんな目に遭えば当然ですよ。実に痛ましい限りです」

「警察は八方手を尽くしてくれています」

「当局は見つける自信があると？」

「いまはいいほうに考えて、最善を尽くしてくれると信じるしかありません」

夫の手が額に触れてきた。温かく揺るぎのない手が髪を撫で上げる。エリナはしゃべろうとしたが、口がうまく動かず、言葉が出てこない。

夫がささやくように話しかけてきた。「おやすみ、ぼくの奥様。ゆっくり眠るんだよ」

どこにいても、夫の声は神の声のように常にそばにあった。体が重くてだるい、まるで雲のなかに沈んでいくようだった。ぐんぐん、ぐんぐん落ちていき、幾重にも層をなすこれまでの人生が逆回しで再生されていく。自分が母親になったときのことがよみがえると、それ以前の、〈ローアンネス〉に戻ってきたころの情景が現われ、さらにどんどん遡《さかのぼ》ってアンソニーと出会ったあの夏のこと、父の死、そして気が遠くなるほど長く続いた子供時代にたどり着いた。

何かが欠けていた。それを見つけ出さなくてはという漠然とした感覚にとらわれるが、頭がうまく働かず、探し物が何なのかさえわからない。それは黄と黒の虎のようにするりと身をかわし、あっという間に広大な草原に紛れてしまった。〈ローアンネス〉の庭だった。遠くのほうに暗くきらめく森が見えた。エリナは草の先端を撫でようと、両手を伸ばした。

＊

子供のころ、エリナの寝室には虎がいた。名前はゼファ、ベッドの下が棲家《すみか》だった。自慢の毛皮はすっかりぼろぼろで煙のにおいが染みついていたが、あの大きな屋敷から運び出され、家族と一緒にここにやって来たのだった。エリナの父の父親にあたるホレイスがまだ血気盛んだった時代、アフリカで手に入れた虎である。エリナは当時の話を聞くのが好きだった。父によれば、昔はここの地所もずっと広大で、ドシール家は二十八室もある大邸宅に暮らし、馬車置き場にはカボチャではない本物の馬車が何台もあり、黄金で飾りたてた馬車もあったという。そうした品々はあらかた失われ、焼け跡しか残っていない屋敷も〈ローアンネス〉からだいぶ離れた場所にあるので、直接目にするのは叶わなかった。だがミスター・ルウェリンが虎と真珠の物語を聞かせてくれた。

少女のエリナは、その話を実話だとすっかり信じこんでいた。エリナはゼファが飲みこんだ真珠の形で、アフリカからここに運ばれてきたという。銃で仕留められたゼファが皮をはがれ、売り飛ばされて船に載せられたときも、真珠は彼の顎の奥深くにとどまっていた。ゼファの毛皮は大邸宅が焼け落ちるまで何十年ものあいだ誇らしげに飾られていたが、火事の後、規模はぐんと小さくなったが、修繕された湖畔の家〈ローアンネス〉に移された。そしてある日のこと、虎の頭がことんと傾き、その拍子に命のないその口から転がり出た真珠は、図書室のカーペットの長い毛足に紛れこんでしまった。真珠は人の足に踏みつけられ、気づかれもせず、すっかり忘れ去られていたのだが、ある暗い夜、家の者たちが寝静まったころ、盗みを働こうと忍びこんだ妖精たちがこれを発見したのだ。妖精たちはさっそく真珠を森の奥に持ち帰り、葉っぱのベッドに寝かせて矯《た》めつすがめつしては考えこみ、おっかなびっくり撫でさすっていると、卵と勘違いした鳥がこれをさらっていってしまった。

高い木のてっぺんで真珠はぐんぐん、ぐんぐん大きくなった。これでは自分の卵たちが押し潰《つぶ》されてしまうと恐れた鳥は、とうとう銀色に輝くこの球体を木から蹴り落としてしまった。落ちたその場所で、興味津々《しんしん》の妖精たちが見守るなか、真珠は月明かりに照らされながら孵化《ふか》を始め、そこから赤ん坊が飛び出した。妖精たちは聖なる飲みもの《ネクター》を集めてきてはその子に与え、かわりばんこに腕に抱いてあやしながら眠らせた。しかし、そのうちネクターだけでは足らなくなり、妖精の魔力をもってしても子供を満足させることができなくなった。会議が開かれ、人間の子供に森の暮らしはふさわしくないとの決定が下されると、子供は葉っぱを編んだおくるみに包まれてこの家の玄関先に戻されたのだ。

　エリナにすれば、これですべてが腑に落ちた。自分がこれほど森に惹かれるのも、ほかの人たちは草しか目にはいらない草原に妖精の姿がふと見えてしまうのも、子供時代を過ごした育児室の窓辺にあんなにも鳥たちが集まってくるのも、そのせいだったのだと。時折、獰猛《どうもう》な虎のような怒りが胸にこみ上げてくるのも、それで説明がついた。そうなってしまうと唾を飛ばしたりわめき散らしたり、地団太《じだんだ》を踏まずにいられなくなってしまうものだから、乳母のブルーエンには、自分を抑えられないような子はろくなものにならないとよく小言を言われた。それとは反対にミスター・ルウェリンは、この世には癇癪よりもっと悪いことがいくらもある、癇癪は自分なりの主張がある証拠だよと言ってくれた。そしてこう言い足した。それは胸の鼓動のようなもの、災難を知らせてくれる信号なんだ！　エリナのような娘は、生意気という名の石炭を絶えず燃やしつづけているべきだ、世間はすぐさまそれに水をかけようとするからねと。エリナはミスター・ルウェリンのかけてくれる言葉を重く受け止めた。彼はほかの大人たちとはまるで違っていた。

*

自分の出生の物語を自ら進んで人に語ることはなかった――いずれ児童書となって世に出る『エリナの魔法の扉』とは違い、『虎と真珠』は自分だけの物語、自分ひとりのものだった――だが八歳のとき、従妹《いとこ》のベアトリスが彼女の両親と一緒に〈ローアンネス〉に遊びに来た。これは珍しいことだった。エリナの母コンスタンスは、実の妹のヴェラと仲が悪かったからだ。十一か月しか年の離れていないこの姉妹は常に張り合い、生まれてからずっと些細ないさかいを繰り返し、どちらか一方が勝ちをおさめれば、当然のこと、新たな戦いの火蓋が切られることになった。コンスタンスとアンリ・ドシールとの結婚にしても、当初はコンスタンスが勝利をおさめたかに見えたものの、ヴェラが（それも若くして！）アフリカの大地で一財産を掘り当てたスコットランドの新興貴族（伯爵）を射止めたことで、挽回不能な敗北と化してしまった。以来五年ものあいだ、姉妹は絶交状態にあったのだが、ここにきて不安定ながらも休戦に漕ぎつけたらしかった。

そんなある雨の日、従姉妹ふたりは子供部屋に追いやられ、エリナはエドモンド・スペンサーの『妖精の女王』を苦心して読み進め（ミスター・ルウェリンのお気に入りの作品だし、彼によく思われたかった）、ベアトリスは製作中のタペストリーの仕上げに取りかかっていた。そこにすさまじい悲鳴があがり、エリナは思考のリズムをすっかり乱されてしまった。見ればベアトリスがぱっと立ち上がり、そばかすだらけの顔を涙で濡らしてベッドの下を指さしていた。「怪物よ……針を……落としたら……そこに……いたの……怪物が！」すぐさま事情を察したエリナは、ベッドの下からゼファを引き出すと、これはわたしの宝物で、母さまの怒りに触れないようここに隠してあるのだと説明した。ベアトリスが息も絶え絶えにしゃくり上げ、目を真っ赤に泣きはらして鼻水を垂らしているので、エリナは気の毒になった。雨が窓を激しく打ちすえ、外の世界は寒々しい灰色。お話をするにはもってこいの環境だ。そこでエリナは従妹をベッドに呼び寄せ、隣にすわらせると、真珠と森と〈ローアンネス〉にまつわる数奇な物語を披露した。話し終えるとベアトリスはせせら笑い、たしかによくできた面白い話だけれど、あなたは母親のお腹から生まれてきたということを知るべきだと一蹴《いっしゅう》した。今度はエリナが高らかに、だがそれ以上に驚きをこめて笑う番だった。ベアトリスはレースやリボンに夢中なだけの、青白い顔のつまらぬ娘。とことん単細胞だし、想像力もなければお話づくりの才能もない、それがよくもこんな荒唐無稽な話をでっち上げたものだ！　母親のお腹が聞いて呆れる！　エリナの母親は背が高くて痩せっぽちだし、毎朝ドレスに押しこめて締め上げている皺ひとつないあのお腹が伸びたり縮んだりするものか。あそこに自分がはいっていただなんて、嘘に決まっている。真珠一粒だって無理なのに、エリナがはいれるわけないではないかと。

この一件をきっかけにエリナにベアトリスへの思いやりが生まれ、気質はまるで違うものの、ふたりは仲よしになった。エリナには友達がほとんどおらず、いるのはせいぜい父親とミスター・ルウェリンくらいのもの、だから同じ年頃の遊び相手はひどく新鮮だった。従妹には特別な思い入れのある場所をひととおり案内してまわった。森のなかを流れる鱒の泳ぐ小川、急に水が深くなる川の彎曲部、敷地内でもっとも高くそびえる木。それのてっぺんに登ると、大きな屋敷の焼け跡をはるか遠くに眺めることできた。古いボート小屋の見学にも連れ出した。そこはなかでもとびきりの安らぎを味わえる場所だった。エリナはふたりで素敵な遠足を満喫しているとばかり思っていたのだが、ある夜、ふたつ並べたベッドに横になったとき、従妹がこう言った。「でも、こんなところにひとりぼっちじゃ、すごく寂しいわよね。やることが何もない辺鄙《へんぴ》な場所なんだもの」エリナはベアトリスの的はずれな発言に唖然とした。〈ローアンネス〉にはやれることがこんなにいっぱいあるというのに、よくもそんなことが言えたものだ。こうなったら、いちばんお気に入りの、誰にも絶対秘密にしているゲームをベアトリスに見せてやるしかない。

翌朝、夜明け前にエリナはベアトリスを揺り起こすと、声を出さないようにと合図を送り、ふたりして湖に向かった。周囲の木々が野放図《のほうず》に茂り、ウナギが暗い水底を滑るように泳いでいた。ここまで来たところで、エリナはいまも続行中の〈ホレイスお祖父さまの大冒険ごっこ〉をベアトリスに伝授した。上階の書斎には、黄色いリボンで束ねられた祖父の日記があった。その存在をエリナは知らないことになっていたが、立ち入り禁止の場所にもぐりこんだり、聞いてはいけないことを立ち聞きしたりしてはいつも叱られていたエリナのこと、日記の中身はそらで言えるほど読みこんでいた。祖父が書き残した冒険の数々、たとえばペルーやアフリカの横断旅行にカナダ北部での氷上旅行、それとは別に、エリナ自ら創作した冒険までをも再現してみせた。そしていよいよ、ベアトリスの教化と娯楽提供を目的に、祖父の最期《さいご》という、身の毛もよだつとっておきの場面をゼファの助けを借りて演じたのだった。それは「関係者各位」と宛名が付された手紙に仔細に記述されていたもので、途中で終わっている最後の日記の裏表紙に挟みこまれていた。ベアトリスは目を見開いて手を打ちながら笑い転げると、愉快とばかりに感嘆の声をあげた。「うちの子は小さな野蛮人だと、あなたのお母さまが言うのも当然ね」

「そんなことを言ってたの?」エリナは目をぱちくりさせて驚いた。思ってもみないことを言われ、むしろ嬉しくなった。

「あなたをロンドンにふさわしい女性にするのは諦《あきら》めたって、わたしの母さまに言っていらしたわ」

「ロンドン?」エリナは鼻にくしゃっと皺《しわ》を寄せた。「そんなところに誰が行くもんですか」その地名は前にも耳にしたことがあった——ロンドン、なんとなく〝中途半端《アンダン》〟と音が似ていなくもない。両親が言い争うときはいつも、この地名が剣のように飛び交った。「こんな辺鄙な土地にいたら人から忘れ去られるばかりだわ」と、エリナの母はよく言っていた。「ああ、ロンドンに行きたい。あなたには生きた心地がしない場所なのは百も承知よ、アンリ。でもね、わたしにはあそこが性に合っているの。わたしが交わるべき相手はやんごとなき家柄の人たちなんですからね。若いころは王室に招かれたこともある身だということをお忘れにならないでいただきたいものだわ!」

このとっておきの話は耳にたこができるくらい聞かされてきたエリナだが、心動かされたことは一度もなかった。それでも興味を掻きたてられた。何かに物怖じする父など見たことがなかったから、ロンドンというのは無法者と暴力にあふれる町なのだろうかと想像をたくましくしたのである。「大都会だよ」エリナの問いかけに父はこう言った。「自動車と乗合バスと人でいっぱいなんだ」

その声の背後に声にならない翳《かげ》りが嗅ぎ取れた。「じゃあ誘惑もいっぱいだわね?」

父ははっと顔を上げ、探るような目を向けてきた。「そんな言葉をどこで?」

エリナは虚心に肩をすくめた。それは以前、父が口にした言葉だった。父とミスター・ルウエリンがボート小屋のそばで話しているのを、川辺の茂みにもぐりこんで野イチゴを摘んでいたとき、たまたま耳にしたのだった。

父は溜息をもらした。「人によってはそうかもしれないね。そう、誘惑の多い町なんだ」

それから父の顔がひどく悲しげになったので、父の手に自分の小さな手を滑りこませてきっぱりとこう言った。「わたしは絶対に行かないわ。〈ローアンネス〉を離れるもんですか」

だからこのときも、従妹のベアトリスに同じ言葉を繰り返したわけだが、返ってきたのは父と同じ、慈愛に満ちた憐憫の微笑みだった。「さあ、それはどうかしら。こんなところに暮らしていて、どうやって旦那さまを見つけられるというの?」

＊

ロンドン行きも夫探しも望んでいなかったエリナだが、一九一一年、十六歳のとき、その両方を実現させることになった。望んでそうなったわけではない。父が亡くなり、〈ローアンネス〉が不動産業者の手に渡ると、母は最高の条件を備えた花婿候補に引き合わせようと、エリナをロンドンに連れ出したのだ。母の横暴にも、なす術のない自分にも腹が立ち、絶対に人を好きになるものかとエリナは固く誓っていた。滞在先はメイフェア地区のはずれの、叔母ヴェラが暮らす大きな屋敷だった。ベアトリスとエリナを一緒に社交界にデビューさせるという話がまとまると、案の定というか、コンスタンスとヴェラのあいだに娘の婿探しをめぐる姉妹戦争が勃発した。

そして六月下旬のある晴れた日の昼下がり、ロンドンの屋敷の二階では、夏の陽光はすでに翳りはじめているというのに額に玉の汗をにじませたメイドが、反抗的な相手の体を何度も引き寄せては訴えていた。「じっとしていてくださいな、ミス・エリナ。しっかり立っていてくださらないと、胸の谷間をきれいに出せないじゃありませんか」

メイドたちがエリナの着付けに業《ごう》を煮やしていることは、エリナ本人も知っていた。メイドたちが執事の目を盗んではいりこむ食品庫は、図書室の壁龕《へきがん》にある通風孔と通じていた。母の目を逃れて図書室にこもっていたエリナの耳に、彼女たちのおしゃべりが聞こえてきたのである。煙草のかすかな煙とともに、こんなやりとりが流れてきた。「もう絶対にご免だわ……」、「あの娘《こ》の服ときたら染みだらけなんだから！」、「これっぽっちの努力も……」、「ちょっとは協力してくれても……」、「それにしても、あの髪には唖然よね！」

そしていま、エリナは鏡に映る自分の姿に見入るのだった。たしかに髪は野放図に広がっていた。いつだってそう、どう撫でつけようと焦げ茶色の縮れ毛は四方八方に爆発してしまうのだ。おまけに手足はぎすぎすしているし、人をはっしと見つめる癖があるせいで愛嬌のあの字もない。生まれ持った気質にしても、やはり欠陥だらけだと思うようになっていた。乳母のブルーエンはしじゅう舌打ちをしては、「鞭によるお仕置き」をやらずに「邪悪な情念の野放し」を許していたら、この子はいずれ「母親の失望の種」になる、下手をすれば「神にも見放されてしまいます！」と言ってはばからなかった。神の御心《みこころ》まではわからないものの、母の失望はその顔にはっきりと見て取れた。

噂をすれば影。寝室にやって来たコンスタンス・ドシールは豪華な衣装に身を包み、〈まとまりのよいなめらかなブロンドの〉髪を頭頂部に盛り上げて巧みにカールさせ、首から下げた宝石をじゃらじゃらじゃらさせていた。エリナはいーっと歯を剝いた。こういう宝石類を売り払っていたら、〈ローアンネス〉を手放さずにすんだだろうに。母は手を一振りしてメイドを脇に追いやると、エリナのコルセットを手ずから締め上げた。エリナが悲鳴をあげるほど強く引き絞ってから、今宵のロスチャイルド家の舞踏会に来るという、目当ての御曹司《おんぞうし》たちのことを仔細にしゃべりはじめた。これが父に無駄遣いをとがめられ、「わたしの頭は、そういう細かいことをいちいち憶えていられませんの」としらを切った同じ人間とはとても思えなかった。未来の娘婿候補の身上調査はどれも徹底したもので、どんな些細な点も見過ごしにはできないと言わんばかりの念の入れようだった。

こうした段取りを楽しめる母娘はたしかにいる。だがコンスタンス・ドシールとエリナは違った。エリナにとって母親は異世界の人、娘を好いてもいない冷淡でよそよそしい人だった。なぜそうなのか、正確なところはわからない（〈ローアンネス〉の使用人たちは、奥さまは息子がほしかったのだと噂していた）。だが、エリナがそれをことさら気に病むこともなかった。嫌っているのはお互いさまだった。だが、この日のコンスタンスの張り切りようは異常だった。従妹のベアトリス（しばらく会わないうちにふくよかな体つきになっていて、エリノア・グリンの扇情的なロマンス小説に夢中だった）が「王室行事日報」で紹介されたものだから、俄然闘志を掻きたてられたのだ。

「……は、さる子爵のご長男よ」コンスタンスの話は続いていた。「お祖父さまは東インド会社と組んで大儲け……それはもう途方もないほどのお金持ち……株や債券を……アメリカの財界で……」

エリナは鏡に向かって顔をしかめた。こういう話につき合うのは共謀者にされたようで虫酸《むしず》が走った。言葉のひとつひとつが、こういう衣装が、こういう胸算用が、エリナには束縛でしかなく、なんとか逃れられないものかと思うばかりだった。化粧漆喰と石畳ばかりのロンドンには馴染めなかった。午前中はハノーヴァー・スクエアのマダム・ルシールの店でドレスの試着につぶされ、午後になると訪問日を記した白いカードを馬車で配って回り、あちこちの家でお茶とおしゃべりをして過ごすという、そんな毎日にもうんざりだった。婦人雑誌『ザ・レディ』が意気盛んに提唱する、使用人の扱い方や室内装飾法、過剰に甘ったるい髪の結い方など、エリナにはどうでもよかった。
首にかけた鎖にエリナは手をやった。服の下に忍ばせているこのペンダントは、ロケットではなく、銀の台座には虎の牙《きば》が埋めこまれていた。父からの贈り物だった。手に馴染んだなめらかな輪郭をなぞりながら、視界がぼやけるにまかせた。やがて自分の姿が見えなくなり、おぼろな人影と化した。姿形が揺らぐと、意識も散漫になった。母の声はぶーんというかすかな背景音となり、いつしか心はロンドンのこの部屋を離れ、生まれ育った本当の家〈ローアンネス〉に立ち戻り、父とミスター・ルウェリンと並んで川辺に腰をおろす自分がいた。すべてにおいて調和のとれた世界がそこにはあった。

*

その夜、エリナはダンスフロアの際にたたずみ、くるくると旋回する母を眺めていた。コンスタンスがはしゃぎまわるさまはグロテスクそのものだった。はみ出さんばかりに唇を赤く塗りたくり、胸を大きく盛り上げて、宝石をじゃらつかせながらワルツを踊り、次々に入れ替わる赤ら顔のパートナーに嬌声を振りまいていた。どうしてこの人は、世の有爵未亡人たちのように慎みのある振舞いができないのか? 壁際の椅子に腰かけて百合の花輪模様を褒めそやしながらも、心のなかでは自宅の熱い風呂やきちんと折り返されたベッドや湯たんぽを恋しがる、そんな女性であってほしかった。いまもダンスのパートナーから何やら耳元でささやかれては声高に笑い、大きく開いた胸に手をやるコンスタンスを見ていると、さまざまな記憶がよみがえってきた。エリナがまだ子供だったころ、使用人たちはよく、明け方に廊下から足音が聞こえたとか、見知らぬ男が靴下をはいただけの格好で自室に戻っていくのを見かけたとか、ひそひそ声を交わし合っていたものだった。それを思い出した途端、顔全体の筋肉がこわばり、虎の怒りが体内でかっと燃え上がった。エリナに言わせれば、裏切りは最大の罪だった。誓いを破るのは、人としてあるまじき最悪の振舞いだ。

「エリナ！　ほらあそこ！」ベアトリスが息をはずませながら横に立った。興奮すると決まって軽度の呼吸障害を起こしたようになる。従妹の視線をたどっていくと、ニキビ面の大柄な若者が蠟燭《ろうそく》のきらめきのなかをこちらに向かってくるのが目に留まった。エリナは絶望にも似た感情に襲われた。こんなものを愛というのか？　恋の駆け引きだと？　一張羅《いっちょうら》を身にまとい、顔に化粧という仮面を張りつけて、教えられたとおりにダンスのステップを踏み、台本どおりの問いかけや応答を繰り返すだけなのに？　エリナがそう口にすると、ベアトリスは「それでいいのよ！」と声を張り上げた。

「でも、それだけ？　もっと大事なことがあるんじゃないの？」

「もうエリナったら、純情ぶっちゃって！　人生はお伽噺じゃないのよ。本の世界ならそれもいいけれど、魔法みたいなものは現実にはないんですからね」

　こんなときミスター・ルウェリンがそばにいてくれたらどんなにいいか、そんな切実な思いに駆られることがロンドンに移り住んでから何度もあった。普段はもっぱら文通にこだわり、受け取った手紙は大切に保管し、自分が書き送った手紙も、複写式の特別なノートに残しているほどのエリナだが、それでもときには気心の知れた友と打てば響くような会話を心ゆくまで楽しみたくなるのだった。相手に理解されているとわかってこそ得られる安心感、望んでいるのはただそれだけなのに！　魔法の話だなんて聞いて呆れる。これは絶対的真実だ。はっきり言って、似合いのカップルは愛情に基づいていてこそのものであり、両家相互の利害など関係ないはずだ。そんな思いを口にすべきかどうか迷っているエリナを尻目に、ベアトリスはとっておきの愛くるしい笑みを盛大に浮かべて、なおもさえずりつづけていた。「ほら、いい子だから嬉しそうな顔をしなさいよ。どれだけたくさんの視線を獲得できるか勝負しましょうよ」

エリナは気持ちが萎《な》えた。何を言っても無駄。そもそもろくでもない男たちの視線を集めることなど、エリナにはどうでもよかった。所詮相手は独りよがりの快楽を追い求めてつまらぬ人生を送るだけの甘ったれた男どもなのだ。そういえばかつて父はこんなことを言っていた——貧しい者には貧しさゆえの苦労があるだろうが、役立たずの身の上に甘んじるだけの金持ちというのも気の毒なもの、無為徒食ほど人の心をむしばむものはないのだからと。ベアトリスが果敢な行動に乗り出したところで、エリナは人ごみに紛れて出口に向かった。

行くあてもないまま上階に向かい、さらにその上の階へと階段を上った。背後の音楽が徐々に遠ざかるにつれてエリナはほっとした。いつもはもっと早いうちに舞踏会場を抜け出し、屋敷内を探検するのが習慣になっていた。そういうことは得意だった。祖父ホレイスの亡霊を道連れに〈ローアンネス〉の森に身をひそめ、透明人間になる訓練を積んできた。踊り場まで来たところで少しだけ開いているドアが目に留まり、手始めとしては格好の場所だと判断した。

室内は暗かったが、水銀のような月明かりが窓から射しこんでいたので、書斎らしき部屋だと察しがついた。奥の壁は一面本棚で、部屋の中央に敷かれたカーペットの上には大きなデスクがあった。デスクの背後に回りこむ。革のにおいのせいだろうか、あるいは父のことがまだ頭から離れずにいたせいか、このときエリナは、晩年はよく〈ローアンネス〉の書斎で一家の借金をどう工面しようかと帳簿の前で頭を抱えていた父の姿を思い出していた。最後の数か月は体力がすっかり衰え、昔のように草原や森を一緒に散歩することも叶わなくなった。そこでエリナは、父の愛する自然界のあれこれを届ける仕事を自らに課し、早朝に採集したものを持ち帰っては、目にしたものや耳に届いた音、嗅いだにおいを逐一報告したものだった。そんなある日、変わりはじめた気候のことを事細かに話していると、父が片手を上げてこれを制し、事務弁護士と話し合ったのだと打ち明けた。「わたしはもうすっからかんになってしまったよ、エリナ、でもこの家はちゃんと残すからね。〈ローアンネス〉は売却できないよう書面に但し書きを入れたから、この先おまえが路頭に迷うことはないよ」だが、いざそのときが来てみれば、肝心の書類はどこにも見当たらず、エリナの母はそんなものは知らないと突っぱね、「亡くなる間際は、おかしなことばかり言っていらしたから」と言うばかりだった。

ドアに目をやり閉まっていることを確かめると、エリナはデスクランプのスイッチを入れた。黄色の四角い光が机上いっぱいに広がった。天板を指先でこつこつ叩きながら備品を点検した。彫刻がほどこされた象牙のペン立て、インクの吸い取り紙、木綿糸で綴《と》じられた日記帳。新聞が広げたままになっていたので、エリナは漫然とページを繰りはじめた。こうした一連の行動は、のちに「ふたりの出会いの物語」に織りこまれ、厳粛と必然の衣をまとうことになるわけだが、この時点では、単に新鮮味のない退屈な階下のパーティから逃れてきたというだけにすぎなかった。〈極東生まれの虎のつがい、ロンドン動物園で初公開〉という見出しを目にしても、これが未来への扉を開く鍵になるとは思いもしなかった。それでも、肌に触れるゼファの牙が突如熱を帯び、この虎たちをなんとしても自分の目で確かめたいという気持ちになっていた。

8　ロンドン　一九一一年六月

チャンスは二日後に訪れた。ジョージ五世の即位を記念して開催中の〈帝国の祭典〉を見に行くことになり、ヴェラの家では誰もが色めき立った。ベアトリスはシェリー片手に大はしゃぎだった。「アフリカの先住民たちが、はるばるこっちに来ているんですってよ！」

「空飛ぶメリーゴーラウンド《フライング・マシン》もあるわよ」ヴェラが言った。「それと大がかりな野外劇も！」

「舞台監督のミスター・ラセルズはさぞや鼻高々でしょうね」コンスタンスはうなずきを返すと、期待をこめてこう言い足した。「ご本人もいらっしゃるのかしら？　国王陛下の近しいご友人だという話だし」

ダイムラーが会場入口にさしかかると、水晶宮《クリスタル・パレス》は陽射しに燦然《さんぜん》と照り輝いていた。エリナの母、叔母、従妹が車を降り、エリナも壮麗なガラスの建造物に目を奪われながらあとに続いた。クリスタル・パレスは噂にたがわず美しく印象的で、エリナは期待に頰が火照るのがわかった。といっても、帝国の宝物を一日かけて見て回るのが楽しみだったわけではない。エリナにはそれとは別の計画があった。一行はクリスタル・パレス内に進み、英国王室の見事な展示品にうなずきながら鑑賞して三十分ほどを過ごすと、続いて異国情緒たっぷりの植民地諸国の展示館を巡った。植物園では咲き乱れる花々に見惚れ、海外自治領の軍事演習実演場では実習生たちの機敏な動きに驚嘆し、野外劇はとことん不評に終わった。エリナはみんなの後ろをついて回り、何か問われれば熱心を装って無理にうなずいてみせた。そして中世風迷路園までやって来たとき、エリナに好機が訪れた。迷路はたいそうこみ合っていたので、仲間とはぐれるのはそう難しいことではなかった。みんなが右に折れたらこっちは左に曲がり、それから来た道を引き返し、人の流れに逆らって迷路から出てしまえば事足りた。

母親の知り合いに出くわさないとも限らないので顔をうつむけたまま、足早に帝国競技場を突っ切り、小ぢんまりした自作農地のほうに向かった。立ち止まらずにずんずん進み、シドナム・アヴェニューにある鉄道駅の入口にたどり着いてようやく、エリナの胸は達成感に弾んだ。ヴァーノン叔父の書斎から拝借してきた地図を広げ、前夜バスルームで計画しておいたルートを改めて確認する。下調べによれば、すぐ近くのノーウッド・ロードで78番トラムに手を振って乗りこむだけ。あとはヴィクトリア駅まで運んでくれるはずだった。そこからは徒歩でハイド・パークを通り抜け、メリルボーン地区を突っ切ってリージェンツ・パークにはいる。いくつもの公園をたどって行けるのはありがたかった。ロンドンの通りはどこもかしこも、暑さで融けだした騒音が駆け巡る川のようで、そのすさまじい奔流に押し流されてしまうのではと身がすくむことがたびたびあったのだ。

だが、この日は恐れより高揚感が勝っていた。トラムの停留所を目指して歩道を進んだ。心が浮き立つのは虎を見られることもだが、何週間かぶりでひとりになれた、という喜びも大きかった。78番トラムががたがたとこちらに向かってきた。合図を送って止めると、これまたヴァーノン叔父の書斎から失敬してきた小銭で料金を払う。ことは順調に運んだ。席におさまると、頬がゆるみそうになるのをかろうじて押しとどめた。わたしは一人前の大人、勇敢な女性。行く手に立ちはだかるあらゆる障害を乗り越えていく冒険家、そんな気分だった。とうに切れたと思っていた子供時代との絆、かつての自分との絆が復活し、〈ホレイスお祖父さまの大冒険ごっこ〉をしたときに味わったあのスリルに酔っていた。やがてヴォクソール橋を渡りきったトラムが、レールの上を滑るように進んでベルグレーヴィア地区にさしかかると、エリナはブラウスの下にさがるペンダントの虎の牙を撫でさすった。

ヴィクトリア駅は縦横に行き交う人々で混沌としていた。シルクハットや杖がそこらじゅうにあふれ、いたるところにロングスカートの裾が翻《ひるがえ》っていた。トラムを降りると、できるだけ素早く雑踏をすり抜ける。と、そこは、お茶の時間に間に合うようにと先を急ぐ大小の馬車がひしめく往来だった。そんな一台に乗らずにすむと思うと嬉しくてたまらなかった。

一瞬立ち止まって進むべき方向を確かめ、グロヴナー・プレイス沿いを歩きだす。急ぎ足だったので息が切れた。ロンドンという町は強烈なにおいを放っていた。馬糞と排気ガス、新旧の異臭が混じり合い胸がむかむかした。ハイド・パークに足を踏み入れ、薔薇の香りに包まれてようやく心がなごんだ。真っ白な制服姿の乳母たちが、乗馬道《ロットン・ロウ》の赤土の上を大きな乳母車を押してぞろぞろと歩いていて、広大な芝地は賃料六ペンスの緑色のデッキチェアで埋まっていた。サーペンタイン池のそこここに浮かぶボートは巨大なアヒルのようだった。

「記念の品はここで買えるよ！」屋台の売り子が叫んでいた。即位記念の旗やバッキンガム宮殿前に新しくできた巨大な平和記念碑の写真が山と積まれている。(「あれのどこが平和かね？」と、巨大な記念碑の前を馬車で通るたびに叔父はよく鼻を鳴らしていた。その白く輝く大理石は宮殿の黒ずみ汚れた石壁と対照的だった。「これで新たな戦争もなく十年が過ごせるなら儲けものだがね！」そう言い放つ叔父のむっつり顔には、してやったりという表情がのぞいていた——叔父は悪いニュースが何よりも好物なのだ——するとベアトリスが、「パパったら、そんな興ざめなことを言わないでよ」とたしなめるも、すぐさま視線はすれ違う馬車に向かうのだった。「あら、ちょっと！　あれってマナー家の馬車じゃないこと？　レディ・ダイアナの最新情報を聞いているでしょ？　白ずくめの衣裳での参加が条件の慈善舞踏会に、黒鳥の装いで行ったんですってよ！　レディ・シェフィールドはすっかりおかんむりだったんですって！」)

エリナは急ぎ足になった。ベイズウォーター・ロード方面に向かい、マーブルアーチをくぐると、メイフェア地区の際を抜けてメリルボーンにはいる。ベイカー・ストリートの表示を目にすると、またしてもヴァーノン叔父が脳裡に浮かんだ。叔父は探偵の才があるのが自慢で、シャーロック・ホームズとの知恵比べを楽しんでいた。エリナも叔父の書斎にあったミステリ小説を何冊か借りてみたものの、そこまで夢中になれなかった。合理主義の傲慢さは、エリナが愛してやまぬお伽噺とは相容れないものだった。演繹《えんえき》的方法で説明のつかぬものはないと豪語するホームズの自惚《うぬぼ》れには、いまも、思い出すたび頭がかっと熱くなった。リージェンツ・パークに近づくころになってもまだかっかしていたせいで、越えるべき運河のことが頭からすっかり抜け落ちていた。ろくに見もせず慌てて道を渡ろうとしたため、すぐそこまで来ていた乗合バスに気づかなかった。車体に描かれたリプトン紅茶の巨大広告が迫ってきたその瞬間、自分はこのまま死ぬのだと悟った。頭のなかをさまざまな思いが駆け抜けた――これでまた父のそばに行ける、〈ローアンネス〉を失ったことをもうくよくよ悩まずにすむ、ああ、でも虎を見ずに終わってしまうのか！　エリナはぎゅっと目を閉じ、すぐにも訪れる痛みと死を覚悟した。

ショックで息も絶え絶えになったそのとき、腰のあたりをぐいとつかまれ、脇にはじき飛ばされた。体が地面に叩きつけられた途端に息が詰まった。死は想像していたのとだいぶ違った。音が渦巻き、耳鳴りがし、頭がくらくらした。目を開けると、見たことのないようなとびきりの美貌が視界をふさいでいた。このことは誰にも打ち明けたことはなかったが、その後何年ものあいだ、あのときは神様が目の前に現われたと咄嗟に思った自分を思い出しては、ひとりにやついたものだった。

神様ではなかった。青年、男の人、エリナとそう年の違わない若者だった。薄茶色の髪と、思わず触れたくなるような肌をした人だった。彼はエリナの傍らにしゃがみこみ、片腕でエリナの肩を抱きかかえていた。その唇が動いていた、何か言っているらしいのだが、エリナには聞き取れなかった。彼はエリナをまっすぐ見つめ、最初は片方の目を、続いてもう一方の目を覗きこんだ。やがて周囲が騒がしくなり、動きが生まれた――かなりの人だかりができていた――彼の顔に笑みが浮かぶと、なんて素敵な口元だろうとエリナは思ったが、そこで不意に意識が遠のいた。

＊

名前はアンソニー・エダヴェイン、ケンブリッジの医学生で、外科医志望の青年だった。それを知ったのは、ベイカー・ストリート駅構内にある軽食堂のカウンター席でのことだった。バスとの衝突をすんでのところでまぬがれたあと、彼についてそこに行き、レモネードをご馳走になった。彼はこの店で友人と落ち合うことになっていた。やって来たのは黒い巻き毛の眼鏡をかけた青年だった。見るからに慌てて見つくろったような身なりで、頭髪も意図したとおりにおさまってくれないといった印象だった。エリナはすぐさま好感を抱いた。「こいつはハワード・マン――」アンソニーがぼさぼさ頭の青年を手ぶりで示し――「こちらはエリナ・ドシールさん」

「よろしく、エリナ」ハワードが言って手を差し出した。「いやはやたまげたな。こいつとはどこで？」

「ついいましがた、命を救っていただいたところなの」と口にした自分の言葉に、なんだか突拍子もないことを言っている気分になった。

だが、ハワードはさして驚いたふうでもなかった。「こいつに？　わかる気がするよ。いかにもって感じだね。こいつが親友じゃなかったら、いけ好かないやつだと思っただろうな」

地下鉄駅構内のカフェで見知らぬふたりの男性とこんなジョークを交わすこと自体、気詰まりになりそうなものだが、死の淵から救い出された人間は、何をどう言うべきかという通常の拘束から自由になれるのだと、エリナは気がついた。三人は自由闊達に語らい、エリナは話を聞けば聞くほどふたりのことが好きになっていった。アンソニーとハワードは互いに軽口を叩き合っていたが、どちらの態度にも愛情が感じられ、それゆえどことなく相手を包みこむような印象を受けた。気がつけばエリナも、長いこと遠ざかっていたやり方で自分の考えを口にし、笑い声をあげては相槌を打ち、ときには母親が聞いたら震え上がりそうな痛烈な言葉を投げ返していた。

三人は科学や自然、政治や道義心、家族や友情について熱く語り合った。話をするうちに、エリナはふたりのことを少しずつ知ることになった。アンソニーは何を措いてもまずは外科医になりたいと思っていた。少年のころ大好きだったメイドが盲腸になり、ちゃんとした医者がいなかったせいで命を落として以来、その夢を持ち続けているという。ハワードは、いまはコート・ダジュールで四番目の妻と暮らす大金持ちの子爵のひとり息子で、ロンドンのロイド銀行の支店長が管理する信託財産の金で暮らしていた。ふたりの出会いは新学期初日のこと、アンソニーが予備の学帽をハワードに貸してやったお蔭でハワードは校長の鞭打ちをまぬがれ、以来、無二の親友となったのだそうだ。「兄弟以上の関係なんだ」アンソニーはハワードに温かい笑みを送りながら言った。

時はまたたく間に流れ去り、珍しく会話が途切れたところでハワードがかすかに顔をくもらせてエリナに言った。「せっかくの楽しいひとときに水を差すのはなんだけど、きみがいなくなって心配している人がいるんじゃないかと、ちょっと気になってね」思わず父の腕時計（父が死んでからずっと身に着けているもので、母には不評だった）に目を走らせ、エリナは愕然《がくぜん》とした。迷路園で家族と離れてから三時間が過ぎていた。怒り心頭に発した母の姿が見えるようだった。

「そうよね」エリナは暗い声で答えた。「その可能性は高そうね」

「だったらぼくらが送っていくよ。いいだろ、アンソニー？」

「そうだな」アンソニーは眉根を寄せて自分の腕時計に目をやると、針の指す位置が間違っていると言わんばかりにガラスをとんとん叩いた。「ああ、もちろんだ」彼の声に不承不承といった調子が入り混じっているような気がするのは思い過ごしだろうかとエリナはふと思った。

「本当なら安静にしていなきゃならないのに、こんなふうに話に引きこんでしまって、ぼくらはひどく身勝手だったね」

突如エリナは、ふたりとこのまま別れたくない、そんなすがるような思いで胸がいっぱいになった。アンソニーともっと一緒にいたかった。結果的には素晴らしい一日になったわけだし、いまはすっかり元気だし、家に戻る前にまだやることがあるのだと、エリナは渋りだした。はるばるここまでやって来たのに、動物園はすぐそこなのに、虎を見ずに帰るなんて！　アンソニーは頭がどうとか打ちどころがどうとか言ったが、お気づかいは嬉しいけれど本当にもう大丈夫だからと言い張った。立ち上がろうとして少しふらついたが、そうなって当然だと言い訳した。店内はひどく暑いし、昼食も食べていないし、それに——ああ、そうだわ！　もう少しここで休んでいれば、そのうちめまいもおさまるわと。

それでもアンソニーはなおも言いつのり、エリナも譲らなかった。決着をつけたのはハワードだった。すまなそうな笑みを浮かべてハワードはエリナの主張を却下し、アンソニーが支払いに立った。

遠ざかるアンソニーをエリナは目で追った。聡明で思いやりがあり、この世が差し出すあらゆるものに飽くなき興味を持って生きている。それにとてもハンサムだ。張りのある黒みがかったブロンド、日に焼けた浅黒い肌、好奇心と探求心ではちきれそうなまなざし。死にかけたせいで目がおかしくなっているのか、そこは何とも言えないが、エリナには彼がきらきら輝いて見えた。店内のほかの人たちの影が薄く感じられるほど、それくらいアンソニーには情熱と活力と自信がみなぎっていた。

「あいつ、なかなかの男前だろ？」ハワードが言った。

エリナの肌がかっとなった。そこまであからさまに見つめていたつもりはなかった。

「クラス一の秀才でね、ぼくらの学校で卒業生に贈られる賞はあらかたやつがさらっちまったんだ。もっとも自分から吹聴《ふいちょう》したりはしない、馬鹿がつくくらい謙虚なやつでね」

「そうなの？」エリナはごくあっさりと、ほどほどの関心を装った。

「医者の資格を取ったら、恵まれない人たちのための診療所を開くつもりらしい。金がないせいで手術を受けられずに死んでいく子たちが大勢いるなんて嘆かわしいと言ってね」

ハワードのロールスロイス・シルヴァー・ゴーストで、メイフェアまで送り届けてもらった。執事がドアを開けたが、寝室の窓から見張っていたベアトリスがすぐさま階段を駆け下りてきて、執事の横に張りついた。「ああ、心配していたのよ、エリナ」言って息を吐き出した。「あなたのお母さまはかんかんよ」それからアンソニーとハワードに目を向け、しなを作ってまつ毛をしきりにぱたつかせた。「あら、ごきげんよう」

「ベアトリス」エリナは笑みを浮かべて口を開いた。「こちらはハワード・マン、それからアンソニー・エダヴェイン。ミスター・エダヴェインはわたしの命を救ってくださったの」

「だったら」ベアトリスは驚くふうもなく言った。「なかでお茶を召し上がっていただきましょうよ」

お茶とレモンケーキを前に、一部始終が改めて語られた。コンスタンスは眉を吊り上げ口をきゅっと引き結んだまま、そもそもエリナがなぜメリルボーンに行ったのか、そこをまず知りたくてやきもきしていたが、努めて冷静を装い、アンソニーに礼を述べた。「エダヴェインといえば」コンスタンスが期待をこめて問いかけた。「もしやエダヴェイン卿のご子息では？」

「おっしゃるとおりです」アンソニーは朗《ほが》らかに応じ、ふたつ目のケーキに手を伸ばした。

「三人兄弟の末っ子です」

コンスタンスの笑みがふっと消えた（「三男坊ですってよ」のちにヴェラに嚙みつくコンスタンスの声がエリナの耳に届いた。「三番目ってどういうこと⁈ 感化されやすい若い娘を町なかで助けてまわる三男坊なんてお呼びじゃないわ。三男坊なら修道院にはいるのが筋ってもんじゃありませんか！」）。

だがエリナは、それですべてが腑に落ちた。アンソニーの気さくで偉ぶらないところ、それでいてどことなく堂々とした立ち居振舞い、それと自分たちふたりが出会うことになった経緯、そのどれもが三男坊だからなのだと。「きっとあなたはお話に出てくるような英雄に生まれついたのね」

アンソニーが笑った。「それはどうかな、でも三男坊でよかったと思っているんだ」

「え？」コンスタンスの冷ややかな声音に室内の温度が何度か下がった。「それはまたどうして？」

「父にはすでに後継ぎと予備がいるわけで、ということは、ぼくは好きなことを思う存分できますからね」

「具体的には何を、ミスター・エダヴェイン？」

「医者になるつもりです」

エリナはすぐさま説明に乗り出した。アンソニーは外科医になる勉強をしている最中で、恵まれない人たちを助けることに生涯を捧げようとしていて、学業ではさまざまな賞をひととおり手にしているのだと。だが話すだけ無駄だった。コンスタンスはすげなく話をさえぎった。「そちらほどの家柄の方なら働かなくとも十分暮らしていけますでしょ。お父さまがそういう生き方に賛成なさるとは思えませんわ」

アンソニーが母に目をやった。その強いまなざしは、室内に残る温もりをすっかり吸い取ってしまいそうだった。空気がぴんと張りつめた。こんなふうに母に立ち向かう人ははじめてだった。アンソニーがどう言うのか、エリナは固唾《かたず》を呑んで見守った。

「ぼくの父はですね、ミセス・ドシール、金を稼ぐことを免除された特権階級の暇人がどんな末路をたどるのかを見て知っているんです。それはぼくも同様です。あり余る時間をつぶす算段だけして漫然と日々を送るつもりは、ぼくにはありません。人助けをしたい、人の役に立ちたいんです」そう言うと、この部屋にいるのは自分たちふたりだけだと言わんばかりにエリナのほうに向きなおり、こう言った。「きみはどうなの、ミス・ドシール？　何が望みなの？」

その瞬間、何かが変わった。ごくわずかだが、決定的な変化だった。アンソニーはまぶしいほど輝いていた。今朝がたのふたりの出会いは運命だったのだと、エリナははっきりと自覚した。ふたりをつなぐ糸は目に見えそうなほど強靭なのだと。彼に話したいことは山ほどあった、だがその一方で奇妙なことに、わざわざ話すまでもないという確信もあった。彼の目を見れば、見つめてくるまなざしを見ればそれがわかった。彼女がどんな人生を望んでいるのか、とっくにわかっているのだと。ブリッジをしたり噂話をしたり、馬車で外に連れ出してくれる御者を待つだけの、そんな女性になるつもりはないことを。エリナが心底望んでいるのはそういう人生ではなく、言葉では言い尽くせないほどもっとずっと充実した人生だということを。そこでエリナはこう言うに留めた。「あの虎が見たいわ」

アンソニーがからりと笑った。幸福の笑みを満面にたたえながら両手を広げた。「お安い御用だよ。だったら今日はゆっくり休むんだ、そうしたら明日連れていってあげるよ」それからエリナの母に向きなおって言った。「お許しいただけますよね、ミセス・ドシール」

コンスタンスが何が何でも反対したがっていること、娘をどこかに連れ出そうとしていることの自信過剰な若者——しかも三男坊！——にノーを突きつけたくてじりじりしていることは、コンスタンスを知る誰の目にも明らかだった。ここまで人を嫌う母を目にするのははじめてだが、さりとて反対するだけの理由が見つからないのだろう。アンソニーは家柄もいいし、娘の命の恩人だし、娘がどうしても行きたいという場所に案内すると申し出ているのである。それを禁じるのは無作法というものだ。コンスタンスは苦笑を浮かべると、どうにか声を絞り出して同意らしきものを示した。あくまでも儀礼的行為というわけだ。同席者たちにも力関係の逆転が手に取るようにわかった。これを境にコンスタンスが娘の縁談を云々《うんぬん》する余地はほとんどなくなった。

お茶を飲み終えると、エリナはふたりの客人を玄関まで見送った。ハワードは「また近いうちにお会いしたいですね、ミス・ドシール」と熱をこめて言ってから、アンソニーに得心の笑みを投げかけた。「先に行ってゴーストのエンジンを温めておくよ」

アンソニーとエリナは、ふたりきりになった途端に言葉に詰まった。

「じゃあ」沈黙を破ったのはアンソニーだった。

「動物園、明日だからね」

「ええ」

「それと約束だよ、もう決してバスの前には飛び出さないって」

エリナは吹き出した。「はい、約束します」

アンソニーがちょっとむずかしい顔をこしらえた。

「え、どうしたの？」言った途端に気恥ずかしくなった。

「いや別に。何でもないよ。ただ、きみの髪が素敵だなって」

「これが？」エリナはぼさぼさ髪に手をやった。昼間の思いがけない騒動で、すっかり乱れていた。

アンソニーが微笑むと、エリナの胸の奥底で何かが震えた。「うん。素敵だよ。とっても」

アンソニーが別れの言葉を告げ、エリナは彼の後ろ姿を見送った。家のなかに戻り、ドアを閉めたそのとき、エリナは実にすんなりと、そしてはっきりと確信した、すべてが一変したのだと。

＊

その後の二週間のあいだにふたりが恋に落ちたと言えば嘘になるだろう。出会ったその日にはもう恋仲だったのだ。だから続く二週間は、お目付役を任ぜられた従妹ベアトリスが気を利かしてくれたお蔭で、ふたりきりで逢瀬《おうせ》を重ねた。動物園でようやく虎との対面を果たしたあとはハムステッドに連日出かけていき、草地のそこここにできたヒースの茂みの陰にもぐりこみ、互いの秘密を打ち明け合って過ごした。ヴィクトリア&アルバート・ミュージアム（V&A）や自然科学博物館にも足を運んだ。来英中のロシア帝室バレエ団の公演は八回も見た。アンソニーが行かない舞踏会にはエリナも行かなかった。舞踏会の代わりにふたりはテムズ河畔をそぞろ歩き、まるで旧知の仲のように語り合い、笑い合った。

休暇が終わりケンブリッジに戻ることになった朝、アンソニーはわざわざ回り道をしてエリナを訪ねてきた。家にはいるのも待てない様子で、玄関先の石段でアンソニーは口を開いた。

「今日は、ぼくのことを待っていてほしいと伝えるつもりでここに来たんだ」

エリナの心臓がドレスの下で弾みかけたが、続く言葉に息の根を止められた。

「でも、それは間違いだと気づいたんだ」

「そうなの？　間違いなの？」

「そうだよ。自分に無理なことをきみに強いるわけにはいかないよ」

「わたしなら待てるわ――」

「いや、ぼくが待てないんだ、一日たりとも。きみなしでは生きていけないんだよ、エリナ。だからこう言うべきなんだ――どうかな――結婚してくれないか？」

エリナの顔が笑みでくしゃくしゃになった。否《いな》も諾《お》もなかった。「ええ」エリナは言った。「もちろんよ。千回だって言うわ！　喜んでお受けします！」

アンソニーはエリナをさっと抱き上げると、くるくる回りながらキスの雨を降らせ、それから地面に下ろした。「きみ以外の人を好きになったりしない」アンソニーは額にかかる髪を掻き上げながら言った。そのきっぱりとした口調にエリナはぞくっとした。空が青いように、北の反対が南であるようにごく自然なこと、そう、アンソニー・エダヴェインはこの自分だけを愛している。

エリナが同様の愛を誓うと、アンソニーは歓喜の笑みを浮かべたが、すでにそうなることはわかっていたとでもいうように、驚くふうはなかった。

「わかっていると思うけど、ぼくは金持ちじゃない」彼は言った。「この先もそれは変わらないと思う」

「そんなことどうでもいいわ」

「こういう家をきみに持たせてやることもできない」ヴェラ叔母の大邸宅を手で示しながら言った。

腹が立った。「そういうことをわたしが気にしないってわかっているくせに」

「きみが生まれ育ったという〈ローアンネス〉のような家《ホーム》も無理だからね」

「そんなもの必要ないわ」言ってはじめて、心からそう思えるようになっていた。「いまはあなたがわたしのホームだもの」

＊

ケンブリッジでふたりは幸せだった。家は手狭だが清潔だったし、エリナはそこを居心地のいい住まいにした。アンソニーは学部の最終学年を迎え、夜はたいてい夕食をすませると教科書と向き合い、エリナはエリナで絵を描いたり書きものをしたりした。アンソニーの知性と誠実さは、本を読むときの生真面目な表情からも、本を読みながらときおり手を動かしてしかるべき手術の最良の方法を模索する仕草からもうかがえた。その手は才気と優しさを備え、器用に動いた。「ものをこしらえたり修繕したりするのが得意な子でしたよ」と、アンソニーの母親にはじめて会ったときに言われた。「まだ小さかったころ、家に代々伝わる時計を分解するのが何よりも好きでしてね。ありがたいことに――この子にとってもでしょうけど！――いつだってちゃんと元どおりに組み立てていましたよ」

ふたりの暮らしは決して華やかなものではなかった。大きな社交の場に顔を出すことはなかったが、ごく内輪の気心の知れた仲間との交流を楽しんだ。ハワードも始終やって来ては食卓に加わり、夜遅くまでワインのボトルを空けながら談笑し、議論を楽しんだ。アンソニーの両親もときおり顔を見せ、末っ子とその新妻があえて選んだ簡素な暮らしに啞然としながらも、それを口に出して言うことはなかった。そして、ミスター・ルウェリンもこの家の常連になった。彼の高い見識と温厚な人柄、エリナに見せる父親のような愛情を知るにつれて、アンソニーにとってもかけがえのない友となっていった。ミスター・ルウェリンが創作の才によって文学界のスターになって間もないころ、この老人もまた医学の道（外科ではなく内科だが）に進んだことがあると知り、ふたりの絆はさらに強まった。「医者に戻りたいとは一度も思わなかったのですか？」何があって天職から身を引くことになったのか、その真意を測りかねたアンソニーは、一度ならず問いただした。だがミスター・ルウェリンはいつも微笑を浮かべてかぶりを振るばかりだった。「それ以上に自分にふさわしいものが見つかったからですよ。医学のほうは、人の役に立ちたい、病気を治してやりたいという熱い思いを持っている、あなたのような有能な人にお任せするのが一番です」前臨床課程を最優秀の成績で修め、大学当局からメダルを授与されることが決まったとき、アンソニーはエリナと両親と一緒に学位授与式に参列してもらうべく、ミスター・ルウェリンを招待した。副総長が人としての誇りと義務について熱弁をふるうなか――「祖国のために役立てないような者は死んだほうがましなのでありまず」――ミスター・ルウェリンは体を寄せてエリナの耳に苦々しげにささやいた。「なんとまあ呆れたやつじゃないか――きみのお母さんを思い出すよ」それを聞いてエリナは吹き出しそうになるのを必死にこらえた。だが、卒業を迎えた若き友を見つめる老人の目は誇らしげに潤んでいた。

アンソニーがお金には興味がないと言ったとき、それは本心からだったし、エリナも同じ気持ちだったが、人生どう転ぶかわからない、やがてふたりはかなりの大金を手にすることになるのである。結婚から九か月が経ったころ。ふたりはサウサンプトンの桟橋に立ち、ニューヨークに旅立つ両親とふたりの兄を見送った。

「ぼくらも行けたらいいのにと思ったんじゃないの？」人々の歓声やざわめきのなかでアンソニーが言った。

旅行に同行する話はあったのだが、アンソニーの懐具合では船賃を賄《まかな》えず、かといって両親に無心するのは気が進まなかったのだ。こういう贅沢をする余裕のない自分をアンソニーは不甲斐なく思っているのだと、エリナは察した。そこで肩をすくめ、「どうせ船酔いしちゃうもの」と言った。

「ニューヨークは途方もなく素晴らしいところなんだぜ」

エリナは彼の手を握りしめた。「あなたと一緒なら、どこにいようと関係ないわ」

アンソニーから愛情に満ちた笑みを向けられ、胸がいっぱいになった。ふたりして波立つ海に目を戻しながら、こんなに幸せすぎていいのだろうかとエリナは思うのだった。カモメたちが急降下して水にもぐると、帽子をかぶった子供たちが岸を離れる船を追って、人波を掻き分けながら栈橋を駆け抜けていった。「絶対に沈まないんだってさ」アンソニーは、遠ざかる巨大な船体を眺めながらかぶりを振った。「本当かね」

＊

二度目の結婚記念日が巡って来たある日、アンソニーが彼の知っている海辺の町で週末を過ごそうと言いだした。両親と兄たちが氷のように冷たい大西洋で命を落としてからずっと喪に服していたふたりだったが、ようやく祝福すべき大きな転機が訪れた。「赤ん坊が生まれるのか」エリナが妊娠を告げるとアンソニーは、嬉しい驚きを顔いっぱいに表わしてそう言った。「すごいじゃないか！　きみとぼくの血を受け継いだ子供だよ」

ふたりは早朝の列車でケンブリッジを発ち、ロンドンに着くとパディントン駅で乗り換えた。長旅だったが、エリナが用意してきたランチを車内で食べ、おしゃべりや読書で時間をつぶし、それに飽きると、日頃からやっているカードゲームの最新ラウンドに大はしゃぎで興じ、その後は満ち足りた気分でふたり並んで手を握り合い、畑がぐんぐん流れ去る車窓の景色を眺めて過ごした。

ようやく目指す駅にたどり着くと運転手が待ちかまえていた。アンソニーの手を借りてエリナは車に乗りこんだ。車は狭い曲がりくねった道を進んだ。暑さでうだる空間に閉じこめられているせいで、その日の旅の疲れが一気に押し寄せた。エリナは欠伸《あくび》をすると、シートの背に頭を預けた。「大丈夫？」アンソニーに優しく尋ねられ、大丈夫だと答えたときはたしかに大丈夫だった。行き先を告げられた当初、子供時代を過ごした場所のすぐ近くに行くのだと思うと不安に駆られた。父と屋敷をいっぺんに失った現実を改めて受け止められるだろうかと心配だった。だが、いまになって気がついた、受け止められるに決まっていると。過去にあった悲しい出来事をなかったことにはできないけれど、それでも未来は自分に——自分たちふたりに——手を差し伸べているのだと。「来てよかったわ」エリナはお腹のふくらみにそっと手をやりながら言った。海岸沿いを進むにつれて道幅が徐々に狭まった。「海を見るのはほんとうに久しぶりよ」

アンソニーが笑みを浮かべ、エリナのほうに手を伸ばした。重ねられた手に目をやった。小さな手を包みこむ大きな手。こんなに幸せでいいのだろうかと思わずにいられなかった。

そんなふうにその日一日を振り返りながら、いつしかエリナは眠りに落ちた。妊娠しているいま、眠りはあっさりと訪れた。さして疲れてもいなかった。車のエンジンが単調な音を響かせていた。アンソニーの手はいまもエリナの手に重ねられ、潮の香りが大気を満たした。どのくらい眠っていたのか、不意に肩をゆすられた。「さあ目を開けて、眠り姫さま」

エリナは体を起こして伸びをした。しきりにまばたきして暑い一日を満たす青い光に目を凝らすうちに、目の前の世界が次第にくっきりと姿を現わした。

思わず息を呑んだ。

そこにあったのは〈ローアンネス〉、失われたはずの、愛してやまぬあの懐かしい家だった。庭はどこもかしこも草が伸び放題だし、家も記憶していた以上に荒れ果てていたが、それでも完全な姿をとどめていた。

「おかえり、奥さま」そう言ってアンソニーはエリナの手を取り、唇を寄せた。「誕生日おめでとう。そしてぼくらの結婚記念日と新たな門出にも」

＊

目より耳のほうが先だった。虫が一匹、ガラス窓にぶつかりながらぶーんと羽音を立てていた。それが一瞬、ぴたりと止まり、何が起こったのかと不安に駆られたところに別の音が続いて起きた。今度はもっとかすかながら、何かをしきりにひっかく音だとエリナは気づいたが、正体まではわからない。目を開けるとそこは薄闇に包まれ、閉じたカーテンの隙間から目のくらむような光が射しこんでいた。においはおなじみのもの、夏の猛暑を締め出した室内のにおい、ブロケード織の分厚いカーテンのにおい、暗がりの冷気をまとう幅木のにおい、日光の饐《す》えたにおいだ。ここは寝室、アンソニーとともに寝起きしている部屋。〈ローアンネス〉だ。

もう一度目を閉じた。めまいがした。体がだるい、それにひどく暑かった。そういえば、アンソニーとここで暮らしはじめた一九一三年の夏もこんなふうだった。あのころはふたりとも子供からようやく大人になったばかりで、広い世間とも世間のリズムとも無縁の、素晴らしい日々を送っていた。当時、家はかなりの手直しが必要だったため、エリナが子供のころ遊び場にしていたボート小屋を仮の住まいにした。調度は簡素なもの――ベッド一台にテーブルが一脚、あとは簡易キッチンと狭い洗面所があるきりだった――それでも愛し合う若いふたりは、かつかつの暮らしも苦にならなかった。その後数年間、アンソニーが戦地に赴くと、夫を恋しがる日々が続いた。そんなとき、悲しくて寂しくていたたまれなくなると、夫から昔もらった何通ものラブレターをたずさえて、よくひとりでボート小屋に出かけたものだった。あそこはほかのどこよりも、戦争がふたりの天国のような暮らしを台無しにする以前の、あの夏に味わった幸福と真実に触れられる場所だった。

あの夏は毎回決まって戸外で食事をした。塀に囲まれた庭園のライラックの木の下で、ピクニックバスケットに詰めた固茹で卵とチーズを食べ、ワインを飲んだ。森の奥深くまで足を伸ばし、隣家の果樹園の林檎《りんご》を失敬したこともあれば、エリナの小さなボートで流れを下り、一時間また一時間と流れ去る時の絹糸を紡ぐこともあった。空が澄みわたる静かな夜には、納屋から古い自転車を引っ張り出し、土埃のたつ道をふたり並んでペダルをこぎ、笑いはしゃぎながら競争したこともあった。そんなとき、熱せられた大気が含む潮の香りを胸いっぱい吸いこむと、その傍らでは、昼間の熱がまだ残る石ころが月明かりを受けて白いきらめきを放っていた。

あれは完璧な夏だった。当時もそれを実感していた。昼が長く続く季節、若いふたり、そのふたりが新たに見出した一途な愛——だがそれ以上に大きな力がそこに働いていた。あの夏はふたりにとっての出発点——新しい家族として共に歩む人生の始まり——だったのだが、それはまた終わりの始まりでもあった。現世を生きる人々の例にもれず、この時期ふたりも危機に直面していた。何世代にもわたり脈々と受け継がれてきた人類の生命のリズムが、激震に見舞われようとしていた。近づきつつある異変に気づいた人もいたが、エリナは違った。未来は想像を超えた素晴らしいものにしか思えなかった。崇高にして心酔わせる日々にぬくぬくとひたり、気にかけるべきは今日という一日だけだった。だがこの時期、戦争の暗雲は徐々にふくれ上がり、その先に控える未来は……。

虫はいまも鉛線細工の装飾窓に体当たりを繰り返していた。またしても襲いかかろうとしている悲しみの波にじっと耐えているうちに、水がじわじわと滲みこむように現実が戻ってきた。セオ。記者の質問、カメラマン、図書室の戸口にたたずむアリス。そのときのアリスの表情は、エリナが以前にも目にしたことのあるものだった。それはこの家の軒縁《アーキトレーヴ》に自分の名前を刻みつけているのを見とがめられたときにアリスが見せた表情であり、まだ幼いころに地下の食品庫からネズミを象った砂糖菓子（クリスマス時期に食べるイギリスの伝統的なキャンディ）を盗み食いしていたのがばれてコックに追い立てられたときにも、おろしたてのドレスに黒インクの大きな染みをつけたときにも同じような顔をした。

あれは後ろめたさの表われと見て間違いなさそうだが、今回はそれを上回る何かがあるように感じられた。何か言いたげだった。だが、何を言おうとしていたのか？　誰に？　何か知っているのか？　家の者たち同様、アリスも警官から質問を受けていた。ひょっとしてセオの行方について知っていながら隠しているのか？

「そんな馬鹿な」暗闇から声がした。「まだ子供じゃないの」

声に出して言ったつもりはなかったから、そうと気づいて心がざわついた。薄闇に目を凝らす。喉がからからだった――たぶんドクター・ギブソンズに処方された薬のせいだろう。ベッド脇のテーブルに置かれたガラスの水差しに手を伸ばすと、その向こうにいる人影が闇に浮かび上がった。母コンスタンスが書き物机のそばの、茶色いベルベット張りの椅子に腰かけていた。咄嗟にエリナは口を開いた。「何かわかったのですか？」

「いいえ、まだ何も」母は手紙を書いていた。あれはペン先がヴェラム紙をひっかく音だった。

「でもあの感じのいい警官が、体調の悪そうな目をした年のいったほうだけど、有力な情報を入手したとか言っていましたよ」

「情報?」

カリカリ、カリカリ。「もうエリナったら、知っているでしょ、わたしは細かいことをいちいち憶えていられないんですよ」

エリナは水を一口飲んだ。手は震え、喉は焼けつくようだった。きっとアリスだ。担当刑事の前に進み出るアリスの姿が目に見えるようだった。次女が自信ありげに熱っぽい表情をこしらえて自分の手帳を取り出し、明快な記録を披露する様子が。入念な観察に基づいて確信に至った推理をとうとうと述べるさまが。

たしかにアリスが捜査に一役買ってもおかしくない。警察がセオを見つけ出すのに役立ちそうな何らかの手掛かりを、あの子が目にした可能性はなきにしもあらず。あの子は立ち入りを禁じられた場所でも、なぜかうまくはいりこむ術を身に着けている。

「アリスと話をしなくては」

「まだ休んでいないと駄目ですよ。ドクター・ギブソンズにいただいた眠り薬はかなり強いものだという話だし」

「お母さま、お願いよ」

大きな溜息がもれる。「あの子の居場所なんて知りませんよ。あれがどんな子かはあなただって知っているでしょう。知っていて当然だわね、あのくらいのときのあなたがまさにああだったんだもの。意地っ張りなところはどっちもどっちですよ」

エリナは否定しなかった。正直言って、母の言葉に異を唱えることはできそうになかった。

もっとも〝意地っ張り〟は厳密さに欠ける表現だ。もっとふさわしい言葉はいくらもあった。エリナは幼いころの自分をむしろ粘り強かったと考えたい。〝一途〟でも、〝率直〟でもいい。

「だったらミスター・ルウェリンと会わせてください。お願いします、お母さま。あの方ならアリスのいそうな場所を知っていそうだし」

「それがあの人の姿も見えなくてね。実は警察も探しているんですよ。全然見つからないみたい――あの男がセオを連れ去ったんじゃないかという話も出ているくらいでね。とにかく変わった人だもの、でも、そこまでのことができる人でもないし、最近は猫みたいにおどおどしていたしね」

エリナは起き上がろうとした。今日はミスター・ルウェリンをくさす母のいつもの繰り言をおとなしく聞くだけの気力がなかった。とにかく自分の足でアリスを探すつもりだった。ああ、だが頭がいまも疼《うず》いている。両手で頭を抱えると、ベッドの裾でエドウィナがくーんと鼻を鳴らした。

さらに一、二分かけて気持ちを落ち着かせた。やるべきことは思考の混乱を食い止め、めまいを鎮める、それだけだ。コンスタンスは人をただ困らせるだけだが、ミスター・ルウェリンならこういうときに見捨てるような真似は決してしないとわかっていた。たしかにこの数週間、彼は心労を抱えていた、それは十分わかっていたが、エリナにとっていちばん大事な友なのだ。きっと庭のどこかで、娘たちの面倒を見てくれているはず。エリナのそばにいないことの理由はそれしか考えられなかった。だから彼を見つけさえすれば、アリスも見つかるはずだった。

頭がすっかり混濁し、このままベッドで布団《ふとん》をかぶり、今日一日の恐ろしい出来事をなかったことにしたいという思いに追い詰められてはいたが、なんとしてもアリスと話をしたかった。あの子はセオの行方について何か知っている、エリナには確信があった。

9　コーンウォール　二〇〇三年

〈ローアンネス〉に迷いこんだ日からほぼ一週間、セイディは毎日のようにそこに通いつめた。朝のランニングでたどる道はさまざまだったが、最後は決まってあの草ぼうぼうの庭に行き着いた。お気に入りの指定席は石造りの噴水の幅広の縁、そこからは湖が一望できた。この日もそこに腰をおろしたわけだが、そのとき曲線を描く噴水の台座の陰に覗く荒削りの文字に目が吸い寄せられた。A《ア》・L《リ》・I・C《ス》・E。セイディはひんやりした文字の溝に指を走らせた。

「こんにちは、アリス」と声をかける。「また会っちゃったわね」

こうした刻み文字は敷地内のいたるところで見つかった。木々の幹にも、窓の下枠の柔らかな木材にも、先日見つけて探検したボート小屋の、モスグリーンに塗られたつるつると滑りやすいデッキにもあった。まるで自分とアリス・エダヴェインが何十年という時を隔てて巧妙な鬼ごっこをしている気分になっていた。休暇を楽しんでいるふりをしつつ（バーティの手前）、ドナルドとの折衝《せっしょう》を試み（月曜から六回、留守電にメッセージを残し、それとは別に何度も電話を入れたが、依然反応なし）、そうするあいだに一週間かけて『冷めた料理』を読み進めてきた。それもあってアリスとのつながりをより強く感じるようになっていた。当初は半信半疑だったものの、読書は驚くほど快適な娯楽だと知った。偏屈な探偵ディゴリー・ブレントも気に入ったし、彼より先に手掛かりを見つけ出す快感もたっぷりと味わえた。本の裏表紙に載っているしかつめ顔のこの女性が、家族と暮らすこの家に傷をつけて回る不良娘だったのは意外としか言いようがないが、なのになぜか、そんなところがかえって親しみを抱かせもした。複雑に絡み合う謎を生み出すことで有名な作家が、ほんの脇役とはいえ、現実世界の事件に、それもいまなお未解決の事件に関わっていたという点にも心惹かれた。ミステリ作家を志したことと幼い弟の失踪事件、どちらが先だったのだろうかと気になった。

この一週間、ドナルドにだんまりを決めこまれ、無力感に苛まれながらも、うち捨てられた屋敷と行方知れずの子供に思いを馳せるうちに、いつしかその謎に夢中になっていた。できることならロンドンに戻って仕事に復帰したいのは山々だが、それが叶わない以上、時計が時を刻むのをただ見つめているよりはずっとましだろう。そんなセイディの熱中ぶりに周囲が気づかないわけがなかった。「謎は解けたのか?」バーティは、セイディと犬たちがはいってくる足音を聞きつけると、決まってそう声をかけてくるようになった。そういうときの声には笑いがひそんでいた。孫娘が何かに夢中になっているのを嬉しく思っているくせに、用心してそう言うだけに留めているといったふうだった。どうやら休暇を楽しむふりは祖父には通用しないらしい。ふと気づくと祖父が考えこむような憂い顔でこちらを見ていることがあり、突然のコーンウォール滞在や、あまりに長すぎる休暇への疑問のあれこれが、祖父の喉元で堰《せ》き止められているのが見て取れた。そのようなわけで、いまにもダムが決壊しそうだと見るや、セイディはすぐさまバックパックを肩にかけ、犬たちを従えてさっさと出かけるようになっていた。犬たちにすれば、そうした目新しい企ては心躍るものだったらしい。二匹は先を争うようにセイディを追い越すと、前後入れ替わりながら森のなかを縫うように進み、やがて道を逸れると長い草の生える草原で追いかけっこをし、イチイの生垣をくぐり抜けると、前日のアヒルとの闘いを再開するのである。対するセイディは遅れをとっていた。本がかなり重いのだ。村の図書館で知り合った友アラステア・ホーカーのお蔭で、最近は本がバックパックを占領していた。

はじめて出会ったときから、彼は限られた蔵書の許すかぎり、協力を惜しまなかった。残念ながら蔵書はふんだんとは言えなかった。それもこれもヒトラーのせいである。第二次大戦中の爆撃で、一九四一年一月以前の新聞は跡形もなく焼失していた。「実に遺憾なことです」とアラステアは言った。「ネットでの閲覧はできませんが、大英図書館から取り寄せることは可能ですし、ひとまずほかの資料を当たられては？」

セイディがそうしてもらえると助かると告げると、彼はさっそく作業に取りかかった。コンピューターのキーをかちゃかちゃ叩いたかと思うと、今度は引き出しが並ぶ木製キャビネットにおさまる古びた蔵書カードをたぐり、それからちょっと失礼と言って、きびきびした足取りで〈保管庫〉と書かれたドアの向こうに消えた。

「ありましたよ」戻ってくるとそう言って、何冊か積み上げた本のいちばん上の埃を手で払った。『コーンウォールの名家』」タイトルを読み上げ、目次を開いて長い指を走らせていき、その中ほどで止めた。「第八章・ハヴリンのドシール家」

セイディは心もとなげに相手を見た。「わたしが知りたいのは〈ローアンネス〉と呼ばれている家のことですけど」

「湖畔荘ですよね、ええ、わかります。ただ、そこはもっとずっと広大な敷地のごく一部に過ぎません。たしか〈ローアンネス〉は、もともと庭師頭の住まいだったはずです」

「じゃあドシール家というのは？」

「地元の紳士階級《ジェントリー》で、全盛期にはかなりの権勢を誇っていたようです。よくある話ですよ、一族の預金残高が目減りするにつれて権力も影響力も衰える。商売で迂闊《うかつ》な決定を下したとか、無益な企てに手を出したとか、貴族社会にはつきもののスキャンダルに巻きこまれたとか」ここで彼は本を振って見せた。「このなかにすべて書かれているはずです」

セイディは生まれてはじめて作ってもらった真新しい図書カードと、「第八章・ハヴリンのドシール家」のコピー、それと失踪事件の詳細を熱に浮かされたように書き綴ったアーノルド・ピカリングの『エダヴェイン家の男児』を手に図書館をあとにした。ピカリングの本は、一九七二年八月以来はじめて借り出すというさしてありがたくもない栄誉をセイディに与えることになった。さらにもう一冊、すっかりページがぼろぼろになった『冷めた料理』も借りた。

その日の午後、バーティがせっせと梨のケーキを焼いているあいだ、セイディはコテージの中庭に腰を据え、海の吐息や引き潮のざわめきを聞きながら、ドシール家の章を読み進めた。司書の言葉どおり、それは栄枯盛衰の物語だった。最初の数百年にざっと目を通し――海運業を生業《なりわい》としていたドシール家のひとりが、スペイン船から大量の金塊を略奪した功績を認められてエリザベス一世から騎士《ナイト》の称号を授けられたこと、その後何度も土地や爵位を与えられたこと、以降はさまざまな形で人が死に夫婦が誕生し、財産が継承されていったこと――そして一八五〇年あたりにさしかかるあたりから話は俄然面白くなった。そのころ一族の運が一気に傾きはじめるのだ。暴利を貪っていたことをにおわせる記述にも出くわした。西インド諸島のサトウキビ農園の経営に関わり、投機で大損をし、その後一八七八年のクリスマスには火災に見舞われた。火元は使用人の食堂で、領主館《マナーハウス》の大半が灰燼《かいじん》に帰した。続く三十年のあいだに、領地は少しずつ切り売りされていき、ドシール家の手元に残ったのは湖畔荘とその周囲数エーカーのみだった。

エダヴェイン家については、一族の歴史上では脚注程度の扱いだった。章の最後の三段落で、著者は一族最後の末裔《まつえい》としてエリナ・ドシールに触れ、一九一一年にアンソニー・エダヴェインと結婚後、〈ローアンネス〉つまり湖畔荘を再興し、一家の田舎の住まいとして維持していたとあった。セオドア・エダヴェインの事件に一言も触れていないことに啞然としたセイディだったが、それも『コーンウォール地方の名家』が一九二五年刊行だと気づくまでのことだった。幼い男児がいなくなる十年ほど前、その子が誕生する八年以上前に出た本だったのだ。

いちばん知りたい事件についての記述はなかったが、一九一〇年代に一世を風靡《ふうび》した児童書

『エリナの魔法の扉』の著者であるダヴィズ・ルウェリンにインスピレーションを与えた人物として、著者はエリナ・ドシールに光を当てていた。「ルウェリンと明敏なこの少女とのまれに見る交流がなければ、彼は自らの文才に気づかないまま医者を続けていただろうし、となればこの珠玉の作品が子供たちに読み継がれることもなかっただろう」その後も作品を書きつづけ、挿し絵も手がけたルウェリンは、一九三四年には生前の文学への貢献が認められて大英帝国四等勲士を贈られるのである。アラステア・ホーカーの話では、この作品はいまも出回ってはいるが、一部の同時代作品同様、時の試練に生き残れなかったという。言われてみればそういうものなのだろう。セイディも子供のころにこれを読まずに終わった。たしか祖父母から贈られてうちにもあったはずだが、両親にすればここに出てくる魔法の要素が気に入らず、案の定、「くだらない」の一言で切り捨てられ、イーニッド・ブライトンの作品たちと同じようにどこかに片づけられてしまった。

いまセイディの膝に乗っているのは一九三六年に刊行された版だった。紙は柔らかく粉を吹いていて、ところどころに配された美しい挿画のページは、縁に染みが浮きはじめていた。一ページ大の挿画をプレートと呼ぶのだと、月曜日にこれを借り出す際にアラステアから教わった。物語の主人公は幼い少女で、彼女は一軒だけぽつんと立つ大きな家に、優しいけれど無力な父親と氷のように冷たい野心家の継母と暮らしている。両親がロンドンに出かけてしまったある日、隙間風だらけの家のなかを元気に走りまわっているうちに、それまで気づかなかったドアを発見する。ドアの向こうには皺だらけの顔に白髪頭の「時の翁《おきな》」めく男の人がいて、べッドをぐるりと囲む壁際には、手書きの地図や入念に描かれた風景のスケッチが床から天井まで、うず高く積み上げられている。「ここで何をしているの？」少女は、誰もが持つだろう疑問を口にする。「きみを待っていたんだよ」と男は答え、はるか遠くの魔法の国の話を始める。そこは遠い昔、とてもひどい悪がなされたせいで平和が乱され、戦争や不和がはびこるがままになってしまったという。「これを元に戻せる人間はただひとり、それがきみなんだ」と老人が言う。

老人から渡された地図を頼りに進んでいくと、草ぼうぼうの庭でトンネルを発見する。そこを抜けると魔法の国だった。少女は虐《しいた》げられた善良な住民たちの仲間となって数々の冒険や戦いを繰り広げ、邪悪な王位簒奪者《さんだつしゃ》を懲《こ》らしめ、国の平和と幸福を回復する。トンネルを抜けてようやく家に戻ってみると、時間は少しも流れておらず、だが家の様子はがらりと変わっている。父親は幸せそうにしているし、死んだはずの母親が生き返っていて、家と庭園をおおっていた翳りが跡形もなく消えている。例の老人に使命達成を伝えに駆けつけると、そこはもぬけの殻。きっと夢でも見たのだろうと言う両親の言葉を少女も信じかけるのだが、その部屋の壁紙の下に隠れていた魔法の国の地図を少女は発見する。

噴水の縁に腰かけながら、セイディはバックパックに入れてきたチーズサンドを一口かじると、本を目の高さに持ち上げ、作中に出てきた家の挿画と向こうに見える現実の家を見比べた。作者のダヴィズ・ルウェリンに関する資料をさらに探してほしいと、アラステアには頼んであった。本の冒頭の序文によれば、彼はエダヴェイン一家と親交があったとあるので、彼が〈ローアンネス〉から物語の着想を得たと考えてほぼ間違いないだろう。ルウェリンの描いた家は、目の前に見えている家と瓜ふたつだった。左手奥の窓の歪《ゆが》み具合まで正確にとらえている、数日かけてじっくり見て回ってわかったのだが、その窓はたしかに四角ではなかった。プレート・ナンバー2のページを開くと、一昔前の服装をしたぼさぼさ髪の少女が、台座部分に真鍮の輪がついた石の標柱のそばにたたずんでいた。陽射しが強すぎるため、目をすがめて絵の下に付された文章を読み取った。どこよりも葉が生い茂り、どこよりも濃い影をつくり、ひときわ騒がしくさざめく柳の木の下で、エリナはおじいさんの地図にあったものを見つけました。

「そこの輪っかを引っ張ってごらん」周囲の空気がささやきをもらしたような気がしました。

「輪っかを引っ張ると何かが起こるよ」

セイディはサンドイッチのパンくずを、執拗にせがんでくる白鳥の雛《ひな》に投げ与えると、ジョギングウェアのズボンで手をぬぐった。ごく限られた知識から言わせてもらえば、こうした児童書はどれも似かよっていた。ひとりぼっちの子供が魔法の国に通じるドアを見つけ、そこから冒険物語や英雄物語が展開し、悪は滅ぼされ、老人の語り手たちは呪いを解かれて自由の身となり、世界の秩序が回復する。たぶん多くの子供たちは、子供という身分を逃れたい、自らの運命に打ち勝つ力を手に入れたいと思い焦がれているのだろう。そういう気持ちはセイディにも理解できた。ある者は洋服ダンスの裏から抜け出し、ある者は魔法の木のてっぺんに向かうわけだが、エリナの場合は庭で避難通路の引き上げ戸を見つけるのだ。エリナの扉はほかの作品の扉とは違い、実在した。これを火曜日の朝に発見したときは天にも昇る心地だった。真鎖の輪と標柱が物語そのままに、湖のいちばんはずれの、妖しいほど緑が濃い柳の木の下にひっそりと隠れていたのである。言うまでもなく輪を引っ張ってみたが、どんなに頑張ってみても引き上げ戸はびくともしなかった。

まるで異なる子供時代を送ったふたりではあったが、それでもセイディはエリナ・エダヴェインに親近感を覚えた。このお伽噺に登場する道義心と勇気にあふれるおてんば娘にすっかり惚れこんだ。セイディが少女のころに憧れていた理想のタイプである。だが惹かれる理由はそれ以外にもあった。エリナに強い絆を感じるのは、少し前に小川の畔のボート小屋で見つけたもののせいだった。壊れた窓を乗り越えて部屋にはいると、ベッドとテーブルがひとつずつと、ごくわずかな備品が残っていた。どこもかしこも泥や埃におおわれていて、何年も放置されたままの毛布はじっとりと湿っていた。ひととおり見て回った結果、使えそうなものは何ひとつなかったが、心惹かれるものをひとつだけ見つけた。ベッドの頭のほうの隙間に封筒が紛れていたのだ。一世紀近くそこに埋もれていたのだろう。はいっていたのは深緑のアイビーの葉が凝《こ》った縁どり模様を描く便箋が一枚きり、末尾にエリナとサインがあるところから見て、手紙の最終ページのようだった。

それはエリナが妊娠中に書いた恋文だった。彼の愛が彼女の命を救ったことを高らかに宣言する親密な文章を随所に交えながら、お腹の赤ん坊が大きくなるにつれてさまざまな不思議な変化が起きていることを伝える内容だった——あなたとわたしの愛の結晶。はじめこの赤ん坊をセオ・エダヴェインだとセイディは思いこんでいたのだが、さらに読み進めると、愛する人が遠くはなれた場所にいることの辛さをエリナは切々と訴えていた。そばにいられたらどんなにいいか、会いたくてたまらないと。つまりこの手紙は第一次大戦でアンソニーがフランスの戦地にいるときに書かれた手紙に違いないとセイディは考えた。そういえば例の「ハヴリンのドシール家」には、エダヴェイン家には三人の娘がいたと書かれていた。デボラは戦前の生まれで、クレメンタインは戦後生まれ、そしてアリスは戦中生まれ。となれば、このときエリナのお腹にいたのはアリスということになる。情熱と誠意にあふれたこの手紙は、エリナの性格を強烈に印象づけるものであり、九十年近い時を超えて彼女の肉声がはっきりと聞こえてきそうだった。

ここでセイディは埃の粒を舞い散らさんばかりに図書館で借りた本をぱたんと閉じた。太陽はすでに天頂に達し、湖面から水蒸気が立ち昇っていた。垂れ下がる枝の裏側で踊る反射光が、葉群をこの世ならぬ緑色にきらめかせた。暑い日盛りにもかかわらず、家のほうに目を上げた途端、背筋がぞくりとした。『エリナの魔法の扉』とは別物だとわかっていても、ここにいると、お伽噺の世界に迷いこんだような薄気味悪さがいまだにまとわりついてくる。〈ローアンネス〉の庭で長い時間を過ごすうちにこの家のことや、ここに住んでいた人々のことを知るようになり、A・L・I・C・Eの文字も次々に見つけ、それにつれて侵入者の気分も徐々に薄れはしたものの、それでもこの家に見張られているという気分だけは振り払うことができなかった。

馬鹿馬鹿しい、気のせいに決まっている。パーティの新しい友ルイーズがいかにも考えそうな世迷《よま》いごとだ。ドナルドの高笑いが聞こえるようだった。森閑《しんかん》として人っ子ひとりいない世界に、この家の来歴に、過剰反応しているだけ。家というのは空っぽのまま放置しておくべきではない。人の住まない家は、とりわけここのように、家族の持ち物がそっくりそのまま残っている家はあまりにも悲しすぎるし、この世でこれほど無意味なものはない。

陽射しにきらめく雲の流れを目で追った。雲は家の最上階にある鉛線細工の装飾窓をかすめ過ぎていく。そのときセイディの視線は左手奥の窓のところでぴたりと止まった。育児室、事件前にセオ・エダヴェインが最後に目撃された場所である。拾い上げた小石を親指と人差し指でもてあそび、手のひらに重さを受け止めながらしばし考えこんだ。あそこが、あの部屋がすべての中心だ。この家にまつわる物語、つまり幼い男児の消失という世間を騒がす事件がなかったら、この家はあっさり忘れ去られていたのだろう。その不名誉な出来事は時を超えて繰り返し語り継がれ、ついには民間伝承の域にまで達した。消えた幼な子と永遠の眠りについた家にまつわるお伽噺が息をひそめて存在する一方、それを取り囲む庭園は崩壊と成長をいまも続けているのだ。

小石を湖に向けて力なくほうり投げると、ぽちゃんと豊かな音をたてて水に没した。このお伽噺的要素がこの事件をきわめて厄介なものにしているのは間違いない。未解決事件というのはどれも厄介なものだが、この事件には民間伝承的な要素がさらに加わっている。物語が何度も繰り返し語られた結果、人々は謎を謎のまま受け容れるようになる。正直な話、ほとんどの人は答など求めていない――第三者、つまり事件と直接関わりのない者は特に。解けない謎ということ自体が魅力となるのだ。だが、これは呪いや魔法ではない、子供たちが何の理由もなしに忽然と姿をくらますなどということはあり得ない。彼らは道に迷うか誘拐されるか、売り飛ばされるかしたはずだ。殺されることもなくはないが、たいていは誰かにもらわれるか、連れ去られるかしたのだろう。セイディは顔をくもらせた。世の中には親から引き離され、母親のスカートの裾に必死にすがろうとしている闇に消えた子供たちが大勢いる。ではこの家の子はどこに消えたのか?

アラステアは約束どおり過去の関連記事のコピーを取り寄せる手筈を整えてくれたし、また、キッチンに行くとなぜかいつも「ちょっとお邪魔している」バーティの友人ルイーズも、事件について何か知っていそうな人を病院の高齢者病棟で当たってみようと請け合ってくれた。あの家の現所有者がアリス・エダヴェインだということは、不動産登記所ですでに確認済みだった。これに気をよくしたものの、ロンドン在住の〝ご当地作家〟はこの数十年、一度も村に来ていないことも判明した。現住所は突き止めたがeメール・アドレスは不明。すでに出した二通の手紙のいずれにも返事は来ていない。そんななか、セイディは図書館から借りたアーノルド・ピカリングの『エダヴェイン家の男児』を読み進めていた。

この本は、〈コーンウォール・ミステリーズ〉と銘打ったシリーズの一冊として、一九五五年に刊行されたものだった。このシリーズには、時系列に沿ってまとめられた妖精目撃談や港に現われた悪名高き幽霊船の巻も混じっている。そういう類と一括りにされていると知って眉に唾をつけたくなったわけだが、やはりというか、ピカリングの語り口は真相究明よりは読者の好奇心をあおることに熱心なのが透けて見えるものだった。理路整然と推理を展開するというよりは、ミッドサマー・イヴに起きた謎の失踪事件を謎のままにとどめておきたがっているのである。とはいえ、事件の経緯はそれなりにきちんと押さえてくれているのだから、情報ゼロの身としてはそれでよしとすべきだろう。

これまでに書きためたメモを取り出した。メモは〈エダヴェイン〉とラベルをつけたフォルダーにおさめてある。いまでは古い噴水の縁に腰をおろし、これらに目を通すのが日課になっていた。いつもこうしている。ひとたび事件が起これば捜査で判明したことを逐一メモに書きとめ、それをそっくりそらで言えるようになるまで何度も繰り返し目を通すのだ。ドナルドはやりすぎだと言う（彼はむしろビール片手に考えるタイプ）。男の目には妄執《もうしゅう》に映るのだろうが、こっちは小娘なりに真摯《しんし》に取り組んでいるつもりだった。証拠集めにつきものの偏りや不備や食い違いを見抜くもっといい方法があるとしたら、それを見つけるのはこれからだ。

ピカリングの本によれば、セオドア・エダヴェインが最後に目撃されたのは、パーティ当日の夜十一時、彼の母親が育児室に出向き、その目で確認しているという。母親は毎晩ほぼ同じ時刻に育児室を覗いてから床に就き、男児のほうも朝まで眠りつづけるのが常だったらしい。息子は熟睡型で、夜中に目を覚ますことはめったにないと母親のエリナは警察に話している。

パーティ当夜、エリナが育児室に行ったことは、メイドのひとりの証言から裏づけが取れている。このメイドは、育児室から出てきたミセス・エダヴェインが階段のところで別の使用人と立ち話をしているのを目撃している。あれは十一時を少し回ったころに間違いない、そう断言できるのは、深夜零時に始まる花火大会で使用する客用のシャンパングラスを洗い直す必要があり、それをキッチンに運んでいる最中だったからだと、メイドは言っている。正面玄関に控えていた従僕は、十一時ちょっと過ぎに外に出ていくミセス・エダヴェインの姿を目にしているが、それ以降は客も家族の者も一階のバスルームに出入りしただけで、パーティが終わるまで家にはいった者はひとりもいないと証言した。

ミセス・エダヴェインはその後ずっとボート小屋にいた。そこでは客人たちにランタンの明かりに照らされた湖を楽しんでもらうため、ゴンドラが用意されていた。最後の客を見送ったのが夜明け直後、ここでようやく彼女は寝室に引き揚げる。子供たちは全員、いるべき場所にいるものと思っていた。すぐさま眠りに落ち、そのまま目覚めることはなかったが、八時にメイドに起こされ、セオがベビーベッドにいないと知らされる。

家族の者たちはひとまず近辺を探したが、この段階では浮き足立つほどのことはなく、泊まり客を起こして騒ぎたてることもしていない。エダヴェイン家の三人姉妹のひとり――三女のクレメンタイン――は早朝に家を抜け出す癖《へき》があり、たまに育児室を覗いて弟が目を覚ましていると、一緒に連れ出したりすることは周囲の者も知っていた。だから今回もそれだろうと誰もが高を括《くく》っていた。

ダイニングルームで朝食が進行中のところに、クレメンタイン・エダヴェインがひとりで帰宅したのが十時過ぎ。弟の居場所は知らない、六時に育児室の前を通ったときにはドアは閉まっていたと聞かされてようやく警察が呼ばれ、男児の失踪届が受理され、大がかりな捜索が始まった。

ピカリングは、男児が夜のしじまに忽然と消えたという説を採りたがっているようではあるものの、それでも警察による捜査の流れを手短にまとめ、セオドア・エダヴェイン失踪に関して当局が提示したふたつの可能性にも言及していた。すなわち、ひとりで外に出てしまい、迷子になった可能性、そして拉致《らち》された可能性。前者は男児が大事にしている子犬のぬいぐるみがなくなっていることがわかった時点で有望視されたが、いくら捜索範囲を広げてもそれらしき痕跡は見つからず、男児の家が裕福だという点から後者の可能性が濃厚だと警察は確信するようになる。パーティ当夜の十一時から翌朝八時までのあいだに、何者かが育児室に忍びこみ、男児を連れ去ったのだと。

いちおう筋の通る推理に思えるし、セイディも同意見に傾いた。湖の対岸にある家のほうに目をやり、夜のパーティの様子をピカリングが描き出すとおりに頭のなかで再現してみた。そこらじゅうを埋め尽くす人、ランタンと炎の揺らめき、明かりに照らし出された湖面を進む、笑いさんざめく人々を乗せたゴンドラ、湖の真ん中で燃えさかる大篝火。音楽と笑い声、三百人もの人のざわめき。

もしも男児がひとりで歩きまわっていたなら――ピカリングが当時の新聞記事の引用として挙げているアンソニー・エダヴェインの発言によれば、彼の息子は最近ベビーベッドからひとりで降りられるようになっていたし、ひとりで階段を下りてきてしまったことも一度ならずあったようだ――パーティ客の誰ひとり彼に気づかないなどということがあるだろうか？　ピカリングは、子供の姿を見かけたような気がしないでもないという証言がいくつかあったらしいことをにおわせているが、明らかに具体性に欠けていた。よしんば生後十一か月の子供が誰にも気づかれずに庭を出られたとしても、いったいどれだけの距離をこなせるものなのか？　セイディは子供のことにも幼児の歩きぶりにも不案内だが、想像するに、かなり歩けるようになった子でもすぐに音《ね》をあげるのではなかろうか？　警察は半径数マイルの範囲を隈《くま》なく探したが、何ひとつ手掛かりを見つけられなかった。それに事件発生から七十年ものあいだ、遺体はおろか、骨も衣服の切れ端すら出てこないというのはどう考えてもおかしい。

　拉致されたという説にも難がある。たとえば犯人は、屋敷にはいりこんで子供を手に入れ再び出ていくという一連の行動を、不審を抱かれることなくどうやってなし得たのか？　屋敷内にも庭にも何百という人間がひしめいていたのに、セイディの知る限り、不審な動きを見たり聞いたりした者はひとりもいないのだ。水曜日の午前中いっぱいをかけてセイディが屋敷の周囲を踏査したところ、正面玄関以外に出入り可能な場所が二か所見つかった。ひとつは図書室から外に直接出られるフレンチドア、もうひとつは裏手のドア。図書室の線はまずないだろう、すぐ目の前の庭には大勢の人がいたはずだ。そこで裏に回ってみた。

　鍵穴を覗き、すんなり開いてくれることを祈りつつドアを強めに揺さぶった。ドアをこじ開けるのと、普通にドアを開けてはいるのには雲泥《うんでい》の差がある。普段はそういう些末なことにいちいちこだわったりしない。そばに誰がいようと錠前を壊して押し入るくらいは平然とやってのける。だが、ドナルドとの関係がこじれ、何かあればお払い箱にしようと手ぐすね引いているアシュフォードの影に怯《おび》えているいま、ここは慎重に行動するのが無難《ぶなん》だった。家具調度がそのまま残るマナーハウスに押し入るのは、空っぽ同然のボート小屋に窓から忍びこむのとはわけが違う。ドアの向こうがどうなっているのかはしばらく謎だったのだが、アラステアの協力で郡の収蔵庫に保管されていたこの屋敷の間取り図をすでに見つけ出していた。その手の図面を手に入れられないかと相談を持ちかけたとき、彼は「実はわたし、地図や図面の類に目がないんですよ」と、こみ上げる喜悦を隠しきれない様子で言ったのだった。彼にはたいした手間ではなかったのだろう、木曜日にはこのドアがキッチンに通じる使用人の勝手口だということを突き止めていた。

だが、それがわかったところで何の解決にもならない。パーティ当夜、キッチンは忙しく立ち働く人たちでごった返していたはずだ。となれば、誰にも見とがめられずにセオを抱えて抜け出すのは難しいだろう。

ここでいま一度、噴水の台座の目につきにくい場所に刻まれたアリスの名前に目をやった。「何とか言ってよ、アリス」と声をかける。「あなたはその場にいたんでしょ。少しは協力しなさいよ」

返ってくるのは耳に痛いほどの静けさばかり。

いや、違う、ここは決して静かではない。太陽が高みに昇りつめるころには葦《あし》の隙間から虫たちの声が起こり、熱に浮かされたような騒音にまでふくれ上がるのだ。わんわんと耳を責めたてるのは手掛かりの欠如だった。

思うにまかせずメモの束を脇にほうり出す。証拠の不備をあげつらうのも結構だが、そもそもふるいにかけるべき材料がそろっていないのだから話にならない。本物の証拠――目撃者の証言、警察当局がたてたさまざまな仮説、信頼に足る情報が必要だった。

散らばったメモを掻き集め、本とファイルをバックパックに戻して犬たちに声をかけた。しぶしぶといった様子でそばに寄ってきた犬たちも、セイディが裏庭を抜けて屋敷から離れるとすぐさまあとに続いた。週のはじめに行なった探査から、敷地裏手の川が村のほうへと続いていることは知っていた。

あと何日かしたら、といっても神の思し召し次第だが、具体的な材料を入手できる目星はついていた。ピカリングの本もそれなりに役立ったわけである。その最大の収穫のひとつが、事件を担当した捜査官たちの氏名だった。そのうちのひとり、当時最年少だった警官がいまもこの近くに暮らしていることがわかった。ピカリングによれば、クライヴ・ロビンソンなるその人物は、地元警察に配属されて最初に関わったのがこの事件だったという。当時十七歳、ハーグリーヴズ警部の部下だった。

クライヴ・ロビンソンの住所を突き止めるのはさして手間取らなかった。交通課にはいまも友人が何人かいる。とりあえず、ひとりはいた。数年前の署の懇親会の夜に、酔った勢いで関係した気のいい男である。以来、どちらもその一件に触れることはなかったが、調べものを頼むといつでも心よくやってくれるのだ。セイディは住所を書きとめると、すぐさま近隣のポルペロまで車を走らせた。水曜日の午後のことである。ノックをしても応答はなく、それでも隣家の住人が実に気さくに応対してくれた。それによるとクライヴは、娘夫婦とキプロスに休暇旅行中だが、明日には戻るという。仲のいい隣人同士なので、彼が留守のあいだは郵便物を預かったり、鉢植えの水やりを代行しているのだと、訊かれもしないのに隣家の女性は教えてくれた。そこでセイディは、会って話をうかがいたいという趣旨のメモ書きを郵便受けに投げ入れた。それから隣人に礼を言い、植木たちの活《い》きがいいですねと愛想を言い添えることも忘れなかった。ドリスのように協力的なご近所さんはありがたい存在だ、そんな気持ちもあってのことだった。

　犬たちは先にたって駆けていき、川幅がいちばん狭くなっている彎曲部のところで対岸に渡ってしまったが、セイディはその手前でつと足を止めた。浅瀬に何かが覗いていた。それを泥のなかからすくい上げ、指先でくるりと回転させる。つるんとした楕円形の石だった。コインのように平たく、水切り遊びにはうってつけの形状だ。ロンドンの祖父母の家で暮らしはじめたころ、三人でヴィクトリア・パークの遊泳池あたりまで散歩に出ると、こういう石の見つけ方をバーティから教わったものだった。手にした石を下手投げで放つと、水の表面を小気味よく跳ねていく、そのさまに心が躍った。

　葦の茂みを掻き分け、さらにもうひとつ、水切り遊びにぴったりの石を見つけたそのとき、対岸をさっと閃光がよぎるのが目に留まった。正体はすぐにわかった。唇をきつく引き結び、しばらくじっと目を伏せる。案の定、再び目をやれば、逆光を受けて助けを求めるように両手を差し出す子供の姿は消えていた。小石を発射させ、仲間を追って水面を渡るその様子をどんりとした気分で見守った。やがて石が水に没すると、セイディは岩伝いに川を渡り、もう振り返ることはしなかった。

10 コーンウォール 一九一四年

「平べったいやつを選ぶんだよ」アンソニーは浅瀬の縁を掘り返しながら言った。「ほら、これなんか別嬪《べっぴん》さんだ」掘り当てた楕円形の小石を指先で回転させては褒めちぎった。それから幼いデボラが待ちきれない様子で差し出す手にそれを乗せる。アンソニーの背後で陽射しがきらめいた。

デボラが不思議そうに石を見つめる。柔らかい前髪が大きな青い目元を撫でている。目をぱちくりさせると、満足そうにふうっと息をもらす。嬉しくてたまらないのだろう、湧き上がる歓喜に小さな足を踏み鳴らす。案の定、石は手のひらを滑り落ち、ぽちゃんと音をたてて水に没した。

デボラの口が驚きでO《オー》の形になり、空っぽの手をしばし見つめると、むくれ顔でふっくらした指を突き出し、石の消えたあたりをさし示す。

アンソニーが笑い声をあげ、娘の柔らかい髪を掻き上げる。「心配ないからね、お嬢さん。あっちにまだどっさりあるんだ」

柳の下に横たわる丸太に腰かけていたエリナは微笑んだ。これがすべて、すべてはここにある。夏の終わりの一日、海から届く潮の香り、同じひとつの場所に憩うこの世でいちばん愛しい者たち。今日のような日和には、太陽が魔法をかけて冬が二度と来ないのではという気持ちにさせてくれるので、恐ろしいことばかりつい考えてしまう自分の愚かさに気づきもする……。だがそれはほんの一瞬のこと、この完璧なひとときが頭のなかでぐんぐん遠のいていってパニックがぶり返し、狂気が胃を食い荒らすのだ。日を追うごとに時の流れが速まり、それをどう押しとどめようとしても、指のあいだからこぼれ落ちてしまうのだ。デボラの指をすり抜けてしまった平たい小石のように。

溜息をもらすか眉根を寄せるか、とにかく胸にわだかまる懊悩《おうのう》が何らかの形で顔に出たに違いない、横にすわるハワードが体をすり寄せ、エリナの肩に肩をぶつけてきた。「そう長くはかからないって」彼は言った。「気づいたときにはもう戻ってきているさ」

「クリスマスまでには終わるという話だけど」

「四か月もないじゃないか」

「たっぷり三か月はあるのよ」

ハワードが手を取って握りしめてくると、エリナは不吉な予感にぞくりとした。何を馬鹿な、と自分に言い聞かせ、陽射しを浴びた葦の茂みの上に浮かぶトンボに意識を向けた。トンボたちは未来に不安を感じることもないのだろう。ただ飛び回っては翅《はね》を温めてくれる陽射しを楽しむだけでいい。「その後キャサリンから連絡はあった?」エリナは明るく尋ねた。

「北部出身の赤毛の従兄と婚約したって言ってきたよ」

「嘘でしょ！」

「ぼくの軍服姿を見ればイチコロだと思ったんだがな、がっかりだよ……」

「目がない人ね。そんな人にあなたを愛する資格はないわ」

「そうじゃない……資格がないのはむしろこっちのほうさ」

ハワードはさらりと言ったが、傷心が透けて見えた。キャサリンを本気で愛していたのだ。

アンソニーの話では、プロポーズの寸前だったという。

「魚ならまだ海にどっさりいるわよ」そう言ってから、ひどく薄っぺらな物言いに思えて身がすくんだ。

「だよね。でも可愛い魚はキャサリンだけだ。これで戦地でそれなりの負傷でもしてかっこよく戻ってきたら、ひょっとして……」

「足をやられるとか？」

「それより眼帯のほうがいいんじゃないかな。ワルの魅力が引き出せる」

「あなたはいい人すぎるもの、ワルって柄じゃないわね」

「心外だな。戦争が鍛え上げてくれるさ、だろ？」

「ほどほどにお願いするわ」

小川のほうでは、アンソニーに冷たい水の深みに足の先を浸けてもらったデボラが、きゃっきゃとはしゃぎ声をあげた。太陽が少しだけ傾き、ふたりの姿が光に包まれる。幼な子の笑い声は伝染するのか、エリナとハワードも思わず笑みを交わしていた。

「あいつは運がいいよ」ハワードが言った。いつもと違って真剣味があった。「アンソニーを羨《うらや》むことなんてなかったのになーー羨むことならいくらもあるはずなのにーーそれでもこればっかりは嫉妬を覚えるよ。父親になれたなんてさ」

「次はあなたの番よ」

「そう思う?」

「もちろんよ」

「そうだね、きみの言うとおりかもしれない。ぼくを夢中にさせてくれる人なんているのかな?」ハワードはふうっと息を吐き出し、それから顔をくもらせた。「愛しのキャサリン以外に、ってことだけど」

幼いデボラがたどたどしい足取りでふたりのほうにやって来た。ほんのわずかな距離でも、あんよを覚えたばかりのおちびちゃんには危険がいっぱいだ。デボラが片手を突き出し、王室の授与式さながらの神妙な面持ちで小石を見せた。

「まあ、きれいだこと」エリナは石をつまみあげた。なめらかな石の温もった表面に親指を走らせる。

「だぁ」デボラはもったいぶった様子で声を発する。「だぁだぁ」

エリナは微笑んだ。「そうね、だぁだぁね」

「さあおいで、お嬢さん」言ってハワードはデボラをひょいと肩にかつぎ上げた。「お池のがっつきアヒルさんたちの様子を見に行こう」

エリナは遠ざかるふたりを目で追った。きゃっきゃとはしゃぐ娘を肩車して、ハワードおじさんは体を弾ませながら木立のあいだをジグザグに進んでいった。

気だてのいい好青年。だがそんなハワードも深い孤独のようなものを抱えているとエリナはずっと感じていた。彼のユーモアも、すぐに人を笑わせたがるところも、それ以上人を寄せつけないための方便に思えるのだ。「それはあいつがひとりぼっちだからさ」エリナがそのことに触れたとき、アンソニーが言った。「ぼくらといるとき以外はね。生まれてからずっとひとりで生きてきたんだ。兄弟姉妹もいないし、母親はだいぶ前に亡くなっているし、男親というのは気が回らないものだからね」そう聞いて、ハワードに強く惹かれるわけがわかった気がした。自分たちは似た者同士だったのだ。違うのは、エリナは繁華なロンドンで幸運にも運命の《ソウル・メ》人《イト》に出会い、ハワードにはまだ見つかっていないというだけにすぎない。

「あの子を水切り遊びのチャンピオンに育てるぞ」川から離れてエリナのほうに向かいながらアンソニーが言った。

エリナは悲しい想念を振り払い、微笑んだ。夫のシャツの袖が肘までたくし上げられている。その美しい腕、見事な手は何度見てもうっとりとなった。自分の手とたいした違いはないけれど、彼の手は負傷した人々を治すことができる。とにかく戦争が終わり、研修を終えればその能力を発揮できるのだ。「そうね、楽しみだわ」エリナは言った。「仕込むなら急がないとね。あと一か月で一歳だもの」

「のみこみが早い子だからね」

「それに才能もあるわ」

「そこは母親似だね」アンソニーがキスをしようと身をかがめて両手でエリナの頰を包みこむ。

エリナは夫のにおいを、その存在感と温もりを胸いっぱいに吸いこみ、この瞬間を頭に刻みつけようとした。

彼は丸太に並んで腰かけると、いかにも満足げな吐息をもらした。彼のようになれたらいいのにと思わずにいられなかった。誠実で自信にあふれた穏やかな人間に。その点エリナは絶えず不安に怯えていた。彼が出征したらどう生きていけばいいのか？　幼い娘をひとりでちゃんと育てられるのか？　父親っ子の娘は朝になると決まって父親の姿を探し求め、まだそばにいるとわかると、心底嬉しそうな笑顔を顔いっぱいに浮かべるのだ、そう、とびきりの笑顔を。そんな小さな顔がむなしく父親の姿を追い求め、それでも一抹の希望を捨てられずに探しつづける、そんな日がいずれ来ることを思うといたたまれなかった。そしてついには――娘が父親を探そうともしなくなる日が来るのだと。

「きみに渡したいものがあるんだ」

エリナは目をしばたたいた。不安がピクニックの弁当にたかる蠅《はえ》の群れのようにまとわりついた。いくら追い払っても、すぐに次の一団が数を増してやって来た。「あら」

彼は家から持ってきたバスケットをがさごそやると、小ぶりの平たい包みを差し出した。

「何かしら？」

「開けてごらん」

「本かしら」エリナは言った。

「ハズレ。そんなあてずっぽうは駄目だよ」

「どうして？」

「そのうち当たってしまえば驚きがないじゃないか」

「当たったためしなんてないけど」

「たしかに」

「それはどうも」

「何事にもはじめはあるさ」

「じゃあ開けるわね」

「それがいい」

紙を破り取った途端、エリナは思わず息を呑んだ。いままで見たことのないようなとびきり美しい便箋の束が現われた。柔らかいコットンシートに指を滑らせ、アイビーの緑色の蔓がねじれながら周囲を縁取る優美な線をなぞった。

「これがあればぼくに手紙が書けるだろ」

「そうね」

「留守のあいだに起こったことは何でも知っておきたいんだ」

〝留守〟という言葉に、これから起ころうとしている現実をいやでも思い知らされた。ふくれ上がる不安を顔に出さないよう、これまでずっと耐えてきた。彼がこんなにも強くしっかりしているのだから、自分もそれにふさわしくありたかった。彼をがっかりさせたくなかった。なのに、ときどき不安に呑みこまれそうになってしまうのだ。

「気に入らなかった？」

「すごく気に入ったわ」

「だったら……？」

「ああ、アンソニー」言葉が堰を切ったようにあふれ出した。「こんなこと言うのは意気地なしだってわかっているの、こういう時代には誰もが勇敢に振る舞うべきよね、でも――」

アンソニーがエリナの口元に指をそっと当てた。

「とても耐えられそうにないわ――」

「わかっているよ。でもきみならできる、大丈夫だ。ぼくの知る誰よりもきみは強い人だもの」

口づけを交わす。エリナは抱擁に身をゆだねた。アンソニーはこの自分を強い人だと思っている。強くなれるのか？　デボラのために、さまざまな感情を克服できるのか？　エリナは恐怖心をはねのけると、いまはこの瞬間の完璧な充足感に浸りきることを自らに許した。にぎやかな川の流れはいつもどおり海を目指している。エリナはアンソニーの温かい胸に頭をすり寄せ、心臓の着実な鼓動に耳を澄ました。「無事に戻ってきてね」

「何があっても」

「絶対に？」

「約束する」

11　コーンウォール　二〇〇三年

セイディは帰宅前に図書館に立ち寄った。犬たちもいまでは心得たもので、少しばかり足を速めると建物の角に回りこみ、アラステアが用意してくれるようになっていたステンレスのボウルの前に陣取った。

館内は薄暗く、あちこち探しまわってようやく目指す司書を見つけ出した。彼は大型本閲覧室の高く積み上げた本の陰で、背中を丸めて机に向かっていた。

セイディに気づくや、相好をくずす。「いいものを見つけましたよ」

そう言ってＡ４サイズの封筒を机の下から取り出した。

「何かしら？」

「地元紙の『ポルペロ・ポスト』ですよ」彼は言った。「事件翌日の記事が載っています」

セイディの口から満足の息が小さくもれた。

「それだけじゃありませんよ」と、分厚い冊子を差し出した。かけた輪ゴムにセイディの名を記した紙切れが挟んである。「『虚構への逃避――児童文学における母親、怪物、超自然的存在』。博士論文です。しかもダヴィズ・ルウェリンと『エリナの魔法の扉』にまるまる一章を割いている」

セイディの眉が大きく上がる。

「驚くのはまだ早い……」

「まだあるんですか？」

「わたしどもの仕事は利用者に喜んでいただくことですからね。あそこの地所の図面がもう一枚、見つかったんです。しかも屋敷内の間取り図つき。こいつは大収穫ですよ。ついていました。ほんの数年前に見つかった大量の文書に紛れていた。古いトランクに保管されていましてね――誰が入れたのかは神のみぞ知る――それはともかく、千年紀《ミレニアム》に合わせて行なわれた改装工事の最中に出てきたんです。原本は水を吸ってぼろぼろだったので修復に出されていた。それがつい先月、州の古文書館に戻ってきたというわけです」

セイディは話をさっさと終わらせたい一心でしきりにうなずいた。新聞記事のおさまる封筒をすぐにも引き裂いて一気に読みたい衝動を抑えるには、ありったけの忍耐力を要した。だがアラステアの熱のこもった調査報告を聞くのも大事な務めである。家と地所の完全な図面はすでに手元にあったが、そこは目をつぶることにした。しばらくはアラステアがしゃべりつづけ、セイディはうなずきを繰り返し、やがて彼が息継ぎをしたところにすかさず感謝の言葉を割りこませ、そろそろ犬を連れて帰らないと、と告げた。

ひとかかえの資料をたずさえて、浮かれ気分でまばゆい陽射しのなかに足を踏み出す。まさか図書館がこういう類の喜びを与えてくれる場所だとは、百万年先だろうがセイディには、というかセイディのような部類の人間には、まずもって想像もつかなかっただろう。

通りの先に白い外壁の小さなホテルがあった。吊り籠からは目にも鮮やかな花があふれ、港を一望できる玄関前にはおあつらえ向きの木のベンチがあった。「宿泊者専用！」ときっぱり書かれた表示を無視して腰をおろすと、セイディは封筒の口を破って記事に目を通した。

内容に目新しいものがないとわかり、がっかりした。これがピカリングのネタ元なのは明らかだった。それでもはじめて目にする写真が二枚、載っていた。一枚は、微笑みを浮かべて木陰に憩う上品な女性が、白い夏服姿の三人の娘に囲まれ、膝の上に『エリナの魔法の扉』を置いている。もう一枚も同じ女性を写したものだが、こちらの顔は深刻そうにやつれ、その体を支えるように背の高いハンサムな男性が彼女の背中に腕を回している。撮影場所が〈ローアンネス〉の図書室なのはすぐにわかった。フレンチドア横のテーブルに置かれた写真立てに至るまで、いまと何ひとつ変わっていない。**〈憔悴しきった両親！〉**そうわめきたてる見出しに続いてこうあった。**アンソニーとエリナ・エダヴェイン夫妻は、幼い子息セオドアの行方に関する情報提供を広く呼びかけている。**

女性の顔から悲しみの深さが見て取れた。そこには、体の一部をえぐり取られでもしたような女性がいた。アイビーで縁取られた便箋にしたためられていたのは過去の妊娠についてではあったが、生まれてくる子を待ち望む気持ちとその子への愛情あふれる文面からも、エリナが母であることを天恵《てんけい》とみなし、子供たちを喜びの源泉と思う女性だったことははっきり伝わってきた。事件発生からすでに何十年もの歳月が流れたことを思うと、この写真はなおいっそうの哀れを誘った。撮影されたのは失踪の恐怖がまだ生々しい時点でのこと、この段階ではエリナ・エダヴェインも息子の無事の帰還を信じ、胸にぽっかりできた穴もいずれ埋まると思っていたはずだ。その一瞬をとらえたものを未来から眺めているセイディには、それがよりいっそう強く感じられた。この喪失感はその先ずっと死ぬまでエリナについてまわっただろうし、それとは別に、未解決に終わったことにも苦しんだはずだ。我が子が死んでいるのか生きているのか、誰かに可愛がられているのか、それとも辛い目に遭っているのか、夜ごと母を思って泣きぬれているのかもわからぬままだったのだ。

新聞のコピーを脇に置き、石畳の小径の向こうにきらめく海面に目を向けた。マギー・ベイリーの娘は母親を求めて泣きじゃくっていた。セイディとドナルドがホルボーンのフラットにひとり置き去りにされていたケイトリンを発見したとき、この幼い少女の顔はさんざん流した涙の痕で汚れていた。玄関ドアの内側に堆積したダイレクトメールの山を掻き分けてはいった室内は、肝のすわったドナルドでさえ吐き気をもよおすほど、強烈な悪臭がたちこめていた。キッチンのゴミ箱には蠅がぶんぶん群れていた。

最初に目にしたベイリー家の娘の姿はこの先も忘れることはないだろう——目を大きく見開き、廊下にたたずむその様子は、テレビアニメ『ドーラちゃんの大冒険』のネグリジェを着た亡霊といったふうだった——まさか子供がいるとは思ってもみなかった。通報者は隣人で、隣室から異臭がすると言ってきたのだった。通報してきた女性に隣室のことを尋ねると、近所づき合いをいっさいしない女性で、ときどき大音量で音楽をかけていて、母親らしき人がたまに訪ねてくるとは言ったが、子供の存在にはひとことも触れていなかった。あとでセイディがそのことを問いただすと、通報者は肩をすくめ、おなじみの科白を口にした。「訊かれなかったから」

子供を見つけたことで蜂の巣をつついたような騒ぎになった。なんてこった、鍵のかかったフラットに丸一週間も置き去りかよ？　ドナルドが署に応援を要請するあいだ、セイディは発見された少女のそばにしゃがみこみ――この時点で少女の名がケイトリンだとわかった――玩具のバスで遊んだり、唯一知っている童謡の歌詞を記憶の底から引き出したりしながらも、この急展開が状況をどう一変させることになるのかを理解しようとした。深刻な状況になったのは間違いなかった。ひとり置き去りにされた幼い娘が見つかったとなると、署内総動員となるのが通例だった。警官に鑑識班、児童保護課などあらゆる部署の人間がいっぺんに押しかけたのではなかったか。あの狭い室内を押し合いへし合いしながら、部屋のあちこちを採寸し、隈《くま》なく見て回り、そこらじゅうに粉をふりかけては指紋を採ったのだろう。昼が夜に変わり、一段落ついたところで幼い娘は署に連れていかれた。

セイディは仕事のことで泣いたりはしない。どれほど悲惨でおぞましい光景を目にしても。だがその日の夜は、涙を追いやるべくひたすら走った。イズリントンの舗道を踏みしめ、ハイゲートを駆け抜け、闇に沈むヒースの丘を突っ切り、パズルのピースがすっかりぼやけて淀みと化すまでシャッフルしつづけた。犯罪捜査には感情を持ちこまないよう自らを律してきた。

職務はあくまでも謎の解明だ。つまり事件関係者の性格が問題にされるのは、それが動機やアリバイの信憑性といった事件解明の決め手につながりそうな場合に限られる。だが、スズメの巣みたいな髪をして皺くちゃのネグリジェを着た幼女が怯えきったまなざしで母親を呼ぶ姿が、目の前から消えてくれなかった。

くそ忌々《いまいま》しいことに、その姿はいまも脳裡に焼きついたままだ。まばたきを繰り返してその映像を追い払う。あのすさまじい室内を、つい思い浮かべてしまう自分が腹立たしかった。あの事件の捜査はとうに打ち切りになったではないか。セイディは眼前の港に意識を切り替えた。漁船が三々五々、ねぐらに戻ってくるところだった。上空ではカモメの一団が急降下と滑空にいそしんでいた。

ふたつの事件には、言うまでもなく類似点があった。いずれも母と子が引き裂かれた事件である。写真に写るエリナ・エダヴェインの喪失感と不安でやつれはてた顔は、セイディの弱い部分を突いてきた。ベイリー事件につい感情移入してしまったのも、それと同じ弱い部分が刺激されたせいだった、夜も眠れなくなり、あんなふうに子供を部屋に残し、発見が遅れることもいとわずドアに鍵をかけて出ていくなど、マギー・ベイリーにできるわけがない、いつしかそう思いこむようになったのだった。

「悪く思わんでくれよ、スパロウ」ドナルドは言った。「だがな、そう思いたい気持ちはわからんでもないが、世の中まともな母親ばかりじゃないからな」

返す言葉がなかった。たしかに彼の言うとおりなのだ。そのことはセイディがいちばんよく知っていた。それでも、いかにも娘を見捨てたかのように見える状況、その行為のずさんさが妙にひっかかった。「そういうことじゃなくて」と、なおも言いつのった。「マギーは子を持つ親として辛抱が足りなかったのかもしれないけど、娘をわざわざ危険にさらす気なんてなかったはずよ。誰かを呼ぶとか、何らかの手を打つとかはできたんだもの」

　ある意味、セイディの推理は当たっていた。マギーがそれなりに段取りをつけていたことがのちに判明した。マギーがケイトリンの人生から歩み去った木曜日というのは、少女の養育権を週末だけ与えられている実父が迎えに来る日に当たっていたのだ。ただし、その週だけはライム・リージスに釣りに出かけていて町にいなかった。「ぼくはちゃんと言っておいたんですよ」と、彼はロンドン警視庁の取調室で、テイクアウトのちゃちなコーヒーカップを手のなかでもてあそびながら言った。「しかも忘れないように、紙に書かせてもいるんです。めったに家を空けないんですが、ぼくの誕生日祝いだと言って、兄が旅行に誘ってくれましてね。ちゃんと紙に書いて渡したんですよ」この男はすっかり取り乱し、しゃべりながら発泡スチロールを粉々に砕いた。「そうとわかっていたら、そう言ってくれさえしたら——。あのまま発見が遅れていたらどうなっていたか、それを思うと……」

　元夫の描くマギー像は、マギーの母親ナンシー・ベイリーのものとはかなりかけ離れていた。それも当然といえば当然だろう。自分の子供をできるだけよく思わせたいのは母性本能のなせる業《わざ》。なのにこの事件では、母親の言い分に肩入れしすぎてしまったのだ。ナンシーの話をそっくり鵜呑みにする前に、幼女の父親スティーヴと会っておかなかったのが悔やまれた。「何がまずかったのかはわかっているよな?」すべて片づいた時点で、後学のためとばかりにドナルドから言われた。「おまえさんはあの婆さんに深入りしすぎたんだ。新米警官がよくやるヘマだよ」彼からの苦言のなかでもこれがいちばん堪《こた》えた。客観性を見失い、理性の領域に感情を持ちこむこと——これは刑事に浴びせる非難では最悪の部類に属する。

その非難を受けてしかるべき刑事がこの自分というわけだ。**あの祖母《ばあ》さんと連絡を取ろうなんてゆめゆめ考えるなよ。**ドナルドの言うとおりだった。セイディはたしかにナンシーに好感を抱いていた。こちらが望むとおりのことをしゃべってくれるのでなおさらだった。マギーは責任感の強い気配りのある母親だ、子供を見殺しになどできるわけがない、警察は間違っている、裏にきっと何かある、その証拠を警察は突き止めるべきだ、とナンシーは訴えた。「なぜ彼女がわざわざ嘘をつかなきゃならないわけ?」セイディはドナルドに盾ついた。「そんなことをして何の得があるというの?」ドナルドはただかぶりを振って、いたわるような笑みを浮かべた。「鈍いな、マギーは自分の娘だからさ。彼女にはそう言うしかできないだろ?」

スティーヴからの苦情もあり、セイディはこれ以上ケイトリンに近寄るなとの警告を受けていたのだが、捜査が正式に打ち切りになった直後に一度、この幼女を見かけていた。実父と彼の現在の妻ジェマに両側から手を引かれてロンドン警視庁から出てくるところだった。髪もきちんと整えている、身だしなみのいい温厚そうな夫婦だった。ケイトリンのもつれ髪もブラシで梳《と》かれ、おさげに結われていた。ケイトリンが何やら話しかけるとジェマは足を止めて耳を傾け、それからひょいと少女を抱き上げた。そうするあいだも彼女は少女を笑わせていた。

遠くからちらりと見ただけだが、これでよかったのだと思うには十分だった。シルクのラップドレスに身を包み、優しそうな顔と穏やかな物腰のこの女性は、まさにケイトリンに必要とされる存在だ。自分の言うべきこともやるべきことも万事心得ていて、「ドーラちゃん」のこともちゃんと知っているし、心休まる子守唄をいくつも歌ってあげられる、そんな人だということが一目で伝わってきた。ドナルドもそう思ったのだろう。「あの人なら母親として最善を尽くしてくれるさ」彼は《狐と猟犬亭》でのちにそう言った。「子供の幸せは両親がそろっていてこそだよ、ぼんくら警官のおれにだってそのくらいわかるさ」だから子供には、無事に育つための最良のチャンスを受ける資格があるということか？　たしかにこの世には、子供たちの足をすくおうといくつもの落とし穴が待ち受けている。

ここで思考は、先日郵便ポストに投げこんだ手紙に移っていった。あれはもう向こうに届いているはずだ。封筒の裏にタイプされた差出人住所が鮮明だったので助かった。彼女の通う一流校ではそういうことをきちんと教えているのだろう。シャーロット・サザランド。いい名前だと、自分に言い聞かせる。セイディがつけた名前ではないが、素敵な名前であることに変わりない。いい教育を受けて順風満帆《じゅんぷうまんぱん》といった豊かな響きがある。ホッケーと乗馬が好きで、軽薄に思われたくなくて言いたいことも言わずにいる、そんな娘にありそうな名前だ。それらはすべて、セイディが生まれたばかりのこの娘を看護師に手渡し、よりよい未来へと連れ去られるのをどんよりしたまなざしで見送ったとき、心底願ったことだった。

とそのとき、背後でがたんと音がし、セイディはぎょっとした。建てつけの悪い上げ下げ窓がゆすぶられるようにして少しずつ持ち上がった。それからレースのカーテンがさっと開いたと思うと緑色のジョウロを手にした女が現われ、いかにも所有者然とした態度でぐいと顎を反らすと、まずはベンチ（宿泊客専用！）をじろりと見やり、続いてそこにすわるセイディを睨《ね》めつけた。

すでに探検を終えてそばに控えていた犬たちは、耳をぴんと立て、じっとセイディを見つめ、出発の合図を待っていた。ホテルのオーナーが軒下の吊り鉢に水をやりはじめたのを潮《しお》に、セイディは犬たちに向かってうなずいて見せた。バーティの家を目ざして駆けだしたアッシュとラムゼイを追いながらセイディは、歩調を合わせて背後からついてくる、逆光で顔の見えない子供の幻影を頭から追いやった。

＊

「謎は解けたのか？」セイディと犬たちが玄関に足を踏み入れるや、バーティから声があがった。

祖父はキッチンの先の中庭で、剪定鋏《せんていばさみ》を手にしていた。傍らには雑草と切り落とした枝の小山ができている。「もう一息ってところかな」言ってセイディは、小割板《こわりいた》でこしらえたガーデン・テーブルにバックパックを投げやった。「あとは誰が、どうやって、なぜ、といったこまごまとした問題を詰めるだけ」

「たしかにこまごました問題だ」

セイディは石積みの塀に寄りかかった。塀の向こうは海へと続く急斜面になっている。大きく息を吸いこみ、ゆっくりと吐き出す。こういう絶景を前にしたら誰でも思わずそうしたくなるだろう。風を受けて銀色にきらめく草原、ふたつの岬に挟まれた入り江の白砂、青から墨色へと変化を見せる絹のようになめらかな大海原。写真にするには完璧だ。日に焼けた行楽客たちが友人や家族を羨ましがらせようと出す絵ハガキに、いかにもありそうな眺めである。ドナルドにも一枚送るべきだろうかとふと思った。

「潮のにおいがするだろ?」バーティが言った。

「やだ、この子たちのにおいかと思ったわ」

バーティがあははと笑い、花をつけた低木の枝に慎重に鋏《はさみ》を入れる。

セイディはバーティの横の椅子に腰かけるとジョウロの縁に足を乗せた。祖父は間違いなく園芸の才能《グリーンフィンガー》の持ち主だ。庭中央の石を敷いたわずかな方形部分を除けば、あとは一面、海の泡をぶちまけたように花と緑がひしめき合っている。

秩序ある混沌のあいだに顔を覗かせる、黄色い星形の芯を持つ青い小花の一叢《ひとむら》がセイディの目に留まった。「チャタム諸島の忘れな草ね」バーティとルースがロンドンにいたころ、自宅裏の中庭に造り上げた花園をふと思い出した。「これ、好きだったわ」当時はこれをテラコッタの鉢に植えて、煉瓦塀の上にずらりと並べていた。一日わずか一時間しか日の射さない九メートル四方の空間を実にうまく活用する祖父に、ただただ驚嘆するばかりだった。夕方店を閉めてから、バーティとルースと一緒によく庭で過ごしたものだった。祖父母と暮らしはじめて数か月後、臨月を迎えた。ルースは湯気の立つアールグレーのカップを手に、優しいまなざしに無限の善良さをたたえて見つめてきた。**セイディ、あなたが決めたことならなんだって、わたしたちは応援するからね。**

悲しみが新たにこみ上げてきたことに、セイディは驚いた。一年が経ってもなお、こんなふうに不意を突かれるとは。それほど祖母が恋しくて仕方なかった。いまここに、今日のような永遠に続きそうに思える暑い日に、祖母がいてくれるなら何もいらないとさえ思った。いや、ここではない。ルースがいたら、バーティがロンドンの家を離れることはなかったかもしれない。祖父が一大決心に至った場所は、鉢や吊り籠であふれた、あの塀に囲まれたちっぽけな庭だったのだろうか。それくらいここは向こうと違い、さんさんと太陽光が降りそそぐ開放的な空間だ。突如、変化に抗いたい気持ちが体の奥底からふつふつと湧き上がるのを感じた。そんな駄々っ子の癇癪のような混乱した感情を、苦い錠剤のようにぐっと呑みくだし、「この花がもっと増えると素敵でしょうね」とからりと言った。

バーティは笑顔でうなずくと、ふやけた茶葉が底に張りつくふたつのティーカップの下にのぞく、擦り切れた書類フォルダーを指さした。「さっきまでルイーズが来ていてね。それをおまえに、って置いていったんだ。捜査の役にはあまり立ちそうにないが、話のタネくらいにはなるんじゃないかって言っていたよ」

またしてもルイーズ。思わずイラっとしたものの、この女性が親切心の塊で、自分のために一肌脱いでくれたのだからと自分をたしなめ、中身の紙束に目を通した。ガリ版刷りの一種の新聞だが、いかにも素人くさいものだった。どの紙にも『ローアンネス・ガゼット』という題字が古めかしい書体で綴られ、その横にあの家と湖の絵が添えられている。紙には染みが浮き、文字は色あせ、紙をめくると紙魚《しみ》が慌てて這い出してきた。どこかにしまいこまれていたのだろう、ひどくカビ臭かった。それでも記事の見出しはどれも精彩に富み、さまざまな出来事を高らかに報じていた。**「待望の男児ついに誕生！」**、**「非凡なる作家ミスター・ルウェリンに聞く」**、**「ツバメシジミ、ローアンネスの庭で発見！」**すべての記事に挿絵があり、エダヴェイン家の三人姉妹クレメンタイン、デボラ、アリスのうちのいずれかの名前が絵に付されているが、記事のほうには例外なくアリスの署名がはいっている。

　その名前にしばし視線を遊ばせるうちに、〈ローアンネス〉でA・L・I・C・Eの彫り痕に出くわすたびに覚えたあの親近感がさらに強まった。「これ、どこにあったのかな？」セイディは尋ねた。

「なんでも病院にいる患者のひとりが、湖畔荘で昔メイドをしていた人の姪っ子なんだそうだ。一九三〇年代にエダヴェイン一家がコーンウォールを離れることになり、そのメイドさんも解雇されたわけだが、そのときの引っ越し荷物にそいつが紛れこんでいたみたいだね。あの屋敷の勉強部屋には印刷機があったようで、その場所というのが屋根裏の、メイド部屋のすぐそばだったらしい。子供たちはよくそこで遊んでいたんだそうだ」

「ちょっと読んでみるわね……」セイディは手にした一枚を、直射を避けるように構えると、声に出して読み上げた。**「〈強制蟄居《ちっきょ》令に抗議の声！〉。本日の特集はクレメンタイン・エダヴ**

エインの独占インタビュー。彼女は先日、乳母のローズを傷つけたという理由で母親から下された、〝横暴なる蟄居命令〟に抗議の声をあげている。『だって本当に太ったような気がしたんだもの』という彼女の叫びが、監獄と化した寝室の閉ざされたドアの向こうから聞こえてきた。『真実を言っただけなのに！』真実か否か？　そこは読者諸賢の判断に委ねたい。文責アリス・エダヴェイン」

「アリス・エダヴェインか」バーティが口を開いた。「その人が、あの家のいまの持ち主なんだってね」

　セイディはうなずいた。「売れっ子ミステリ作家、A・C・エダヴェインの名でも有名よ。二度も手紙を出したのに、ちっとも返事が来ないのよね」

「まだ一週間も経っていないじゃないか」

「だから何？」セイディの辞書に〝辛抱〟はない。「四日もあれば返事が来たっていいはずだわ」

「ロイヤルメールへの信頼の篤《あつ》さには畏《おそ》れ入るね」

　正直な話、アリス・エダヴェインは手紙に感激してくれるとばかり思っていた。刑事課所属のれっきとした刑事が、非公式とはいえ、弟の失踪事件を捜査しなおしたいと言っているのだ。すぐにも返事が来るものと思っていた。バーティが言うように、配達業務が万全ではないとしても、いい加減何か言ってきてもいいはずだった。

「過去に触れられて気を悪くする人だっているんだよ」バーティは細い枝にすっと指を走らせ

て言った。「それが辛い体験だったりすればなおさらだろうて」

祖父の口調は冷静で、植木への集中力に揺らぎはなかったが、それでも疑念をはっきり口に出せずにいる苛立ちがどことなく感じられた。祖父はシャーロット・サザランドのことも、彼女からの手紙のせいで失態を重ねるようになり、その結果ここに来る羽目になった経緯も知らないままだった。一羽のカモメが鳴きながら、上空を横切った。ほんの一瞬、明解で自信に満ちた筆跡としっかりした表現力を身につけた少女のことを打ち明けてしまおうかと思った。

だが、それは馬鹿げている、肝心の手紙を送り返してしまったのだからなおさらだ。言えば祖父もあれこれ言いたくなるだろうし、そうなれば、すべてをなかったことにできなくなる。そこで代わりにこう言った。「新聞がやっと届いたの」バックパックから図書館で借りた本や書類フォルダー、《WHスミス》で買い求めたはぎとり式の便箋などを次々に取り出しては膝の上に積み上げていった。「はじめて見る写真もあったけど、あまり助けになりそうにないわ」

結局秘密は語られぬままに終わったことを察したのか、祖父の溜息が聞こえたような気がした。すると突然、祖父はこの世でたったひとりの大事な人だということ、彼がいなくなったらひとりぼっちになってしまうという思いが頭をかすめた。「となるとだ」祖父が口を開いた。「無理強いはよくないと心得ているふうだった。「子供が連れ去られたのは間違いなさそうだが、その方法と実行犯を突き止めるまでには至っていないということだね」

「ええ」

「動機については何か考えがあるのかな？」

「そうね、たとえば行きずりの犯行という線ははずしてもいいように思うの。パーティの真っ最中だったわけだし、家はかなり奥まった場所にあるし。うっかり人が迷いこむというのは考えにくいわね」

「犬を追っかけていて迷いこんだ者もいるがね」

にやりと笑う祖父に笑みを返す。「となると可能性はふたつね。金目当ての犯行、あるいは子供がほしくて連れ去ったか」

「だが、身代金の要求はなかったんだろ?」

「ピカリングの本によればそうだけど、警察がこの手の情報はふつう公表なんてしないもの。クライヴ・ロビンソンにもその辺のことを確かめてみるつもりよ」

「向こうから連絡はあったのか?」

「それがまだなの。昨日旅行から戻っているはずなんだけどな。幸運を祈るしかないわね」

バーティがさらに枝に鋏を入れる。「仮に金目当てじゃないとして考えてみよう」

「となると、狙いは子供よね。しかもその子でなくてはならなかった。単に子供がほしいだけなら、裕福な上流階級の息子をわざわざ選ぶというのが腑に落ちないわ。その場合は金にものを言わせてなんとしても息子を探し出そうとするだろうし」

「たしかに愚かな選択だ」バーティは同意した。「もっとさらいやすい子はいくらもいるからな」

「つまりセオ・エダヴェインをさらった人は、その子でなくちゃならなかった。でも、どうしてかな?」セイディはペン先で便箋をこつこつ叩いた。向こうが透けて見えそうなほどぺらぺらの安っぽい紙で、陽射しが前に書いた文字のへこみを浮かび上がらせた。セイディは溜息をもらした。「お手上げだわ。情報をもっと手に入れないとね――アリス・エダヴェインの返事を待って、クライヴ・ロビンソンから話を聞いて、関係者たちのことをもっとよく知り、手段と動機と実行のチャンスがあった人を突き止めない限り――どれもただの憶測で終わってしまうもの」

セイディの声に交じる苛立ちにバーティが気づいた。「まさか本気で解決しようっていうんじゃないだろうね？」

「中途半端は嫌いなの」

「大昔の事件だよ。幼い坊やを失って悲しんだだろう人たちのほとんどは、とうに死んでいるだろうに」

「そういう問題じゃないの。人ひとりがさらわれたのよ、そんなの間違ってる。家族はその子がどうなったかを知る権利があるわ。ほら、ここ……」セイディは新聞を広げた。「子供の母親、この顔を見て。この人が坊やを産んで、名前をつけ、慈《いつく》しんでいたのよ。自分がお腹を痛めた子供なのに、いきなり引き離され、その後どうなったのか、どんな大人になったのか、幸せに暮らしているのかどうかも知らずに死んでいったのよ。生きているのか死んでいるのかさえはっきりしないままにね」

バーティは新聞にはちらとも目をくれず、戸惑うようなまなざしをセイディに注ぐばかりだった。「セイディ、あのね……」

「これはパズルなの」セイディは急いで言った。甲走った声になっているのは自分でもわかったが、抑えが利かなかった。「わたしが謎を謎のままにほうっておくことができない性分なのは知っているでしょ。衆人環視のなかでどうやって子供を家から連れ出せるというの？　何か見落としがあるはずだわ。ドアとか窓とか梯子とか、リンドバーグの子供が誘拐されたときみたいに」

「セイディ、なにもせっかくの休暇に――」

アッシュが突如吠えると、二匹はわれがちに立ち上がり、表の路地と庭を隔てている石塀に駆け寄った。

セイディもすぐに気がついた。小型バイクの音が近づいてきて、やがてコテージの前で止まった。ぎぎーっときしむ音と地面を踏む靴音に続いて玄関ドアの郵便投入口が開き、郵便物の束が足拭きマットの上に落下した。「郵便だわ」セイディは言った。

「わたしが取ってこよう」バーティが剪定鋏をテーブルに置き、園芸用エプロンで手をぬぐう。それから、もの問いたげに眉根を浅く寄せてみせると、頭をかがめてドアをくぐりキッチンに消えた。

祖父がいなくなったところで、作り笑顔をひっこめる。顔が痛かった。バーティの疑念を寄せつけないようにするのがだんだん難しくなっていた。嘘はつきたくなかった。それは祖父と自分、双方に対するごまかしだ。だが、仕事でとんでもない失態をやらかしたことは絶対に知られたくなかった。自分の取った行動、つまり新聞社に駆けこんだのは褒められたことではないし、むしろ恥ずべき行為だ。それにへたに話せば、何ゆえ柄にもなくそこまでの暴挙に出たのかを、バーティなら訊いてくるに決まっている。そうなるとシャーロット・サザランドのことに、彼女から来た手紙に触れざるを得ない。それだけは言わずにすませたかった。言えば祖父の優しい顔が憐れむように歪むだろう、それを目にするのは耐えられそうになかった。口にすれば現実になってしまう、あのころに引き戻されてしまう。襲いかかる大波に身をすくめ、ただパニックに駆られてなす術のない若いころの自分にこの体を乗っ取られてしまいそうで、ひどく怖かった。もうあのころの小娘ではない。そんなのは絶対に願い下げだった。

だったらなぜ、こんなことをしているのか？　セイディの顔がくもった。自分のしていることは、まさにそういうことではないのか？　ドナルドに命じられるまま宙ぶらりん状態でうじうじと悩み、彼から呼び戻されるのを待ちわび、誰にも引けを取らない本業に復帰したいと思っている。これまでだって仕事で成果を上げようと頑張ってきた。上を目指してあまたの困難に立ち向かってきた。ならばなぜ、ここまで殊勝に振る舞うのか？　退屈な夏の海辺に身をひそめ、七十年も前に迷宮入りした事件の手掛かりなんぞを追っているのか？

咄嗟に携帯電話をポケットから取り出した。手にしたまま軽く前後に揺さぶること数秒、それから意を決したように息を吐き出すと、庭のいちばん奥まで移動した。石塀によじ登り、携帯を家からできるだけ遠ざけるようにして身を乗り出す。画面に電波状況を示す棒が一本だけ立った。ドナルドの番号を呼び出し、「出ろ、出ろ」と口のなかで念じながら応答を待つ。

つながったのは留守番電話だった。そよ風に向かって悪態をつく。切ってもう一度かけなおすのはやめにして、ドナルドの無愛想な声を聞いてからメッセージを残した。「ドナルド、わたし、セイディよ。とりあえずお知らせしとくわ、近いうちにロンドンに戻ります。気持ちの整理はついたし、もう復帰しても大丈夫、今度の月曜からでもいいくらいよ。ただその前に、ちょっと会ってもらえる？　休暇中の写真とかも見せたいし……」このちょっとした軽口は、言っている本人の耳にも面白みに欠けた。めげずに先を続ける。「とにかく都合のいい時間と場所を教えて。来週あたりどうかな？」

これでよし。セイディはふうっと息を吐き出した。ひとまずクリア。これでバーティが今後の予定を尋ねてきても、それなりの返答ができる。コーンウォールでの快適な休暇を早めに切り上げて、来週ロンドンに戻るつもりだと。

携帯をポケットに戻し、バーティが剪定していた木のそばの席に引き返すと、心の平安が戻るのを待ち受けた。だが、平安が訪れるどころではなかった。いざ行動を起こしてしまうと、別のやり方があったのではとあれこれ考えはじめてしまうのだ。落ち合う時間と場所を具体的にしたほうがよかったのではないか。もっと穏やかで殊勝な口調のほうが、相手の意向を尊重しているように思わせられたのではないかと。

ここではたと思い出した。もしも言いつけどおりにしないなら、すぐさまアシュフォードにばらすからなと、ドナルドは釘を刺したのだ。だが、ドナルドは相棒だ。理性的な人間だ。セイディに休暇を無理やり取らせたのも、セイディのことを一番に考えてのことだ。今回のことでセイディも学んだし、金輪際ジャーナリストにリークしようとは思わない。そもそもベイリー事件はすでに捜査が打ち切られ、新聞からほとんど姿を消してしまったわけで、実害はなかったのだ。(ただし、ナンシー・ベイリーには悪いことをした。捜査打ち切りを告げたときのナンシーの顔を思うと、セイディは身がすくんだ。「あなたはわたしの話を信じてくれたとばかり思っていたのに。うちの娘《こ》が、うちの娘に限って、あんなことをするわけないんです。娘を探し出してくれるんじゃなかったんですか?」)

ナンシー・ベイリーを頭から追い出し**(あの祖母《ばあ》さんと連絡を取ろうなんてゆめゆめ考えるなよ)**、これでよかったのだと自分に言い聞かせ、そう思いこもうとした。

新たに入手した〈ローアンネス〉の地所の図面がいまも膝の上に載っていた。ひとまず気持ちを切り替えようと思い立ち、図面に目をやる。アラステアが以前くれたものよりかなり古いもの——一六六四年、図面上部の題字にそうあった——つまり、湖畔荘がまだ領主館《マナーハウス》に付属した、規模もずっと小さい建物だった時代に製作されたものということになる。綴りも書体も古めかしい文字は判読しにくかったが、それでもこの一週間、セオをさらった人間の逃走経路を突き止めたい一心で図面と顔突き合わせてきたセイディには、そこに描かれた配置がすぐさま見分けられた。どの部屋も空間も、すべてあるべき場所にある。

ただし……さらに入念に見ていく。

フォルダーから先に入手した図面を取り出し、二枚を並べて比較した。

なんと、一か所、違いがあった。古いほうには育児室のすぐ横に小部屋もしくは空洞のようなものがあるが、後の時代の図面にはそれが見当たらない。

何だろう？　戸棚か？　十七世紀の住宅に備え付けの戸棚などあったのか？　セイディはないような気がした。たとえあったとしても、なぜそれが一方には描かれていて、もう一方にはないのか？

唇を叩きながら考えこんだ。剪定中の木に目をやり、それからいまは石塀のそばに控える二匹の犬に目を移し、最後に海を見やった。水平線上に黒い点となって浮かぶ船に視線を定める。とそのとき、脳内の電球がおぼろに瞬いた。

メモの束をめくっていき、「第八章・ハヴリンのドシール家」を読みながら書きとめた一枚を見つけ出した。

これだ――この家はヘンリー八世の御世に、スペイン船から金塊を略奪して富を築いたドシール家出身の某船乗りによって建造されている。こういう人物には別の呼称があったはず。

順繰りに火がともっていく古代の狼煙《のろし》のように、セイディの脳裡に推理の連鎖の炎がめらめらと燃えだした。ドシール家の海賊……ルイーズから聞いた密売人の話……コーンウォールの海岸一帯に掘られたいくつものトンネル……その現実世界に呼応するように『エリナの魔法の扉』に登場するトンネル……セイディ自身も目にした標柱と真鍮の輪……。

「これが届いていたよ」郵便物を取りに行って戻ってきたバーティが、小ぶりの封筒を差し出した。

セイディは無言で受け取った。組み立てられつつある推理に気を取られていて、封筒の左上にある名前も目にはいらなかった。

「例の警官からだね」バーティがせっついた。「ポルペロのクライヴ・ロビンソンだよ。会いに行くんじゃ……？」声が途切れた。「どうした、何かあったのか？　幽霊に出くわしたみたいな顔だぞ」

幽霊は見ていないが、暗い影をちらりと目にしたような気分だった。「この部屋なんだけど」セイディの言葉に、バーティが肩越しに覗きこんだ。「このちっぽけなくぼみ――どうやら逃走経路を見つけたみたい」

12　ロンドン　二〇〇三年

サウス・ケンジントンのなかでもとりわけこの界隈《かいわい》は、過去の亡霊がひしめいている。それもあって以前からエダヴェイン家の姉妹はこの地と決めていた。母エリナの命日にはV&Aでお茶を楽しむのが毎年の恒例だが、その前に自然科学博物館で落ち合うのである。ここには父の遺言に従い、収集した昆虫標本がすべて寄贈されているので、父の霊魂をほかのどこよりも強く感じられた。

同じ一日に両親を偲ぶのは理にかなっていた。ふたりが共に歩んだ道は、作家たちが高らかに謳《うた》い上げ万人の羨望の的になりそうなロマンスに彩《いろど》られていた。見ず知らずの美男美女が偶然に出会い、一目で惹かれ合い、その後第一次大戦で別離と試練を経て、なおいっそう絆を強めることになった、そんなロマンスだ。アリスも、彼女のふたりの姉妹も、子供のころはそんな両親の仲睦まじさを当然のこととして受け止めていたし、エリナとアンソニーの互いを思いやる姿を好ましく思いながら大人になった。だが、それは他者が立ち入るすきを与えないような愛情だった。ごく内輪の親しい友人を除けば、ふたりはめったに人づき合いをせず、たまにあってもしぶしぶだった。いまにして思えば、世間から孤絶した彼らの暮らしぶりが、年に一度のミッドサマー・パーティに魔法と不思議の衣をまとわせたのだ。エリナがあんな思いがけない形で急逝し、それも夫アンソニーが亡くなってすぐのことだったから、人々はこの悲劇にしきりにかぶりを振っては、あとに残された娘たちにこう言った。「こうなったのもわかる気がするわ、ふたりは一心同体だったんですものね」そんな安っぽい感傷を振りまく人たちは、娘たちのそばを離れるや、すぐさま含みのあるささやきを交わし合っていた。「あの人、ご亭主に死なれてよほど堪えたのね」

自然科学博物館にはアリスが先に着いた。これもいつものこと、ふたりの習慣の一部になっている。アリスは時間に正確な自分に満足を得られるし、デボラは多忙な我が身を味わえる、そんな暗黙の了解事項というわけだ。アリスは中央ホールのベンチに腰をおろすとバッグに手を入れ、使いこんでなめらかになった手帳の革表紙を一撫でしてから取り出すと、膝に置いた。これもそう珍しいことではない。人の振舞いを観察するのが何よりも好きなアリスだから、通常ならただの穿鑿《せんさく》好きにしか見えない行為も、紙とペンを手にしている限り、何かに気を取られているのだろうと思ってもらえるし、チャーミングにすら映るということを、長年の経験から知っていた。だが、今日のアリスはメモを取る気が起きなかった。心は自分のことだけで手一杯で、他人にかまっている余裕がなかった。

手帳を開き、あいだに挟んでおいた手紙を睨みつける。再読はしなかった、その必要はなかった。これは二度目に届いたほう、内容は一通目と似たようなものだった。差出人の女刑事はぜひ会ってほしいと改めて申し入れているが、エダヴェイン事件（女刑事はそう呼んでいた）のことをどこまで調べ上げているのかは巧妙にぼかしてあった。賢明というしかない。ディゴリー・ブラントが休暇中のコーンウォールで未解決事件に遭遇し、猛烈な興味を掻き立てられるという設定なら、アリスもまさしくこう書くところだ。有能な刑事であれば、足場のみを差し出せば無邪気な事件当事者がまんまと網にかかるくらいのことはお見通しのはず。残念ながらアリスはそこまで無邪気でもないし、はなから明かす気のない事柄を相手の口車に乗ってしゃべるつもりもなかった。だが、デボラなら……。

アリスは手帳を閉じると、それで顔をあおいだ。昨夜はベッドのなかで、この一件にどう対処するのが賢明かと頭をひねり、スパロウなる人物が何らかの重要な手掛かりを突き止める確率を推量し、これだけ長い時間が経っているのだから何ひとつ見つかるはずはないと自らを安心させたのだが、ひょっとしたらデボラのところにも同じような手紙が届いているのではとふと思い、その途端、目に見えぬパニックの冷たい刃《やいば》が体を切り裂いたのだった。

あらゆる角度からその可能性を検討した結果、悪事に免疫のないデボラのこと、相手から何らかの接触があればすぐに知らせてくるはずだと判断した。政治家だったトムの妻として身の安全に敏感な彼女であれば、やる気満々の年若い赤の他人が家族の過去をつつきまわし、アリスの協力を取りつけようと躍起になっていると思うだけで震え上がるに決まっている。そんな気休めも今朝までのこと、セント・ジョンズ・ウッド通りをタクシーで運ばれていくうちに、もしかするとデボラはこの件を直接会って話すつもりでいるのかもしれないと思いはじめていた。間近に迫ったエリナの命日にどうせ会うのだからと、受け取った手紙をハンドバッグにしまいこみ、いまごろはその話題を持ち出す心づもりでいるのではないかと。

気をとりなおそうと大きく深呼吸をして、いま一度、入口に目をやった。デボラの姿はまだ見えなかったが、黒いジーンズ姿の男がドア付近で何やら騒いでいた。この男のことは、ここに着いたときから気づいていた。男は、明るいピンクのタンクトップと青いデニムのオーバーオールを着た幼女の手を引いていた。その子がどこかを指さしながらしきりに跳びはねると、男は——おそらく父親だろう——はしゃぐ娘をなだめ、手にした小型のバックパックから何かを取り出していた(水のボトル? 最近の子供は始終水分補給が必要らしい)。

その彼がいまではすっかり取り乱し、警備員に向かってさかんに手を振り立てていて、幼女の姿はそばになかった。子を失った親が見せるすさまじい恐慌状態——アリスなら一マイル先からでも見分けられそうだ。アリスの視線はすぐさま巨大なディプロドクスの骨格標本を素通りし、広大な空間の奥に見える石造りの大階段へと向かった。先ほど少女を見かけたとき、一方の手でそちらを指さし、もう一方の手にはボールが握られていたからだ。ボールは電気仕掛けの振ると光るタイプのもので、その見間違いようのないきらめきがアリスの視界に飛びこんできた。果たせるかな、子供は階段の上でひんやりとした石の手すりに頬を当てて目の前にボールを構え、いままさにボールを転がそうとしていた。

初歩的なことだよ、ワトソン君。アリスは正解に至ったときに覚えるお馴染みの快感に浸ろうとした。記憶力には自信があった――いやそれを言うなら、有益な証拠に基づいて結論を引き出す能力だ。それは父に鍛えられたスキルだった。父は子供たちがまだ小さいころ、ゲームによくつき合ってくれた。ほかの大人たちが退屈に思うような遊びでも夢中になり、飽くことを知らない人だった。そしてまた、自然観察を兼ねたハイキングにも連れていってくれた。道具のあれこれを子供たちが分担して持ち、運のいい子は羨望の的の捕虫網を持たせてもらった。父はそこここで立ち止まっては子供たちの目の高さまで腰をかがめ、説明を始めたものだった。「頭のなかに絵を描いてごらん」父はそう言った。「木をただ眺めるだけじゃ駄目だよ。木の幹に貼りついている地衣とかキツツキが開けた穴、陽射しが届かないところに茂る、ほかより薄い葉っぱにも目を向けるんだ」それから数日して、いきなり父にこう言われるのだ。「アリス！　森で見たあの木の特徴を十個、挙げてごらん」それから父は目を閉じると、アリスが記憶をたどりながらその木について描き出すのに合わせて指を折っていった。

父から笑顔を引き出せる人間になれたというわくわくするようなあの喜びは、いまでも思い出すたび心を震わせた。父の微笑はとびきり素敵なもので、顔全体に気分がそっくり現われる人たちが見せるそれだった。その点、母エリナはまるで正反対、家柄のよさのせいか妙に堅苦しく、すきがなかった。お伽噺のなかでは冒険好きな少女を演じていたエリナが、どこでどう間違ってあれほどいかめしくて意外性に欠ける大人になったのか、そこはアリスが子供のころに抱いた大きな謎のひとつでもあった。子供時代といえば、いつも子供たちのそばに張りついていた母の姿がありありと思い浮かぶ。子供たちに絶えず目を光らせ、なかのひとりが予想外の行動に出ようものならすぐさま全員をその場から追いやり、父アンソニーとふたりきりになろうとした。あれは母の嫉妬、父と娘たちの親密さに、娘たちに注ぐ父の愛情に妬《や》いていたのだとアリスが理解したのは何年も経ってからだった。

「たしかにそういう面もあるでしょうけど、それ以上にこみいった事情があったのよ」以前そのことが話題になったとき、デボラはそう口にした。アリスがどういう事情かとしつこく尋ねると、デボラは言葉を慎重に選びながら言った。「ある意味、父さまを羨んでもいたんでしょうね。ほら、戦時中、わたしたちがまだ幼かったころの母さまは、そういうのとはまるで違っていて、すごく陽気だったし、ふざけん坊さんだったでしょ？　お祖母さまや乳母のブルーエンみたいな、いわゆる大人の女性というよりはむしろ、わたしたち子供の仲間みたいなところがあったでしょ？」アリスは曖昧にうなずいた。デボラの言葉は、かくれんぼやうっとりするような数々の物語といった遠い昔の記憶を掻き立てた。「でもその後、復員した父さまにわたしたち子供がべったりになり、母さまはひとり取り残されてしまった。そこからすべてが変わってしまったのよ。それを境に母さまも変わり、それまでと違う堅物になってしまった。きっと――」言いかけた言葉を吞みこんだかのようにデボラは不意に口を閉ざし、それから手を一振りして言葉を継いだ。「要するに、相思相愛に水を差されてしまったということじゃないかしら」

よく知る姿が玄関先に現われたのをアリスの目がとらえた。デボラ。ジェイムズの腕に腕をからめ、おぼつかない足取りを支えてもらっている。玄関ホールに足を踏み入れながら、この若い運転手がかけた言葉にデボラが笑い声をあげた。それから彼の手を優しくぽんと叩いて別れの挨拶を交わす。アリスはふうっと息をもらした。姉の様子から、手榴弾入りの手紙は受け取っていないらしいことが見て取れた。

ジェイムズが立ち去ったあともデボラは、周囲で人々が出会い挨拶を交わし合うざわめきの渦にしばし身を置いたままだった。政治家の妻の例にもれず、デボラも人当たりのいい表情を保つ訓練ができている人だが、その仮面の下をアリスは見通すことができた。口元のかすかなひきつり、それと、いらいらすると指先をこすり合わせる癖は子供のころからのものだ。だが、今朝はそのどちらも見当たらない。アリスの緊張はひとまずほどけたが、目はそらさなかった。よく知る人をじっくり観察する機会はそうめったにあるものではない。デボラは相変わらず背が高く、もうじき九十になろうというのに姿勢がいいし、一九三〇年代から変わらぬデザインのサテンのドレスをエレガントに着こなしている。ウエストを絞ったスタイルで、上品な真珠のボタンがベルトの位置からレースの襟元までずらりと並んでいる。父の標本コレクションにある蝶さながら、美の絶頂期で時が凍りついたかのように永遠の女性らしさを保っている。パンツにウィングチップというアリスのいでたちとはまるで対照的だ。

立ち上がって手を振るアリスにデボラが気づいた。今日は杖をついている、脚がだいぶ弱っているのだろう。アリスが体調を尋ねても、デボラはどうせにこっと笑って、相変わらずよと言うだろうことも察しがついていた。エダヴェイン家の娘たちはみな、弱さや苦痛や後悔をみだりに口にしないのだ。感情に砦《とりで》を築くことは、手紙をすぐに書くことや文法をないがしろにしないことと並んで、母エリナの薫陶《くんとう》の賜物《たまもの》だ。

「ごめんなさい、遅刻ね」ベンチにたどり着くなりデボラが口を開いた。「今朝はてんてこ舞いだったの。だいぶ待った？」

「ちっとも。手帳を持ってきているし」

「コレクションはもう見てきたの？」

アリスはまだ見ていないと告げ、ふたりはどちらが言うでもなくそのままクロークルームに向かい、デボラの夏物のコートを預けた。第三者の目には冷ややかな出会いの儀式に映ったかもしれないが、このときのデボラの気分までは読み取れないはずだ。ふたりは出会いがしらにキスはおろかハグもしない。涙ながらに悩みを打ち明け合う昨今の風潮を嘆かわしく思っているアリスだから、感情を軽々しく吐露《とろ》するのを潔《いさぎよ》しとしないという点でデボラとは同盟関係にある。

「お見受けしたところ、ご姉妹でいらっしゃいますね」若いクローク係が満面の笑みで歌うように言った。

「ええ」とデボラが、アリスがいつもの調子で不快も露わに答えるより先に口を開く。「わかる?」

兄弟姉妹が年を取ると昔以上に似てくるのは確かだが、それを言うなら老人は誰だって似たような顔になるものだ。髪から色が抜け、目元や肌や口元に張りがなくなり、顔じゅう皺だらけになって造作のひとつひとつが個性を失っていく。実のところ、ふたりはまるで似ていない。デボラは昔もいまも美人――というか、美貌の名残をいまも留めている。デボラがトムと婚約した夏、あれは〈ローアンネス〉で過ごした最後の夏だったが、社交界一の若き美女として『ザ・タイムズ』に取り上げられたほどだった。そんな姉をアリスとクレメンタインは意地悪くさんざんからかったものだが、あくまでも冗談でしたことだ。記事の内容は妹ふたりにとって意外でも何でもなかった。世の姉妹には例外なく、ひとり抜きんでて光彩を放つ者がいる。アリスはその一文を第八作『死は招く』で使用した。アリスと同じく世の中を手厳しく眺める気質を持つディゴリー・ブレントにそう語らせたのである。もっとも彼は男性であり、それゆえやっかみ半分の皮肉と受け止められる心配はない。

係の若者が何やら口にした科白に屈託なく笑うデボラを眺めながら、アリスはやはり思い過ごしだったようだと思うことにした。姉はセイディ・スパロウから手紙を受け取ってはいないのだと。いや、それも時間の問題だろうかと思い直し、安堵に歯止めがかかった。アリスがくだんの刑事の好奇心を満足させる手だてを見つけ出さない限り、いずれデボラに類が及ぶのはほぼ確実だ。幸いアリスには、相手に翻意させる手口のひとつやふたつ心得がある。ここはとにかく冷静に、順序立てて対処すればいいだけの話、いままで以上に慎重に。一通目の手紙が届いたときアリスは、何を思ったのか自分でもわからないまま、これは間違って届いた手紙であり、行方不明の子供のことなど何も知らないと、ピーターに告げていた。あのときは頭がまるで働かなかった、パニックを起こしていた。これ以上関わりたくなかった。

「大丈夫？　浮かない顔をしているわよ」クロークのカウンターを離れたところで、デボラがそれと察して声をかけてきた。

「絶好調よ。姉さんは？」

「そこそこよ」デボラはホールのほうに顎をしゃくって見せると、唇をひきつらせて不快の色を露わにした。子供のころのデボラは、妹たちと交代で父の助手をどうにか務め上げはしたものの、昆虫とそれを固定する銀色のピンをどうしても好きになれなかったのだ。「じゃあ行きましょうか」と言って、杖に用心深く体重をかけた。「さっさとやることをやって、お茶にしましょう」

*

見て回るあいだ、蝶が所定の場所におさまっていることを確認し合う以外、デボラもアリスもほとんど口を利かなかった。博物館のキュレーターはアンソニーの陳列ケースの標本を並べ替え、内容をさらに充実させていた。アリスは自分が採集を手伝った虫たちを難なく見分けられた。一匹一匹に物語があった。よく見知った翅や形状や色を目にするや、父の穏やかな声が聞こえてくるようだった。

デボラは不平を鳴らしはしないものの、立っているのが辛そうだった。そこで〝遺品詣で〟を早めに切り上げ、ふたりは通り一本隔てて隣り合うV&Aに向かった。カフェは混み合っていたが、小部屋の暖炉近くの席を確保した。姉を席に残し、お茶を買って戻ると、姉は鼻先に眼鏡を載せて携帯電話の画面を覗きこんでいた。「まったくうんざりだわ」デボラは赤く塗った爪の先でキーパッドをつつきながら口を開いた。「鳴ったのを聞き逃したみたい。どうやったらメッセージを再生できるの？」

アリスは同情めかしてちょっと肩をすくめて見せ、ミルクを注いだ。

それから上体を起こし、カップから立ち昇る湯気をしばし見つめる。例の刑事と会って話をする前に、デボラがどの程度知っているのか確かめておくのが賢明だろうかと考えた。問題は、どう切り出すかだ。

相変わらずデボラは携帯をあれこれ操作し、目を遠ざけたり近づけたりしてはぶつぶつつぶやきながら、画面の文字を読み取ろうとしていた。それを横目にアリスはお茶をすすった。

デボラがしかつめらしい顔をこしらえて、キーを押す。「これでいいのかしら……？」

アリスはカップをテーブルに戻した。「最近よく〈ローアンネス〉のことを考えるのよ」

デボラはさして驚いたふうでもなかった。「あらそうなの？」

ここは慎重に、と自分に言い聞かせる。焦りは禁物だ。「父さまが戦争から戻ってきたときの母さまの喜びようったらなかったわよね？　父さまのお気に入りの品をありったけ二階の部屋に並べていたわ。顕微鏡に標本ケース、それと本もずらりと並べて、おまけに蓄音器にダンス音楽のレコードまで。わたしたちもよく二階に上がっては鍵穴から、家族のなかに忽然と出現した背の高いハンサムな人を偵察したものだったわ」

デボラが携帯をテーブルに置き、目をすがめるようにして見つめてきた。「おやまあ」とようやく声を発する。「今日は郷愁に浸ろうってことかしら」

さりげなく意図を探ろうとしているデボラをさらりとかわす。「郷愁だなんて。べつに過去をロマンチックに彩りたいわけじゃないわ。ただ話題を提供したかっただけよ」

「ものは言いようね」デボラがかぶりを振る。面白がっているふうだった。「まあいいわ、そういうことなら、おセンチだと責めるなんてもってのほかよね！　そうね、いちおう言っておくと、あのころのことはよく憶えているわ。ふたりはよくあの部屋でダンスをしていて、わたしたちも同じようにやろうとしたのよね。もっともあなたときたら、ひどくぶきっちょで……」デボラが笑みをこぼす。

「母さまは父さまを助けようとしていたのよね」

「それ、どういうこと？」

「あのころの父さまはひどく疲れ切っていた――戦争で何年も家を離れていたわけだし――だから昔の父さまに戻ってもらいたい一心だったのよ」

「たしかにそうかもしれないわね」

「その後、父さまも母さまに対して同じようにしたわよね？　セオのことがあったあとに」アリスは努めてさりげなさを装った。「あのふたりは互いにいい相手に恵まれたのね。子供を奪われて、その後も安否はわからずじまい。それを力を合わせて乗り越えられる夫婦なんてめったにいるものじゃないわ」

「たしかにそうね」デボラの口調は慎重だった。互いにあえて踏みこまないようにしている方向へ、なぜアリスがわざわざ話を持っていこうとするのか測りかねているのは明らかだった。

だが、ここまで来たらもう抑えが利かなかった。次の質問に乗り出そうとしたそのとき、デボラが口を開いた。「そういえばわたしの結婚式前夜、母さまがわたしの寝室に来て、ちょっと教訓めいたことを言ったのよ。『コリント人への手紙』を引き合いに出して」

「『愛は忍耐強く、愛は情け深い』という、あれ?」

「『愛は恨みを抱かない』だったわ」

「なんだか陰気ね。何が言いたかったのかしら?」

「わたしにもさっぱり」

「母さまに尋ねなかったの?」

「ええ」デボラはきっぱりとした態度でごまかそうとしたが、その声には過去の苦々しい思いが透けて見えた。すると、とうに忘れていたことがアリスの脳裡によみがえった。母とデボラは結婚式当日までのあいだ折り合いが悪く、互いに憎まれ口を叩いたり、ほかの家族たちともしばらく口を利かなくなっていたのだ。そのころ一家はロンドンに居を移していて、デボラとトムの結婚式があったのはセオの失踪からわずか五か月後のこと、〈ローアンネス〉での家族水入らずの暮らしはとうに終わりを迎えていた。当時はまだ誰ひとり知る由もなかったが、そった。警察の捜査は徐々に縮小されていったが、家族はまだ希望を捨てていなかった。結婚式を延期する話も出たのだが、デボラもエリナも予定どおりに事を進めるべきだと言って聞かなかった。当時ふたりの意見が一致したのは、唯一このことだけだった。

「注ぎ足しましょうか？」アリスはティーポットを持ち上げて尋ねた。結婚式前夜に部屋にやって来た母の話をデボラが口にしたのは意外だった。古傷に触れるつもりはなかったし、これで当初の目的を果たせずに終わるのではと不安でもあった。

デボラは受け皿ごとカップを滑らせた。

「あそこには楽しい思い出がいろいろあったでしょ？」アリスはポットのお茶を注ぎながら、話を続けた。「セオのことがあるまでは」

「そうね、でもわたしは断然ロンドンのほうが好みだわね。カドガン・スクエアのあの素敵な家とか、ダイムラーを乗り回すミスター・アランとか、舞踏会やドレスやナイトクラブとか。田舎暮らしはわたしには退屈だったわ」

「でも美しかったじゃない。森に湖に、ピクニックもよくしたわね。それと庭も」さらりとこなす。「美しいのも当然よね。母さまと庭師たちが四六時中、世話をしていたんだもの」

デボラが笑い声をあげた。「いい時代だったわね。いまじゃマントルピースの掃除人を探すのも一苦労なんだから」

「たしかミスター・ハリスだったわよね、庭の世話をしてくれていた人、それと彼の息子もいたわ、パッシェンデールの戦いでひどい怪我を負って戻ってきたのよね」

「アダムね、そんな名前だったわね。それと、たしかもうひとりいたわ。途中から雇い入れた人が」アリスは耳の奥に鼓動を感じた。カフェのざわめきが遠のき、まるで自分が古いラジオの真空管のなかでしゃべっているようだった。「ほら、ベンジャミン何とかという人」

デボラは眉根を寄せて思い出そうとしていたが、やがてかぶりを振った。「残念ながら憶えていないわ――だいぶ昔のことだし、当時は雇い人の出入りも多かったし。全員憶えているなんてとても無理」

「そりゃそうね」アリスは同意の笑みを浮かべ、冷めかけた紅茶を口に運んで顔を隠した。自分が息を詰めていたことにも気づかなかった。ほっとすると同時に、なぜか肩透かしを食らった気分でもあった。ほんの一瞬、デボラの口から「ああ、マンローね、ベンジャミン・マンロー」という科白が飛び出すとばかり思い、どきどきしていたのだ。もう一押ししたいという誘惑が、デボラに何としても彼を思い出させたいという思いが不意に湧き起こった。姉と手を結べば彼を記憶からよみがえらせることができる、彼を話題にすることができる、そうすることであのころの気分を追体験できる、そんな気がした。だが、それは愚かしい衝動、血迷った振舞いだ。そこでこれをねじ伏せた。確認したかったことはもう片づいたのだ。デボラにはベンの記憶がない、つまりアリスの身は安泰だということだ。あとは会話を速やかに、より安全なほうへ進めるのが賢明だ。そこでスコーンにバターを塗りながら、アリスは言った。「ところでリンダはどうしてる?」

さんざん語り尽くされた話題にデボラが乗ってきたところで、アリスは半ば上の空で耳を傾けた。道を踏みはずした孫娘の退屈な話は、〈ローアンネス〉から話題を逸らすためでなければ、アリスにはどうでもいいことだった。この件に関してアリスにさしたる選択肢はない。あの屋敷の相続権は直系卑属限定で、しかもアリスには子供がいなかった。いたとしてもせいぜいが眠れぬ夜にベッドの足元に現われる亡霊くらいであり、屋敷を売却するのは論外だった。

「ピッパはすっかりおかんむりよ、それも当然よね」デボラはしゃべりつづけた。「さっきの留守番メッセージも彼女からだったの――あの子を責めるなんて誰にもできないわ。一年間の入学猶予期間《ギャップ・イヤー》だけという約束だったのに、リンダはもう五年近く戻っていないんだから」

「あの子はまだ若いし、冒険家気質という一族の血を受け継いでいるってことよ」

「そうね、曽祖父《ひいおじい》さまのホレイスの身に起こった話を、わたしたちはさんざん聞かされてきたのよね」

「でもオーストラリアにカリブ族はいないはずよ。人食い族に出くわしたというよりも、シドニーの海岸あたりに引っかかっている可能性のほうがずっと高いわね」

「そう言われても、ピッパには何の慰めにもならないわ」

「そのうち帰って来るわよ」おこづかいが底をついたらね、と意地の悪いことを思ったが、口には出さずにおいた。デボラと腹を割って話し合ったことはないが、アリスはリンダの性格にかなりの懸念を抱いていた。きっとデボラも同じように感じているという確信はあったが、たとえ姉妹とはいえ、相手のたったひとりしかいない孫娘の悪口を言ったりはしないものだ。面と向かってはまず言わない、それはマナー違反だろう。それに加え、デボラの妊娠しにくい体質もあって、彼女の数少ない子孫は特別扱いされてもいた。「大丈夫、あの子は一皮むけて戻って来るわ。経験を積んで立派に成長してくれるわよ」

「そうであってほしいものね」

アリスも同じ気持ちだった。何世紀にもわたってドシール家の家族が暮らしてきた湖畔荘を、自分の代で手放すことになるのだけは避けたかった。

エリナの死によって、あの屋敷が自分のものになったのは衝撃だった。もっとも当時は母の死自体がそれ以上に衝撃だった。あれは一九四六年のこと、戦争はすでに終わっていた。おびただしい数の死と破壊を目《ま》の当たりにしたあとだったからなおのこと、ひとりの女性が不意に道路に飛び出し、キルバーンからケンジントンに向かうバスに轢《ひ》かれて命を落とすなど不面目なことに思えた。よりによってエリナのような人間が。彼女のような女性にはまずもってありそうにない死に方だった。

バスの運転手の受けた心の傷はかなりのものだった。取調べの席で彼は取り乱し、おいおい泣きじゃくった。歩道に立つエリナには気づいていたと彼は言った。ぱりっとしたスーツを着て、革のブリーフケースを手にした彼女を、なんて威厳に満ちた女性だろうかと思ったという。その表情がどことなく気になったとも言った。まるで物思いにふけっているようだったと。そんなふうに思っているところに、後部座席で子供が泣きだしたものだから、一瞬、道路から目が逸れてしまった。ほんの一瞬ですよ、わかるでしょ、そうしたら次の瞬間にドスンと来たんです。運転手が使った言葉がそれだった。ドスン。いまも目を閉じると、アリスの耳に運転手の声が聞こえるようだった。

あの屋敷を、〈ローアンネス〉の相続を、アリス自らが望んだわけではなかった、誰ひとり、ほしがる者はいなかった。が、母の理屈は明快に思われた。デボラは裕福だし、クレミーはすでに亡くなっている、となれば残るのはアリスひとり。だがエリナの意図が別のところにあるのをアリスは知っていた。この遺産には目に見える以上の何かがあると悟っていた。その後しばらくのあいだ、夕闇が周囲をおおいつくす時分になると、アリスは殺風景な自宅フラットの、料理ひとつないテーブルに向かい、我が身を憐れみながら、浴びるように酒を飲んだ。戦後の静寂に身を置いていると自分の思考がやかましすぎるほどで、そうなると過去を締め出すために築いたはずの壁が揺らぎはじめた。すると、小説を書きはじめるより前の人生に、諸々の不安や悔恨をディゴリー・ブレントが吸い取る役割を担うようになる以前の人生に引き戻されていた。あのころは夜ともなると、〈ローアンネス〉を相続させることで母はこのわたしを罰しようとしているのだと思わずにいられなかった。エリナはセオの失踪を、はっきりと口に出さないまでも、アリスのせいだとずっと思っていたのだと。そう考えれば、これは実に巧妙に仕組まれた罰、しかも的を射た罰だった。この世の誰よりもアリスが愛してやまない場所、だが過去に阻《はば》まれて足を踏み入れることもままならないあの場所をアリスに遺したのだから。

13（ロンドン　二〇〇三年）

アリスはハムステッド行きの地下鉄で帰路についた。しばらくしてグージ・ストリート駅で人身事故があったとの車内放送がはいったため、ピカデリー線に乗り換えてキングズ・クロスに出ることにした。同じ車両に乗り合わせた一組のカップルが、隅に置かれた別の乗客のスーツケースの隙間で体をぴったり寄せ合っていた。娘は相手の青年にもたれかかり、何やらささやきかけられるたびに忍び笑いをもらしていた。

向かいの席の気取った男と目が合った。くだんのカップルを蔑むように男は眉を吊り上げて見せたが、アリスは結託を拒んで目をそむけた。人を愛する気持ちはよく知っている。それを実感できた時代は遠い過去のこととはいえ、ふたりだけで世界が成り立っているような青春時代の愛はいまも忘れていなかった。そうした愛はたしかに美しいが、危険でもある。ふたり以外の世界を消し去ってしまうのだ。とびきり理性的な人までも血迷わせてしまう力がある。

あの年の夏、もしもベンジャミン・マンローから一緒に死んでくれと言われていたら、アリスは間違いなくそうしていただろう。無論そんなことは言われなかったし、実際、彼から何かを求められたことはほとんどない。そもそも彼には求める必要などなかったのだ。彼の望むものはアリスのほうから嬉々として差し出していたのだから。

当時アリスは、自分のことを秘めごとの達人くらいに思っていた。なんとも愚かな子供だった。頭の切れるいっぱしの大人のつもりでいた。だが何も見えていなかった。まさにウィリアム・ブレイクの詩に歌われているように、すっかり愛に目がくらんでいた。愛は人をしてあやまちを犯させ、大空を翔《かけ》る翼を与え、束縛の鎖を断ち切ってもくれる。そしてまた、周囲に目が行き届かなくもなる。そのためふたりは、つまりアリスとベンは、一緒にいるところを見られてしまった。デボラがふたりの関係を知らなかったとしても、気づいた人はほかにいた。

地下鉄ががたがたと進むにつれて、遠い過去のふたつの声が、何十年という時を超えて古い無線機から流れてくるかのように、アリスの耳によみがえった。あれは一九四〇年、空襲がもっとも激しくなっていた冬の夜だった。思いがけず休暇が取れたと言って、妹のクレミーがアリスの暮らすロンドンの狭いフラットに泊りに来た。ふたりはジンを飲みながら、戦争にまつわるさまざまな出来事を報告し合った。クレミーが彼女の所属する航空輸送補助部隊で耳にした話をすれば、アリスは爆撃された場所の復興状況を伝えた。やがて夜も更け、ボトルの中身が減るにつれて、ふたりはセンチな気分になり、いつしか話題は自分たちの父親のこと、彼が体験した第一次大戦のことに移っていた。ふたりは父が目にしただろう恐怖を、この時期ようやく理解しはじめていた。

「父さまはうまく隠し通していたわよね」クレミーが言った。

「わたしたち子供に重荷を背負わせたくなかったのね」

「でも、戦争のせの字も口にしなかったのよ。しかも誰に対しても。戦争が終わったらいっさいなかったことにして生きていくなんて、想像もできない。わたしが年を取ってお婆さんになったら、戦時中のことや体験談をくどくど話して孫たちをうんざりさせていそうだわ。なのに父さまときたら、いっさい黙して語らずなんだもの。父さまが塹壕《ざんごう》を這いずり回っていたなんて嘘みたい。そういう話、姉さんにしたことあった？」

アリスはかぶりを振った。「そういえば父さまがこんなことを言っていたわ、自分には娘しかいなくてよかった、次に戦争が起こってもうちの子たちが戦地に赴くことはないからって」

アリスは軍服姿のクレミーにグラスを掲げて見せ、薄く笑みを浮かべた。「そのへんは読みが甘かったみたいね」

「そのようね」クレミーが同意した。「そう言ってはいても、やっぱり父さまは息子がほしかったのよね」

「男はみんなそういうものらしいわ、ドシールお祖母さまに言わせるとね」毒舌家のこの老婦人が、クレミーが生まれてすぐの一九二〇年十月に言い放った言葉を、アリスはつけ加えることはしなかった。せっかく戦地から戻ってきたのに三人目も娘だなんて、ご亭主もがっかりでしょうねと、エリナを遠回しにくさしたのだ。

「でも結局は、ひとり授かったじゃない」クレミーは言った。「待望の息子をね」

それからふたりは黙りこんだ。いつしか話題が自分たちの子供時代のことや最大のタブーとなっていた弟のことに行き着くと、ジンの酔いに任せてそれぞれが思い出に浸った。フラットの上階に住む赤ん坊が泣きだし、ロンドン市内の遠くのほうで空襲警報が鳴りだした。立ち上がった拍子に部屋がぐらりと揺れた。アリスは空《から》になったふたつのグラスを掻き寄せると、指に挟んで陶製の流しに運んだ。すぐ上の煤《すす》けた小さな窓ガラスにはテープが十字に貼られていた。アリスが背中を向けるのと同時に、クレミーが口を開いた。「そういえば、フランスに向かう途中であの人を見かけたわ、ほら、〈ローアンネス〉で一時期、庭師をしていた人」

その言葉が、冷えきった室内でマッチを擦ったかのように火花を散らした。アリスはニットのカーディガンの袖の下で両手をぎゅっと丸めた。気持ちを奮い立たせて振り返ると、「どの庭師？」と訊いていた。

クレミーはテーブルの表面に目を落とし、深爪の指先で木目をなぞるばかりだった。言うまでもない、誰のことかはどちらも了解済みとわかっていたから、答えなかったのだろう。「ねえアリー」クレミーが口にした子供時代の愛称に、アリスはぞくっとした。「ずっと黙っていたんだけど……言わないつもりだったけど……実は子供のときにね、わたし、見ちゃったの」

アリスの心臓が早鐘を打った。なにくそと身構えた。さっさとこの話を終わりにしたいと思う一方で、酔いのせいか、過去から逃げつづけることにうんざりしてもいた。絶えずつきまとう死と危険にいまこそ勇敢に立ち向かいたい、いっそ自分のほうから引き寄せてもいいくらいの気持ちになっていた。恐るべし、酒は人の口を軽くする。

「あれはあの年の夏、あの家で過ごした最後の夏のことだったわ。その何か月か前にみんなで航空ショーを見に行って、わたしはすっかり飛行機に夢中になった。それで、ほら、家の周りを飛行機になりきってよく駆けまわっていたでしょう」

アリスはうなずいた。喉がからからだった。

「ジャック・マーティンさんの畑の向こうにあった空軍基地にもよく出かけたわ。あそこで飛行機の離着陸を眺めては、いつか自分も飛行機を操縦してみたいと思っていた。それであるとき、家に帰るのが遅くなってしまって、近道をしようと森を抜けて川沿いを歩いていたら、古いボート小屋の前に出ていたの」

アリスの視界がぼやけ、まばたきをして壁に掛かる絵に目を凝らした。それは前の住人が残していったもので、嵐の海に乗り出す一艘の船が描かれていた。その船が動いていた。船が右に左に傾くのをかすかな驚きを覚えながら見つめていた。

「あそこで立ち止まったりしなければよかったんだわ。お腹もすいていたし、早く家に帰りたかったんだもの。でもね、そこから声が聞こえてきたの、男の人の声が」

アリスは目を閉じた。この瞬間を何年もずっと恐れてきた、何通りものシナリオを頭のなかに書き上げては、釈明や言い訳の言葉を練習してきたはずだった。なのに、いざそのときが来てみれば、言うべき言葉が思いつかなかった。

「父さまでもミスター・ルウェリンでもないとわかると、好奇心に駆られてしまったの。自然と窓に足が向いていた。止めようがなかった。裏返しになったボートによじ登って窓を覗いたの。悪気はなかったのよ、でも見てしまったの。あの男の人が、庭師のあの人が……」

「危ない！」アリスは話をさえぎった。テーブルの上のジンのボトルにさっと手を伸ばし、そうしながらボトルをなぎ倒していた。瓶が割れ、クレミーが椅子から跳びすさった。着ている服をしきりに手でぬぐい、突然の衝撃に、冷たい液体に唖然としていた。

「ごめん」アリスは言った。「あなたの肘で――ボトルが倒れそうだったから。受け止めようとしたのだけど」アリスは急いで流しに向かい、そこらじゅうに水をしたたらせながら濡れ布巾を取ってきた。

「アリス、もういいってば」

「あらやだ、びしょびしょじゃないの。シャツの替えを取ってくるわ」

抗うクレミーにアリスはなおも言いつのり、着替えとこぼれたジンの後始末がすむころには、打ち明け話はどこかに吹き飛んでいた。翌朝、クレミーはすでに立ち去ったあとだった、彼女の手荷物が広げられていた床には何もなく、彼女の痕跡はすっかり消えていた。

アリスは眩暈《めまい》が起きそうなほどの安堵を覚えた。テーブルに残された置き手紙にがっかりすることもなかった。**もう行くわね、早朝にフライトがあるの。戻ってからまた会いましょう。話があるの。大事な話が。C。**

アリスは手紙を丸めて握りつぶすと、猶予《ゆうよ》を与えてくれた神に感謝した。

だが、神は残酷だった。その二日後、クレミーはイギリスの海岸から四マイルの沖合で撃ち落とされたのだった。機体は海岸に打ち上げられたものの、彼女の遺体は見つからずじまいだった。**機が撃墜される直前に、パイロットは脱出装置を作動させたものと思われる。**新聞はそう報じた。人命が軽んじられるようになっていた世界では、死者がまたひとり出た程度のことでしかなかった。アリスはこの自分が何かを得るために他者の運命があると思いこむほど、自分本位にものごとを考えるような人間ではない。「起きたことには必ず理由がある」という言い回しには吐き気さえする。たしかに何事にも因果はついて回るわけだが、それとこれとはわけが違う。そこでアリスは、クレミーの死はあくまでも偶然の産物、妹の死は弟の死へのアリスの関与をたまたま免除したにすぎないと考えることにしたのだった。

アリスはいまでも不意に妹の姿を目にすることがあった。夏の日盛りに、脈打つ太陽を見上げると、視界に星がちかちかとまたたいた。そんなとき、ひとつの黒い点が空を猛スピードでよぎり、優美な弧を描きながら音もなく海に落ちていくのだ。大きく腕を広げて野原をぐるぐる駆けまわっていたあの少女。弟に続き、アリスの目の前から姿を消すことになった妹。**鳩の翼がわたしにあれば！　飛び去って、心安らげるだろうに**（詩篇五五章六節）。

キングズ・クロス駅に滑りこんだ列車から軽やかな足取りで降りたった先の恋人たちは、出口に向かって歩きだした。アリスはふたりを追っていきたい衝動と闘った。せめてほんの一時でも、彼らの激しい熱情を間近に感じていたかった。

無論、それは断念した。そのままふたたびノーザン線に乗り換えてハムステッドにたどり着くと、地上に向かうエレベーターに乗りこんだ。アリスにはないものねだりも郷愁にふけることもしている暇はなかった。自宅に戻ってピーターを相手に、軌道修正をする必要があった。丘の上は気持ちのいい午後を迎えていた。昼間の炎暑はすでにおさまり、太陽のまばゆい光も薄れつつあった。アリスは慣れ親しんだ小径をたどって自宅を目指した。

＊

ピーターは黄のマーカーで数行を几帳面になぞった。長い一日の締めくくりにあたり、しばし頭のなかで自らの勤労を褒めたたえる。アリスの版元がウェブサイトを一か月後にアップしたがっていることもあり、そこに載せる原稿作成に取り組んでいた――思いのほか厄介な作業になったのは、このサイトの主役であるアリスの激しい抵抗に遭い、下準備に巻きこもうという当初の目論見《もくろみ》が頓挫《とんざ》したせいだった。

最新機器に拒否反応を示す八十代の老人、といった単純かつ月並みな括り方で彼女をとらえるのは早計だ。むしろアリスには、先端テクノロジーの知識をつねに刷新しつづけているとの自負がある。ディゴリー・ブレント誕生以来、インターネットは警察の捜査手順を大きく変えてきたのであり、アリスは作品の現実味にとことんこだわる作家である。アリスがへそを曲げたのは、公共空間が企てる私的空間への「狡猾な侵害」に対してだった。マーケティングも結構だが、作品をさしおいて作家を重視するようになったら世も末だ、とアリスは言った。五十作目の刊行記念行事が迫っているし、版元の上層部からの直訴もあってどうにかアリスの同意は取りつけたが、ひとつだけ条件があった。いわく、「いいことピーター、それについてわたしはいっさい関知しませんからね。あなたひとりでうまく処理してちょうだい」

ピーターは善処すると約束し、ここまで慎重に作業を進めてきた。アリスに経過報告をする際には、〝オンライン〟とか〝OS環境〟といったコンピューター用語を極力使わないよう心がけた。作者の経歴紹介はあっさり片づいた——ピーターが更新を続けているプレスリリース用の最新資料がすでに手元にある——また、ディゴリー・ブレントの視点からまとめたスペシャル記事は我ながらいい出来になったと思ってもいた。ところが、目下取り組んでいる〈よくある質問〉のセクションで作業が行き詰まった。問題は、これにはどうしてもアリス本人の声を反映させる必要があるからだ。彼女の協力が得られない以上、回答に使えそうな材料を求めて過去の資料をひたすら掘り返すしかなかった。

質問内容は執筆プロセスに関するものに限定してあった。こうすればアリスの意に添うことがわかっていたからだが、面倒を回避できるからでもあった。最近アリスはめったにインタビューを受けなくなっていたし、受ける場合も、仕事に関することしか話さないという厳格な条件つきだった。プライバシーへの異常なまでのこだわりは、ピーターをときに不安にさせるほどだった(無論のこと不安はひとり胸におさめ、それを気取《けど》られるような真似は決してしない)。

とはいえ、三十項目にわたるささやかな提案書を送りつけてきた版元の顔を立てるため、私的な質問もいくつか盛りこむことになったので、それに対する回答をひねり出すのに、何十年も遡って資料を調べる必要があった。アリスの保管資料は整理されているとは言いがたかった。この何年かのあいだに導入されたファイリング・システムはてんでばらばら、作業は思った以上に難航した。

だがここに来てようやく努力が報われた。一九五六年八月付の『ヨークシャー・ポスト』に掲載されたインタビュー記事に、私生活に触れた厄介な質問に対する回答として、少し手直しすれば使えそうな発言を見つけたのだ。

Q　どんなお子さんでしたか？　子供のころからものを書いていらしたんですか？

ピーターはマーカーを塗った箇所を読み返した。

A　いつも何かしら書いていましたね。壁に落書きをしたり、家具に自分の名前をナイフで刻みつけたりしては叱られる、そんな子供でした。幸いわたしには、家族ぐるみでつき合いのあった、本も出している作家が身近にいたので、その人に大いに啓発されました。子供を空想世界へとはばたかせることに心血を注いでいるような人でしたから。それと、はじめて手にした手帳、あれは生涯最高の贈り物のひとつでしたね。父からのプレゼントです。あれはわたしの宝物でした！　どこへ行くにも持ち歩いていたし、手帳への偏愛はいまに至るまで続いています。それからは毎年一冊、父は新しいものをくれました。ミステリを一作品丸ごと、いわばわたしの処女作ですが、それを書きとめたのは十五歳の誕生日にもらった手帳でした。

これなら申し分ない。ピーターは鼻歌まじりでコンピューターをスクロールしていき、回答欄が空白になっている箇所を画面に出した。昼下がりの暖かな陽射しがキーボードを照らした。表の通りではバスが吐息をもらしながら止まると、「ほら急いで！」と誰かに向かって陽気に呼びかける女性の声が聞こえ、ハイストリートからはストリート・ミュージシャンがエレキギターで奏でるレッド・ツェッペリンが流れてきた。

ピーターはすでに頭のなかで帰り支度にとりかかり、バスの長い乗車時間をピップとエイべル・マグウィッチ（ともに『大いなる遺産』の登場人物）と過ごすことに思いを馳せていたのだが、そのとき画面上の別の質問に目が行った。というか、より正確を期すなら、すでに埋まっている質問に対する回答部分にだ。

Q 『一瞬の殺意』はディゴリー・ブレント・シリーズの第一作ということですが、これが最後まで書き上げた最初の作品ですか？

A ええ、そうです。わたしはこれまで一度も出版拒否の手紙を受け取ったことのない、めったにない幸運に恵まれた作家のひとりといって言っていいかもしれませんね。

ピーターの鼻歌がぴたりとやんだ。いま一度マーカーで塗りつぶした箇所に目を戻す。ふたつの回答は必ずしも矛盾するわけではない。作品をひとつ書き上げることと、十代のころに手帳に小説を書くのとでは意味が違う。それでも記憶のなかの何かがざわめいた。

机上のコピーの山を手早く繰っていき、二番目のQ&Aを作成したときの資料を探し出す。それは一九九六年の『パリ・レヴュー』に掲載されたインタビュー記事だった。

質問者 『一瞬の殺意』はあなたがはじめて完成させた最初の小説ということですが、それ以前にも何か書いていらしたのでは？

エダヴェイン いえ、あれが最初の作品です。

質問者 『一瞬の殺意』以前に書き上げた小説はひとつもないと？

エダヴェイン ありませんわ。物語を書いてみたいと思ったことは一度もありません。ましてやミステリだなんて。すべては戦後になってからのことです。ある夜、ディゴリー・ブレントが夢に現われ、翌朝には書きはじめていました。言うまでもなく彼はわたしの分身です。シリーズものの作家で、自分が生み出した主人公のこだわりや関心が自らのそれと何ひとつ重ならないと言う人がいたら、それこそ嘘つきですよ。

炉棚の置時計が時を刻む音がピーターの耳に届いた。立ち上がって伸びをし、グラスの水を飲み干すと、窓辺に向かった。どう工夫をしようが問題外、ふたつの回答は明らかに矛盾する。

机の前に引き返す。カーソルが「嘘つき」の位置で点滅していた。

アリスは嘘つきではない。それどころか馬鹿がつくほどの正直者。それが災いして恨みを買うことも多い。

とすれば、この食い違いは当人のうっかりミスということになる。二度目のインタビューは最初のインタビューから四十年も経っているわけだし、忘れていることもあるだろう。アリスは御年《おんとし》八十六歳。たかだか三十のピーターでさえ、子供時代のことをすべて正確に憶えているかと言われれば自信がない。

とはいうものの、アリスから叱責される危険を冒してまでウェブサイトに載せようとは思わない。載せたが最後、事実誤認あるいは記憶違いですますわけにはいかなくなる。いまはどんなことでもたちどころに証明できてしまう世の中だ。ネット上に流れた矛盾は昆虫のごとく捕まってしまうのが落ちだろう。そうなったら人々の記憶から消し去るのはもはや不可能だ。

ピーターは手を伸ばすと、指一本で漫然とキーボードを叩いた。大騒ぎするほどのことではない、だが、もどかしかった。どちらの記事が正しいのかと、アリスに直接尋ねるわけにはいかなかった。ウェブに関しては彼女を煩わせることなく、ピーターが万事対処すると約束してあったし、彼女が罪のない嘘をついたと暗にほのめかすような真似をして、自分の首を絞める気はなかった。

いま一度、画面に視線をさまよわせる。

物語を書いてみたいと思ったことは一度もありません。ましてやミステリだなんて。すべては戦後になってからのことです。……あれはわたしの宝物でした！　どこへ行くにも持ち歩いていたし、手帳への偏愛はいまに至るまで続いています。……ミステリを一作品丸ごと、いわばわたしの処女作ですが、それを書きとめたのは十五歳の誕生日にもらった手帳でした。

玄関先の石段を上がる足音が聞こえ、ピーターは置時計に目をやった。ドアが開き、アリスが玄関ホールに足を踏み入れたのがわかった。

「ピーター？」

「図書室にいます」大声で応じてシャットダウンのボタンを押すと、開いていたページが電子の点に変わった。「じき終わります。帰る前にお茶を淹れましょうか？」

「そうね、お願いするわ」アリスがドアのところに現われた。「あなたに相談したいことがいくつかあるの」アリスは疲れた顔をしていた。見慣れているとはいえ、いつも以上にはかなげだった。衣類の皺や肌艶や立ち居振舞いに、今日一日の暑さがまとわりついているようだった。

「何か伝言は？」言ってアリスは、腰をおろすと靴を脱いだ。

「ジェーンから新作の件で電話がありました、シンシアが宣伝のことで相談したいそうです。

それとデボラさんからもお電話が」

「デボラ?」アリスはさっと顔を上げた。

「三十分ほど前に」

「彼女とはいましがた会ってきたばかりなのに。様子はどうだった? 何か言っていた?」

「ええ」ピーターはインタビュー記事のファイルを脇にどかし、伝言をメモした紙を探した。

「たしかこのへんにあるはずなんですが。忘れないよう書きとめておいたんです」紙片を見つけると、しかつめらしい顔をこしらえて走り書きの文字に目をやった。電話ではたいてい型どおりにしかしゃべらないデボラが、今日は珍しく慎重なところを見せ、これは大事なことだからと断わって、わざわざピーターにアリスへの伝言をそっくり復唱させたほどだった。「こうおっしゃっていました——彼のことははっきり憶えている、彼の名前はベンジャミン・マンローだ、と」

14　コーンウォール　一九三三年六月二十三日

〈ローアンネス〉での最後の朝、セオ・エダヴェインは鳥たちのさえずりで目を覚ました。生後十一か月の彼には時間という概念を理解することはもちろん、時刻を読み取ることもできないが、それができていたら、育児室の大時計が五時六分を指しているのがわかっただろう。セオにわかるのは、時計の二本の針の先端の、銀色の矢の部分に朝日が当たってきらめくさまがきれいだということだけだ。

親指を口に突っこみ、ぬいぐるみの子犬パピーを腕に抱えたまま満足げにごろりと寝がえりを打つと、薄明かりの向こうの、壁のくぼみにおさまるシングルベッドで寝入っている乳母に目を凝らした。乳母の鼻先にいつも載っている眼鏡がなかった。目鼻立ちをまとめ上げる金属のつるもないので、枕の上でひしゃげた顔には深い溝や皺が何本も走り、目の下にはたるみもあった。

もうひとりの乳母ローズはどこに行ったのだろうかと、セオは気になった。ローズが恋しかった(もっとも何を恋しがっているのか、具体的なことは早くも忘れかけていた)。目の前にいる新しく来た人は年寄りでいかめしく、鼻がむずむずしそうなにおいがした。黒い木綿の服の袖口に湿ったハンカチをいつも忍ばせていて、窓の桟にはヒマシ油の瓶を置いている。〝できない〟なんて言葉は通用しませんからね」とか「自惚れは禁物です」というのが口癖で、セオを黒くて大きな乳母車に乗せてでこぼこした私道を押し歩くのが好きだった。セオは赤ん坊の乗り物におとなしくすわっているのが苦痛だった。すでに歩けるようになっていたからなおさらだ。乳母に話しかけようともしたが、まだ言葉をさほど持ち合わせていないので、乳母のブルーエンはただこう言うばかりだった。「静かになさい、セオドア坊ちゃま。悪たれ小僧を散歩にお誘いした憶えはありませんよ」

窓の外に集まってきた鳥の声に耳を澄まし、天井を徐々に染めていく朝焼けを見つめていると、育児室のドアが開く音がした。セオはごろんと腹這いになると、ベビーベッドの柵越しにそちらをうかがった。

ドアと脇柱の隙間から目だけ出してセオを見返していたのはお姉ちゃまだった。茶色の髪をおさげに結い、頰にそばかすがいっぱいあるお姉ちゃま。セオはわくわくした、体じゅうに愛情があふれ出す。やっとこさ立ち上がり、にかっと笑いかける。ベビーベッドの縁を両手で叩くと、四隅の真鍮飾りがからからから鳴った。

セオには姉が三人いる。どの姉も好きだが、この人が一番のお気に入りだった。あとのふたりは笑みを浮かべて猫なで声であやし、可愛い子ねと言ってはくれるけれど、どこまで本気なのか信用できたものじゃない。デボラはセオが興奮しすぎて髪や服を引っ張ると、すぐさま抱っこをやめてしまうし、アリスはアリスで、それまでしきりに〝いないないばあ〟をやってはげらげら笑っていたのが、急におかしな目つきになり、もはやセオなど眼中にないかのようにペンで手帳をつつきはじめてしまうのだ。

でも、いまここにいるクレミーだけは飽きることなくセオをくすぐったり、百面相をして見せたり、しっとりしたラズベリーの大きな実をセオのお腹の上で吹き転がしたりしてくれる。温もった華奢な腕でセオのお腹のあたりをしっかりと抱きかかえて、いろいろな場所に連れていってもくれるし、セオをどすんと降ろしたあとも、セオが何か面白いものを見つければ、ほかのお姉ちゃまたちみたいにむやみにやめさせたりせず、心ゆくまで楽しませてくれる。クレミーは〝きたない〟とか〝あぶない〟とか〝だめ！〟という言葉を決して使わないし、今日みたいに朝一番にセオのところに来たときは、必ずキッチンに連れていってくれる。そこには焼きたてのパンが熱取りラックの上に並んでいて、食品棚には果肉がごろごろはいったイチゴジャムの瓶がどっさりある。

セオは期待に胸ふくらませてパピーを摑むと、両手を高く持ち上げ、頑張れば自力でベビーベッドから降りられるよとばかり、体をくねらせた。手を振りたて、指をいっぱいに広げて喜びを表現すると、笑みを浮かべたお姉ちゃまの瞳がぱっと輝き、そばかすが躍った。思ったとおりお姉ちゃまはベビーベッドの上から手を伸ばすとセオの体を抱き上げ、木枠の縁を乗り越えさせた。

セオを抱いたまま、クレミーが軽快な足取りでドアに向かう。枕に顔をうずめた乳母のブルーエンからいびきがあがる。セオの体は興奮ではちきれそうだった。

「さあ出発よ、おデブちゃん」お姉ちゃまがセオの頭のてっぺんに何度もキスをした。「飛行機を見に行こうね」

ふたりは階段を下りはじめた。セオは階段をおおう赤いカーペットに目を輝かせ、バターとジャムを塗った熱々のパンのことを、小川の畔のアヒルたちのことを、泥の下から見つかるだろう宝物のことを、お姉ちゃまが飛行機の真似をして大きく広げる腕のことを考えた。玄関ホールを突っ切ったところで、セオはじっとり湿った生温かい親指をしゃぶったまま、くくっと喜悦の笑い声をもらした。幸せだった、愛されていることを、いまこの瞬間に感じていた。

階段のほうできゃっきゃとはしゃぐ声がした。だが、眠りから覚めきれていないエリナの頭は無意識のうちにこれを夢の一部と見なし、刺激的な夢の世界に投げ入れた。夢の世界のエリナは、混乱をきわめる大サーカス団の団長だった。虎どもはどうやっても手なずけられないし、空中ブランコ乗りは始終足をすべらせてばかりだし、猿が一匹どこを探しても見つからない。はっと目を覚ませばそこは現実の寝室、先ほど聞こえた物音はすでに記憶の彼方に遠ざかり、眠りと覚醒の分岐点に脱ぎ捨てられたあまたの夜の残骸とともに、巨大な闇の穴に呑みこまれていた。

＊

光、確固とした世界、ついに訪れた朝。何か月もかけて準備してきたミッドサマー・パーティ当日だ。なのにエリナはベッドから飛び起きようとしなかった。いつ果てるともなく続いた夜のせいで、頭が濡れた海綿のように感じられた。暗いうちから目が覚めてしまい、その後何時間も寝つけなかった。頭のなかは考えごとでいっぱいだったし、部屋も暑かった。数えていった羊の一匹一匹が、今日こなすべきことのひとつひとつと重なり、明け方になってようやく訪れた眠りも安らぎとは程遠かった。

目をこすり、伸びをする。それからベッド脇のテーブルに置いた父の形見の古い腕時計を手に取ると、律儀に動いている丸い文字盤に目をすがめた。七時にもなっていないのに、もうこの暑さ！　エリナはそのまま枕に倒れこんだ。これが別の日であれば、水着に着替えて朝食前に小川でひと泳ぎして、それから子供たちを起こして母親の務めをこなしていたところだ。泳ぐのは昔から好きだった。肌に絡みつくなめらかな水も、さんざめく水面に射しこむ澄んだ光も、水に耳を浸けると周囲の音がくぐもって聞こえるさまも好きだった。子供のころのお気に入りの場所は流れをずっと下った先にあるボート小屋のあたり、そこの川岸の急斜面にはバーベナが咲き乱れ、甘くねっとりとした大気が満ちている。水は驚くほど冷たく、水にもぐって体をくねらせながら下へ下へと進んでいき、ぬるぬるした葦の隙間に身をひそめるのだ。あのころは昼間がとても長く感じられたものだった。

エリナは腕を伸ばし、すぐ横のシーツをまさぐった。アンソニーはすでにいなかった。おそらく早起きして上階にいるのだろう。今日一日がもたらす狂騒を経験から知っているのだ。少し前までは彼の姿が見えないだけで不安になり、彼を目にするまではひどく動揺したものだが、いまはそういうこともなくなった。手筈は整ったのだから、ひとまず安心だ。

外で芝刈り機が動きだした。エリナは無意識に止めていた息をふーっと吐き出した。芝刈り機は快晴の証、これには神に感謝するばかりだ。心配ごとがひとつ減った。雨になったらすべてが台無しだ。昨夜は雷鳴が轟いた。あれで目が覚めたのだった。すぐに窓に駆け寄り、ずぶ濡れの世界が外に広がっているのではとはらはらしながらカーテンを引き開けた。だが、嵐は遠隔地の出来事。稲妻は雲にただ反射するだけで、雨を大量にもたらすジグザグ模様ではなかった。庭は乾いた状態のまま、月明かりを浴びて不気味に静まり返っていた。

ほっと胸をなでおろしながら闇のなかにたたずみ、湖面のかすかな波動を、白目色《ピューター》の空を流れていく銀色に縁取られた雲を眺め、地上でただひとり目を覚ましている人間になったような不思議な感覚にひたった。こういう気分は憶えがなくもない。まだ赤ん坊だった子に乳を吸わせながら（母乳はエリナの母には不評だった）、育児室の窓辺の肘掛椅子にうずくまって過ごした夜を思い起こさせた。小さな生き物が満ち足りた様子でちゅうちゅう音をたてるさまを、満月のようにふくらんだ乳房を摑むベルベットのようになめらかな小さな手を、こそとも音のしない外の世界の茫洋とした広がりを。

その同じ部屋で、エリナも赤ん坊のころ乳を与えられた。といっても状況はかなり違う。エリナの母親は「吸血鬼じみた」乳児の振舞いをひどく嫌い、乳母のブルーエン——当時はまだ若かったが、頭の古さはいまとさして変わらない——に命じて、「我が家の小さな新参者」には《ハロッズ》から特別に取り寄せたガラスの哺乳瓶で、加熱殺菌された牛の乳を飲ませるようにした。そのせいかエリナはいまでもゴムのにおいを嗅ぐと、決まって吐き気と孤独の波に呑まれそうになる。当然のことブルーエンはこの育児法を手放しで信奉し、育児室の時計の文字盤が冷ややかに命じるまま、エリナの小さなお腹がごろごろ鳴っていようとおかまいなしに、しかるべき時間が来ると軍隊並みの厳格さで哺乳瓶を取り出した。この子の教育は「秩序と時間厳守」を身に着けるところから始めるべきだという点で、母と意見が一致していたのである。それ以外の方法では従順な子は育たない、そうでもしなければ家族の最下位に嬉々として甘んじる子にどうしてなれようか、というわけだ。退屈で味気ない日々はしばらく続いたが、そんなヴィクトリア朝的子供時代からエリナを救い出してくれたのが父だった。家庭教師を雇う話になったとき、それには及ばない、娘の教育はわたしがすると宣言したのである。父はエリナが知るなかでも飛びぬけて聡明な部類にはいる人だった——アンソニーやミスター・ルウェリンのような正規の教育は受けていなかったけれど、読んだり聞いたりしたことはそっくり吸収してしまう頭脳を持った学者肌の紳士で、絶えず思索を巡らせては知識の断片をつなぎあわせ、さらに探究を深めていくような人だった。

枕にもたれて半身を起こし、エリナは大切にしている腕時計を腕に巻きつけた。すると図書室の暖炉の前で父の膝に乗って、父が朗読するウィリアム・モリスやA・J・ワイアット訳の『ベオウルフ』を聞いた日の情景が脳裡によみがえった。古英語の意味もまだ理解できないエリナはいつしかまどろんでいた。父の胸に頭を預け、父の体内から湧き上がる顫動音《せんどうおん》がたちまち温もりのある残響となって広がるさまを聞いていた。父の腕に巻かれた時計の、ガラスに映りこんだオレンジ色の炎の揺らめきが、やがてエリナを眠りに引きこむのだ。以来、この腕時計は、あのときエリナを包みこんでいた絶対の安心感と充足感の象徴となった。父と一緒ならそこは台風の眼、激しく逆巻く宇宙もやり過ごすことができた。

どこの父親と娘も強い絆で結ばれているものなのか？　アンソニーはたしかに娘たちのヒーローだった。彼が戦地から戻ってきてからずっとそうだった。はじめのうちはおずおずと書斎のドアの陰から小さなふたつの顔を覗かせては興味津々の様子で目を見開き、ひそひそとささやき合っていた娘たちだったが、それもわずかのあいだのこと、たちまちふたりは父親に夢中になった。それも当然だろう。アンソニーは娘たちを野原に連れ出しては野宿を体験させ、草舟の編み方を教え、娘たちが涙ながらに訴える話に熱心に耳を傾けるような人なのだ。ある日、エリナが芝生の上で訪ねてきた客をミントジュレップでもてなしていたとき、そばでアンソニーがデボラとアリスを相手に馬跳びに興じていたことがあった。そこに、まだよちよち歩きの幼いクレメンタインが現われるや、アンソニーが馬そっくりにそこらじゅうを駆け回ったものだから、三人の娘たちはお腹を抱えて笑い転げた。これを見ていた客人から、ご主人がこんなに人気者だと妬けるわねと同情めかした皮肉を言われたが、とんでもないとエリナは否定した。

そこに嘘はなかった。戦争で離れ離れを余儀なくされた四年のあいだに、成長して新たな責任感に目覚めていたエリナだから、夫が本来いるべき場所に戻り、子供たちを見つめるその顔に浮かぶ混じりけなしの愛情と驚嘆を目にできるのは、何ものにも替えがたい癒しになっていた。エリナにとってそれは、無垢の時代に舞い戻るタイムマシンのようなものだった。

ベッドサイドに飾られた写真を手に取った。一九一三年にキッチンで撮ったふたりの写真。アンソニーはおろしたての麦藁帽子をかぶっている。撮影者をまっすぐ見つめ、シャッターが下りる寸前にジョークを飛ばしでもしたかのように口元が少し歪んでいる。そんな彼をうっとりと見つめるエリナは、髪にスカーフを巻いている。ふたりが手にしているのはシャベル。あの日はイチゴ畑の土を掘り返し、すっかり泥まみれだった。カメラを構えていたのはハワード・マン。「ふたりが地球の縁からころげ落ちてやしないかと心配でね」と言って、愛車のシルヴァー・ゴーストでひょっこりやって来て、結局そのまま丸一週間泊っていったのだった。三人で笑い転げてはふざけ合い、政治や人々や詩について熱く語るといったように、まるでケンブリッジ時代が戻ってきたようだった。そして、ハワードがいよいよロンドンに戻る日が来ると、互いに別れを惜しみ、近いうちにまた会おうと何度も誓い合い、車のトランクにふたりがはじめて収穫した野菜を詰めてやったのだった。いま改めて写真を眺めるうちに当時の自分たちふたりのことが思い出され、時の大きな隔たりを痛感せずにはいられなかった。幸せではちきれそうな若々しい自分たちを思うと、いまの自分がいっそう惨めに感じられた。微塵の不安もなく完全で、人生のいたずらに翻弄されてもいないあのころ……。

エリナは舌打ちした。自分に苛立っていた。こんなふうに郷愁に駆られるのは寝不足のせい、この数か月のあいだに味わった心労のせい、今日という一日が胸に重くのしかかっているせいなのだ。写真立てをそっとテーブルに戻す。すでに陽射しは勢いを増し、ブロケード織のカーテンがまばゆい針山と化している。もう起きなくてはとわかっているのに、どうしても体が動かなかった。このままベッドを出なければカウントダウンの開始を阻止できるのではないか、そんな馬鹿げた考えにとらわれる。波が砕け散るのを食い止められるのではと。**潮の流れを食い止めるなんて不可能だよ。**父の声がした。あれは昔、父とエリナがミラーズ岬に立ち、崖下の岩場で砕け散った波が弱まり、また再び引き戻されていくさまを眺めていた日のことだ。**昼が夜になるように避けることのできない現象だからね。**その朝、父は自らの病を打ち明け、自分が死んでもエリナはいまのエリナのままでいるようにと約束させられた。いいかい、**善良で勇敢で自分に正直な人間でありつづけるんだよ。**それは『エリナの魔法の扉』に出てくる大好きな科白でもあった。

ここで思い出を追いやり、気持ちを現実に切り替えた。招待客の第一陣の到着は今夜八時、ということは、七時半には身支度を終わらせて、気付けの一杯をあおっておかないと。ああ、それにしてもやらなくてはならないことが山積みだ！　こうなったら娘たちを動員するしかないだろう。アリスには客用の寝室の花瓶に花を活けるという、ごく簡単な仕事を当てがうとしよう（人によっては楽しい作業のはずだが、アリスにはそうでないのは百も承知だ）。デボラなら立派に仕事をこなしてくれるだろうが、このところ情緒不安定で、すぐに腹を立てるし、そうなったら人の話を聞こうとしないし、何につけ親よりうまくやれるという幼稚な思いこみに凝り固まっている。そんな娘とやり合うのは願い下げだった。クレミーは、かわいそうだが、まとわりついてこなければよしとしよう。愛しいクレミー、子供たちのなかでは一番の変わり種、ちょうどいまは中途半端な成長期で、子馬よろしく歯が異様に目立つし、手足ばかりがひょろ長く、子供時代との決別を拒んでいるようなありさまだ。

そのときいきなりドアが開き、デイジーが朝食を載せた銀のトレイを得意げに掲げてはいってきた。「おはようございます、奥さま」耳障りなほど陽気な声だった。「いよいよですね！」

メイドはトレイを置くと、メニューや招待客やキッチンの混乱ぶりについて息つく間もなくしゃべりだした。「さっきちょっと覗いてみたら、コックが片手にホロホロ鳥を、もう片方に麺棒《めんぼう》を握りしめて、テーブルの周りでヘティを追っかけまわしていましたよ！」それからカーテンを引き開け、陽射しを呼びこんだ。並はずれて強烈な陽射しが窓ガラスを突き抜け、ぐずぐずと居残る夜の残滓《ざんし》を一掃した。

下の芝生で進行中の準備の様子を頼まれもしないのにまくしたてるデイジーを尻目に、エリナは小ぶりの銀のポットから紅茶を注ぐと、今日一日をどうすればうまく乗り切れるだろうかと思案した。

＊

寝室の窓にかかるカーテンが開け放たれたとき、庭のベンチに腰をおろしていたコンスタンスの目に興奮気味のメイドのデイジーの姿が飛びこんできた。窓のそばで、鶏よろしく両手をばたつかせてはさかんに何やらわめきたてている。さぞやエリナは剣で耳を突かれんばかりの心地だろう。いい気味だ。だいたいパーティの主人役を務めるべき人間が、朝寝坊をするなどもってのほか！　もっともエリナは昔から気まぐれな子だった。

コンスタンスは一時間前に朝食を済ませていた。毎朝、空が白みはじめるころにはベッドを離れる。これは生涯変わらず続いている習慣だ。コンスタンスは悪徳には寛容だ——それどころか、快楽を追い求めるのは女の務めだとさえ思っている——だが、時間厳守は最大の美徳、時間を守らなければ人に迷惑をかけることになる、そう子供のころから叩きこまれてきた。時間にだらしないのは許しがたい。

庭はすでに活気に満ちていた。コンスタンスはあちこちに出す手紙を書くつもりで筆記具を用意してきていたが、気を散らさないようにするのは至難の業だった。楕円形の芝地では屈強そうな男たちが花火の打上げ台を巧みに組み上げているし、何台もの車がキッチンへの配達品を届けに入れ替わりやって来た。すぐそばでは優美さのかけらもない地元の若者がふたり、美しく飾り立てたリースを手に、梯子を立て掛ける場所を求めて花壇を踏み荒らしている。そのうちのひとり、顎に吹き出物をどっさりこしらえ肝臓病みのような顔色をしたほうは、ここにやって来てすぐにコンスタンスに近づくという愚を犯していた。〝ボス〟を探していたらしい。だがコンスタンスは虚ろなまなざしと天気をめぐる意味のないおしゃべりでさっさと追い払ってやった。老いは有益な衣装である。思考がこのところ散漫になったのは確かだが、みんなが思うほどではない。その気になれば、あっと驚くようなことを成し遂げる自信だってある。

そう、今日は素晴らしい一日になりそうだった。それをわざわざ口に出して言おうとは思わないし、エリナには口が裂けても言う気はないが、ミッドサマーには心が弾んだ。エダヴェイン家の連中はめったに人を招かないが、ミッドサマー・パーティだけはエリナも到底無視できない恒例行事、その点は神に感謝するばかりだ。コンスタンスにとって〈ローアンネス〉のこの宴は年に一度の晴れ舞台、風が吹くと決まって潮の香りと波の砕けるものすごい音がして血が凍りつきそうになる、そんな神に見捨てられたような土地で暮らさねばならぬという現実を埋め合わせてくれる唯一の機会なのだ。コンスタンスは波の音が大嫌いだった。それは何年も前の恐ろしい一夜を思い出させるから。二十年余り前にこの屋敷を引き払ったのを機に、そのことは頭から締め出したつもりだったのだが、人生とはなんと残酷なものか。

それはまあいいとしよう。パーティの準備がもたらす期待感と高揚感のせいか、いまよりずっと幸福だった日々が脳裡によみがえってきた。シルクと宝石で着飾り、コロンをふりかけ、髪をピンでまとめながら期待に胸をふくらませていた若かりしころの己《おのれ》の姿。大広間に悠然と足を踏み入れながら人波に視線をさまよわせ、自分に見惚れる良家の子息と目が合う瞬間。そして恋の駆け引き、光まばゆい舞踏会場の熱気、狙いをつけた殿方を求めて暗い廊下を……。近ごろは過去がやけに生々しく現実味を帯びることがあり、自分があのころの若い娘に戻ったのではと半ば本気で思いそうになる。

視界の隅で何かが動いた。その途端、コンスタンスの夢想は砕け散り、笑みがふっと消えるのが自分でもわかった。見れば玄関のドアが開いていて、ダヴィズ・ルウェリンが姿を現わした。おぼつかない足取りで敷居をまたぐと帽子の具合を直し、抱えたイーゼルを腰のあたりまで引き上げる。コンスタンスは身を固くして目立たないようにした。この男と言葉を交わすのだけは避けたかった。歩調が普段以上にのろくさしていて、何か悩みを抱えてでもいるかのようだ。そのことは先日の昼下がりにも気がついた。あれは家族そろって芝地に集い、彼が勲章を授与されることになったとエリナが発表したときのことだ。なんだか胸がざわついた――といっても、彼の身を案じたわけでも、気づかいからでもない。こんな愚かな弱虫男なんぞにかまけている暇はない。かつてコンスタンスが一家の女主人だったころ、へんてこな服に身を包み、目に悲哀を漂わせ、荒唐無稽なお伽噺ばかりこしらえていたこの男は、よく屋敷や庭をうろついていたものだ――コンスタンスが振り返ると、決まってそこにこの男がいた。それと、あのときのしくじり！　コンスタンスは軽蔑も露わに鼻を鳴らした。この男にはプライドもなければ羞恥心もない。何があろうと落ちこむということがないのか？　こっちはさんざん苦しんできたというのに。コンスタンスから子供を奪っておきながら、魔法の国や贖罪《しょくざい》をめぐる与太話を臆面もなくまくしたて、こっちの親切につけこんでこの家にまんまとはいりこんでしまった。あいつを追い出してくれとアンリにきつく言ったのに、アンリときたら、たいていのことには言いなりで意気地がないくせに、これだけは頑として首を縦に振らなかった。

そしていまではエリナが下にも置かぬもてなしようでこの男を家に置いている。少女のころのエリナはこの男に心酔し、彼のほうもエリナを可愛がり、ふたりはいまだに唯一無二の友情で結ばれている。つい何週間か前も、ふたりが薔薇の茂み近くのベンチに仲睦まじく腰かけているのを見かけたばかりだ。エリナがいかにも苦しげな表情で何やら話しはじめると、この男はしきりにうなずいていた。そのうち彼の指先がエリナの頰に触れるのを見て、エリナが泣いていることに気がついた。どんな話をしていたのか、コンスタンスには察しがついていた。

熱風がかすかにそよぎ、花びらが紙吹雪のように舞った。最近は多くのことを目にしている。若さと美貌を保てるものならそれに越したことはないが、避けて通れぬものに抗っても栓無いこと、それに年を取ることにも利点は多々あった。人を振り向かせるだけの魅力がなくなったいま、今度はじっと身動きせぬまま微かに呼吸をすることで、自らの気配をなくす能力を手に入れた。お蔭でいろいろなことを知った。デボラは婚約して以来ずっと母親に辛く当たってばかりいる。アリスはこっそり家を抜け出しては、黒い髪とジプシーの目を持つ庭師とこそこそ会っている。アンソニーと若くて美人の乳母とのあいだにも何かありそうだった。

エリナがコンスタンスほど周囲に目を光らせていないのは残念としか言いようがない。そうしていたら手遅れになる前にうまく対処できただろうに。気づくのにどれくらい時間がかかったのだろうかとコンスタンスは考える。無論、自分が目にしたことをエリナに吹きこむこともできたわけだが、密告者は何につけ悪者にされがちだ。それにあの若い乳母が出ていったところを見ると、エリナもやっと真相にたどり着いたのだろう。あの娘は事前通告もなしに、いきなり荷物をまとめるよう言い渡され、追い出されたのだ。厄介者はただ消え去るのみ。誰も見ていないと思って交わされる笑みや慌ただしい会話も、こっちはすべてお見通しだ。あの若い娘がある昼下がりに、贈り物を手渡す場面もしかと見届けていた。一冊の本だった。視力は昔ほどではないから、その場でタイトルまでは読み取れなかったが、あとで勇気を奮い起こしてアンソニーの書斎に忍びこみ、蝶や拡大鏡に紛れて置かれていた見覚えのある、表紙が緑色の本を見つけ出した。ジョン・キーツの詩集だった。

コンスタンスが問題視するのは不義ではない——男であれ女であれ、束の間の快楽を求めて何が悪い——だが、肝心なのは分別だ。不義をなすからには適切な相手を選ぶべきであり、そうすれば噂が外に漏れることも、事実を捻じ曲げられてゴシップにさらされることもない。誤った選択に伴う弊害はそれだけでない。使用人はまずもって階級を異にするわけで、そういう者と関係を持つのは愚かしいだけでなく、思いやりに欠ける。使用人に分不相応な幻想を抱かせてしまうばかりで、ろくなことにならない。

快感は罪の温床だ。ローズ・ウォーターズは赤ん坊のセオの世話をするうちに、得も言われぬ快感を覚えるようになったのだろう。あの乳母はプロとしてのけじめがまるでなく、キスをしたり耳元で優しくささやいてあやしたりするし、庭を散歩するときも乳母車に乗せるのが正しいやり方なのにそうはせず、胸に抱きかかえていた。こういうべたべたした接し方は、子供を愛する家族にこそ許されるのであって、使用人には出すぎた振舞いだ。そしてついにはやりたい放題になった。ローズ・ウォーターズは何度も境界を踏み越えたあげく、先だっても〝お昼寝時間〟に育児室に立ち寄ったコンスタンスを咎めるという狂態を演じるに至ったのである。コンスタンスは曲がりなりにも赤ん坊の祖母、その祖母がベッドの傍らに腰かけて、健《すこ》やかな幼な子の小さな胸が上下するさまを眺めていたかっただけなのに。

ありがたいことに乳母のブルーエンが戻ってきてくれた。それを思うだけで溜飲が下がるというものだ。同じ価値観を持つ昔懐かしいあの一徹者が、セオの乳母に返り咲いたのだ。幼い孫息子には並々ならぬ思い入れがあるコンスタンスだから、規範どおりの育児法が復活するのが遅すぎたくらいに思っている。ブルーエンにはあとでひとこと言っておかねばと、頭のなかにメモを取る。つい三十分ほど前、まったくもって受け容れがたい光景を目にしたのだ。クレメンタインが、あの馬みたいな歯をしたそばかすだらけの哀れな娘が、なんと赤ん坊をおぶって家の脇から出てきたのだ！　思わずかっとなり、声をあげて引きとめようとしたのだが、向こうはこっちを見ようともしなかった。

ここでコンスタンスは、孫娘の姿を最後に見届けたあたり、湖へと続く庭の奥に目を向けた。芝刈り機が背後の芝地をがたがた通り過ぎた。便箋を手に取り、扇子代わりに顔をあおぐ。機械がたてる音はいつも決まって、暑さを倍加させるような気がしてならない。今日も酷い暑さになりそうだ。暑くなると人はおかしな振舞いに、思いもかけない行動に出るものだ。気温が上がると人はいささか正気を失うという話はよく耳にする。シェイクスピアをいいと思ったことは一度もない――概して退屈きわまる人間だ――それでも的を射たことも言っている。すなわち、ミッドサマーは何が起こるかわからない奇妙な季節だ。

クレメンタインと赤ん坊の姿はもう見えなかった。セオの笑い声がいまも頭のなかで鳴り響く、すると心がほっこりとした。あれほど愛くるしい子はどこを探したっているものではない。天真爛漫、笑みがこぼれると浮かぶえくぼ、むちむちした丈夫な脚。ときどきふと思うのだ、もうひとりの坊や、あの最初の子は、あのときわずかでもチャンスに恵まれていたら、いまごろどうしていただろうかと。

午後はセオの枕元で寝顔を眺めるとしよう、そうコンスタンスは思い立つ。それは最近の楽しみのひとつになっていた。ローズ・ウォーターズはもういないし、エリナはパーティの準備で手一杯だろうし、乳母のブルーエンは分をわきまえた人間だ、となれば今回は誰に邪魔されることもないだろう。

＊

クレミーは小川沿いの狭い踏み分け道を進んだ。目的地への近道はほかにいくらもあったが、セオは石伝いに向こう岸に渡れる浅瀬で水遊びをするのが好きだったし、クレミーも喜ぶセオを見たかった。それにミッドサマー・イヴの今日は、朝から晩まで家じゅうがばたばたと大忙しだろうから、自分たちはいないほうが好都合に決まっている。ここでふと、自己憐憫でなく淡々とした気分で思うのだった。たとえふたりがこのままいなくなっても、誰ひとり気にかけもしないのではないかと。

「ふたり一緒ならいいよね、ボクちゃん」

「があ！」セオがうがいみたいな声で返事した。

突如、愛おしさと心細さがないまぜになったような感情がこみ上げてきて、クレミーはセオのむっちりした脚をぎゅっと握りしめた。セオは末っ子の地位をクレミーから奪い取った存在だが、いまでは彼のいない世界など考えられなくなっていた。

昇りつつある太陽がふたりを背後から照らし、クレミーのひょろ長い体の真ん中あたりからセオの小さな足が飛び出した長い影を前方に投げかけた。背中にしがみついたセオがクレミーの肩越しに首を伸ばし、何かを見つけるたびに小さな拳を勢いよく突き上げては、ふっくらした人差し指をしきりに振りたてた。多少の訓練を要したが、いまではクレミーの首に腕をしっかり巻きつけていられるようになっていた。そのお蔭でセオを背負ったまま、クレミーは腕を横に大きく広げることもできる。気分が乗ればその姿勢のまま風を切って進み、右に左に体を傾かせては華麗な飛行演技だってできた。

目指す岩場にたどり着いたところで足を止め、ランチバッグ（中身はキッチンからくすねてきたパーティ用のケーキ）を脇に投げ出すと、岸辺に積み上げられたままかさかさに干からびた刈り草の山の上に、セオを背中から滑り落とした。セオは嬉しくて仕方がないといった様子できゃっきゃと笑いながら着地すると、ゆっくりと立ち上がった。「わぁお」川を指さし、重重しい声をあげる。「わぁお」

それからたどたどしい足取りでクローバーを踏みながらぬかるんだ川岸に向かうと、葦の茂みに尻をついてしゃがみこんだ。それを横目に、クレミーは水切り遊びに最適な石を探した。小ぶりで平べったく、すべすべした石であるのはもちろんのこと、指にしっくり馴染むものでなければならない。ひとつ拾い上げては重さと縁の丸みを確かめ、バランスが悪すぎると判断したら投げ捨てる。

このプロセスを一度、二度、三度と繰り返し、完璧とまではいかないが、どうにか使えそうな石を探し当てた。これをポケットにしまい、さらに次の石探しにとりかかる。

アリスは石探しの名人だった。どんなゲームでも、たいてい勝つのはアリスだった。細部にやたらとこだわり、決して音《ね》を上げない不屈の精神の持ち主だからだ。以前はよくふたりでここに来ては石を選び出し、厳選した石で何時間も水切り遊びをしたものだった。ほかにも腕立て側転をしたり、ボート用の長い丈夫なロープで縄跳びをしたり、ハリエニシダの茂みのなかに可愛いおうちを建てたこともある。喧嘩もしたし、くすぐりっこをして笑い転げたことも、互いの膝小僧に絆創膏を貼り合ったこともある。そんなふうに過ごすうちに午後の陽射しが庭から色を取り去るころには、サンザシの茂みの下にもぐりこみ、汗まみれでくたくたになって眠ったものだった。でも、この夏のアリスは人が変わったようになってしまった。クレミーに見向きもしなくなったのだ。

ここでクレミーは面白い斑点のある淡色の石を拾い上げ、濡れた親指で表面の汚れをこすり落とした。アリスはずっとそんな調子だった。しじゅう手帳を覗きこんでは自分で作り上げたお話の世界に没頭しているアリスには慣れっこだが、今回はそれとは様子が違った。妙にはしゃいでいたかと思えば急に不機嫌になっていらいらしだすという具合に、気分がころころ変わるのだ。部屋でひとりになりたいがために下手な言い訳をするようにもなった。**少し横になりたいの……書くのが忙しいのよ……頭痛がするの……**。そう言っておきながらこっそり家を抜け出していて、クレミーが部屋を覗くともぬけの殻なのだ。

さっと振り返ると、セオは岸辺のぬかるみを木切れでほじっていた。バッタが葦から葦へと飛び移るさまにはしゃぎ声をあげるセオに、クレミーは悲しげな笑みを浮かべた。セオは最高の相棒だが、やはりアリスが恋しかった。アリスを取り戻せるなら、以前のような状態になれるなら、何だってするつもりだった。ふたりの姉のどちらも恋しかった。あのふたりはクレミーがいなかろうがどこ吹く風、大人になった途端にこっちを見ようともしない。アリスは魂が抜けたみたいな顔つきになってしまったし、デボラはじきに結婚してしまう。こんなのは裏切りでしかない。姉たちのようには絶対になるものか、大人になるなんて願い下げだ。大人は不可解な生き物だ。大人たちのつまらぬ指図（「いまはいけません」、「もっとゆっくり歩きなさい」、「それをいますぐやめなさい」）にも、退屈な会話にも、謎めいた頭痛にも、せっかくの楽しい行事を抜け出そうとしてする言い訳にもうんざりだった。絶えず繰り返される小さな裏切りも、それとなく当てこすったりほのめかしたりする態度も、何か口に出して言っても別の意味だったりすることも、そういう何もかもが嫌だった。クレミーは白黒がはっきりした世界の住人だ。パイロットにとって大事なことは二者択一の精神。イエスかノーか、上か下か、正しいか間違っているか、それしかない。

「だめ!」と小さく叫んで自分を叱りつける。すでに気分は陽射しあふれる朝に暗い影を落とし、決して考えまいとしていたまさにその記憶が呼び覚まされていた。見てしまったのだ。ふたつの体が、裸の体が、もつれ合いうごめくさまを——。

だめ。クレミーはぎゅっと目を閉じ、頭から追いやった。

あのおぞましい光景がなぜよみがえったのか、原因はわかっていた。あの日も今日のような好天だったからだ。あれは基地で飛行機を眺めたあと、家に戻る途中のことだった。

クレミーは靴の爪先で地面をつついた。もっと早めに引き揚げていたら、森の近道を使うことも、ボート小屋の前を通ることもなかったのだ。あのぞっとするようなふたりの姿は、何が起こっているのかを必死に理解しようとしても、恐怖と困惑をもたらすばかりだった。

「かわいそうに」とデボラは言った。クレミーは目にした恐ろしい光景をデボラに打ち明けたのだった。「さぞやショックだったでしょうね」デボラはクレミーの手を取ると、もう何も心配しなくていいと言った。話してくれて本当によかったわ、でもね、そのことは頭から追い出してしまいなさいと。「わたしが何とかする、約束するわ」クレミーには、粉々になった卵の殻を元どおりにしてあげると言われでもしたような心許《こころもと》ない気分だったが、微笑むデボラの顔はとても穏やかで美しかったし、声もしっかりしていたから、不安は一瞬にして吹き飛んだ。

「わたしから話してみるわ」デボラはそう請け合った。「いいわね——それで万事うまくいくわ」

クレミーはポケットのなかの石を片手でもてあそびながら、もう一方の親指の爪をぼんやりと嚙じった。あのとき母さまのところに行くべきだったのか、それとも父さまに見たことを知らせるべきだったのかと、いまも気に病んでいた。その点についてデボラに相談をもちかけたのだが、取り合ってもらえなかった。もうそのことは忘れろと、誰にも決して話してはいけないと。「言えばみんなを驚かせるだけよ、クレミー。そんなことは望んでいないでしょ？」

ピンクがかった楕円の石を摑むと、人差し指と親指のあいだに挟んで目の高さに構えた。あれを見たあと、まっすぐアリスのところに行くことも考えた。以前のように親密だったら、たぶんそうしていただろう。だが、最近のあれこれを考えると、あまりにも唐突にふたりのあいだにできた溝を思うと……そう、やはりこれでよかったのだ。デボラはどんな状況でも対処の仕方を心得ている。きっとうまくやってくれるだろう。

「ミミー？」

セオが神妙な顔でクレミーを見つめていた。一心に見つめるあどけない顔。気がつけば、クレミーの眉間《みけん》に皺が寄っていた。慌てて笑顔をこしらえると、セオは一瞬考えこみ、それからクレミーとそっくり同じ表情をした。小さな顔が喜びでくしゃっとなり、動揺は跡形もなく消えていた。クレミーは嬉しさと恐れがまじり合う気鬱の波に襲われた。坊やはすっかりわたしを信じきっている！　ちょっと微笑んで見せるだけでこの子の気分を一変させられるくらい信用されている。あらためて深刻な顔をして見せると、セオの目から喜色が消えた。セオはクレミーの意のままだった。ほかのことでは無力さを思い知らされるばかりのクレミーだから、そこに気づくと陶然となった。セオがすきだらけなのを痛感した。悪人ならこういう信頼につけこむのは実に簡単だ！

芝刈り機の音にクレミーの意識が逸れた。というか、音がやんだのだ。芝刈り機のぶるぶるうなる音は夏の朝の風物詩といっていいほど耳に馴染んでいたから、音が消えてようやくその存在に気づかされ、するとほかの音——川音や早起き鳥のさえずり、弟の舌足らずのおしゃべりなど——が急に肥大した。

クレミーの顔が険しくなった。芝刈り機を操縦していたのはあいつ、クレミーがいまいちばん目にしたくない人物だ。もういや、二度と顔も見たくない。どこか遠くに行ってしまえ、〈ローアンネス〉からさっさと消えてなくなれと、何度も強く念じた。そうすればボート小屋で見たことも忘れられる、すべてが元通りになる。

クレミーはセオを抱き上げた。「さあ行くわよ、おちびちゃん」言ってセオの手についた泥をぬぐう。「搭乗完了、離陸開始」

セオは手のかからない子だった。母さまが乳母のブルーエンにそう言っているのを耳にした。あれは二週間ほど前、ローズに代わってブルーエンが来たときのことだ（「手がかからないし、とても素直な子よ」と言う母さまの嬉しさと驚きにあふれた口ぶりは、セオのすぐ前の子、つまりクレミーがそうではなかったことを暗にほのめかしているように思えた）。セオはたしかに駄々をこねたりしない。こんなふうに冒険を途中で切り上げても嫌がったりせず、クレミーの背中にぴったり貼りついてパピーを曲げた肘にしっかり挟んでいる。バランスを崩さぬよう石を伝って対岸に渡ると、ふたりはジャック・マーティンさんの畑の先にある基地を目指した。セオの膝小僧の裏に腕を回し、素早く足を運ぶ。振り返ることはしなかった。

*

ベンは芝刈り機から飛び降りると、芝地に四つん這いになってモーターを覗きこんだ。チェーンははずれていないし、刃に草がからまってもいない。刈ろうとしている地面に出っ張りもない。工学の知識はそこ止まりだった。特に問題はなさそうだが、機械にしばし猶予を与え、立場をわきまえさせることにした。

運転席に戻るとシャツのポケットを探ってマッチを取り出す。うなじに照りつける朝の陽射しが猛暑の一日を告げていた。雀たちが喉を震わせさえずる声、朝一番の列車が駅を出ていく音が耳に届き、ティーローズの甘い香りと刈りたての芝草のにおいが鼻をくすぐった。

頭上を複葉機が横切った。それがただの点になって消えるまで目で追いかける。視線を下に戻すと、太陽が屋敷の側面を照らしていた。視線は上階の鉛線細工の装飾窓へと移っていく――そこに寝室が並んでいるのは知っていた――すると、いつものあの切望感に引き寄せられた。何を馬鹿なと自分を叱り、目を逸らして煙草の煙を深々と吸いこむ。こんな気持ちになるなんてどうかしている。それればかりか厄介な感情だ。それもこれも越えてはならない一線を何度も越えてしまったせいなのだ。そんな自分に恥じ入った。

ここを出たら、この庭が恋しくなるのは目に見えていた。契約ではただの臨時雇い――この仕事に就いた当初は、こんなに早く終わりが来るとは、残りたいという気持ちがこれほど強くなるとは思ってもみなかった。ミスター・ハリスは雇用期間の延長を勧めてくれたが、ほかにやることがあるからと伝えてあった。「一身上の都合で」と言うと、親方はただうなずいてベンの肩を優しく叩いた。そのときふたりの背後では、アダムが茂みのあたりをぶらついていた。三十三歳になるが、子犬のような澄んだ目をしている。ベンはそれ以上詳しく話さなかったし、友人のフローのことも、彼女が抱える問題についてもあえて口にしなかった。触れるまでもなかった。ミスター・ハリスは家族としての責任の大切さを誰よりも理解しているのだ。先の大戦で愛する家族を戦地に送り出し、その無事の帰還を祝ったすべての人たちと同様、彼もまた、そうやって戻ってきた若者たちの全部が全部、真の意味で無傷だったわけでないことを知っていた。

四阿にもぐりこみ、養魚池のそばで一息つくうちに、ひとつの思い出が影のように忍び寄ってきた。ここはアリスがはじめて自作の原稿を読んで聞かせてくれた場所。そのときの声がいまも聞こえてくるようだった。周囲の葉群が蓄音機さながらに彼女の声を記録し、いま改めて再生しているかのように。

「すごいこと思いついたの」そう言う彼女の声がよみがえった。とても瑞々《みずみず》しくて純真な、喜びではちきれそうな声だった。「午前中ずっとかかりきりだったの。自慢するわけじゃないけど、わたしの最高傑作になりそうよ」

「へえ、そうなの?」とベンは笑顔で答えたのだった。からかったつもりだったが、アリスはそれに気づかぬほどひどく興奮していた。すぐさま彼女は、思いついたというすごいアイディアについてしゃべりはじめ、プロットや登場人物、ひねりを利かせた展開、といった具合に話は進んでいった。すると、その一途な思い——つまり彼女の情熱——がアリスの顔を一変させ、顔の造作のひとつひとつに生き生きとした美が宿るのがわかった。アリスが自作の物語についてあれこれ話すようになるまで、彼女の美しさに気づきもしなかった。話しだすと頬が上気し、瞳が知的なきらめきを放つのだ。それにアリスはとても聡明だった。パズルを考案するにはそれなりの頭脳が必要だ——先を読み、想定できるシナリオをすべて見通す才能も必要だし、戦術にかなり長けていないとならない。ベンにはない能力だ。

はじめのうちは彼女の熱中ぶりをただ面白がっているだけだった。作業をしながら物語を聞くというのも一興だし、いろいろな着想をああだこうだと言い合うのも、ボールの打ち合いみたいで愉快だった。アリスといると気持ちが若返った。創作にうちこむ姿、ふたりで過ごすひとときを逃すまいとするところ、そんな彼女の初々《ういうい》しいひたむきさがなんとも心地よかった。自分の抱えている大人の悩みを忘れさせてくれた。

こんなふうにふたりきりで会うことを、アリスの両親が心よく思っていないことは知っていたが、害があるとも思わなかった。はじめはそのはずだった。当初は考えても見なかった——どちらもそうだったはず——これがどんな結果をもたらすことになるかなど。だが、こっちはアリスより年上だ。だから先に気づくべきだった。もっと慎重になるべきだった。人の心の動き、人生、置かれた環境――どれも手に負えない厄介な代物だ。いま何が起こりつつあるのか、そこに気づいたときにはすでに手遅れなのだ。

煙草が燃えつき、そろそろ仕事に戻らねばと考える。パーティの準備でやるべきことはミスター・ハリスからひととおり聞いていた。篝火の設営作業がまだ残っていたし、芝刈り機をなだめすかしてよみがえらせるには誰かを呼んでこないとならないだろう。

周囲に目を走らせ、近くに誰もひそんでいないことを確かめると、彼女からの手紙を取り出した。もう何度もこうしているので、折り目がすっかり擦り切れ、文字もところどころかすれていた。とはいえ、内容はすっかり頭にはいっていた、残り香のように。彼女にはたしかに文才がある。美しい表現のできる人だ。一行一行じっくりと、丹念に読んでいく。かつては喜びを与えてくれたくだりも、いまは後悔の念に心が重くなるばかりだった。

もうじきこの場所とはお別れだ。彼女ともう会えなくなる。

一羽の鳥が咎《とが》めるような声をあげながら、ベンの頭上すれすれをかすめていった。手紙をたたんでポケットに戻す。今日はやることがいろいろあった、過去にとらわれてばかりいても仕方がない。「今夜の篝火は盛大な炎を上げそうだな」さきほどミスター・ハリスが、一週間かけて割ってきた丸太の山に目を細め、うなずきながら言っていた。「これならキャラドン・ヒルからもばっちり見えそうだ。そういえば、このあたりには古い言い伝えがあるんだよ、ミッドサマーの篝火が大きければ大きいほど、その後一年は、その分だけ大きな幸運に恵まれるってね」
その言い伝えはすでに知っていた。教えてくれたのはアリスだった。

15　コーンウォール　二〇〇三年

クライヴ・ロビンソンはあとちょっとで九十に手が届こうという、細身の矍鑠《かくしゃく》とした人だった。皺の寄った広い額に豊かな白髪、大きな鼻と満面の笑みの持ち主だ。歯はすべて自前だという。濁りのないまなざしは鋭く、頭がまだしっかりしていることをうかがわせた。ベークライト素材の茶色いフレームがひどく大ぶりな眼鏡越しに、セイディをまっすぐ見つめてきた。おそらく一九七〇年代からずっと愛用している品だろう。

「あの夏の暑さときたら」彼がかぶりを振り振り言った。「皮膚に突き刺さるような感じでしたよ。あれじゃとても眠れたもんじゃない。それに乾燥もひどかった。雨が一滴も降らない日が何週間も続いたものだから、草という草から色が抜けはじめてもいた。無論、あそこの湖畔荘じゃそんなことはなかったですがね。庭師が何人もいて、そうならないよう世話をしていたんでしょうから。我々署員が到着したときは、そこらじゅうがきれいに飾りつけられていた。ランタンとか飾りリボンとか花のリースとか。あんな光景は生まれてはじめて見ましたよ、なにせこっちは一般庶民の若造だ。あれは実に美しかったな。お茶の時間には我々にもケーキが振る舞われましてね。そんなこと想像つきますか？　一家の幼い坊やがいなくなったばかりだというのに、フェアリー・ケーキが出たんですからね。あんな愛らしいケーキを見たのははじめてですよ。前夜のパーティのために特別に作られたものだという話でした」

セイディは手紙を受け取るとすぐさま、すでに職を退いているこの元警官に連絡を取ったのだった。手紙の末尾に記された電話番号を目にするや、無我夢中で電話に飛びついていた。一六六四年版の屋敷の図面が思いがけずもたらした発見に気が急いていた。名前を告げると、「あなたをずっと待っていましたよ」と言われ、セイディははっとなった。『エリナの魔法の扉』に出てくる老人が、彼を不遇から救うためにやって来たエリナに向かって発した言葉がまさにこれだった。もっともその科白が、返信を出してからの丸一日をさしてのものなのか、あるいは事件が未解決のまま終わってからの七十年間をさしてのものなのか、口調だけではすぐに判断がつかなかった。

「いまに誰かが訪ねてくるだろうという気がしていたんです。あの事件のことをいまも気にかけている人はわたしひとりじゃないはずだ、とね」

電話でしばしやりとりをすることで互いに相手のことを探り合い、同じ警察関係者だとわかったところで（無理やり取らされた休暇でコーンウォールに来ていることは伏せておいた）、ようやく事件の話になった。新発見のことに触れたくてうずうずしていたセイディだったが、トンネルを使った逃走説をいきなり切り出すのはやめにして、捜査に必要な情報集めに難航していて、いまのところ頼れるのはピカリングの本しかないと告げると、クライヴがふふんと鼻で笑った。

「あの人の記述はちょっと信憑性に欠けますよね」セイディは調子を合わせた。

「あの男に欠けているのはそれだけじゃありませんよ」クライヴは笑いながら言った。「死んだ人間を悪く言うつもりはないが、アーノルド・ピカリングという男は、全能の神が脳味噌をお配りになる列に居合わせなかったようですな」

こっちにいらっしゃいませんかとの誘いにセイディは、明日はどうかと尋ねた。「じゃあ午前中にしましょう」と彼が言った。「ひとつ予定がはいっていて、正午に娘のベスが迎えに来ることになっているのでね」ここでちょっと言葉を切り、小声でこうつけ加えた。「この事件にしぶとくこだわることに娘はいい顔しなくてね。まるで誇大妄想狂扱いですよ」

セイディは受話器に向かって微笑んだ。クライヴの気持ちはセイディにも痛いほどわかった。

「娘はわたしにブリッジとか切手収集をさせたいらしい」

「でしたら、これはふたりだけの秘密ということで。九時にうかがいます」

というわけでよく晴れた土曜日の朝、セイディはここポルペロにあるクライヴ・ロビンソン宅のキッチンにいた。向かい合うふたりの前にはポット入りのお茶と、皿に盛ったダイジェスティヴ・ビスケットとフルーツケーキが並んでいる。造り付けのテーブルに敷かれた刺繍入りクロスには、おろしたてであることをうかがわせる折り皺があった。縁には小さな値札がついたままま、しかも裏返しに敷かれている。これに気づくと、セイディは思わず胸を熱くした。

クライヴがセイディの来訪を心底喜んでいるのに対し、同居のばかでかい黒猫は明らかに闖《ちん》入者《にゅうしゃ》に腹を立てていた。「あなたのせいじゃないですよ」セイディが到着したとき、癇癪を起こす猫の顎の下を撫でながらクライヴが言った。「わたしが旅行でずっと家を空けていたものだから、おかんむりなんですよ。独占欲が強くてね、うちのモリーは」そしていまこの雌猫は、陽射しが降りそそぐ出窓にふたつ並んだハーブの鉢植えの隙間からこちらの様子をうかがい、不機嫌そうに喉をごろごろ鳴らしては、威嚇するように尻尾を振り立てた。

　セイディはビスケットを一枚手に取ると、用意してきた質問リストでまだ訊けずにいる項目に目を走らせた。自説をこの元刑事に話していいものかどうか、そのあたりの判断は相手の思惑をもう少し探ってからにするつもりだった。それはまた、情報源としての彼の信頼性を確かめるという狙いもあった。期待を胸に乗りこんではきたものの、じきに九十を迎えようという人が果たして七十年前に担当した事件のことをどれだけ憶えているものか、半信半疑でもあったのだ。だが、そんな懸念も瞬く間に払拭《ふっしょく》され、セイディのノートは何ページにもわたり、走り書きの文字で埋められていった。

「忘れようったって忘れられるものじゃありません」茶こしを使ってお茶を注ぎながら、彼が言った。「見た目はどうか知らないが、これでも結構記憶力はしっかりしているんです。ことエダヴェイン家の事件に関してはね。どう頑張ろうと頭を離れちゃくれないんだ」彼が華奢な肩を持ち上げた。なだらかな曲線を描く肩を包んでいるのはアイロンのぱりっと利いたワイシャツ。身だしなみを重んじる世代に属する人間というわけだ。「なにせはじめて担当した事件でしたからね」彼が分厚いレンズ越しにセイディの反応をうかがう。「まあ、同業者なら、言わんとしていることはおわかりでしょう」

セイディはわかりますと言った。どれだけ訓練を積んでいようが、はじめて関わる現実の事件に衝撃を受けない者はいない。セイディの初仕事は家庭内暴力だった。被害者の女性はリングで十ラウンド闘ったあとのようなありさまで、顔はどす黒い痣だらけ、唇はざっくりと割れていた。なのに彼女は起訴を拒んだ。「ドアのところでちょっとつまずいただけ」といった白々しい嘘さえつく気力のない状態だった。研修を終えてからまだ日も浅く、仕事への意欲に燃えていたセイディは、何としても被害者の同棲相手を逮捕したかった。不正に対して激しい憤りを感じていた。被害者にその気がなければ警察は手が出せない、こちらは何もできぬまま加害者への厳重注意だけで終わってしまう、それがセイディには信じられなかった。ドナルドからは、いまに慣れるさ、と諭《さと》された。被害者はあとが怖いから必死で加害者をかばおうとする、そういうふたりを別れさせる権限はこっちにはないんだと。あの部屋で嗅いだ異臭はいまも昨日のことのように生々しい。

「悲しみという感情をあの事件ではじめて知りました」クライヴ・ロビンソンが続けた。「わたしの子供時代は恵まれていた。家族も仲がよく、住まいもそれなりだったし、兄弟姉妹がいて、近くに祖母も住んでいた。警官になりたてのころは葬式に出たこともまだなかった。もちろんその後は、身内をひととおり見送ることになりましたがね」彼は思い出にふけっているのか、眉間に皺を寄せ、セイディの肩を素通りした先を見つめていた。「あそこの家、あそこの家族——彼らの顔に浮かぶ失意の色、焦り——部屋の空気までが、何かが失われたことに気づいているみたいでね」彼は受け皿の上でカップをしきりに回した。そうしながら言葉を選んでいるようだった。「あんな経験ははじめてでした」

セイディは淡い笑みを浮かべて共感を伝えた。警察官ほど他人の人生のおぞましい部分とじかに関わる職業はない。凄惨さでこれを上回るのは救急隊員くらいだろう。「セオ・エダヴェインがひとりで外に出たという線で捜査は始まったんでしたね？」

短いうなずき。「最初のうちはどうせそんなことだろうと、誰もが思いこんでいたんです。当時は誘拐の線で考える人などいなかった。ちょうどその前年にアメリカでリンドバーグ事件が起きていますが、あれがニュースになったのはそう滅多にあることじゃないからです。だから見つかるのは時間の問題だと高を括っていた。年齢から見ても、そう遠くへは行けないはずだとね。日が落ちるまで敷地周辺の草原や森を虱《しらみ》つぶしに探したが、何ひとつ痕跡が見つからなかった。手掛かりはひとつもなし。翌日は潜水班が湖を捜索し、何ら収穫がないとわかってようやく、誰かに連れ去られた可能性を考えはじめたというわけです」

ここで前夜書きとめておいた質問リストの第二段階に進んだ。通常セイディは、とりわけ捜査の初期段階では、〝なぜ〟という疑問を極力持たないようにしている。「動機なんてものは小説世界のものだよ」と、ドナルドはよくぼやいていた。「小説家とか、テレビドラマに出てくる探偵の専売さ」にべもない言いながら、たしかに彼の言うとおりだった。警察が重視するのは証拠である。犯罪がどのように行なわれ、それを行なうチャンスが誰にあったのか、そうした疑義を明らかにするのが警察の仕事だ。なぜに気を取られると間違った推理に引きずられることが少なくない。

だがこの事件の場合、証拠がきわめて乏しく、事件発生からすでに七十年もの歳月が過ぎている。となれば原則どおりに調べを進めるのは難しい、そうセイディは考えた。それに、新たに発見された図面が事件の見方を一変させていた。壁の空洞部分にある謎の小部屋、家と外界をつなぐもうひとつのトンネル、長い歳月のあいだに図面や人々の記憶から消えてしまったトンネル。もしもそれがあるとしたら、この事件のもっとも不可解な要素とも言える〝犯行手段〟が解明できるかもしれない。そこを確認できれば、トンネルの存在を知る者はそう多くないだろうから、そこから〝実行犯〟を特定できるのではないか。クライヴと会う手筈を整えてからずっと、『冷めた料理』の一節がセイディの脳裡をぐるぐる駆け巡っていた。**ディゴリーは常に被害者の家族から捜査を始める。悲しみと罪悪が共存し得ないと決めつけるのは早計だ。**このくだりは、ディゴリー・ブレントが殺された男の元妻と娘を訪ねるシーンの直前に置かれていた。そこでセイディはこう質問を切り出した。「子供の両親の事情聴取はなさったんですよね？」

「真っ先にやりました。どちらからも犯行をにおわせるものは出ませんでした、ふたりともアリバイがあったんです。いなくなった男児の母親は、当夜のパーティのもてなし役でしたから、その点ははっきりしていました。彼女は一晩じゅうボート小屋にいたんです。そこでは客たちがゴンドラを乗り降りしていましたからね。両親から聞いた話はすべて裏が取れています。何の不思議もないですよ、いったいどこの親が自分の子供を誘拐するというんです？」

たしかにもっともな理屈である。だが、エリナ・エダヴェインにある種の親しみを感じているとはいえ、セイディはふたりをあっさり容疑者からはずす気になれなかった。「ピカリングの本では、パーティ終了時から失踪発覚までを約三時間としています。その間、両親はどこにいたんですか？」

「ふたりともほぼ同じ時刻に寝室に引き揚げています。どちらも翌朝八時まで、メイドから子供がベッドにいないと知らされるまで、寝室を離れていません」

「どちらかが嘘をついているような素振りもなかったと？」

「ないですね」

「口裏を合わせているということは考えられませんか？」

「まさかふたりが子供を密かに連れ去ったとでも？　三百人もの客を送り出したあとに？」

改まってそう言われると、たしかに馬鹿げた問いかけに思えなくもないが、手抜きをしないのがセイディの取り柄である。セイディはひとまずうなずいた。

「その子がいかに愛されていたか、その点に異を唱える人はひとりもいませんでした。それどころか、やっと授かった待望の男児です。エダヴェイン家は長いあいだ男子に恵まれなかった。すでに娘は三人いました。末の娘は一九三三年六月の時点で十二歳、つまりいなくなった子は一家の宝です。当時、裕福な家庭はどこでも男子に家督と財産を継がせたがったものです。いまはそんな風潮もなくなりましたがね。うちの孫娘の話では、友達はみんな女の子をほしがるんだとか――男の子より行儀もいいし、着飾らせる楽しみも多いし、いろいろな面で育てやすいということで」ここでクライヴは、きれいに整えられた白い眉を訝しげに吊り上げた。「うちは娘ばかりですがね、どうやら我が家は例外らしい」

そう言って、つまんだビスケットを口に放りこむクライヴに、セイディは薄く笑みを返してから、「ひとつ確認させてください」と、ここに来て早々に手渡された家族構成一覧に話を戻した。「いなくなった坊やの祖母が、たしか同居していましたよね?」

それまで穏やかだったクライヴの顔がこころなし、くもった。「コンスタンス・ドシールですな。なんとも癇にさわる女でした。こっちが質問しようものなら食ってかかるような、純血種によくある横柄なタイプってやつですよ。ただ、彼女の娘と娘婿について尋ねたときだけは——やけに饒舌になった」

「何と言ったのですか?」

「『ものごとは見た目どおりとは限らない』とかいう類の、愚にもつかないものばかりですがね。裏切りがどうの、情事がどうのと何度もほのめかしておきながら、いざ具体的な話となるとぴたっと口を閉ざしてしまうんです」

「そこを追及したんですか?」

「当時、相手が上流階級の人間で、しかも女性となると——まあ、あれこれ面倒なしきたりがありましたからね、こっちの思いどおりに無理強いもできなくて」

「でも、そのへんのことは調べたんですよね?」

「もちろんです。あなたもご存じでしょうが、家族間のもめごとは警官の飯のタネですからね。

自分のつれあいに罰を下すためなら何だってやりかねない連中はごまんといる。子供を預かったまま母親の元に返さない父親とか、嘘八百を並べて子供に父親の悪口を吹きこむ母親とか。両親の争いのなかで子供の権利がないがしろにされるケースは山ほどある」

「でも、この事件には当てはまらない？」

「エダヴェイン家はとても愛情深い一家で、夫婦仲は良好だと、誰もがことさら強調していました」

セイディはこの点について考えこんだ。結婚は不可解な代物だ。一度も結婚したことのないセイディだが、そこには秘密や嘘や口先だけの約束が表面下にくすぶっているように思えてならない。「だとしたら、なぜコンスタンス・ドシールはそんなことを口にしたんでしょうね？何かを見てしまったのでは？　彼女の娘から何か打ち明けられたとか？」

「あの母娘は折り合いが悪かったようです。何人もの人がそう証言しています」

「なのに一緒に暮らしていた？」

「仕方なしに、じゃないですかね。あの婆さんは、株で大損して何もかも失った夫が亡くなって、娘夫婦に頼らざるを得なくなった。彼女には耐えがたい状況でしょうな」クライヴが肩をすくめた。「彼女のほのめかしは、ただのいやがらせだったのではないですかね」

「子供がいなくなったというのに？」

クライヴはさっと手で振りはらう仕草をした。別に驚くようなことではない、在職中はそういうことをする人たちをたくさん見てきたと言わんばかりだった。「ほかにも解釈はいろいろできそうだが、あり得ないことじゃない。あの婆さんは一九三三年当時、初期の認知症だったんです。彼女の発言は割り引いて受け止めるようにと主治医からも言われていました。実のところ――」ここにはふたりしかいないのに、人目をはばかるようにクライヴが身を乗り出した。「ドクター・ギボンズの話しぶりからすると、コンスタンスは夫が存命中に男遊びをさんざんしていたらしい、彼女の言っていることは信頼に足る話というよりはむしろ、混乱した記憶の結果だとも考えられる。年を取ると過去と現在がごっちゃになると言いますからね」

「あなたはどう思われます？」

クライヴは両手を広げた。「彼女は単に口が悪いだけで、まともに取り上げるほどの価値はないと思いますね。年老いて孤独なところに熱心に話を聞いてくれる人が現われた、ってだけじゃないかな」

「自分を大きく見せようとしていただけだと？」

「我々にいろいろ質問をぶつけてもらいたかった、何らかの邪悪な企みの首謀者だと思わせたかった、せいぜいその程度のことですよ。むしろ逮捕されでもすれば大喜びしたんじゃないかな。望みどおり、注目の的になれるわけですから」クライヴはテーブルクロスにこぼれたビスケットの欠片をつまみ上げると、皿の縁に几帳面に置いた。「老いるというのは生易しいものじゃない、世間との距離が広がっていくのをいやでも思い知らされる。彼女も昔は美人で、押しも押されもせぬ一家の女主人だったのにね。図書室の暖炉の上に彼女の肖像画が掛かっていましてね、あれにはぞっとしたな。あのまなざしときたら、こっちの一挙手一投足が見張られているようで、あれを思い出すといまだにぶるっと震えが起きますよ」クライヴはセイディにちらりと目をやった。その細められた凝視には、かつては敏腕刑事だったに違いないことをうかがわせる何かがあった。「とはいえ、それだって手掛かりは手掛かりだ、何せこっちには手掛かりがほとんどないに等しかったわけですからね、その後わたしは問題の夫婦、アンソニーとエリナに目を光らせていましたよ」

「で、どうでした？」

「子供を失うというのは、どこの家族にとっても手榴弾を投げこまれたようなものです。統計的にはそうした悲劇が引き金になって別れる夫婦も多いが、あのふたりは実に仲睦まじかった。ご亭主は奥方をたいそう気づかい、優しくいたわり、ときには盾になり、休養をしっかり取らせ、捜索隊に加わろうと外に飛び出しそうになれば引き止めてもいた。とにかく奥方から目を離すことはほとんどなかった」クライヴは口をきゅっとすぼめて当時を回想した。「そりゃもうとんでもないことが起こったんですからね。奥方が不憫《ふびん》でならなかった。母親にすればこれ以上の悪夢はないはずなのに、それでも彼女は気丈に振る舞っていましたよ。そういえば、一家がこの地を引き払ってから何年かのあいだ、彼女はよくこっちに来ていたんです」

「あの村に、ですか？」

「屋敷のほうにね。それもたったひとりで」

新情報だった。パーティの友人ルイーズの口ぶりから、セオの失踪以来、家族は誰ひとりあそこに近づいていないとばかり思っていた。「彼女を見かけたんですか？」

「警察にいるとあれこれ耳にはいってきますからね。湖畔荘に誰かが戻ってくれば、その噂はいずれ漏れてくる。そんなときは訪ねていったこともありました。元気にしているかどうか確かめたかったし、何か力になれればとも思って。だが、あの人はいつも他人行儀で、お気持ちは嬉しいがロンドン暮らしのちょっとした息抜きに来ているだけだからと言うばかりでした」

クライヴはさみしげに笑った。「でもね、わたしにはわかりましたよ、息子を諦めきれず、そうやって望みをつないでいるんだとね」

「彼女にはまだ事件は終わっていなかったのでしょうね」

「そりゃそうですよ。自分のお腹を痛めた子がどこかそのへんにいるかもしれないんですから。このわたしに一度ならずねぎらいの言葉をかけてくれ、警察が捜索に尽力してくれたことに感謝していると言ってくれました。地元警察には過分な寄付までしてくださった。実に奇特な女性です。それだけにどうにも辛くてね」クライヴは顔をくもらせ、思い出にひたった。再び口を開くと、憂いに沈んだ苦々しい調子が声に忍びこんでいた。「彼女のためにもなんとかして子供を探し出したいとずっと思ってきたんです。あんなふうに未解決のままになっているのがひどく気になってね。子供が忽然と消えるなんてあり得ないでしょう？　きっとどこかにいるはずなんだ。道は必ずある、要は探すべき場所をきちんと押さえればいいだけの話なんです」

クライヴはセイディを一瞥した。「こういうケースを担当したことはありますか？　心身ともに食いつくされてしまいますよ」

「ええ、あります」そう言いながら思い浮かべていたのは、あのフラットの廊下にいたケイトリン・ベイリーだった。小さな手を握りしめるとぎゅっと握り返してきたあの温かい肌の感触、自分で絵本を取ってきてセイディの肩に頭をもたせかけてきた子供の、乱れた髪のくすぐったい感触が、脳裡によみがえった。

「わたしの場合はあの事件だった」彼が言った。「捜査するにも材料がほとんどなかったから、なおさらでした」

「とはいえ、警察もあれこれ推理したはずですよね？」

「手掛かりになりそうなものがまるでなかったわけじゃない。なかにはかなり有力なものもあった。事件の直前に使用人の入れ替わりがあったとか、睡眠薬の錠剤がはいっていた瓶が紛失したとか、これは誘拐の際に使用されたのではと我々は考えた。それと、家族ぐるみでつき合いのあった人がこの非常事態のさなかに死んでいるんです、名前はたしかダヴィズ・ルウェリンだったか——」

「作家の——」

「そう、その人です。当時はかなり名を知られていた」

セイディは、図書館所蔵の学術論文の、ルウェリンを扱った章をまだ開いてもいない自分を呪うしかなかった。そういえば『エリナの魔法の扉』の序文に、彼は一九三四年に大英帝国四等勲士を死後に授与されたとあった。だが、彼の死とセオの失踪が相前後して起きていたというのは初耳だった。「何があったんですか？」

「事件発生からしばらくして、川の近辺の捜索が始まりました。するとちょっと離れたところにあるボート小屋のほうから、「人が死んでいる！」と叫び声があがったんです。だが死体は赤ん坊ではなく老人だった。そして自殺と判明した。これはきっと罪の意識がそうさせたに違いない、自殺は子供の失踪と関係がある、そう警察は判断したわけです」

「あなたは違うと？」

「そのへんの事情を調べたが、動機らしきものが見当たらなかった。彼は坊やをとても可愛がっていたというし、事情聴取をした人たちも口をそろえて、彼がエリナのもっとも近しい友人だったと言う。エリナが子供のころ、彼女を主人公にした物語を彼が書いているのはご存じですか？」

セイディはうなずいた。

「奥方はすっかり打ちのめされていました——訃報を告げられると、その場にへなへなとくずおれてしまったほどです。残酷な話です」と、かぶりを振る。「あれもまた、わたしが目にしたもっとも辛い瞬間でした」

セイディは考えこんだ。子供がいなくなってからわずか数時間かそこらで近しい人が自殺を図るとは。「なんだかタイミングがよすぎますね」

「そう思うのも当然でしょう。だが地元の医師に問い合わせたところ、ルウェリンはその数週間前から情緒不安定になっていたとのことだった。調べてみると、彼のポケットに催眠鎮静薬《バルビツール》があったんです」

「それを飲んで自殺したと？」

「検死官は過剰摂取と断定しました。ルウェリンは錠剤をシャンパンで飲みくだし、川の近くに横たわり、そのまま目覚めなかったというわけです。おっしゃるとおり、直前に子供がいなくなっていることを思えば、おそるべきタイミングだが、そこに疑わしい点はいっさいなかった。セオ・エダヴェインの失踪と彼の自殺を結びつけるものは何ひとつないんです。偶然そうなったと言うしかない」

セイディは薄く笑った。〝偶然〟というのが気に入らなかった。経験からすると、〝偶然〟を口にするのはたいていの場合、両者を結びつける証拠が見つからないことへの言い訳でしかない。それに、このときセイディのアンテナが小刻みに震えていた。ルウェリンなる人物の死には見た目以上の何かがあると虫が知らせた。クライヴはその可能性をとうの昔に放棄したようだが、セイディはあとで調べなおすつもりでメモに残した。**ルウェリン自殺——タイミングはただの偶然か、失踪事件と関係あり？　罪の意識？**

考えこむうちに……ペンで紙面をとんとん叩いては、「偶然」の文字を丸で囲んでいた。言うまでもなく、セオ・エダヴェイン事件には第三の可能性もあるからだ。おそらくこれがもっとも背筋を凍らせるシナリオだろう。子供は家から一歩も離れていないというシナリオ——まずもって生きている確率は低い。過去にもセイディは、故意にせよそうでないにせよ虐待を受けた、あるいは殺された子供を何人も見てきた。そういうことをする者は決まって、犯行をごまかすために失踪や誘拐に見せかけようとするものだ。

そこに、かたかたかたかたと音がして、思考の流れがぷつんと切れた。ここでようやく、クライヴの背後のベンチに置かれた大きなデジタル時計に目が向いた。数字の書かれたプラスティック板が回転する形式のもので、ちょうど三枚の板が同時にめくれて11:00を表示した。正午になったらクライヴの娘がやって来て、話し合いはそこで打ち切りとなる、そのことにはたと気づいた。

「セオの姉たちはどんなふうでしたか?」セイディは尋ねた。気が急いた。「彼女たちにも事情聴取をしたんですよね?」

「何度かしました」

「参考になりそうな話は?」

「どれも似たり寄ったりでした。弟はみんなに愛されていた、おかしなことは何も見ていないとね。もし何か思い出したら知らせてくれると約束もしてくれた。三人とも当夜のアリバイがありました」

「浮かない顔をしてらっしゃいますね」

「そうですか?」クライヴはセイディに向かって目をしばたたいた。眼鏡の奥に覗く淡いブルーの目は大きかった。彼は白髪頭に手を滑らせると、一方の肩をすくめた。「そう見えるのは、いちばん下の娘が何か隠しているような気がしてならなかったからかもしれません。ただの勘ですがね、あの子の態度はどこかぎごちなかった。こっちが問いかけると顔を真っ赤にして腕組みし、こっちの目を見ようともしないんです。とにかく、弟に何が起きたのかは想像もつかない、それに先立つ数週間に家のなかで変わったことは何ひとつ起きていないの一点張りでしてね、もっとも彼女の関与をにおわせるような証拠が出ることもなかったが」

セイディはあえて動機に目を向けることにした。嫉妬は単純明快な動機となる。十二年近くにわたって一家の最年少として愛情をほしいままにしてきた少女が、待望の男児が生まれたことでその地位を奪われた。ミッドサマー・パーティは邪魔者を消すには絶好の機会だっただろう。喧騒と動きまわる人々に紛れてうまく立ち回るのは容易のはず。

さもなければ……（クレメンタイン・エダヴェインが幼くして殺意を内に秘めた社会病質者《ソシオパス》だと考えるよりは、むしろこちらのほうが可能性は高い？）……ここでセイディはピカリングの本にあったある記述を思い返していた。クレメンタインは朝方によくセオを外に連れ出していたという。その朝、育児室の前を通りかかったときはドアが閉まっていたのでなかにはいってもいないし、弟を連れ出してもいないと主張している。だが、実際は連れ出していたとしたらどうか？　その後何か恐ろしいことが起き、つまり何らかの事故にセオが見舞われ、クレメンタインはその発覚を恐れるあまり、恥じ入るあまり、誰にも言えずにいたとは考えられないだろうか？

「あの日の朝は地所のいたるところで清掃作業が行なわれていましたからね」クライヴは、セイディの思考の流れを見透かしたように口を挟んだ。「最後の客が帰った時点から明け方までずっと、請負業者が原状復帰の作業に当たっていたんです」

だが、セイディの推測どおり、誰にも見とがめられずに家を抜け出す方法がほかにあったとしたらどうか？　ここで〝クレメンタイン〟と書きとめ、丸で囲んだ。「彼女はどんな子でしたか？　クレメンタイン・エダヴェインのことですけど」

「おてんば、といっていいでしょうな。だが、ちょっと浮世離れしたところのある子だった。もっともエダヴェイン家の娘たちはみな、よそとはちょっと違っていましたね。愛らしくてカリスマ性があるというか。どの子にもはっとさせられました。圧倒されたというべきか。なにせこっちはまだ十七の青二才でしたからね。ああいう人種とは縁がなかったし。物語のなかでしかお目にかかれない世界ですよ——大きな屋敷も庭園も、彼らのしゃべり方も話す内容も、洗練された立ち居振舞いも、暗黙のルールに当たり前のように従う感覚も。とにかく、あそこの人たちには戸惑うばかりでした」クライヴはここでセイディに目を向けた。「写真、見たいですか？」

「お持ちなんですか？」

申し出はあっけらかんとして積極的にすら感じられたのだが、いざというところでクライヴはためらいを見せた。「どうしたものか……いや、ちょっとまずいかな、あなたは現役の刑事だし……」

「そこはちょっと微妙でして」セイディはつい口を滑らせた。

「微妙？」

セイディは降参の溜息をもらした。「実はわけあって……」と切り出す。すると、キッチンの静けさのせいか、ロンドンという現実世界から遠く離れた場所にいるせいか、同志意識が芽生えていたせいか、はたまたパーティにも打ち明けられずにいる秘密をやっと吐き出せる相手に出会えてほっとしたからか、気がつけばベイリー事件の概要と、自分が捜査続行に固執することになった経緯を語っていた。この事件には見た目以上の何かがあると確信し、捜査陣を説得しようとした挙句、休暇とは名ばかりの謹慎の身でここコーンウォールにいるのだと。

　クライヴは口を挟むことなくじっと耳を傾け、セイディが話し終わっても、顔をくもらせるでも説教を垂れるでも、退去をうながすでもなく、ただこう言っただけだった。「新聞で読みましたよ。大変な騒ぎでしたね」

「記者に話すべきじゃなかったんです」

「あなたは良かれと思ってしたのでしょう」

「浅はかだった、そこが問題なんです」セイディの声は自己嫌悪でこわばった。「感情だけで行動してしまったのだから」

「ふむ、恥じることなんてありませんよ。感情には根拠がないように見えて、実はそうでないこともある。客観的洞察の産物だという場合だってあるんです、当人はそうと気づいていないだけでね」

　クライヴは優しかった。優しくされるとかえって反発したくなった。捜査手法はクライヴのいたころとはだいぶ変わったのかもしれないが、それでも、何の根拠もない情報を勝手に外部に漏らすのが行きすぎた行為なのは、いまも昔も変わらないはずだ。セイディは気弱な笑みをどうにかこしらえた「写真をお持ちだというお話でしたよね？」

　そううながされて、クライヴがはっとなった。ベイリー事件について、それ以上訊いてくることはなかった。しばし考えこむようにしていたが、それからうなずいた。「すぐ戻ります」

クライヴがゆっくりした足取りで廊下に姿を消すと、やがて裏手の部屋から何かを引っ掻き回す音と悪態をつく声が聞こえてきた。猫がセイディを睨んでいた。緑色の目を見開き、ときおり非難がましく尻尾をおもむろに揺らす。いやはやまったく、開いた口がふさがらないね。尻尾はそうぼやいているようだった。

「ちょっと、何か言わせたいわけ?」セイディは声を殺してすごんで見せた。「わたしが間違っていたってちゃんと言ったでしょ」

テーブルクロスの値札を漫然ともてあそび、ナンシー・ベイリーのことは考えないようにした。**あの祖母《ばあ》さんと連絡を取ろうなんてゆめゆめ考えるなよ。**あのとき握りしめた小さな手の温もりを思い出さないようにした。置き時計に目を走らせ、ひょっとしてクライヴは向こうで密かにロンドン警視庁に電話をかけているのではと不安になった。

数字の板が震えてめくれること二回、時がスローモーションで流れているかのように思えてきたころ、ようやくクライヴが戻ってきた。その顔には気のせいか、セイディが感じているのと同じ不安が見て取れた。だが、いわく言いがたい活気も感じられる。ということは、まだ見せずにいる嗜虐《しぎゃく》趣味が彼にあるというのでない限り、アシュフォードに通報しに行ったわけではなさそうだ。見ればクライヴは写真を手にしていなかった。代わりに分厚い書類フォルダーを小脇にかかえていた。セイディにはお馴染みのタイプのものだ。「これを出すのは、あなたがどういう人かまずは品定めしてからと思ってね」クライヴはテーブルにたどり着くなり言った。「どうせ誰も気づきゃしない、気づいたところで気にする人もいないだろうと、退職する際にこいつを——」

「捜査ファイル！」セイディは目を剝いた。

短いうなずき。

「エダヴェイン事件のファイルを持ち出したんですね」

「借りているだけですよ。事件が解決したら返すつもりです」

「あなたって人は……！」頰を上気させながら感嘆の声をあげた。ふたりが向かい合うテーブルの上にいま置かれているのは、事情聴取の記録や現場の図解資料、関係者氏名、所番地、さまざまな推測などが詰まった捜査資料だった。「呆れた！　でも、やってくれますね」

クライヴが得意げに顎を突き出した。「保管庫にしまいこまれていたんじゃ何の役にも立ちませんよ。こいつがなくなって困る人がいるわけでもない。保管庫におさまる捜査ファイルの大半は、いまの現役警官の親も生まれていない時代に起きた事件のものばかりだ」彼の下唇がかすかに震えた。「こいつはわたしの事件です。わたしが片をつけねばならんのです」

クライヴはファイルのいちばん上にあるモノクロの大判写真をセイディに差し出した。それはいかにも裕福そうな一家の洒落た家族写真で、女性の髪型やドレス、男性のスーツや帽子から、一九三〇年代のものだと察せられた。ピクニックの最中に戸外で撮影したものだろう、タータンチェックのブランケットの上で、おのおのが皿やティーカップを手にくつろいでいる。彼らの背後に見える石壁は、たしか川近くの低地にある庭のものだ。エリナとアンソニーは輪の中心にいた。ふたりの顔は新聞の写真ですでに知っていたが、こちらの表情は幸せいっぱいといったふうで、それゆえずっと若々しく見える。おそらくコンスタンス・ドシールだろう年配の女性は、エリナの左側に置かれた籐椅子に腰かけ、三人の娘たちは十代だろうか、反対の隅に固まり、陽射しに投げ出した脚を足首のところで組んでいる。典型的な美貌がひときわ際立つ長女のデボラは、髪をスカーフでおおい、父親にもっとも近い位置にすわっている。その隣のアリスは、作者近影でおなじみのあの射るようなまなざしをこちらに向けている。端に控える娘は背が高く手足がひょろりとしているが、ほかのふたりより幼く見えるところから、おそらくこれがクレメンタインだろう。ウェーブを描いて横分けされた薄茶色らしき髪は肩ぎりぎりの長さだが、顔立ちはいまひとつはっきりしない。彼女はカメラマンのほうを見ておらず、母親の足元にしゃがむ幼い男の子に微笑みかけているからだ。赤ん坊のセオ。姉のほうに伸ばした腕の先には柔らかそうな玩具が握られている。

写真を眺めるうちに不意に胸が詰まった。地面をおおいつくす草、遠い過去の夏の一日に流れこむ影法師、前景を彩る愛らしい白い小花（デイジー）の群れ。すべてが一変する前の、幸せに満ちた一家の日常がそこに切り取られていた。エダヴェイン家の人々はそれまで出会った誰とも違っていたと、クライヴは言っていた。だが、セイディの心を強く打ったのは、この人たちのありふれた暮らし、ごく普通の情景だった。アンソニーのジャケットは背後にぞんざいに脱ぎ捨てられていて、デボラの手には食べかけのケーキがあり、そばでは毛艶のいい犬がご褒美《ほうび》にあずかろうと待ちかまえている。

眉根を寄せて、さらに入念に見ていく。「この人は誰かしら？」写真にはもうひとり、女性がいた。それまで見落としていたのは、陽射しが石壁につくる斑《まだら》模様に彼女が溶けこんでいたからだ。

クライヴがその人物にしばし目を凝らす。「これは赤ん坊の乳母ですよ。名前はローズ・ウォーターズ」

「乳母、ですか」セイディは感慨深げに言った。乳母という存在について知っていることはごくわずか、『メリー・ポピンズ』で見た程度にすぎない。「当時、育児室で子供たちと一緒に寝起きしていたという、あれですか？」

「ええ」クライヴが言った。「ただ残念なことに、彼女はパーティの二週間ほど前に湖畔荘を辞めているんです。探し出すのにちょっと手間取りました。結局、ヨークシャーにいる妹を通じて行方を突き止めましてね。すんでのところで間に合いました。彼女はロンドンのホテルにいて、次の仕事に就くため船に乗るところだったんです」彼は頭を掻いた。「行き先はたしかカナダだった。いちおう事情聴取をしましたが、たいして役に立たなかった」

「つまり、ミッドサマー・イヴ当夜の〈ローアンネス〉に、乳母はいなかったんですね？」

「ああ、それなら代わりの人がすでにいましたよ。ヒルダ・ブルーエンという人がね。これがまたひどく威張りくさった年寄りで、いかにも前時代的な乳母というか、いやがって泣きわめく子供に無理矢理肝油を与え、体にいいと説教を垂れるような手合いですよ。いまのわたしより若かったはずだが、若造だった当時のわたしの目には、メトシェラ（九百六十九歳で死んだとされる聖書の登場人物）

みたいに見えましたね。彼女はエリナが子供のころに湖畔荘で働いていた人とかで、すでに隠居していたところをローズ・ウォーターズが辞めたあとに呼び戻されたんです」

「セオがいなくなったとき、彼女はそばにいたんですね？」

「まさに同じ部屋にね」

これはかなり重要な新情報だ。「彼女は何か見たか聞いたかしていないんですか？」

クライヴがかぶりを振った。「赤ん坊みたいにぐっすり寝入っていた。どうやらパーティの騒ぎをシャットアウトするために、ウィスキーをひっかけていたようです。あちこちで掻き集めた話からすると、そう珍しいことではなかったらしい」

「ひどい話！」

「たしかに」

「ピカリングの本は、その人物には一言も触れていなかったわ」

「まあ、そうでしょうな。あいつは馬鹿野郎だし、誰も相手になんかしませんよ、だからやつの情報源は新聞くらいしかなかった」

「こういう大事なことを新聞はどうして報じなかったのかしら――事件当事者と同じ部屋に寝ていた人なのに」

「家族が頑として書かせなかったからですよ。エリナ・エダヴェインが直接うちの上司に掛け合って、ヒルダ・ブルーエンのことはいっさい公にしないと確約を取りつけたんです。この乳母は家族と長いつき合いがあるから、彼女の評判を汚すようなことはしたくなかったのでしょう。警部補はそういう措置が気に入らなくて――」と、ここで肩をすくめ、「だが前にも言いましたが、時代が時代でしたからね。エダヴェイン家のようなジェントリー階級には、いまでは考えられないようなある種の自由裁量権が認められていたんです」

こういう〝抜け道〟のせいでどれだけ多くの手掛かりが失われたことかと、セイディは思わずにいられなかった。深々と息を吐き出し椅子の背にもたれると、ペンを指先で右に左に回転させていたが、そのうちメモ帳の上に投げやった。「先に進むにはあまりにも材料不足ですね」

クライヴは申し訳なさそうに寂しげな笑みを浮かべた。それからぱんぱんにふくれたファイルを手振りで示した。「いいですか、この膨大な資料には何百という事情聴取の記録が詰まっていますがね、実はそこにたったひとつ、有力と思われる目撃情報があるんです」

セイディは問いかけるように眉を上げた。

「パーティに来ていた客のひとり、女性ですが、当夜、育児室の窓辺に人影を、それも女の人影を見たとあとから言ってきたんです。証言によれば、それは真夜中過ぎだったとのこと。つまり花火の最中です。なんでもっと早く知らせなかったのかといえば、夫とは別の人物と人目を忍んで逢っていたからだそうで」

セイディの眉がさらに上がる。

「このまま口をつぐんでいて子供が見つからずに終わったら、自分で自分が許せなくなるからと言っていた」

「信用できそうな人でしたか？」

「目にしたことは誓って本当だと言っていたが、翌日になっていたというのに、まだ酒がぷんぷんにおっていましたよ」

「その女性が目にしたのは年寄りの乳母だったという可能性は？」

クライヴはかぶりを振った。「それはなさそうですね。目撃者は間違いなくほっそりした人影だったと言うし、ヒルダ・ブルーエンはかなりがっしりした体格ですからね」

セイディはピクニックの写真をいま一度手に取った。エダヴェイン家には女性が大勢いるが、どの人も痩せ型だ。それと、思考を巡らせながらふと気づいたのだが、男性は赤ん坊のセオを除けば、アンソニー・エダヴェインだけである。彼はハンサムだった。ここに写っているのは四十代前半といったところか、ダークブロンドの髪と知的な濃い眉の持ち主で、その笑みは愛する者たちに惜しみなく振りまかれたであろうことが察せられた。

そのまま視線は石壁の下にいる女性に向かった。日蔭で顔立ちははっきりしないが、細い足首だけが陽射しに浮かび上がっている。「この人、なぜ辞めたんですか？ローズ・ウォーターズのことですけど」

「解雇されたんですよ」

「くびになった？」セイディはぱっと目を上げた。

「エリナ・エダヴェインの話では、考え方が合わなかったらしい」

「考え方というと？」

「勝手な振舞いがどうのこうのと言っていましたね。そのへんはかなり曖昧でしたが」

セイディは考えこんだ。どこか無理に取ってつけたような解雇理由に感じられた。人がこういうことを言うのは、不快な事実をおおい隠そうとするときだ。エリナに目を転じた。最初写真を見たときは、暑い夏の一日を楽しむ何不自由ない幸せな一家だと勝手に思いこんでいた。だがここに来て、自分がクライヴの描き出すままをそっくり鵜呑みにしていたことに気がついた。エダヴェイン家の魔力と富と魅力にすっかり目をくらまされていたのだと。さらに目を凝らす。エリナの美しい顔立ちに緊張が覗いていはしまいか？　セイディは思案にくれてゆっくりと息を吐き出した。「ローズ・ウォーターズはどうでした？　彼女も同じことを？」

「ええ。かなり動揺してもいましたね。解雇は予想外で不当なものだと言っていた。あれがはじめての乳母の仕事だったから、なおさらショックだったんでしょう。十八歳から十年間、あの家に仕えていたのだそうです。だが、彼女にはどうすることもできなかった。当時は苦情を申し立てる手だてもなかったわけだし。ただ、幸いなことに、立派な紹介状を書いてもらえたようです」

これもタイミングがよすぎる。ローズ・ウォーターズには不当に扱われたという思いがあり、また、この一家のことや彼らの生活リズムを熟知していた。セイディは妙な感覚にとらわれた。

「彼女も容疑者だったんですよね」

「誰もが容疑者でしたよ、ひとり残らず。そこが問題の半分を占めていた。容疑者を絞りこめなかったわけです。ローズ・ウォーターズは事情聴取の際、かなり動揺していた。何があったか聞かされたときは半狂乱でした。いなくなった子供の身をたいそう案じていた。ほかの使用人たちの話によると、ふたりはとても親密だったようですからね。我が子のように溺愛していたと言う人もひとりならずいましたよ」

セイディの動悸が速まった。

クライヴにもそれが伝わったようだった。「そんなふうに言えば、どう取られるかは承知しています」彼は言った。「だが、当時、あの最初の戦争の後にはいろんなことがありましたからね。一世代分の男たちが丸ごと全部フランスの泥の下に埋もれてしまい、何百万という若い女性たちの結婚の夢もついえてしまった。エダヴェイン家のような家族に乳母として雇ってもらうということは、多くの女性が望んでいた子供を、ひとり授けられたようなものですから」

「可愛がっていた赤ちゃんから引き離されて、さぞ辛かったでしょうね」

クライヴは、セイディの胸の内を読んだかのように穏やかに言った。「疑う余地はないですね。だが、他人様《ひとさま》の子を愛するのと、その子を盗むのは別物です。彼女をあの事件に結びつけるものはひとつもありません」

「ただ、育児室に女性の姿があったという目撃証言がありますよね」

クライヴは曖昧にうなずいた。どんなこともあり得ると思う一方で、ローズ犯人説だけはあり得ないと確信しているのだろう。「あそこの敷地内で彼女を見かけた人はひとりもいないし、パーティには来ていない、それと、ロンドンのホテルで聴きこみをした際、六月二十四日に彼女の朝食を給仕したという従業員の証言もあるんです」

アリバイは必ずしも当てにならない。ある人が何らかの理由で仕方なくアリバイを証明するという例はいくらもある。ローズ・ウォーターズの〈ローアンネス〉での目撃情報がないという点にしても、セイディのトンネル説が立証されれば、それも怪しくなってくる。

信憑性の高い糸口が見えた気がしてセイディは色めき立った。こういう胸の高鳴りはいつだって歓迎だ。ローズ・ウォーターズはセオを愛していた。ところがいきなり解雇された。彼女にすれば不当な解雇だ。そして育児室に女の人影を見たという証言がある。さらに言えば、ローズ・ウォーターズは一時期あの家に暮らしていた。その間にトンネルの存在を知ったとしてもおかしくない。ひょっとして娘たちのうちの誰かから聞いたのか？　クレメンタイン？　末の娘が何か隠しているようだったとクライヴは疑っていたが、それがこのことだろうか？

子供を拉致するのは度の過ぎた行為だ。それはそうだが、犯罪というのはどれも極端な反応がひき起こす行動ではないのか？　セイディはテーブルの縁を指先で連打した。ローズ・ウォーターズの解雇は事件の核心部分、セイディの直感はそう告げていた。

「ひとつ言わせてもらえば、あの夜、彼女が〈ローアンネス〉にいなかったのが残念でなりません」クライヴが言った。「取調べをした何人もの人が言っていたが、ローズ・ウォーターズは幼い坊やのこととなると実に用心深かったようです。エリナ・エダヴェインですら、ローズ・ウォーターズがそばにいてくれさえしたら、あんなことにはならなかっただろうと言っていました。後悔することしきりだったのでしょう」

「解雇したことを、ですか？」

クライヴはうなずいた。「親というのはたいてい自分を責めるものです、違いますか？」彼は写真を手に取ってしみじみ眺め、指の背で塵を払った。「それで思い出したが、第二次大戦中、奥方はあの家に来るのをぴたりとやめてしまいましてね。これも戦争のせいだろう、こんなご時世ではそうもしていられないのだろうと思っていたのですがね、戦後になってもエリナ・エダヴェインが訪問を再開することはありませんでした。ときどき彼女のことが心配になりましたよ、もしかして爆弾にやられたんじゃないかとね。口にするのも恐ろしいことだが、あの戦争はそういうものだった。わたしらはみんな、人の死に慣れっこになってしまっていた。あんなふうにわびしく取り残された家のことを思うと切なくなりますが、あそこと距離を置きたくなる気持ちもわからないでもない。あれほど多くの死者と破壊を生み出した戦争はだらだらと続き、人々は六年もの長く辛い日々を味わった。それがひとたび終わってみれば、今度は世の中ががらりと変わってしまったんです。そのころには坊やがいなくなってすでに十一年以上が経っていましたからね。何をしに毎年こっちに来ていたのかは知らないが、とにかく彼女は悲しみを乗り越え、幼い息子への思いにようやく踏ん切りをつけたんじゃないのかな」

本当にそうだろうか、とセイディは考えた。愛する者を失い塗炭《とたん》の苦しみを味わった人にも、それを乗り越える日が訪れるということか。五年余り続いた戦争と耐乏生活、大量破壊と荒廃を体験すれば、身を焼かれるほどの辛い記憶も、戦争と比べたら一個人の取るに足りないものとして消し去れるものなのか。ことによると人は、子供の面影を相手に生きることを学ぶのかもしれない。どんなことだって起こり得る——マギー・ベイリーがいい例だ。彼女は我が子を見捨てたではないか（「それは違う。娘は決してそんなことをする子じゃない」そう言い張るナンシー・ベイリーの声が聞こえてきたが、その声をセイディは振り払った）。

「というわけで」クライヴはすまなそうな笑みを浮かべて言った。「ひととおりお話ししました。以上がエダヴェイン事件のあらましです。警察は延べ何千時間も費やして最善を尽くしましたし、その後何十年にわたり、わたしひとりが執念を燃やしつづけてきましたが、結局めぼしい成果は上がらぬまま。突破口となる手掛かりにしても、初動捜査で入手した以上の収穫はないに等しいありさまです」

セイディは、まだ明かさずにいる自説が強く意識された。そろそろ打ち明ける頃合いだ。彼はこの自分を信頼してファイルを見せてくれた、その恩に少しでも報いるにはこれしかない。そこでこう切り出した。「新情報を提供できるかもしれません」

クライヴは、いきなり外国語で話しかけられた人がなんとか意味をくみ取ろうとするかのように、首をかしげた。

「あくまでも憶測の域を出ませんが」

「結構です」彼の目が一瞬ぱっと輝き、すぐに細められた。そうやって逸《はや》る心を押しとどめているようだった。次に発せられた声はかすれていた。「続けてください」

まずはアラステアが見つけてくれた図面のことから話を始めた。図面の制作年と、これが埋もれたまま忘れ去られていた事情、一風変わった入手経路へと話を進め、屋敷内の間取り図に描かれた、名称を持たぬ壁内部の小空間を発見したことを伝え、これがトンネルへの入口ではないかという考えを述べた。

話し終えると、クライヴはしきりにうなずきながら口を開いた。「トンネルが少なくともひとつあることは知っていました。捜査開始から数日のうちに確認しています。庭の引き上げ戸は封鎖されていましたがね。ただ、家のそんな場所に通じるトンネルの存在は——誰も知らなかったんじゃないのかな。図面は古いものだとおっしゃいましたね？」

「かなり古いものです。どこかの家の浸水した地下室に、ほかのガラクタと一緒にしまいこまれていたのを、改修工事の最中に発見したと聞いています。図面は全面的に修復されて州の古文書館に収蔵されたばかりで、それを運よく閲覧できたんです」

クライヴは眼鏡の下に手を差し入れて眉間を揉みほぐした。それから目を閉じ、しばし考えこむ。「狐につままれたみたいな話だ……」つぶやきがもれた。「だが、誰かがトンネルの存在に触れていてもよさそうなのに。家族の者は知らなかったのかな？」

「はっきりしたことは、ここで考えていても埒《らち》はあきません」セイディは指摘した。「だからこそ、屋敷に入れてもらって確認する必要があるんです。アリス・エダヴェインにはすでに手紙を——」

「うへっ」クライヴは突飛な声を発して、視線を合わせた。「彼女に協力を求めるなんて、石から血を絞り出すようなものだ」

「たしかに。でも、なぜなんです？　こっちがこんなに必死になっているのに、どうして彼女は事件の真相を知りたいと思わないんでしょうかね？」

「さてね。へそ曲がりだから？　頑固だから？　彼女はミステリ作家でしてね、ご存じでしたか？　かなりの有名人ですよ」

セイディは気もそぞろにうなずいた。返事をくれないのはそのせいか？　Ａ・Ｃ・エダヴェインほどの作家なら日々何百という郵便物を受け取るだろうし、セイディの手紙はそこに紛れてしまったのか？　ファンレターに支払い請求書、その手のものがごまんとあるのだろう。

「ブレントという名の警官が主人公でしてね」クライヴは続けた。「何冊か読んでみましたが、悪くなかった。気がつくと行間を読み取ろうとしていました。あの事件に役立つことが何か書かれているんじゃないか、ってね。ちょっと前に彼女がテレビに出ていたのを見ましたよ。まさに昔の印象どおりだったな」

「どういう意味ですか？」

「気品があって威厳があり、謎めいていて、強い意志を感じさせるところがね。弟さんがいなくなったときは十六歳、わたしのひとつ下だというのに、同世代にはまるで見えなかった。取調べのときもやけに冷静でね」

「冷静すぎるくらいだった？」

うなずきで応じる。「これは演技じゃないのかと勘ぐったくらいです。若い娘がここまで冷静沈着でいられるものかとね。で、やはりというか、すぐに別の一面を知ることになった。当時、警官としてのわたしの取り柄は〝万事控えめ〟というやつでしてね。教会のネズミよろしくいつも目立たないようにしていた。これがけっこう役に立つんです。ある日、上司に新しいペンを買ってくるよう言いつけられ――手持ちのものがインク切れしたもので――玄関を出ようとしたところでアリスを見かけたんです。それまで階段の上にひそんでいたらしく、いったんは取調べに使っている図書室のドアのほうに忍び足で近づいたものの、思いなおしたのか、再び物陰に引っこんでしまった」

「彼女が勇気を奮い起こして何かを告げようとしていたと、お考えなのですね？」

「それか、あるいは室内で進行中の話を盗み聞きしたかったのか」

「彼女に問い質《ただ》したんですか？」

「あの冷ややかな青い目できっと睨みつけられ、こんなところで無駄口たたいている暇があったら、さっさと弟を探しに行けと言われましたよ。威厳に満ちた声だったが、顔のほうは——真っ青といっていいくらい血の気が失せていた」ここで身を乗り出す。「経験から言えば、事件について必要以上に知っている人間の行動様式はふたつにひとつ。極力目立たないようにするか、炎に飛びこむ蛾《が》のように捜査にやたら首を突っこもうとするかのどっちかです」

セイディは考えこんだ。「やはりあの家に入れてもらう必要がありそうですね」

「でしょうな。同感です」クライヴがセイディの視線をとらえる。「まさかひとりで行くなんて言わんでくださいよ」

「今日の午後、もう一度彼女に手紙を出してみます」

「そうですね」彼はさらに何か言いたげだった。

「何か？」

するとクライヴは視線を合わせたくないのか、毛糸のベストの裾をしきりに引っ張った。

「たしかに、持ち主の許可を取るに越したことはないが……」

「当然です」セイディはうなずいた。

「……だが、別の手がなくもない。実は、あの家の見回りに雇われている地元民がいましてね。家を荒らされたり悪天候で壊れたりしていないかを点検している男が」

「その人はだいぶ仕事をさぼっているようですね」

「それはともかく、その男は鍵を預かっているんです」

「わお」

「よかったら引き合わせましょうか？」

セイディは思案の溜息を深々ともらした。願ったり叶ったりではある。だが、あと数日もしたらロンドンに戻るつもりだったし、ドナルドを味方につけるにはここで迂闊なことをするわけにはいかない……。「もう一回トライしてみます」セイディは言った。「やはりここは、アリス・エダヴェインの許可を取るべきかと」

「それで駄目だったら……？」

「そのときは改めて相談に乗ってください」

16　（コーンウォール　二〇〇三年）

帰宅すると、家はもぬけの殻だった。テーブルの上の置き手紙によれば、祖父は祭りの準備で出かけているらしかった。その横に包装を解かれたままの贈り物があった。木枠におさまる布地には、オレンジ色の糸で刺繍された下手くそな文字が並んでいる。あなたの過去が素敵な思い出をもたらしてくれますように／あなたの未来が喜びと謎に満ちていますように／あなたの現在が輝かしくありますように／それらがあなたの人生を深い充足感で満たしてくれますように。添えられたカードには、ルイーズがバーティのために「愛をこめて刺したケルトの祝《しゆく》禱《とう》」とあった、セイディは鼻に皺を寄せ、二枚のパンのあいだにチーズを叩きつけるように挟んだ。ありがたい心遣いではあるが、このメッセージをルースが見たらどう言うか、容易に想像がついた。祖母はこの手の薄っぺらな感傷が嫌いな人だった。セイディの知る限り、バーティもその点は同じだろう。

セイディはサンドイッチを手に二階の自室に上がり、窓辺のベンチに腰をおろすと膝にノートを広げた。エダヴェイン事件の捜査ファイルをセイディが自宅に持ち帰ることには難色を示したクライヴだったが、ここで書き写していくならかまわないと言ってくれた。その申し出に一も二もなく飛びつき、一心不乱に書きとっていったわけだが、やがてノックの音がして、顎にたっぷりと肉のついた恰幅のいい女性が現われたのだった。

「セイディ――」クライヴのうろたえた声があがったときには、侵入者はすでに玄関ホールを抜けて目の前にいた。「こっちは娘のベス。ベス、こちらはセイディ、わたしの……」

「ブリッジ仲間です」セイディは素早い身のこなしで資料を掻き集めて覆い隠すと、キッチンにはいってきた相手に手を差し出した。簡潔にしてそつのない初対面の挨拶が交わされた。父親がようやくまともな趣味を持ってくれたことに喜びを表明するベスを尻目に、セイディは口実をあれこれ並べたてて暇乞《いとまご》いに乗り出したわけだが、そうしながらも「別のゲームの件」は週末までに連絡すると告げることも忘れなかった。

　セイディはそれを実行に移すつもりだった。あの場では捜査ファイルの中身をざっとなぞった程度だった。雑多な資料が何百とあったし、時間も限られていたので、当時の捜査を時系列に整理するのがやっとだった。

　セオ・エダヴェインの失踪が発覚した二日後、警察はコーンウォール史上最大規模の捜査に乗り出している。毎朝何百人もの地元民が夜明けとともにやって来て惜しみない協力を申し出る一方、第一次大戦でアンソニー・エダヴェインが所属していた大隊の仲間たちも集結した。捜索は農地や森ばかりでなく海岸線にまで及んだ。警官たちは家を一軒一軒回っては、男児と誘拐犯を見かけなかったか聴きこみを続けた。

　セオの顔写真を載せたポスターが州全域に貼り出され、ミッドサマーから数日のうちにはセオの両親が新聞を通じて辛い心情を訴えた。事件が全国紙に取り上げられて人々の想像力を刺激することになったのだろう、警察には目撃情報が殺到し、なかには匿名で通報してくる者もいた。それがどんなに馬鹿げたものであろうと、胡散臭《うさんくさ》いものであっても、寄せられた情報はひとつひとつ裏が取られた。六月二十六日、警察はダヴィズ・ルウェリンの死体を発見するも、クライヴの言うように、当初の疑惑とは裏腹に、作家の自殺と男児失踪に関連を見つけられずに終わっている。

捜査は六月いっぱい続き、翌七月八日、応援と称してロンドン警視庁が地元警察に乗りこんでくる。これがどう受け止められたのかはセイディにも察しはついた。さらに時を措かずしてやって来たのは、すでに現役を引退していた伝説の警部キース・ティレル。彼はロンドンの新聞社に雇われ、私立探偵という立場で捜査に当たった。その彼もコーンウォールでは往年の辣《らつ》腕《わん》を発揮できぬまま一週間後には立ち去り、やがてロンドン警視庁も引き揚げてしまう。秋が冬に向かうにつれて、捜査チームは規模の縮小を余儀なくされる。何ら成果を上げられずに捜査を続行するわけにはいかなかった。三か月にわたる徹底した捜査にもかかわらず、新たな手掛かりも出なければ、新たな目撃証人も現われなかったのだ。その後数年のあいだ、ときおり降って湧いたように情報が寄せられたが、どれも事件解明への突破口にはならなかった。一九三六年に地元新聞社に送られてきた一通の手紙は、誘拐犯を名乗る者からのものだったが、ただのいたずらだと判明した。そして一九三九年、コンスタンス・ドシールの事情聴取を再度してほしいとの要請が、ブライトンの老人ホームから警察にもたらされる。コンスタンスを担当することになった新人看護師が、わたしの大事な坊やが家族ぐるみでつき合いのあった友人に殺されたと涙ながらに執拗に訴えるこの老婦人の言葉を聞きとがめてのことだった。看護師はコーンウォール育ちで事件のこともよく知っており、話の断片をつなぎあわせた結果、警察に電話をかけてきたのだった。

「彼女がひどく取り乱しているもので」看護師はやって来た捜査員たちに告げた。「坊やを失ったことが頭から離れないらしく、「子供をおとなしくさせるのに眠り薬を盛ったとかなんとか、延々としゃべりつづけているんです」エダヴェイン事件でバルビツールの瓶が紛失していることもあり、これはもしやと色めき立ったものの、結局は無駄足に終わった。そもそもコンスタンス・ドシールは有力な新情報を提供できる状態ではなく、質問を投げかけても娘エリナと死産に終わった子供の話をただとりとめもなく繰り返すばかりだった。長年彼女の主治医だった医師にも、休暇先から戻ってきたところを捕まえて問い合わせたところ、コンスタンスの認知症はかなり進行しており、殺人云々というのは意識の混濁が起きるとよく口にする話題のひとつだと断言した。彼女のお気に入りの話はほかにもあり、実際には行ってもいない王室訪問についてまことしやかに吹聴したのではないか、と医師から言われたという。かくして捜査は、一九三三年六月下旬の振り出しに戻るしかなかった。セイディは窓辺のベンチの端にノートを投げやった。お手上げだった。

*

その日の夕刻、セイディは走りに出た。気温は高く地面は乾ききっていたが、大気は雨の気配をはらんでいた。森を抜ける小径のひとつをたどる。リズミカルな足運びがやかましくせめぎ合う思念を締め出してくれそうだった。何かが乗り移ったかのように(ドナルドなら「悪魔に憑かれた」と言いそうだ)捜査ファイルと首っ引きだったせいで、脳が疼くようだった。

〈ローアンネス〉の敷地のはずれにたどり着くころには太陽は空の低い位置まで沈み、草地に広がる長い草は緑色から紫色へと色をくすませつつあった。犬たちは屋敷近くまで一気に駆け抜ける習慣がついているため、セイディが足を止めるとアッシュは戸惑うようにくーんと鼻を鳴らし、ラムゼイのほうは、いかにも気位の高い彼らしく、数メートル先を行きつ戻りつしていた。「悪いけど、今日はそっちに行かないわよ」セイディは声をかけた。「時間が遅すぎるもの。暗くなって森で迷うのは御免ですからね」

そばに表皮がなめらかな大ぶりの木切れが転がっていた。せめてもの償《つぐな》いのつもりで、これを草地にほうり投げる。二匹は弾丸のように飛び出すと、先を争うようにもつれ合いながら駆けていく。木切れを奪い合う犬たちに笑みをこぼすうちに、セイディの視線ははるか向こうに見えるイチイの生垣へと向かった。陽射しが薄れ、森一帯にひそむコオロギたちが宵の調べを奏ではじめた。何百というムクドリの群れが、闇をまといつつある複雑に絡み合う雑木林の上空を飛んでいく。その緑の障壁の向こうでは屋敷が身をひそめ、夜の訪れを待っているはずだった。セイディはその姿を、残照を受けてきらめく鉛線細工の装飾窓を、眼前に冷ややかに広がる濃紺の湖面を、ひっそりとそびえる屋根の連なりを、脳内に呼び出した。

草の剣先が脚をくすぐる。ぼんやりと草を引き抜いては、次々に茎を折る。この作業が意外にも楽しく、やっているうちにエダヴェイン家の三姉妹が手がけたという家庭新聞にあった、草舟の編み方の記事を思い出した。セイディもさっそく作ってみた。葉を二枚、斜めに重ね合わせ、交互に折り曲げながら編んでいく。指の動きがぎごちない。学校の野外活動は大の苦手だった。こんな面倒な作業をしたのは、というか、やってみようなどと気まぐれを起こしたのは久しぶりだった。折り取った茎を次々に投げ捨てていく。

そういえば、いま読んでいるＡ・Ｃ・エダヴェインの小説に出てくる人物のひとりが、子供のころに長い葉で舟を編んで過ごした夏のことに触れるくだりがあった。無論、騒ぎ立てるほどのこともない、ただの偶然だろう。作家であれば登場人物の考えや思い出に自らの体験を重ね合わせていても不思議はない。アリスの小説の行間を読み取ろうとしているとクライヴが言っていたのはまさにこれ、セオ・エダヴェイン失踪の謎に光明をもたらしてくれそうな手掛かりを作中に求めてのことだ。だが、それで成果があったとは言っていなかった――むしろ、そんな自らの習性を自虐の苦笑いにくるんで打ち明け、信頼に足る情報を求めて必死の自分を見せることで、セイディを笑わせたかったのだろう。そうは思いつつ、いまは妙に気になりだしていた。Ａ・Ｃ・エダヴェインの本にそれをにおわせる記述がないとしても、やはりアリスは重要な何かを知っているのではないか、何十年ものあいだ胸にしまいこんでいることがあるのではないかと。

セイディはそばに転がる別の木切れを拾い上げると、それを使って地面をつつきまわした。アリスが返事をよこさないのはそのせいか？　アリスが犯人なのか？　たしかにクライヴの言うとおり、罪人の行動様式には二種類ある。警官の事情聴取に積極的に協力していると見せかけて絶えず捜査を妨害するタイプと、警官を疫病神《やくびょうがみ》のように敬遠するタイプ。アリスは後者か？　あるいは事件当夜、彼女は何かを目にしたのか？　クライヴも気になったと言っていたが、彼女はそれを伝えに〈ローアンネス〉の図書室に向かおうとしていたのか？　もしかしてローズ・ウォーターズにトンネルの存在を教えたのはアリス？　ミッドサマー・イヴにこの乳母を見かけたのか？

セイディは木切れを力まかせに地面に突き立てた。そんなふうに思考を巡らせはしたものの、穴だらけの推理であることもわかっていた。ローズ・ウォーターズにトンネルの存在を教えたのがアリスだとしても――そんなことはたいした罪ではない、教えたことをわざわざ隠すまでもない、赤ん坊がいなくなっているのだからなおさらだ。ローズ・ウォーターズに義理立てして口をつぐむ理由がほかにあるなら話は別だが……。セイディはかぶりを振った、なんともどかしかった。功を焦りすぎている、考えすぎ、それは自分でもわかっていた。こうして頻繁に走りに出るのも、ともすれば推理を組み立てずにはいられない職業病から逃れたいがためだった。

争奪戦の勝者となったアッシュが駆け戻り、くわえていた木切れをセイディの足元に誇らしげに落とした。荒い息を吐きながら、もう一回とせがむように木切れを鼻先で押してよこす。「よしよし、いい子だ」アッシュの耳のあたりを掻いてやる。「あと一回やったら、うちに帰ろうね」セイディが木切れをほうると、犬たちは嬉しそうにワンと一声あげて駆けだした。

実を言えば、クライヴの家を辞してからこっち、ローズ・ウォーターズ犯人説への思い入れはやや冷め気味だった。彼女が何らかの仕返しを企んだとしても、普段はまともな女性がいきなり誘拐に走るというのは極端にすぎる気がした。それにどの記録を見ても――ファイルには複数の証言があった――ローズ・ウォーターズが分別のある女性であることがうかがわれた。

彼女については「有能」とか「魅力的」とか「快活」とか、さまざまな言い回しで表現され、非の打ちどころのない仕事ぶりだったという。エダヴェイン家に仕えるようになって十年、その間に長い休暇（一か月間）を取ったのは一度きり、それも「家の事情」で呼び戻されてのことだ。

たとえ彼女が不当に解雇され、雇い主一家に復讐を望んだとしても、受けた心の傷が犯罪に手を染めるほど深いものだったとは思えなかった。それに、拉致するとなればかなりの困難が伴うはずだ。女ひとりでできることなのか？　それが無理なら、共犯者は誰か？　ダヴィズ・ルウェリン、あるいは名前の浮上していない別の人物か？　その男（あるいは女）はどう言いくるめられ、ごく私的な復讐に加担することになったのか？　駄目だ、これではただ藁にすがろうとしているだけ、ありもしない前提同士を無理につなげようとしているにすぎない。動機にしても、いまのところ説得力に欠けるものでしかない。本来あるべき身代金の要求もなかったのだから、ローズ・ウォーターズが金銭的な慰謝を求めていたという推理にも無理があるのではないか？

遠雷が大気を震わせ、セイディは水平線に目を転じた。沈みかけた太陽が海に垂れこめる暗灰色の群雲に光を投げかけていた。ひと雨、来そうだった。セイディは犬たちに声をかけ、出発をうながした。一方の靴紐がほどけているのに気づき、傍らの石に足をかけて結び直す。誰がなぜセオを連れ出したのか、その理由はさておき、その後彼がどうなったかという疑問は残った。一九三三年のミッドサマー以降も生きていたと仮定するなら、どこかにきっといるはずだ。盗まれた子供が新しい土地で暮らしはじめれば、周囲の注意を惹かずにはおかないだろう。誰かが気づいて当然だ。あれだけ新聞が騒ぎたてた事件とあれば、さまざまな憶測が飛びかうに決まっている。なのに七十年ものあいだ、信頼に足る情報が何ひとつ警察に寄せられなかったということは、セオの素姓はかなり巧妙に隠されてきたということだ。子供ひとりを隠すいちばんいい方法は、あえておおっぴらに人目にさらすこと。もっともらしいシナリオさえこしらえておけば、誰に疑われることもない。

もう一方の靴紐を締め直していると、石の上の何かが目をとらえた。歳月が文字をむしばみ、その上に地衣類が繊細な斑紋を描いている。ひざまずいて地衣を引きはがしたそのとき、大粒の雨滴が落ちてきた。またしても名前。セイディの口元がほころんだ。刻みつけられた文字はこうあった——**アリス+ベン、いついつまでも。**

＊

ずぶ濡れで空腹を抱えて戻ってみると、コテージは暗く、相変わらず人の気配はなかった。アッシュとラムゼイを乾いたタオルでぬぐってから、鍋にわずかに残っていたシチュー（材料はレンズ豆と愛情！）を温める。背中を丸め、メモ書きに目を通しながら食べるあいだも雨は休みなく屋根を打ち、足元の犬たちはすっかり満ちたりた様子でいびきをかきはじめていた。二皿目を舐《な》めつくさんばかりに平らげたところで、アリス・エダヴェインから家宅捜査の許可を取りつけるべく、三通目の手紙にとりかかった。二階の育児室近くの廊下に隠し通路があるのかどうか、単刀直入に質問をぶつけようかとも考えたが、思いとどまった。ローズ・ウォーターズには言及せず、クレメンタイン・エダヴェインに関する疑問や、アリスが秘匿《ひとく》していると思しき情報に強い関心があることにも触れずにおいた。ただ事件のことでぜひ聞いてほしい私見があり、会っていただければ幸いだと書くにとどめた。土曜日の回収には間に合わなかったが、セイディは傘を手に取ると、手紙を投函するべく宵闇のなかに足を踏み出した。うまくすれば火曜日にはアリスの手元に届くはず。それまでは、この手紙が配達途上にあると思うだけで満足することにした。

せっかく村まで来たことだし、携帯の受信状態を示す棒が一本だけ立ってもいたので、雑貨屋の軒先テントの下にしゃがんで着信履歴をチェックした。ドナルドからは相変わらずなしのつぶて、これの意味するところをしばし考える。何も言ってこないのは腹を立てているからではなく、むしろこちらの職場復帰の意志を黙認している証であり、来週ロンドンで会うつもりでいるのだろうと、いいほうに解釈した。

立ち去る前にふと気まぐれを起こし、一九三九年に老人ホームでコンスタンス・ドシールの事情聴取をしたときの様子について尋ねてみようかと、クライヴに電話をかけることにした。先ほど読み返した記録の何かが脳内のスイッチボードを鈍く点滅させたものの、それが何なのか、なぜそうなるのか、気になっていた。クライヴはセイディからの電話を歓迎してくれたが、質問を投げかけた途端、落胆の声に変わった。「ああ、あれですか」彼は言った。「何ら収穫はありませんでしたよ。あのころは、お気の毒に、かなり症状が悪化していましたからね。酷な話です――昔のことをわめいたり、とりとめのないことを口走ったり、記憶がごっちゃになっていて情緒も不安定、毎日がそんなふうだったようですからね。やはり、事件解明の鍵を握っているのはアリス・エダヴェインですよ。話を聞くべき相手はアリスです」

崖沿いの隘路《あいろ》を回りこむと、《望洋荘》の明かりが見えた。ちょうどキッチンでお茶を淹れていたバーティは、セイディがテーブルに着いたところで水切り板から別のカップを取り上げた。「やあ、お帰り。いい一日だったようだね」

「お祖父ちゃんもそのようね」

「玩具を十二箱、箱詰めしたよ。あとは販売するばかりだ」

「さぞやお腹がぺこぺこでしょうね。夕食を食べそこねたようだし」

「こっちは問題ない。外でちょっと食べてきたんでね」

ルイーズと一緒だったに違いない。祖父はそれ以上語らなかったし、セイディも了見が狭いと思われるのも癪なので深追いしなかった。そこで笑みを――ごくうっすらと――浮かべるにとどめる。祖父は湯気の立つカップをセイディの前に置くと、向かいの席に腰をおろした。

見ればルイーズからの刺繡の贈り物が、玄関ドアの横のフックに掛かっていた。「ひょっとしてお祖父ちゃん、誕生日だった?」

祖父はセイディの視線をたどり、にやりとした。「あれはただのプレゼントだよ」

「なんとまあご親切なことで」

「ルイーズは親切な人だからね」

「ずいぶん大仰なメッセージよね。中身はたいしたことないけど」

「セイディ――」

「ルースならこれをどこに掛けるか、想像つくわね。そういえば彼女、マックス・アーマンの詩『幸せへの切なる思い《デシデラータ》』をトイレのドアの内側に掛けてたでしょ？」セイディはあははと笑った。その声がうつろに響いた。

「セイディ――」

「トイレもおちおちはいっていられないほど、ばたばたとせわしなく生きているっていうのに、そんな悠長なこと考えていられるもんですか、って言ってたわ」

バーティがテーブルの向こうから手を伸ばし、セイディの手を握った。「セイディ。おまえさんはいい子だ」

セイディは下唇を噛みしめた。なんとも腹立たしいことに、そう言われた途端に熱いものが喉にこみ上げた。

「おまえさんはわたしには娘も同然、我が子以上に近しい存在だ。まったく妙な話だよ。おまえさんの母親とは、血がつながっているのに、わたしとはまるで似たところがなくってね。ほんの幼い少女だったうちから人目ばかり気にする子で、わたしら夫婦のやることなすことにいちいち文句をつけ、よその親たちみたいな身なりや話し方や考え方をしてくれないとこっちが恥をかくとか言って聞かなかった」祖父は柔和な笑みを浮かべると、コーンウォールに来てからずっと伸ばし続けている白くてごわごわの顎ひげを撫でさすった。「その点おまえさんとわたしは似た者同士だ。こっちは娘みたいに思っているし、そっちも親同然に思ってくれているのは百も承知だよ。だがね、セイディ、わたしだってひとりの人間なんだ」

「こっちに来てからずいぶん変わっちゃったのね、お祖父ちゃん」咄嗟に口を突いて出た言葉だった。そんなふうに感じていたとは自分でも気づかなかった。子供じみた口調になっていた。

「そうであってほしいものだね。変わりたいんだよ。前に進もうとしているんだ」

「それで車の免許まで取ったってわけね」

「こっちは田舎暮らしなんだぞ！　A地点からB地点に行くのに地下鉄があるわけじゃないんだ」

「でも、魔法がどうの宇宙の定めがどうのとかいうルイーズの御託にしても、その壁掛けにしても、お祖父ちゃんの趣味とは思えない」

「そんなことはないさ、昔はわたしもそういう子供だったんだ。ただ忘れていただけで――」

「でも絶対にルースの趣味じゃない」

「ルースはもういないんだ」

「だからこそお祖母ちゃんを忘れないようにしなくちゃ駄目でしょ」

祖父の声が珍しく甲走ったものになった。「おまえのお祖母さんとわたしが出会ったのは十二のときだ。それからずっと、彼女のいない日は一度たりともなかったんだ。そんなわたしの悲しみを、彼女に死なれた悲しみを――そのままにしておいたら呑みこまれてしまうじゃないか」祖父がお茶を飲み干す。「あの壁掛けに深い意味なんてないんだよ」祖父の顔に笑みが戻ったが、寂しさが透けて見えた。自分のせいだとわかるだけにセイディは辛かった。謝りたかった。そう思いつつも別に言い争いになったわけでもなかったし、それとなく批判されたような気がして癪にさわり、素直になれなかった。どう言おうかと迷っているうちに、祖父が先に口を開いた。「気に入っていた水切りボウルが見つからなくてね。ちょっと上に行って、探してみるとするかな」

＊

その夜、床に就くまでの時間をセイディは自室の床に胡坐《あぐら》をかいて過ごした。『虚構への逃避――児童文学における母親、怪物、超自然的存在』の冒頭三ページを苦労して読み進めたところ、ダヴィズ・ルウェリンを扱ったこの章が彼の評伝というよりは作品解釈に充《あ》てられたものので、しかも難解きわまる代物だということを思い知らされただけだった。そこでクライヴの家で書きとめたページを素早くめくり、エダヴェイン三姉妹の家庭新聞に触れている箇所を開いた。アリスが事件の鍵を握っているというクライヴの確信に満ちた声がずっと頭に引っかかっていた。すると夕方走りに出たときに見つけた石に刻まれた文字を思い出した。「ベン」という名前をどこかで見るか聞くかした気がするのだが、それがどこだったのか、どうしても思い出せなかった。

雨滴が窓ガラスを伝い落ち、パイプ煙草の甘い香りが天井裏から染み出してきた。セイディは、目の前の床に所狭しと広げられたコピーの束や走り書きされたメモ、何冊もの本に目を凝らした。乱雑に散らばるこれらの資料のどこかで細部同士がつながろうとしている、そう直感が告げていた。一見無秩序に見える紙の山だが、決してそうではないのだと。

ふーっと息を吐き出して探求を切り上げると、ベッドにもぐりこんだ。『冷めた料理』を開いてしばらく読み進め、頭をすっきりさせようとした。登場人物のレストラン経営者が殺され、ここにきて彼の元妻の容疑がますます濃厚になっていた。離婚して二十年、そのあいだに男は事業で成功して金持ちになり、片や元妻は、ふたりのあいだに生まれた障害を持つ娘の介護に明け暮れた。自らのキャリアも自由も犠牲にしてきた元妻だが、娘を愛していたから、そうなることにも納得しているように思われた。

引き金になったのは——セイディのページを繰る手が速まった——南米に二週間の休暇旅行に出かけることになった元夫の、何気ない一言だったことがやがて明かされる。マチュピチュへの旅は元妻が長年憧れてきたものだったが、娘を連れていくのは不可能だし、さりとてひとり置いていくわけにもいかなかった。ところが元夫——いつも多忙を理由に娘の面倒を見ようとしない男——に見果てぬ夢を横取りされたことを知り、彼女の忍耐は限界に達する。二十年にわたる母親としての悲哀が、介護者なら誰もが味わうだろう孤独感が、それまで封じこめられていた一生分の願望の数々が、見る見るふくれ上がり、そんなことでもなければ温厚そのものだった女性を、別れた夫の旅行をなんとしても阻止せねばという気持ちに駆り立てたのである。

驚愕と充足感、奇妙な感動に浸りながら明かりを消して目を閉じると、セイディは激しい雨音と海鳴りに耳を澄ました。ベッドの足元では犬たちが夢のなかをさまよい、いびきをかいていた。A・C・エダヴェインの道徳観には興味深いものがあった。彼女の描く探偵は、一見自然死に見えるこの男の死の真相を突き止めはするが、そのことを警察に知らせることはなかった。私立探偵としての今回の仕事は消えた金の行方を突き止めることだとわりきってディゴリー・ブレントはそれ以上のことに首をつっこまない。レストラン経営者の死の真相を探るよう誰に依頼されたわけでもなければ、そもそも不審死を疑われてもいないからだ。片や死んだ男の元妻は、いままでとてつもない重荷を長年背負わされ、報われることがほとんどなかった。もしこれで母親が逮捕されたら、残された娘はさらなる苦しみを強いられることになるだろう。というわけで、ディゴリーはいっさいを語ることなく、正義の女神に裁きを委ねるのである。

　ここでセイディが思い出したのは、当時まだ少女だったアリス・エダヴェインが取調べの行なわれている図書室のそばをうろついていたというクライヴの回想であり、彼女は口にした以上のことを何か知っていたはずだとする彼の推測であり、彼女の作品のどこかに手掛かりがあるかもしれないとする、彼が最近になって抱くようになった（どこか苦し紛れの）直感だった。『冷めた料理』には、セオ・エダヴェイン事件が投影されているわけではないものの、正義をめぐる解釈と行動原理に、世間一般とアリスのあいだに微妙なずれが読み取れた。この小説はまた、親子の複雑な関係についてかなり多くのことを語ってもいた。重責と特権という、良くも悪くも表裏一体の関係にあるこのふたつの側面から親子の絆を描いている。アリスが責任逃れをする者に温かいまなざしを注ぐことはまずもってない。

眠ろうとしたが、どんなに快調なときでも寝つきの悪いセイディのこと、今度はローズ・ウォーターズが頭に忍びこんできた。またしても育児と自己犠牲、世話する者が負わされる義務に絡む話ではないかと、セイディは思った。この乳母のセオを可愛がる様子は「実の親子のようだった」という。非の打ちどころのない仕事ぶり、そして彼女を唖然とさせることになった突然にして不当な解雇。深夜過ぎに育児室で動く細身の女性の影をたしかに見たという目撃証言……。

大きく息を吐き出して寝返りを打ち、頭から雑念を締め出そうとした。そこに不意によみがえったのは、ピクニックの最中に撮影されたあの家族写真だった。中央には夫と妻、前景に幼い愛息、そして日陰から覗くほっそりとした足首と脚。この幼な子がいかに望まれて生まれてきた子だったか、どれほど長いあいだエダヴェイン夫妻が心待ちにしていた子供だったかを語るクライヴの声がよみがえり、すると一九三九年に行なわれたコンスタンス・ドシールの事情聴取に思考が向かった。クライヴの話によると、この老婦人は、「娘エリナと死産に終わった子供のことをただとりとめもなく繰り返すばかりだった」という。ひょっとするとそれは、意識の混乱による妄想などではなかったのかもしれない。エリナはクレメンタインを出産したあと、セオの生まれる前にもうひとり、妊娠したということもありそうだ。「彼らが息子を望んでいたのは秘密でも何でもありません」捜査ファイルにおさめられた聴取記録のひとつに、そうあった。「ふたりが彼を授かったのはまさに神からの贈り物。それくらい思いがけないことだったんです」

セイディは闇のなかで目を開けた。別の何かが意識に信号を送っていた。

明かりをつけ、ベッドから身を乗り出すと、床に散らばる紙を漁って目当てのものを探した。エダヴェイン家の三姉妹が古い印刷機で刷った、手書きの新聞。乳母のローズについて書かれた記事を思い出したのだ。

あった。

セイディは古色を帯びた紙の束をベッドに持ちこんだ。ローズをデブ呼ばわりしたことで罰を受けたクレメンタイン・エダヴェインのことを報じる、アリスの書いた記事だった。日付を確かめて素早く暗算すると、ベッドを飛び出し、ノートを拾い上げた。ページを繰っていき、ローズ・ウォーターズの雇用記録を書きとめた箇所を開く——一九三二年六月に丸一か月にわたる休暇、理由は「家の事情」。時期はぴったり合う。

セイディは窓の外——月明かりに照らされた断崖、荒れ狂う墨色の海、水平線上の稲光——に目をやり、思考を整理した。たしかクライヴはこう言っていた。**いったいどこの親が自分の子供を誘拐するというんです？** 彼が言っていたのはアンソニーとエリナについてであり、この問いかけは反語的なもの、あくまでも軽口だったはず。親が我が子を誘拐する必要などないからだ。すでにそばにいるのだから。

だが、そうでないとしたら？

いつしかセイディの顔が脈打ち、火照りだした。新たなシナリオが形をとりつつあった。なにゆえ親が我が子を誘拐するのか、その理由を思いついたのだ。

すべてがしっくりと溶け合うかのように、それを目にする誰かの登場を待っていたかのように、いくつもの断片がひとところに折り重なっていく。苦境に立つメイド……一家が待ち望む男子誕生……子宝になかなか恵まれない女主人……。

誰にとっても願ったり叶ったりの解決策だったはず。ところが突然、そこに亀裂が生じたのだ。

17　ロンドン　二〇〇三年

アリスは普段から素っ気ないほうだが、それにしてもこの置き手紙はあまりに素っ気なさすぎた。〈外出します、じき戻ります〉。ピーターは紙面をまじまじと見つめた——こんなものは手紙じゃない——いったいどうなっているのかと首をひねる。最近のアリスはどこか様子がおかしかった。妙にかりかりしているし、それもかなり度を越している。集中力も散漫だった。作家には生みの苦しみがあることはピーターもわかってきているが、新作に難航しているとは思えなかった。仕事に行き詰まって悩んでいるというよりはむしろ、ほかに悩みがあるせいで書けなくなっているのではあるまいか。

原因に心当たりがなくもなかった。金曜日にデボラの伝言を告げたとき、アリスの顔からすっと血の気が引いたのだ。そのときの反応や声のかすかな震えは、週のはじめに刑事を名乗る人物から過去の未解決事件について問い合わせる手紙が届いたときにも見せたものだった。このふたつには関係がある。ピーターには確信があった。さらに言えば、アリスの家族が過去に見舞われた事件がそこに絡んでいるに違いないとも思った。彼女の幼い弟、セオのこともいまでは知っていた。例の手紙が届いたとき、必死に動揺を隠そうとしていたアリスだったが、テーブルの下で彼女の手がわなわな震えているのをピーターは見逃さなかった。そればかりか手紙の内容を頭から否定する彼女の態度がひどく気になり、その夜自宅のパソコンで、ネットの検索ウィンドウに「エダヴェイン」、「消えた子供」と打ちこみ、その結果、当時赤ん坊だったアリスの弟が一九三三年に行方不明となり、いまなお見つかっていないことを知ったのである。

　わからないのは、アリスがなぜそのことで嘘をつこうとするのか、先の手紙やデボラからの伝言になぜあそこまで動揺したのか、だった。そしてある朝、出勤すると、図書室の肘掛椅子の上で意識をなくしてぐったりしているアリスを見つけた。心臓が跳ね上がり、最悪の事態を想像した。生半可な知識ながらとにかく心肺蘇生を試みようとしたそのとき、アリスがいきなりいびきをかいたので、寝入っていただけだと判明した。アリス・エダヴェインがうたた寝をするなど、まずもってないことだった。ドアを開けたらアリスがコインの縁飾りがついたシルクの衣装でベリーダンスを踊っていたというほうが、まだしも驚きは少なかっただろう。アリスが目を覚ましたときに互いが気まずい思いをしなくてすむよう、ピーターはそっと部屋を出て、玄関ホールに引き返した。それからわざと派手な音を立てて靴を脱ぎ、念のためにコートラックを揺さぶってから部屋に戻ると、彼女は赤ペンを手に原稿を読みなおしていた。そして今回はこの書置きである。日課からのまさかの逸脱。アリス・エダヴェインが日課を変えるなど前代未聞、彼がここで働くようになって三年になるが、その間そういうことは一度もなかった。

予想外の事態には戸惑うばかりだが、とりあえずウェブサイトの〈よくある質問〉にけりをつけるいい機会にはなった。アリスの版元は、記事をアップする日が近づくにつれて辛抱しきれなくなったのか、またしても連絡をしてきた。そこでピーターは今週末には決定稿を渡すと約束した。ピーターもそのつもりだった。あとは、アリスが『一瞬の殺意』の前に、別の作品を書いていたのかどうかを確認すればいいだけだった。アリスが一九五六年の『ヨークシャー・ポスト』のインタビューで、十五歳の誕生日にもらった手帳に、生まれてはじめてミステリを一本書き上げたと語っている箇所を、ピーターとしては回答欄に活かしたかったし、確認作業はあっさり片づくと踏んでいた。アリスは手帳に病的なまでのこだわりがある。過去の手帳は一冊残らず仕事部屋の棚に並べてあった。やるべきことは、それのチェックである。

階段を上りながらわざとらしく口笛を吹いている自分に気づき、やめにした。これ見よがしに無邪気を装う必要などないのである。そういうのは後ろめたさを抱えている人間がすることだ。いまやろうとしていることはやましいことでも何でもない。アリスの仕事部屋への出入りを禁じられているわけではない。少なくとも駄目と言われたことは一度もない。普段はまず行かない場所だが、それは単に行く必要がなかったからにすぎない。必要が起きたことはないし、打ち合わせはいつも図書室ですましていたし、ピーターの作業場もキッチンの大きなテーブルであり、たまに使う予備室はだいぶ前から資料の保管庫になっている。

この日はかなり暑く、階段上部の細長い窓を陽射しが貫いていた。階段室を上昇したところで行き場を失った熱が、踊り場によどんでいた。ピーターは逸る心でアリスの仕事部屋のドアを開け、薄暗くひんやりとした空間に足を踏み入れた。

海外で出版された彼女の作品がずらりと並ぶ棚の下に、予期したとおり、目指す手帳の一群を見つけた。最初のものは小型で薄く、茶色の柔らかい革表紙は時の経過で褪色していた。表紙を開くと、黄ばんだ扉部分に気真面目な子供が丁寧に書いたと思しき、丸みを帯びた文字が現われた。アリス・セシリア・エダヴェイン、八歳。ピーターの口元がほころんだ。その筆跡——自信にあふれ、力のこもる、かなりの癖字——は、洋々たる未来に乗り出す努力家の若い娘のそれで、彼の知るアリスがそこに見て取れた。一冊目の手帳を棚に戻し、列に沿って順番に数えていく。目当ての手帳は一九三二年に贈られ、その翌年に使用されたものである。勘定が合うところで指を止め、やや大ぶりの手帳を棚から抜き出した。

すぐさま奇妙な感覚にとらわれた。サイズのわりに軽すぎるし、やけに薄い。果たせるかな、開いてみると後半部分がごっそりなくなっていた。破り取られた箇所にはぎざぎざの紙端がぶ厚く残るばかり。これが一九三三年に使用された手帳だということを再度確認すると、ページの残骸に指を走らせながら考えこんだ。それ自体はどうということもない。日記のページを破り取る十代の少女が大勢いるだろうことは、ピーターにも理解できた。だが、これは日記というよりも手帳である。しかも数ページどころか、半分以上が消えているのだ。小説原稿とみなしていい量だろうか？　小説の長さ次第だが。

ピーターは残っている前半部分にざっと目を通した。特異な発見が作業を居心地悪いものにした。盗人になった気分だった。いや、自分はただ職務を全《まっと》うしているだけ、そう自らを励ます。これはアリスから給料をもらってやっている仕事だと。ウェブサイトの作業を進めるよう申し渡されたとき、それについて自分はいっさい関知しない、とアリスは言ったのだ。あなたひとりでうまく処理してちょうだいと。求める答さえ得られたら、ただ手帳を元に戻せばいいだけの話、そう自分を納得させた。

最初のほうのページが有望そうだった。どのページも家族の観察記録や（祖母の描写――「朽ち果てた立派な服をまとった骸骨」――には思わずにやりとした。『大いなる遺産』からの引用だ）、ひどくこみいった恋愛模様を繰り広げる、ローラとハリントン卿なる人物を主人公にした小説の構想らしきもので埋まっていた。「ミスター・ルウェリン」なる人物への言及も頻繁に現われ、これが例のインタビューでアリスが触れていた職業作家で、彼女が子供時代に慕《した》っていた良き助言者だろうと当たりをつけた。

だが、先のプロット作りは唐突に終わり、その先には〈ロナルド・ノックス氏の十戒。『探偵小説十戒』序文より抜粋〉と題する箇条書きのリストが現われた。

法則自体は今日の目からすると古くさくて教訓的だが、これがアリスの創作人生に新境地をもたらすことになったのか、以降ローラとハリントン卿は姿を消し（ついでに言えば、ミスター・ルウェリンも）、彼らの子供じみた恋愛ゲームも、人生や恋愛をめぐる、より普遍的な思素に取って代わられ、ひたむきで心洗われるような理想が、憂《うれ》いとは無縁の初々しいトーンで綴られていた。

文学の目的を熱心に論じるかと思えば、感銘を受けたロマンチックな詩を書き写し、そのうっとりするような自然描写を真似てみたり、将来の夢を熱く語ったり（物欲を控え、大きな愛を育むべし）、そんな十代のアリスが記した文章を素早くたどっていく。なんだか覗き魔になったようで落ち着かなかった。もうやめにしようと思いかけたそのとき、はっとした。文中にBMの文字が頻繁に現われだしたのだ。BMの話によると……BMがこう言った……BMに訊いてみよう……。ほかの場合であれば、デボラが電話でアリスに伝えておいてほしいと告げた名前など、とうに忘れていただろう。だがピーターにはかつて一緒に学校に通ったベンジャミンという友達がいて、しかも彼と一緒に新聞配達のアルバイトをした店の主人の名前がミスター・マンローだったという偶然が重なり、その名前がしっかり頭に刻みつけられていた。ベンジャミン・マンロー。その名前を耳にした途端、アリスは顔を青ざめさせたのだ。

〝BM〟への言及が手帳のあちこちに登場しだすのとほぼ時を同じくして、新作のプロットを練りはじめたらしいことが見て取れた。今回はミステリ、誰も思いつかないような独創的な手口で展開する、本格推理小説！　続く数ページには構想の断片が書きつけられていた。縦横に走る矢印、さまざまな疑問点の走り書き、ざっと描いた地図や説明図――アリスの最近の手帳でもおなじみの作業工程だ。続く一九三三年四月付のページにはこうあった。明日はいよいよBBBに着手する。冒頭と最後の文章はすでに決めてあるし、ストーリー展開にどうしてもはずせない要素はすべて解決済み（一部はBMのお蔭）。今回の作品は未完に終わることはないだろう。これまで書いてきたものとは一線を画するものになりそうな予感がする。果たしてBBなる作品は着手されたのか、そもそも完成に至ったのかどうか、そこは何とも言えなかった。高らかな執筆宣言に続く箇所は、いったん書いた文字を力まかせに消したらしく、紙に穴が開いていた。そこから先は何もなし。ページがそっくり破り取られているのだ。

なぜアリスは原稿を破棄したのか？　一冊書き上げるまでに使用した資料はすべて捨てずに取っておくほど細心で、迷信的ともいえる人がなぜ？　「作家なら自らの作品を反故《ほご》にしたりするものですか！」アリスはBBCのインタビューでそう語っていた。「たとえ気に食わない作品だろうとね。そんなことをするのは、出来の悪い子の存在を否定するようなものですよ」

ピーターは立ち上がって伸びをしながら、窓の向こうに広がるヒースの丘に目をやった。おそらく気に病むほどの意味はないのだろう。十代のころにつけていた手帳のページが欠けている、ただそれだけのこと。七十年も前に書かれたものではないか。そう思いながらもピーターは、すでに頭に忍びこんでしまったもやもやを振り払うことができなかった。最近のアリスの振舞い、かつてあった警察がらみの事件を頑なに否定する態度、デボラの伝言にあったベンジャミン・マンローという名前を聞いた途端に見せた愕然とした表情。はじめて出版された小説以前には一度も小説を書いたことがないと、ある時期からマスコミに言うようになったことも、些細なこととはいえ、不可解だった。何かが起きている、それがアリスの不安を駆りたてている。

ピーターは息を詰め、ことさら慎重な手つきで手帳を元の場所に戻した。こうすれば、棚から抜き出して覗き見した事実を隠滅できるような気がしたのだ。アリスがはじめて完成させた小説に関する質問は〈よくある質問〉から除外するのが無難だろう、すでに心はそう決めていた。この部屋にはいりこんでパンドラの箱を開けたりせずに、最初からそうすればよかったと思わずにいられなかった。

屋根裏部屋をさっさと離れ、すべてをなかったことにしようと焦るあまり、うっかりランプに体当たりしていた。あるいはいつもの不器用が災いしたのか。それはともかく、ランプは背が高いうえに固定されてもいなかったので、ぶつかった拍子にぐらりと一方にかしぎ、アリスのデスクを直撃した。デスクの上にあったグラスが、幸い空ではあったものの、ひっくり返った。慌ててグラスを起こしたそのとき、アリス宛の封書が目に留まった。あって何ら不思議はない、ここは彼女の家である。とはいえ、郵便物の仕分けはピーターの仕事であり、目の前にあるこれには見憶えがなかった。ということは、彼の知らないあいだに午前に配達された束から抜き取られた一通、ということになる。

逡巡もほんの一瞬のことだった。アリスには好意を持っている。祖母と孫のような関係とまでは言わないまでも、アリスのことはいつも気にかけているし、いま現在の彼女の状態を考えると無視できなかった。ピーターは中身を取り出した。せめて差出人だけでも知っておきたかった。セイディ・スパロウ。言葉をこよなく愛する人であれば忘れようのない名前（スパロウはスズメの意）。きっかり一週間前に届いた手紙のことがすぐさま思い出された。過去の失踪事件を調べていると言ってきたあの刑事だ。事件があったのは一九三三年、ＢＭの文字がアリスの手帳に現われるようになり、（あくまでも推測だが）問題の原稿が破り取られたのと同じ年である。パズルのピースが徐々にはまっていく感覚に暗澹《あんたん》としたが、もどかしいことに、パズルがどんな絵柄を浮かび上がらせるのかは依然、謎のままである。唇を指で叩きながら考えこんだ。いま一度、たたんでデスクの上に戻した薄っぺらな便箋に目をやる。これこそ余計な穿鑿というものだ。職務をはずれた越権行為。断崖の際に立ち、飛びこもうか思いとどまろうかと思い迷う。やがて頭を一振りして椅子に腰かけると、ピーターは手紙を読みはじめた。

＊

アリスは公園を突っ切っていくことにした。新鮮な空気は体にいいし、とひとりごちる口調がいつも以上に皮肉っぽくなる。ハイドパーク・コーナーで地下鉄を降りると、エレベーターで地上に出た。週明けよりだいぶ気温が高い。よどんだ大気がねっとりと絡みついてくる都会特有の暑さは、舗装道路と建物に囲まれた空間でいっそう強まるように思われた。トンネル内を轟音をあげて疾駆しては各駅で汗まみれの通勤客たちを吐き出す地下鉄の路線網は、たとえるならもつれ合う蛇、ダンテの描く世界のようだ。まずはハイドパーク内のロットン・ロウに沿って歩みを進め、薔薇園のむせ返るような香りとライラックの淡い香りを深々と吸いこむ。こうしていると、ただ自然に親しみたくてそぞろ歩いているようにしか見えないはず。目前に控える気の進まぬ用向きを少しでも先延ばしにしようとしているとは、誰も思わないだろう。

今日の訪問を強引に取り決めたのはデボラだった。金曜日にピーターから彼女の伝言を聞かされたあと（この専属アシスタントがベンジャミン・マンローの名を口にしたときは、背筋が凍る思いだった！）、取り合わないのが一番だと心に決めていた。この先数か月、デボラと顔を合わせる予定はなかった。エリナの命日に会ったばかりだったし、次の家族の集まりはクリスマスだ。それだけたっぷり時間をおけば、いっさいをうやむやにできるだろうと高を括っていた。この件はアリスがとぼけてしまえば片づく話だと。だが、デボラは頑として譲らなかった。長女という立場で常に行使してきた、そして政治家の妻となって数十年のあいだにさらに磨きをかけることにもなった、あの、穏やかながら有無を言わせぬ口調でこう迫ったのだ。

「どうしても、話しておきたいことがあるの」

セオの一件をどの程度デボラが把握しているのかは不明だが、それでも彼女が記憶の小径をかなり遡り、アリスを怯えさせるに足る地点まで達しているだろうことは想像がついた。どこまでデボラは知っているのか？　ベンのことを思い出し、それでアリスのしたことにも気づいたということか？　気づいたのでなければ、過去のことで話があるから来てほしいと、あそこまでごり押しするわけがない。

「乳母のローズのことは憶えているわよね？」電話を切る間際にデボラが訊いてきたのである。

「どうしてあんなふうに急に辞めていったのか、考えてみるとなんだか妙よね？」アリスは何十年ものあいだ必死に押し返してきた四方の壁が、じわじわと迫りくる気分だった。すべてが一気に明るみに出ようとしていた（とはいえ、博物館であれこれ問いかけてデボラの興味に火をつけたのはこの自分だった。あのとき口をつぐんでさえいたら……）。そして今朝は今朝で、例の刑事から三通目の手紙が届いた。前の二通より単刀直入で、ひとつ気になる発見があったと書かれていた。今回スパロウなるこの人物は、「ついては自分なりの推理を検証したいので」屋敷にはいる許可がほしいと言ってきたのだ。

歩みを止めると、目の前にトンボが浮かんでいた。アカネ。咄嗟に名前が口を突いて出る。翅をきらめかせて近くの花壇のほうに飛び去るトンボを目で追った。赤や藤色や鮮やかなオレンジ色の花々が咲き乱れていた。庭はたしかに心をなごませてくれる。一匹のミツバチが花から花へと飛んでいく。すると五感の記憶が鮮やかによみがえるのがわかった。こういうことが最近よくあった。いまここで、すぐそこの茂みにもぐりこめばどんな気分に浸れるのかは肌が憶えていた。痛みなどものともしないしなやかな体を、ひんやりした葉群にもぐりこませて仰向けに寝そべれば、枝の隙間から青いダイヤモンドのようにきらめく空が覗き、虫たちの合唱が耳を満たすはず。

無論、やりはしなかった。そのまま小径に沿って歩きつづけ、庭のことも、頭を一瞬よぎった奇妙な記憶もその場に置き去りにした。セイディ・スパロウのいう発見とは、おそらくトンネルのことだろう、とアリスは思った。第二のトンネルの存在を何らかの方法で知ったに違いない。いまにパニックが襲ってくるのではと思ったが、そうはならず、訪れたのはどんよりとした諦めの境地だった。避けようのないことなのは、ずっとわかっていた。あのトンネルの存在を（いまに至るまで）誰ひとり警察に話さなかったのは、むしろ奇蹟に近い幸運と言っていいだろう。一九三三年の時点でトンネルのことを知っていたのはアリスだけではない。ほかに何人もの人が知っていた。両親、アリスの姉と妹、母方の祖母コンスタンス・ドシール、それと乳母のローズも。ローズに教えることになったのは、ある年の冬、扱いにちょっとしたコツがいる掛け金のせいでクレミーがそこに閉じこめられてしまったからだった。

ロットン・ロウがサーペンタイン池に架かる橋との分岐点にさしかかると、アリスは歩調をゆるめた。水の向こうに芝地が広がっていた。それを目にすると、決まって第二次大戦のことを思い出した。当時そこには土嚢《どのう》が積み上げられ、野菜畑の畝《うね》がずらっと並んでいた。食糧確保のため、広大な公園全体が農地として市民に開放されたのだ。いまになって思えば中世に逆戻りしたかのような、かなり典雅な発想にも思えてくる。爆撃で家を破壊され飢えに苦しんでいた国民は、国王陛下の畑でとれた野菜で養ってもらっていたわけである。あれはきわめて理にかなった措置だった。いや、それ以上に死活問題だった。この国の若者たちは異国の地で命を落とし、ロンドンでは夜になると爆弾が雨のように降り注ぎ、補給船は埠頭にたどり着かぬうちに次々にUボートに撃沈される、そんな状況ではあったが、英国民が飢え死にすることはなかった。何としても戦争に勝つ気でいた。畑ひとつひとつに勝利への意欲が宿っていた。

数年前に出かけていった帝国戦争博物館でアリスは、おいしいスープを作ったよと誇らしげな顔を見せるポテト坊やのポスターの前でくすくす笑うふたりの児童を見かけた。ふたりはほかの生徒たちの歩みにだいぶ遅れていて、教師がきつく叱ると、背の高いほうが泣きべそをかきだした。人の不幸は蜜の味《シャーデン・フロイデ》――いい気味だとアリスは思った。膨大な数にのぼるこうした戦争の遺物も、実際は死と背中合わせの過酷な記憶であるはずなのに、時が過ぎると、節度あるもの、古趣に富むもの、あるいは行儀のいいものに見えてしまうのはなぜなのか？　あの時代を生きた人々は現代人よりずっと禁欲的だった。己の感情をみだりに口にしなかった。怪我をしても泣くな、潔い敗者たれ、恐れを決して認めるなと、子供のころから叩きこまれたものだった。心優しいあのローズでさえ、切り傷や擦り傷にヨードチンキを塗られるときに涙を見せると、顔をしかめたものだった。子供たちも、いざとなったら自らの運命に立ち向かうよう求められた。それが大いに役立つ処世術だということを、戦争を通じて知ることになった。そればかりか、人生全般にも役立った。

エダヴェイン家の女たちは、戦争が始まると全員がこれに協力した。クレミーは航空輸送補助部隊にはいり、英国空軍の飛行機を基地から基地へと移送する任務に従事した。アリスは霊柩車を改造した救急車に乗って爆撃を受けた地域に駆けつけた。デボラは婦人義勇隊のメンバーとなって多忙をきわめる義勇兵たちの統括にあたった。だが、みんなを驚かしたのは母エリナだった。デボラとアリスは両親を田舎に疎開させようとしたのだが、母はきっぱりと拒んだのである。「わたしたちもこっちに残って、己の分を尽くすつもりよ」そう彼女は言った。「楽をしようなんて気はさらさらないし、あなたたちだってそんなことは勧めないはずよ。国王陛下と王妃様の御心に叶うことであれば、わたしたちにとってもそれがいちばんいいに決まっている。そうでしょ？」彼女が娘たちの父親に微笑みかけると、のちにこれで命を落とすことになる重度の肋膜炎《ろくまくえん》を患っていた父も、彼女の手を握りしめて連帯の意を示したのだった。エリナは赤十字に志願し、イーストエンド地区を自転車で走り回っては、医師の助手として被弾した母親や子供たちの治療にあたった。

　ときおりアリスは脳内にこの町の地図を広げては、自分と関わりのある場所すべてにピンを刺してみることがある。すると地図の表面は、重なり合うピンの山で埋もれた。人生の大半を同じひとつの場所で過ごすということは、なんともすごいことである。無数の記憶が脳に蓄積されていくにつれて、やがて土地自体にアイデンティティが具《そな》わるのだ。土地は世の中を体験するのにきわめて重要だと考えるアリスには、流浪の民《ノマド》が時の移ろいをどうやって認識するのだろうかと、ときに首をかしげたくなる。もしも人間よりもはるかに大きくて恒常的なもの（つまり土地）に頼らずに生きるのであれば、彼らはどうやって自らの歩みを記録し、測るのか？　おそらくそんなことはしないのだろう。土地を持たないぶん、それだけ幸せも大きいのかもしれない。

　ベンに強く惹かれた理由のひとつが彼の放浪者気質だった。第一次大戦後は数多くのホームレスが生まれ、職や食糧や金銭を求める板紙を掲げてたたずむ男たちの悲惨な姿が国内各地で見受けられ、戦後十年間の世相は暗いものだった。アリスたち三姉妹も、できる範囲で施しをするように、決してじろじろ見ないようにと言われていた。人に情けをかけるということを教わった。だが、ベンはそういう家を奪われた兵士たちとは違っていた。彼はアリスがはじめて出会った、自ら選んだ生き方に徹した人だった。「ぼくはさすらい人なんだ」と言って笑みを浮かべ、袋ひとつで持ち運べる以上の物は持たなかった。職を転々と渡り歩き、袋ひとつで持ち運べる以上の物は持たなかった。「ぼくの母方にはジプシーの血が混じっているんだと、よく父さんが言っていたっけ」

〈ローアンネス〉付近の森にはいりこむジプシーや浮浪者のことを祖母からいろいろ聞かされていたアリスには、こういう生き方は受け容れがたいものだった。自分の属する一族の確固とした歴史を幼いころから叩きこまれていた。父方の祖先から受け継がれてきた遺産、彼らの勤労と起業の物語、エダヴェイン帝国を象徴する建造物。また、母方の祖先は、アリスたち家族が暮らす土地に深く根をおろしてきた一族だった。エリナとアンソニーの心ときめくラブストーリーでさえ、アンソニーの〈ローアンネス〉再興の物語を中心に語られた。アリスはこれをとびきり崇高な物語と受け止めていたし、湖畔荘に寄せる母の熱い思いを引き継ぐことに喜びを感じてもいた。これとは別の生き方があるなど想像もつかなかった。

だが、ベンは違った。彼はアリスのものの見方を一変させてくれた人だった。所有欲のない彼は、富を築くことにもまるで関心がなかった。身ひとつで土地から土地へと移動できさえすればそれで十分だよと、彼は言った。両親が極東の地で考古学の発掘調査にたずさわっていたということもあり、移ろいゆく現世を生きる者たちがほしがるものはいずれ消え去る運命にあるということを、彼は幼いうちから気づいていたという。そうした品々は、土に還らないまでも、土に埋もれたまま幾世代もの時を経て、人々の好奇の対象になるのが落ちなのだと。彼の父親は、昔の人が奪い合ったそんな美しい品々をどっさり掘り当てたという。「つまりすべてのものは、最後には失われ捨てられてしまう。それを所有していた人たちも死んでしまうんだ。ぼくにとって大事なものは人と経験だけ。人との交わり――それを何よりも大切にしているんだ。人と人のあいだに電気が流れて起きる火花のような、目には見えない絆をね」彼にそう言われて、アリスは頰を赤らめた。彼の言わんとする意味が手にとるようにわかった。彼女もまた同じ気持ちだった。

一度だけ、彼が無一文の身の上を無念そうに口にしたことがあった。それをいまも忘れずにいるのは、そのとき胸にこみ上げてきた不快な感情のせいだった。彼には子供時代を一緒に過ごしたひとりの少女がいた。その人は彼より少し年上のイギリス人で、彼女の両親もまた、ベンの両親と同じ発掘現場で働いていた。当時十三歳だった彼女は八歳のベンをたいそう可愛がってくれたという。似た者同士だったということもあり、異国の地で寝起きを共にするうちにふたりは強い絆で結ばれた。「ちょっぴり恋していたんだろうな」ベンは笑いながら言った。「長い髪を三つ編みにしていてね、ハシバミ色の瞳がチャーミングでさ」やがてその娘は――名前はフローレンス（ベンは〝フロー〟と愛称で呼び、その親しげな口調がアリスの胸を棘のように突き刺した）――両親とともにイギリスに帰ってしまうのだが、ふたりはその後も文通でつながっていた。ベンが大人になるにつれて手紙は長くなり、内容も私的なものに変わっていった。どちらもそれぞれの土地で移動生活を続けていたが、十七歳になったベンが英国に戻ったのを機にふたりは再会する。彼女はすでに結婚していたが、ベンはロンドンに立ち寄ると、決まって彼女の家に泊まるようになった。こうして交流はずっと続いていった。「彼女ほど心の広い人はまずいないだろうな」ベンは言った。「とても義理堅くて思いやりがあって、彼女といると笑いが絶えないんだ」ところが、その彼女たち夫妻がいま苦境に立たされているという。彼らには頑張って軌道に乗せた商売があった。蓄えを全部注ぎこみ身を粉《こ》にして働いてきたのだが、地主から立ち退きを迫られているという。「ふたりはほかにもいろいろ辛い事情を抱えているんだ」とベンは言った。「ごく私的な問題をね。すごくいい人たちなんだよ、アリス。あるのはささやかな望みだけなのに、どうすることもできなくて」それから刈りこみ鋏を研ぎながらこう言った。「なんとかしてふたりの力になりたいのに」もどかしさを新たに募らせているのが声ににじんでいた。「状況を変えられるのは、結局のところお金なんだよね、と ころがこっちのポケットには小銭しかないからな」

友人の苦境でベンが辛い思いをしている。すでにベンに夢中だったアリスは、彼のためになんとかしてあげたかった。そう思うと同時に、ベンの人生にそこまで影響を与え、ロンドンから何百マイルも離れた地にいる彼に悲しい思いをさせ、こうして彼を落ちこませるほどの影響力を持つ女性（フロー――こんなふうにさりげなく縮めて呼ばれる名前が心底憎らしかった）に激しい嫉妬を覚えたのだった。

だが、あれほど激しく燃え上がった情念さえも鎮めてしまうのだから、時間というのはおかしなものだ。その後ベンはこの友人のことを二度と口にしなかったし、アリスもまだ未熟で、自分のことで手一杯だったからだろう、フローのことも、彼女の抱える悩みも記憶から徐々に抜け落ちてしまった。その三、四か月後に『バイバイ、ベイビー』の構想をベンに打ち明けるころには、ベンが幼馴染みの友人を助けるために何としても――どんなことをしてでも――金を工面したがっていたことなどすっかり忘れていた。

＊

サーペンタイン池の対岸では、ひとりの子供が水辺に駆け寄ろうとしていた。アリスは一瞬たじろぎ、足を止めると、幼な子を目で追った。女の子か男の子かははっきりわからなかったが、その子は水辺にたどり着くと、パンを細かくちぎっては集まってきたアヒルの群れに撒きはじめた。そこへ一羽の白鳥がやかましい啼き声をあげながら割りこんできて、残りのパンくずを横取りしてしまった。間近に迫る鋭いくちばしに、子供は泣きだした。親が駆けつけると〈親なら誰だってそうするはず〉、子供はすぐに泣きやんだが、この出来事はアリスに〈ローアンネス〉のひどく貪欲で物怖じしないアヒルたちを思い出させた。あの子たちはいまもあそこにいるのだろうかと思った途端、胸に熱いものがこみ上げた。こういうことがときどきあった。これまでずっときっぱりと拒んできたはずなのに、あの家や湖や庭がどうなっているか知りたいという強烈な思いが、波のように襲いかかってくるのだ。

〈ローアンネス〉での子供時代——姉妹三人は夏になると日がな一日、水を出たりはいったりして過ごし、太陽に焼かれた肌は小麦色に変わり、髪の色もすっかり抜けて白くなったものだった。クレミーは肺が弱いくせに戸外で遊ぶのが人一倍好きで、子馬のようなひょろりとした脚で風を切って駆け回っていた。あの子は生まれてくるのが早すぎた。いまの時代に生まれるべきだった。いまならクレミーのような娘たちが活躍できる場は山ほどある。そういう娘たちを、潑溂として自立心に富み率直で目的意識を持った娘たちを、アリスはいたるところで目にした。社会通念にとらわれないたくましき娘たち。鼻に輪っかを通し、髪をショートに刈り、世の中に憤りを感じている娘たち、そんな彼女たちを見ているとアリスは嬉しくなる。そこに妹の魂が息づいているのを垣間見たような心地になることもあった。

セオがいなくなって数か月のあいだ、クレミーは誰とも口をきこうとしなかった。警察の事情聴取が一段落すると貝のように口をつぐみ、まるで耳のスイッチまで切れてしまったかのように振る舞った。普段から変わった子だったが、いまにして思えば、一九三三年のあの夏が彼女をすっかり野生児にしてしまったような気がする。ほとんど家に居つかず、飛行場のあたりをうろついたり、先をとがらせた木の枝で川辺の葦を痛めつけたりして一日を過ごし、ただ寝るだけのために夜更けにこっそり帰宅するといったありさまで、それとてごくまれだった。夜はたいてい森のなかの小川の畔で野宿していたのだ。何を食べていたのかは神のみぞ知る。おそらく鳥の卵あたりだろう。クレミーは鳥の巣を襲う名人だった。

母はかんかんだった。セオのことで嘆き悲しむだけでなく、出ていったきり戻ってこないクレミーの心配までする羽目になったのだ。それでも結局は戻ってきた。泥のにおいをぷんぷんさせ、長い髪をもつれさせてはいたが、疲れは微塵も感じさせなかった。あの年の夏は爛熟の極致とでもいえそうな陽気だったから、続く秋はことさら陰鬱に感じられた。そして冬に向かうにつれてセオ発見の望みはことごとくついえたかのように、〈ローアンネス〉はいつ果てるとも知れない悲嘆に包まれた。警官たちの無念の思いとともに捜索が正式に打ち切られると、エダヴェイン一家はロンドンに生活の場を移すことになった。デボラの結婚式が十一月にロンドンで行なわれるということもあったし、家族がひとまず向こうに落ち着くのに数週間は必要との判断からだった。普段は決して田舎を出たがらない母でさえ、湖畔荘の冷えびえとして気力を萎えさせる寂寥感から逃れられてほっとした様子だった。窓はすべて閉じられ、ドアが施錠され、車に荷物が積みこまれた。

ロンドンではクレミーも、否応なしに再び靴を履くことになった。ぼろぼろに擦り切れ、サイズの合わなくなった服の代わりに新しいドレスが買い与えられ、数学と科学の授業で定評のある全日制の女学校に通うことになった。クレミーは喜んだ。〈ローアンネス〉では、時代遅れの女家庭教師が雇われてはすぐに辞めるといったことが繰り返されてきたが、本物の学校は彼女の歓心を買うための飴、黙従への褒美だった。崖っぷちから生還したクレミーにひとまず胸をなでおろしはしたものの、妹が野性を失ったことに、アリスは心のなかで涙した。とことん野蛮かつ赤裸々に哀しみと格闘するクレミーは、ある意味、それを傍《はた》で見ている者の哀しみをも引き受けてくれていたのである。彼女の文明世界への回帰はかえって悲劇を増幅し、永続化させた。クレミーが希望を捨ててしまえば、あとにはもう何も残らないのだ。

*

アリスの歩調は意図した以上に速まっていた。締めつけられるような痛みが胸に走った。これはただのさしこみ、心臓発作ではない、そう自分に言い聞かせた。ベンチを見つけ、そこに沈みこむ。しばらく呼吸を整えることにした。頬を撫でる微風が熱かった。目の前にはロットン・ロウ、その向こうには遊び場があり、子供たちがカラフルなプラスチック遊具をよじ登っては追いかけっこをする横で、彼らの子守り役――髪をポニーテールに束ね、ジーンズにTシャツといった格好の娘たち――が木陰でおしゃべりに興じていた。遊び場に隣接する砂地では、ナイツブリッジ兵舎の士官たちが馬に乗って教練中だ。そのときふと、ここは一九三八年のあの日、クレミーと過ごした場所のすぐ近くだと気がついた。世間でよく言われることだが、人が老いると（これがまた実にひそやかに進行する。時はなんとも狡猾だ）、何十年も隅に追いやられていた遠い過去の記憶が突如、輝きを放ち鮮明になる。あの日は澄まし顔の幼女がここで乗馬の訓練を受けていて、砂の上をぐるぐる回っていた。そして自分たちふたりはピクニック・ブランケットの上に寝ころび、アリスは飛行訓練を受けたいというクレミーの相談に乗っていた。まだ戦争が始まる前だったから、裕福な家庭の子女の目に映るロンドンの日常は普段とさして変わりなかったが、耳を澄ますべき場所さえ心得ていれば、戦争の気配は巷《ちまた》にあふれていた。アリスには心得があった。その点はクレミーも同じだったらしい。

十七歳になっていたクレミーは、社交界デビューをあっさりはねつけると、親に内緒で家宝ともいうべき品を売り飛ばし、内戦中のスペインに渡って共和国軍とともに戦う覚悟だったのだが、出発間際に波止場で阻止されるという一幕を演じていた。アリスは妹の気概にすっかり感心したものの、それでも家に連れ戻された妹を目にしたときはほっとしたものだった。だが今度ばかりは、クレミーの一歩も引かぬ意志の固さに、航空学校の広告が載った新聞を振りかざしながら熱弁をふるう彼女の熱意にほだされて、両親の説得に一肌脱ごうとアリスは約束したのだった。あの日は気温が高く、ランチを終えると、いましがた交わした同盟協定のせいもあったのだろう、ふたりは心地よい静けさに身をまかせた。アリスは両肘を後ろに突いた姿勢で仰向けになると、サングラスに隠れた目を閉じた。そこへクレミーが唐突にこう言った。

「あの子、まだ生きているわよね」

クレミーは希望を捨てていなかった。

＊

アリスは、あの日ふたりがすわっていた場所を探した。たしか花壇のすぐそばの、栗の木の巨大な根っこがふたつ、盛り上がったあたりだったはず。当時、この遊び場はなく、子守の女たちも丈の長いドレスに布帽子という身なりで、ある者は幼児の手を引き、ある者は赤ん坊を黒い大きな乳母車に乗せて、サーペンタイン池の畔に群れ集っていた。あの年のクリスマスには芝地はすっかり姿を消し、それに代わって将来の空襲に備えて塹壕が出現した。だがクレミーと過ごしたあの日はまだ、恐怖と死の影をまとった戦争は遠い未来のことだった。世界はまだ無傷で、太陽はいつもどおりに輝いていた。

「あの子、まだ生きているわよね」

すでに五年が経っていたが、クレミーが誰のことを言っているのか、すぐにぴんと来た。セオがいなくなって以来、妹が弟のことを口にするのははじめてだったし、本音をぶつける相手に選ばれてしまったようでアリスは気が重かった。クレミーの推理が間違っていることを確信していたから、なおのこと負担だった。そこで即答を避けてこう言った。「どうしてそう思うの？」

「わたしにはわかるの。直感よ」

少女を乗せた馬は速歩に移り、揺れるたてがみが誇らしげにきらめいた。

クレミーが言った。「だって身代金の要求がなかったもの」

「だから？」

「やあね、わからないの？　身代金の要求がないってことは、連れ去った人はあの子がほしかったってことだわ」

アリスは返事をしなかった。猜疑心を起こさせることなく言いくるめるにはどうすればいいのか？　口を開いたら最後、余計なことまでしゃべってしまいそうだった。

そんなアリスの胸中などを知る由もなく、クレミーの顔は生き生きと輝いていた。しゃべるきっかけをつかめぬまま待ちつづけること五年、ここに来ていっさいのためらいがなくなったかのように一気にまくし立てた。「犯人は男の人だと思うの。子供のいない人で、コーンウォールにやって来て、たまたま見かけたセオにすっかり魅了されてしまったのね。その人には奥さんがいて、心の優しい女性で、子供がほしくてたまらないのに、どうしても授かれないの。そんな若い夫婦の姿が目に見えるようだわ。裕福だけど堅物でも偉ぶってもいない、仲睦まじい夫婦で、何人も子供がいる家庭を夢見ていたの。ところが年を追うごとにふたりは悲しみに沈んでいった。奥さんはなかなか妊娠できなくて、この先ずっと育児室から赤ん坊の足音や笑い声が聞こえてくることはないのだと、徐々に思い知らされる。家のなかはひっそりと静まりかえり、音楽も幸福も光もすべて、ふたりの暮らしから消えてしまった。それがある日、いいことアリス、その男の人は出張でロンドンを離れたの。あるいは仕事仲間との会議かもしれないわね――」ここでクレミーは手を振り立てた。「理由なんかどうでもいいわ――とにかく〈ローアンネス〉の近くまでやって来たその人がセオを見かけ、この子はまさに妻の心に喜びを取り戻してくれると思ったんだわ」

ちょうどそのとき速歩中の馬がいななき、アリスの脳裡に〈ローアンネス〉が、周囲に広がる農地が、キッチンから失敬してきた林檎をよく食べさせてやった近隣の馬たちがよみがえった。クレミーの空想物語が穴だらけなのは言うまでもなかった。そもそも〈ローアンネス〉にうっかり迷いこむ人などいるはずがない。こんな話を思いついたのは、少なくともある程度、妊娠しづらいデボラの悩みに触発されてのことだろう（「五年も経つのに、まだ子供ができないんですってよ」人の集まる場所ではそんなささやきが飛び交ったものだった）。すると夜明け近くの湖畔に群れるナイチンゲールの記憶が頭をよぎり、強烈な陽射しを浴びているにもかかわらず、ぶるっと身震いが起きた。そんなアリスにクレミーは気づきもしなかった。

「どう思う、アリス？　そんなことするのは間違っているし、うちの家族を悲しませるだけだけど、でもね、わかる気がするの。相手がセオなら、ほしいという気持ちを抑えられなくなるんじゃないかな。嬉しいと腕をさかんにばたばたさせるあの仕草、憶えているでしょ？　まるで空に飛び立とうとしているみたいだった」クレミーは微笑んだ。「セオは何としても手に入れたくなるような子なのよ。いまごろきっと、たっぷり愛情を受けてすくすく育っているはずよね、アリス、幸せに暮らしているんだわ。幼いうちに離れ離れになってしまったから、わたしたちのことなんかすっかり忘れて、うちの子だったことさえもう憶えていないんでしょうね、こっちは忘れられっこないけど。あの子が幸せに暮らしていると思えば、辛い気持ちとも折り合いがつけられるわ」

アリスには返す言葉がなかった。家族のみんなはアリスを作家とみなしているが、クレミーには人と違うレンズを通して世の中を見る才能があった。本音を言えば、アリスは妹の豊かな想像力にいつも圧倒され、少しばかり嫉妬してもいた。アリスにいくら創作の才があろうと、どれほどの試行錯誤を重ねて産み出した物語だろうと、クレミーの生来の独創性にはとてもかなわない気さえした。天真爛漫なクレミーが相手だと、なぜか決まってつまらぬ現実主義者の役を演じるはめになる。そんな役回りは御免だった。そもそも彼女の夢想に水を差すことにどんな意味があるというのか？　妹がこしらえあげたうっとりするようなファンタジーを、セオの新しい人生を、愛情あふれる家族を、どうしてわざわざ壊さなくてはならないのか？　真実は自分ひとりが知っていればそれで十分ではないのか？

それでも貪欲なアリスは、クレミーの物語をもっと聞いていたかった。「その人たちはどこに住んでいるの？」アリスは尋ねた。「結局セオはどうなったの？」クレミーがその答を紡ぎ出すのを目を閉じて聞きながら、純真なクレミーを、そう信じて疑わぬ彼女を羨んだ。人の心を惹きつけずにはおかない発想だった、それがたとえ見当違いであったとしても。セオは瀟洒なお屋敷で愛情あふれる家族に囲まれて新生活を送っているわけではないのだから。たしかに身代金の要求はなかったが、それが意味するところの解釈を彼女は間違えていた。だがアリスは知っていた。身代金の要求がなかったのは、ひどい手違いが起きてセオが死んでしまったから。なぜ知っているかといえば、アリスがまさにその筋書きを仕立てた張本人だったから。

18　（ロンドン　二〇〇三年）

それを思いついた日も、いつもどおりに一日が始まった。あれは一九三三年の春先のこと、まだ寒い時期だったから、アリスは午前中ずっと加熱乾燥室にこもって給湯タンクに足を乗せ、金線細工が施された鍵つきの箱に厳重に保管してある新聞の切り抜きを読み返していた（この金属製の箱は祖父のホレイスがインドから持ち帰った品で、屋根裏部屋にあったのを無断で持ち出した）。アメリカでリンドバーグの息子が誘拐されたという記事に出会ったこともあり、身代金や脅迫状、警察の裏をかく最良の手口といったことをあれこれ考えるようになっていた。いままで書いてきた物語に欠けていたのはパズル的要素、つまり複数の出来事を複雑に絡み合わせて読者を惑わす仕掛けだと、ようやくわかってきた（アガサ・クリスティに心酔していた時期でもあった）。それと犯罪の要素も。完璧な小説になるかどうかは、犯罪事件の解明を軸に据えた展開のよしあしで決まる。このあと作者はこう来るだろうと思わせつつ、最後にどんでん返しで読者をあっと驚かす、そんな作品を目指そうと心に決めていた。給湯タンクに毛糸のソックスにくるまれた爪先を押しつけながら、犯人と動機、肝心要《かんじんかなめ》の犯行手口についてアイディアをふくらませてはペンを走らせた。

昼食後も想を練りながら、母親の古いセーブルのコートを羽織って庭にいるベンを探しに出た。外は風が吹き荒れていたが、彼は魚の泳ぐ池のそばで、高い生垣をめぐらせた秘密の花園を造成中だった。アリスは池を縁取るひんやりした大理石に腰をおろすと、ゴム長靴のかかとを苔むす地面にめりこませた。ベンの道具入れからアリスが貸した『スタイルズ荘の怪事件』が覗いているのに気づくと、得も言われぬ喜びが胸を満たした。

花園の奥で雑草をむしっていたベンは足音に気づいておらず、そこでアリスはしばらくそのままでいた。彼のむき出しの前腕がうっすらと汗をかき、湿った肌に泥がこびりついていた。彼が目元にかかる長い黒髪を払いのける。とうとうこらえきれず、アリスは口を開いた。「すごいこと思いついたの」

彼がぱっと振り向いた。驚かせてしまったらしい。「アリス!」驚きはすぐさま喜びに道を譲った。「すごいことって?」

「午前中はずっとかかりきりだったの。自慢するわけじゃないけど、わたしの最高傑作になりそうよ」

「へえ、そうなの?」

「そうよ」そして、のちのち後悔の種になる言葉を口にした。「誘拐事件よ、ベン。誘拐を扱った本を書くことにしたの」

「誘拐か」ベンが頭を掻きながら反復した。「さらわれるのは子供？」

アリスは大きくうなずいた。

「なぜ他人の子を盗むの？」

「その子の親がお金持ちだからに決まっているでしょ！」

ベンは、そのふたつがどうつながるのか腑に落ちないとでもいうように、困惑の表情をアリスに向けた。

「お金がほしいからよ」アリスはおどけるように目を回す仕草をした。「つまり身代金てやつ」

教養のあるところを見せようと歯切れよく言った。いかにも世慣れた女性といった響きになったのが自分でもわかった。さらに続けて構想のあらましをベンに伝えながら、この物語に漂うはらはらどきどき感を自画自賛せずにいられなかった。犯罪者心理にここまで精通している自分に驚いた。「わたしの小説に出てくる誘拐犯は困窮状態に陥るの。それをどう描くか、具体的なことはまだ決まっていないんだけど。たとえば遺言からはずされて遺産をもらえなくなるとか、あるいは彼は科学者で、すごい発見をするのだけど、共同研究者が——これが子供の父親ね——彼の発見を横取りして大儲けしてしまい、苦汁を舐めさせられた彼が怒りに駆られるとか。動機はそんなに重要じゃないけど、とにかく——」

「——つまり主人公は貧乏なんだ」

「そうよ、だから必死なの。彼にはある事情があってなんとしてもお金が必要なの。たとえば借金を抱えているとか、身分違いの若い女性との結婚を望んでいるとか」アリスはなんだか自分たちふたりの境遇を語っているような気がして、頬がかっと熱くなるのを感じた。そこで急いでプロットの話を続けた。「そのへんの事情はさておき、とにかく大金がすぐにも必要で、そのために考え出したのが誘拐というわけ」

「あまり好感の持てるタイプじゃなさそうだね」ベンが大きな雑草の根っこについた土を振り落としながら言った。

「悪人なんだもの、好人物である必要なんてないわ。おかしいでしょ、悪人なんだから」

「実際の人間はそういうものじゃないけどね。悪人はあらゆる点で悪人で、善人はひたすら善人なの？」

「この人は生身の人間じゃなくて、物語の人物《キャラクター》だもの。まるで別物よ」

「なるほど」ベンは軽く肩をすくめた。「きみは作家だものね」

アリスは鼻をくしゃっとさせた。せっかくいい気分で話していたのに、水を差されて思考の流れが途切れてしまった。そこで立て直しを図るべく、メモに目を落とした。

「ひとついいかな」ベンが園芸用の又鍬《またぐわ》を地面に突き立てた。「何ていうか、きみが書こうとしている推理小説のそういうところが、ぼくはどうも好きになれないな」

「どういうこと？」

「話が大雑把というか、微妙さに欠けるというか、善悪がはっきりしすぎるというか。これだって現実世界の話だろ？　単純すぎるんだよ。なんだか子供の本の世界というか、お伽噺みたいじゃないか」

彼の言葉がナイフのようにアリスに突き刺さった。八十六歳になったいまも、こうしてロットン・ロウ横のフットボール場の前を行き過ぎながら、あの日のことを思うと身がすくんだ。たしかに彼の言うとおりだったし、彼には先見の明があった。いまでは手口《ハウ》より動機《ホワイ》に重きを置いた作品を書いているアリスだが、ごく普通の人が何かの拍子に犯罪に手を染めてしまうというテーマこそが魅力的で語る価値があるという彼の考えに、当時はまるで心動かされなかった。トリックと謎解きにしか興味がなかったのだ。あのとき彼は単にジャンルの話をしていただけなのに、アリスは単細胞呼ばわりされでもしたように苦悶の波に呑みこまれてしまった。あの日は寒かったが、気まずさと傷心のせいでかっとなり、体から湯気が立ちそうだった。ひとまず彼の批判を受け流し、気を取りなおして話を進めた。「誘拐された子はやがて死んでしまうの」

「彼女は死ぬの？」

「彼よ。男の子のほうが断然いいわ」

「そうなの？」

彼は面白がっていた。これがひどく癇にさわった。彼の笑顔に応えるのは願い下げだった。ぐっとこらえて先を続ける自分の声が横柄になっていた。しかと心得ておくべきことを説き聞かせるような口調になっていた。なお悪いことに、彼のような下々の男には理解など望むべくもない知識を授けてでもいるかのような態度をとっていた。なんともひどい話である。金持ちの令嬢気取りでしゃべる自分の声が、いまも聞こえるようだった。そんな役どころは軽蔑していたはずなのに、止めようがなかった。「いいこと、家という観点から見れば、男の子のほうがずっと価値が高いのよ、領地や爵位やその他諸々の継承者なんですからね」

「なるほど。じゃあ男の子で決まりだな」彼はいつもどおりの気楽な口調だった。これにもさらにかちんときた！「でも、なんでその子は死ななくちゃならないの？」

「だって殺人ミステリなのよ、殺人が起こるのは当然でしょ！」

「きみのルールがまたひとつ増えたのかな？」彼はからかっていた。アリスが傷ついているとわかっているくせに、追い討ちをかけようとしていた。その手に乗るものかと思った。

そこで冷ややかに、「ルールを作るのはわたしだけではございません。ミスター・ノックスは十ものルールを考案しているわ、『探偵小説十戒』に載っているんですからね」

「ああ、なるほどね。だとしたら話は別だ」ベンは手袋をはずし、パラフィン紙に包まれたサンドイッチに手を伸ばした。「ミスター・ノックスのルールにはどんなものがあるの？」

「探偵は偶然や第六感によって事件を解決してはならない」

「フェアプレーの精神だ」

「双子や一人二役の人物を登場させる場合、その存在をあらかじめ読者に知らせておかなくてはならない」

「そいつはずるい手だからね」

「そして、秘密の部屋や通路がふたつ以上あってはならない。これはわたしの作品の重要ポイントよ」

「そうなの？　どうして？」

「ここぞというところで使うつもりなの」アリスは指を折って数え上げつつ、ルールをさらに列挙した。「犯人は物語の早い段階で登場していなくてはならない。探偵は読者にすべての手掛かりを明かさなければいけない。そしてこれがいちばん大切だけど、探偵には頭の悪い相棒、読者よりわずかばかり知性が劣るワトソン役をつけるのが望ましい」

ベンはサンドイッチにかぶりつこうとしたところで動きを止め、ぱっと互いを指さして見せた。「このチームでは、ぼくがワトソン役だってことがはっきりしたね」

アリスは自分の口元がゆるむのがわかった。これ以上意地を張りつづけていられなくなった。ベンはすごくハンサムだし。こんなふうに笑いかけてくれるし、太陽が雲間から顔を覗かせ輝きはじめてもいた。要するに不機嫌な顔を続けるのが難しくなった。アリスはぷっと吹き出した。とそのとき、彼の表情が一変した。

アリスは咄嗟に首だけひねって振り返り、彼の見つめる先を目で追った。どうせ乳母のローズでもいるのだろうと、一瞬、気が滅入った。少し前に窓から外を眺めていたら、ベンとローズが話しこんでいるのが目に留まったのだ。しかもちょっと打ち解けすぎではないかと思えるほどだった。だが、この日そこにいたのはローズではなかった。裏手のドアから出てきた母が、鋳鉄製のベンチに腰かけようとしているところだった。母は胸元で腕組みし、指に挟んだ煙草から一筋、煙がかすかに立ち昇っていた。

「心配はご無用よ」そう言って、アリスは目を回す仕草をすると、母から見えないように頭をかがめた。「わたしたちの邪魔はしないと思うわ――とりあえず今日のところはね。母さまが煙草を吸うこと、わたしたちは知らないことになっているの」

アリスはざっくばらんな口調を心がけたが、この半時のあいだに生まれていたくつろいだ雰囲気は消し飛んでしまった。アリスもベンも、ふたりの関係をとりわけ母には内緒にしておくのがいかに重要かを知っていた。エリナはアリスがベンとつき合うことに難色を示していた。この数か月のあいだに再三再四、つき合う相手は慎重に選ぶべきだと一般論めかして意見されてもいたし、少し前の夜にも夕食後母から図書室に呼び出され、この件でことのほか気まずい思いを味わったばかりだった。そのときの母の顔には、平静を装いながらも奇妙なこわばりが覗いていた。これは何かあるなとアリスは察知した。案の定だった。「あなたのような若い娘が、使用人たちと長々と話しこむのは見苦しいことですよ、アリス。あなたに悪気がないのはわかっているけれど、他人様は誤解しますからね。お父さまだっていい顔はなさらないわ。書斎の窓から外に目をやったら、自分の娘が身分違いの男と、それも庭師と一緒にいただなんて、それこそただじゃすみませんからね」

父がそこまで狭量だとは、アリスは一瞬たりとも思ったことはない――階級で人を区別するなど決してしない人だ――だが、アリスは言い返さなかった。わざわざ危険をおかすつもりはなかった。もしも母がベンを目ざわりな厄介者と判断すれば、すぐさまベンをくびにしてしまう、そう思ったのだ。

「さあ行って」ベンが片目をつぶって言った。「ここにいないほうがいい。ぼくもやることが山ほどあるし、きみは傑作を書かなきゃならないんだから」

彼の気づかいに、その声にこもる優しさに胸がきゅんとなった。「面倒なことになったって、わたしはへっちゃらよ」

「それはどうかな」彼が言った。「へっちゃらなわけがない」それからアガサ・クリスティの小説を差し出した。指先が触れ合った途端、アリスの体に電流が走った。「小説がある程度はかどったら、また教えてよ」彼はおどけた仕草で、恐ろしげにかぶりを振って見せた。「幼いお坊ちゃまを殺すんだよね。怖いなあ」

*

9番バスが通り過ぎるのを待って、アリスはケンジントン・ロードを渡った。旧型の二階建バス〈ルートマスター〉の車体側面は、キーロフ・バレエ団の『白鳥の湖』の広告におおわれていた。この公演は見たかったのだが、先延ばしにしているうちにチケットを取り損ねた。アリスはトウシューズが床を打つ音が聞こえるくらい舞台に近い席でないと見に行かない。卓越した美は厳しい練習から生まれるのであって、それ以外の見せかけの美には興味がなかった。イリュージョンもまた演技の一部、ダンサーたちが軽やかな肉体表現を求めて日々努力を重ねていることは理解している。多くの観客にとって、苦労を微塵も感じさせない優美な動きがもたらす夢の世界《ロマンス》が見どころなのも知っている。だが、アリスは違った。彼女は厳しく鍛え抜かれた精神と肉体の大いなる讃美者であり、演技をより素晴らしいものにしているのは主役の男の肩にきらめく汗であり、バレリーナがソロをやり終えた瞬間にもらす吐息であり、ダンサーが旋回して笑みを見せる際に床を打つトウシューズの鈍い衝撃音だと思っている。自分以外の作家たちの作品を読んでいて、そこに物語を支える足場を見出したときに覚える感動もまさにこれと同じ。構造に気づいたからといって、喜びは半減するどころか、むしろ倍加するのである。

アリスにロマンチスト気質はない。これは母エリナと自分の違いをわざと際立たせたくて用いる分類法のひとつ、子供時代に確信的に身に着けた習性だ。すなわち、母お気に入りのバレエの話といったら、母がアリスたちの父親と出会った夏の思い出に由来するからだ。「あれは一九一一年のこと、まだ戦争が始まる前で、世界は魔法に満ちあふれていたわ」エリナはそんなふうに長年にわたって繰り返し語ってきた。「メイフェアの叔母の家に滞在することになったその週のはじめに、あなたたちの父さまと出会ったの。父さまがロシアバレエ《バレエ・リュス》団の公演に誘ってくれて、わたしは一も二もなくイエスと答えたわ。母親の承諾すら取らずにね。だから当然のこと、ドシールお祖母さまは、わたしを勘当するとまで言いだす始末だった。おお、でもね、たとえ勘当されたってあれは見るべき価値のある舞台でしたよ。あの夜の素晴らしさといったらなかったわ！　完璧の一語に尽きるわね。あのころわたしたちはとても若かった。信じられないくらい若さがみなぎっていたの」ここで決まって彼女は、いまとはまるで違う両親の姿など子供たちに想像できなくて当然だと言わんばかりに、小さく微笑むのだった。「『薔薇の精』のニジンスキーみたいな人を目にしたのはあれが初めてだったの。彼がソロで踊った十五分間は夢のようなひとときだったわ。シルクトリコットの衣裳はまるで青ざめた素肌のようでね。そこにレオン・バクストがデザインした花が、ピンクや赤や紫の花が何十とちりばめられているの。この世のものとは思えない、それはもう美しくて、いままさに飛び立とうとしている光り輝く優美な昆虫のようだった。実に軽々と跳躍したと思うと、ありえないくらい長く宙に浮いていて、ソロのあいだ床に一度も足をつけていないんじゃないかと思ったくらい。人は空を飛べるのかもしれない、どんなことも可能なのだと信じたくなる一夜だったわ」

いや、そうではない——アリスは顔をくもらせた。こんな捉え方は一面的でしかない。たしかにエリナは運命や迷信といった耳に心地よいお伽噺の言語で自らの青春時代を美化しつづけはしたが、彼女のロマンチスト気質は恋愛一辺倒の、〝その後ふたりはいつまでも幸せに暮らしました、めでたし、めでたし〟といった類のものばかりではない。むしろそこには母の現実世界の見方、独自の道徳観が息づいていた。彼女には正義の感覚が先天的に具わっていた。それは抑制均衡《チェック&バランス》とでもいうべき複雑なシステムで、それが彼女の言う〝公正〟の尺度を決めていた。

ともすれば道徳的均衡にすがろうとする母エリナのこの傾向は、アリスが彼女と最後に交わしたやりとりにはっきりと現われていた。その日エリナはニュー・シアターで『夜の来訪者』（J・B・プリーストリーの戯曲）を見て帰宅すると、すぐにアリスに電話をかけてきて、今夜は「感動で胸が震えたわ」と言ったのだった。すでにこの芝居を見ていたアリスは、一瞬、口をつぐみ、それからこう切り出した。「不当に扱われて自殺に追いこまれた罪のない若い娘に？　それとも、彼女の苦悩に寄り添うどころか、我が身に降りかかる火の粉を払うのに戦々恐々としている卑劣なバーリング家の人々にかしら？」

エリナはそんな皮肉にはとりあわず、自分の感想を続けた。「不吉なエンディングが実に正鵠を得ていましたよ。あの家族全員がそれぞれ、彼女に対して罪を犯していたわけよね。真実はいずれ暴かれるという満ち足りた気分にしてくれたわ」彼女もまた、予想どおりというか、グール警部補なる人物の謎めいた役どころを絶賛した。アリスが、彼の立場がいまひとつ明確に伝わってこなかったとほのめかすと、エリナはがっかりしたように言った。「いやだわ、アリス、それは的外れというものよ。彼は原型《アーキタイプ》というか象徴《シンボル》というか、人間の姿をした〝正義〟なのよ。彼が自殺した気の毒な娘のことをどれだけ知っているかとか、彼の人となりとか正体とか、そんなことはどうでもいいの。この芝居で大事なのは完全なる秩序の回復なんですからね」

アリスは人物造型と存在感について不平を鳴らしたが、エリナは疲れたと言って話をひとまず棚上げにした。「あなたをなんとしても説得しなくちゃね。明日にでもじかに会って、続きをやりましょう」言うまでもなく、翌日ふたりが会うことはなかった。翌日ショアデッチ地区のアリスのフラットに訪ねてくることになっていたエリナは、その途上、メリルボーン・ロードを走るバスの前に、運転手がよそ見したすきに身を投げたのである。そのときアリスは自宅の薄暗いキッチンにいた。世界の軸がはずれて傾いたことなど知る由もなく、冷蔵庫に一パイント瓶の新鮮な牛乳を用意し、しまいこんでいたクロスをテーブルに広げて待っていた。

ベンが間違っていたのはそこなのだ。アリスは喪失の哀しみにこみ上げてきた熱いものをまばたきで追いやった。土地よりも人に愛着を感じるという彼の気持ちもわからなくはないが、人には変化という厄介な側面がある。去っていくこともあるだろう。死ぬこともあるだろう。その点土地は、もっとずっと信が置ける。土地はいたるところにある。破壊されても再建できるし、改良だってできる。しかし人はいつまでもそばにいるとは限らない、当てにならない存在だ。「家族は別でしょ」そんなエリナの声が頭のなかから聞こえた。「だからわたしは三人も娘を持ったのよ。そうすれば常に誰かがそばにいてくれるもの。ひとりぼっちがどういうものか、わたしは知っているの」

＊

博覧会通り《エクシビション・ロード》をミュージアムがいくつも集まる地区に向かって歩いているアリスは、決してひとりぼっちではない。そこらじゅうに人がいた。その大半は若者だった。突如アリスは、若さという熾烈《しれつ》な炎に閉じこめられている彼らが気の毒になった。若さには、すべてのことが生死にかかわる深刻なもの、かけがえのないもの、ひどく重要なものに思わせてしまう力がある。彼らはどこに行くのだろう？　サイエンス・ミュージアム、それともV&A、あるいは自然科学博物館だろうか。そこに行ったら、〈ローアンネス〉の陽射しを浴びながら最後の飛翔をした蝶たちの前を、ぞろぞろ通り過ぎるのだろうか？

「虫たちを殺さないでほしいの」ある日、

エリナはそう言った。父を咎めるようなことを口にする母を間近で見たのははじめてだった。「あまりにも残酷じゃありませんか。こんなに美しい生き物なのに」すぐさま父の加勢に回ったのが、助手として白手袋をはめてその場に居合わせたアリスだった。もっともアリスも虫ピンは苦手ではあったのだが。「自然は残酷なものよ。そうよね、父さま？　生きているものはいつか死ぬんだもの。でも死んだあとだって美しいわ。その状態がずっと続くのよ」

娘たちの一団が笑いながらそばを駆け抜けていった。彼女たちが後ろを振り返り、黒髪の端整な顔だちの青年に向かって軽口を投げかけると、青年も何やら言い返している。彼らの若さとあふれんばかりの軽薄さが波動となって四散するのが目に見えるようだった。こういう状態はアリスにも憶えがあった。はじめて知った情熱はすべてを現実ばなれしたものに変えてしまうのだ。あのころはベンにぞっこんだった。彼を諦めるのはまばたきを止めるようなもの、それくらいどうすることもできない感情だった。母親の懇願を無視して逢瀬を繰り返した。以前にもまして用心深くなり、人の目を欺くのもうまくなった。

その後数週間、もっぱら聞き役となってときおり口を挟むベンを相手に、アリスは完璧な誘拐ドラマを仕上げようとアイディアに磨きをかけていった。前夜の雨で大気が澄みわたり川では鱒たちが跳ねている、そんなある晴れた春の朝、アリスは柳の木の下にブランケットを広げた。新たに巡らす柵の、支柱を立てる穴をベンが掘る横で、アリスは腹這いになって絡めた足首を揺らしながら、眉間に皺を寄せて手帳に見入った。そして藪から棒にこう言った。「やっぱり共犯者が必要になりそうだわ。単独犯の仕業というのが説得力に欠けるのよ」

「そうなの？」

アリスはかぶりを振った。「まいったな。詰めの甘い部分がまだどっさり残っているわ。子供を誘拐するってそう簡単にできることじゃないのよね。ひとりではとても無理」

「なら共犯者が必要だね」

「となると、子供のことをよくわかっている人だわね。どうせなら、さらわれる子の顔見知りがいいかも。この子が心を許している大人、この子をネズミみたいにおとなしくさせておける人ならなおのこと好都合ね」

ベンがアリスに鋭い視線を投げかけた。「そこまで悪賢いお嬢さんとは知らなかったな」

アリスはこれを褒め言葉と受け止め、軽く肩をすくめてから、考えこむように髪の毛を口にくわえた。目を上げ、青空に白絵具で刷《は》いたような雲の一団を見つめた。

ベンは穴掘りの手を休め、煙草を巻きはじめた。「でもさ、話にちょっと無理があるんじゃない？」

アリスはベンに顔を向けると、彼の肩先に太陽が隠れるように頭を横にずらした。「どうしてそう思うの？」

「つまりだね、ひとつはぼくらの犯人が誘拐を企てるという設定。彼は悪人で、金に困っているんだよね。そんな人がどうやって助っ人を見つけられるの？　彼の卑劣な計画を決してよそに漏らさないと信用できて、しかも進んで犯行に協力してくれる、そんな都合のいい人がいるのかな？」

「簡単なことよ。相手も悪人で、ふたりは刑務所で知り合ったってことにすればいい」

ベンは巻き終わった煙草の紙をつなぎ合わせた。「なんだかありきたりだな」

「ふたりはお金を山分けすることで話がついているのよ」

「だったらかなりの大金を要求することになるよね。リスクが高いな」

アリスはペンの尻で唇を叩きながら考えこんだ。それから、検討すべき点を声に出して列挙した。「人がこの手の企てに乗るときの動機は何か？　なぜ重罪に手を貸す気になるのか？その女にも何か得るものがあるのか？」

「女の人なの？」

アリスは茶目っ気たっぷりににやりとした。「女の犯罪者なんて意外性があるじゃない――子供が絡む事件となれば、読者はびっくりするでしょうね。共犯者として完璧だわ」

「となると――」ベンがブランケットの縁に膝をついた。「ふたりは恋人同士だな。人は、愛のためならやってはいけないこともするからね」

アリスの心臓が、肋骨から飛び出さんばかりに鼓動を速め、固い地面を打ちつけた。ベンの言葉は暗黙の意味に満ちていた。ほのめかし、約束。このころの彼は、そういうことをしきりに口にするようになっていた。何かにつけて愛とか人生とか犠牲といったことに話を持っていくのだ。アリスは震えそうになる声を必死になだめた。「愛か。そうよね」自分が愛のためにしそうなことをあれこれ思い浮かべ、そのことで頭がいっぱいになった。首のあたりが火照るのがわかった。ベンに気づかれてしまう、そう思った。物語のことだけ考えよう、プロットに気持ちを集中せねばと自らを叱咤した。「少なくとも、主犯の男のほうは相思相愛だと思っている」

「相思相愛じゃないの？」

「残念ながら彼だけよ。女のほうには誘拐に手を貸す理由が別にあるの」

「子供をどこかに売り飛ばすとか？」

「復讐よ」

「復讐？」

「坊やの家族に」

「なぜ？」

まだそこまで考えていなかった。焦れたように手をさっと一振りした。「肝心なのは、彼女が主犯の男を欺こうとしているということ。彼女は協力することに同意し、計画を練り、育児室から子供をさらって別の場所に連れていく。ふたりは身代金要求の手紙を書くのだけど、結局は送らずに終わる」

「どうして？」

「なぜなら……それは……」そのとき妙案が浮かび、体がかっと燃えあがった。アリスははじかれたように身を起こした。「そうよ、女の人はお金が目当てじゃない。その子がほしかったの」

「そうなの？」

「彼女に子供を返すつもりはない。ずっとそばに置いておきたい。だんだん愛おしくなっていくの」

「急展開だね」

「可愛い子なのよ、というか、その子のことは前から愛していた。ふたりには何らかの因縁があるんだわ。そこはひとまず措くとして、とにかくそういうことなの。たぶんはじめから彼女はそのつもりだったのよ、子供を自分のものにすることがね」

「そんなこと、我らが犯人は受け容れがたいだろうな」

「ええ、たしかにそうね。彼はお金が必要なのであって、そもそもそれが目的で立てた計画よ。だからこそ誘拐を実行に移すためにあれこれ知恵を絞り、手間ひまかけてきたんだもの」

「ということは？」

「つまり、ふたりは口論になる。女の人は子供を手放すまいと必死だし、男のほうはそんな彼女を脅し、やがてふたりは揉み合いになる」その瞬間、アリスの顔に会心の笑みがひろがり、満足の吐息がもれた。「そして子供が死んでしまう！」

「喧嘩の最中にかい？」

「いけない？」

「なんだかちょっと残酷だな」

「だったら寝ているあいだにとか……そのへんはどうにでもなるわ。たとえばすでに体調を崩していて、眠っているあいだに意識がなくなるとか。あるいは――」ここで居ずまいを正し、

「ふたりは子供に薬を飲ませていた。誘拐を順調に進めるために飲ませたのだけれど、量を間違えてしまった。大人の分量を飲ませてしまったものだから、強すぎてしまった。これで計画は頓挫する。脅迫状は送られずに終わり、お金はおろか子供まで失ってしまう。おお、ベン……」アリスは衝動に駆られて手を伸ばし、ベンの手を握りしめていた。「完璧だわ」

*

地下鉄のサウス・ケンジントン駅近くの信号を渡り中央分離帯にさしかかると、緑のペンキで塗られた屋台を出す花屋があった。最前列に置かれた桶には薔薇の花束があふれていて、そのなかの一束が目を惹いた。母から聞いた『薔薇の精』の衣装を彷彿させる色の取り合わせだった。ふと思い立ち、これをデボラへの土産にすることにした。いまごろ彼女は朝食室のマントルピースの上の、結婚祝いにもらった黒い置き時計とにらめっこしながら、アリスの到着を待ちかまえているはずだった。無論、ただ漫然と待つデボラではない。彼女なら時間を有効活用して、手紙を書くとか、先祖伝来の銀食器を磨くとか、しかるべき年齢に達した上流階級の女性が時間の埋め草にやるような雑事をこなしているはずだ。

エプロンをつけた黒髪の小柄な男が店先に出てくると、アリスは目当ての薔薇の束を指さした。「香りはちゃんとする?」

「とてもいい香りですよ」

「自然の香りでしょうね?」アリスは腰をかがめて鼻を近づけた。

「あったりまえじゃないですか」

アリスは半信半疑だった。香料で香りづけされている花には我慢ならないが、とにかく買うことにした。審判が下されようとしているこの日、妙に投げやりになっていた。花屋がパラフィン紙で茎をくるんで茶色の紐で括るのを待ち、それから花をつけた並木に目をやりながらチェルシー地区へと歩みを進めた。デボラはきっと喜んでくれるに違いない、そう思うと心が浮きたった。それでも、これを懐柔策と受け止められそうな気もしてきて、せっかくのいい気分が半減した。

アリスを自分のことのように知りつくしている相手の家に出向き、恐ろしい秘密を打ち明けようとしているのだと思うと妙な気分だった。このことはこれまでずっと自分ひとりの胸におさめてきた。セオが誘拐された直後、警察に洗いざらい話してしまおうかと考えなかったわけではない。「犯人はベンです」その科白を頭のなかで何度も繰り返しては忍び足で階段を下り、図書室のドアの陰に身をひそめたのだった。「ベンがセオをさらったんです。トンネルのことを彼に教えたのはわたしです。あれはわたしのアイディアでした、でも、実行する気なんてなかったんです」人々の訝しむようなまなざしが、そう語る自分の声が想像できた。「あの夜、森を抜けたあたりで彼を見かけました。そのときわたしはパーティを抜け出し、散歩していたんです。外は暗かったけれど花火が始まっていて、トンネルの出入口になっている引き上げ戸のところに彼がいました。彼だとすぐにわかりました」

だが、いざとなるとそのたびに足がすくんだ。自衛本能があまりにも勝ちすぎた。小心ゆえの怯えから結局は運を天にまかせることにし、こんな理屈をひねり出したのだった。いずれ身代金要求の手紙が届くはず。両親は金持ちだ、要求どおりに金を渡せば、セオは戻って来る。それでベンは手に入れた金で友人夫婦を助けられるし、アリスが果たした役割も知られずに終わるだろうと。

一日、また一日と、時間がのろのろと過ぎるなか、アリスは捜査の成行きを見守りつつ、郵便受けから目を離さなかった。メイドのひとりが睡眠薬の瓶がなくなっていると警察に告げているのが耳にはいったが、そのときはさして気にも留めなかった。ところが三日もしないうちにミスター・ルウェリン自殺の報が届き、悲嘆に打ちのめされた母を目にすると、予想以上のまずい展開にアリスは愕然となった。処方した睡眠薬はかなり強力だと母に向かって念を押すドクター・ギブソンズの声――「量を間違えると、二度と目覚められなくなりますよ」――を聞きつけたときには、心はベンと過ごしたあの午後に舞い戻っていた。そのときアリスは、信頼のおける協力者の必要を力説し、睡眠薬で子供をおとなしくさせることの利点に触れ、過剰摂取がもたらす恐ろしい顚末について語っていたのである。

身代金要求の手紙が来ないことが何を意味するのか、そのときはたと気がついた。しかし気づいたからといって、いまさら騒ぐわけにもいかなかった。すぐにも打ち明けていたら発見も早かっただろうに、もはや手遅れだった。それに、言えば言ったで、いままで黙っていた理由を話さざるを得なくなる。そうなれば失踪のみならず、セオの死にもアリスが一枚嚙んでいたことを知られてしまう。そうなったら、到底許してもらえないだろう。許されるわけがない。

だから黙っていた。七十年間、胸にしまいこんだ秘密をいっさい明かさずにきた。だが、それも今日で終わるのだ。

打ち明ける相手がデボラでよかったと、アリスは思った。何といってもふたりは近しい間柄、ひとつのチームなのだ。たっぷり時間をかけてつき合わないと築けないような近しさではなく、そういうのとはまるで違う、もっと内発的なもの。姉とは同じスープを飲んで大きくなった。そしていまもふたりは同じ町に暮らしている。デボラが何かにつけて持ち出すのは、アリスが生まれたその日に自分がそこに居合わせたという昔語りだ。「あなたったら、わたしの期待とは大違いだったのよ。全身真っ赤だし、むすっとしているし——しかも素っ裸！　あれにはびっくりしたわ。あなたがむき出しの小さな首をくねらせて、よく赤ちゃんがするように顔をくしゃっとさせるのを、わたしは飽きもせずに眺めていたものよ。わたしが部屋にしょっちゅう忍びこんでいたのを母さまはちっとも知らなくて、わたしがよちよち歩きでベッドのそばまで行って両手を差し出し、わたしの赤ちゃんを返してくれと要求したときの母さまの驚きようったらなかったわ。そんな緊張の場面が何度かあって、ようやくお互いのズレがわかったの。だってあなたがお腹にいたときからずっと聞かされていたんですからね、じきに赤ちゃんが生まれるのよ、あなたはお姉さんになるのよ、これからはずっとあなたが赤ちゃんの面倒を見るのよって。それをわたしは鵜呑みにしていたというわけ。だから母さまが笑い声をあげて、この子はあなたの子じゃないのよと言ったときはショックだったし、ひどく落ちこんだわ！」

善良で心優しく、責任感の強いデボラ。そんな彼女がアリスのしでかしたことを知ったら、どう言うだろう？　この一週間ずっと、そのことばかりを考えてきた。自らの罪とはとうに折り合いをつけていた。自分のやったことには悪意も企みもなかったのだ。すべて自分が考案したことだからそこは責められても仕方ないが、わざわざ警察に話すほどのことではない。その気持ちはいまも変わらなかった。いまさら何ができるわけでもないし、アリスの罪は起訴されるべき類のものとも違う。殺人を書くのが罪とでも？　それに、罰はすでに受けたし、いまも受けつづけている。たしかにエリナの言うとおり、世の中は正邪を測る天秤が常に機能するようにできている。罪深き登場人物たちに司法の目はかわせても、正義の目を逃れることはできないのだ。

母とは住む世界が違うと思いこもうとしてきたが、正義についての母の考えが正しいと気づいた途端、アリスの書くものが俄然よくなったのは否定しようがない。黄金期の探偵小説にまま見られる唯理主義をやみくもに信奉するのをやめてみると、それまで共に歩んできた、規則にやかましい独善的で暗号好きの探偵たちに代わって、ディゴリー・ブレントが人生の伴侶となっていた。彼とは夢のなかで出会ったと、人々――つまりジャーナリストや読者――には言うようにしているが、それもあながち嘘ではない。あれは終戦の数か月前、ウィスキーボトルの底に彼を見つけたのである。そのときアリスはクレミーのことを、クレミーがボート小屋の窓越しに何かを見てしまったという、最後まで聞けずに終わったあの話の続きをよくよく考えていた。そのころになってもまだ、ベンに自分を差し出したあの日の午後、妹がすぐそこにいたと思うだけで、苦痛に顔が歪んだ。書き上げた原稿を手に、ベンの住まいのドアを軽やかに叩いたときは天にも昇る心地だった。それ以前に子供が殺される作品をものしたミステリ作家といえば、アリスが知る限り、アガサ・クリスティくらいだったから、一刻も早くベンに読んでもらい、自分の才能を、ふたりで練り上げたプロットがうまく盛りこまれているところを見せたかった。当時十六歳だった自分の声が、いまこうしているあいだにも、何十年もの時を超えてアリスの耳に流れてきた。あのアイディアを思いついた日の声が。「トンネルよ、ベン、秘密の抜け穴があることにすればいいんだわ」

「地下通路ってこと？　地面の下の？」

「言いたいことはわかってる、だから言わなくて結構よ。そんなのは非現実的だ、単純すぎる、子供だましだって言いたいのよね。とんでもない！」アリスはクリームにありついた猫のようににやりと笑い、屋敷に実在する秘密のトンネルのことをベンに教えたのだった。三階の育児室の隣に隠し扉があること、そこには小刻みにゆすらないと開かない旧式の錠がついていること、堅牢な石壁に囲まれた狭い階段を下りると、そこから森に抜けられ、逃走は可能だということ。つまりベンが〈ローアンネス〉から子供をこっそり連れ去るのに必要な情報をそっくり全部。

＊

アリスはすでにチェルシー地区にはいっていた。キングズ・ロード沿いのそこここのブティックから紙袋を下げて出てくる買い物客たちが、前後からアリスをかすめ過ぎていく。デボラの屋敷前の石段が前方に見えてきた。光沢のある黒ペンキで「56」と番地の書かれた白い標柱が立ち、石段下の左右には赤いゼラニウムの鉢植えが配されている。アリスは覚悟を決めてそちらに向かった。

緑豊かな共有庭園が区画の中央を占め、黒い鉄柵が部外者を締め出していた。旺盛に葉を茂らせるアイビーの下でアリスは逡巡した。ここはほかと比べて静かだった。幹線道路を行き交う車の音も四方を囲むヴィクトリア朝期の高い建物でさえぎられ、さほど気にならない。頭上の枝にひそむツバメたちが交わすさえずりにしても、都会にあふれる喧騒との対比でよりいっそう魔力と異界を感じさせた。デボラの家の朝食室の波うつ窓ガラスの向こうに、すらりとした人影が見えた。アリス・エダヴェインは約束を反故にするような人間ではない。相手が待ちわびているとわかればなおさらだ。ああ、しかし、このまま歩きつづけていたいという気持ちがどこかにあった。このまま逃げ出したい衝動に心が揺れた。約束を忘れたふりをして、心配したデボラが電話をよこしたときには、年のせいねと笑い飛ばすこともできるのではないか。所詮、年寄りには違いない。「耄碌《もうろく》」とか「老いぼれ」といった言葉を人が使わないのは、そのほうが現実をやわらげられ、耳に心地よいと思っているからだ。アリスは間違いなく老いぼれであり、老いぼれにはしかるべき特権が認められている。いや、それが幻想にすぎないことは重々承知。引き延ばしは一時しのぎでしかない。もう行くしかない。

ノックとほぼ同時にドアが開いたのには面食らった。しかも開けたのがデボラ本人だったからなおのこと驚いた。いつもどおりの美しい装いだった。ゆったりとしたシルエットのシルクのドレスは細くくびれたウエストのところで絞られている。銀色の髪は品よくシニョンにまとめられている。

互いにうなずき合うも、言葉は交わさない。淡く笑みを浮かべたデボラが脇に寄り、手振りでアリスを奥へとうながした。

室内は染みひとつなく光輝き、いたるところに花が華麗に活けてあった。それを目にして思い出した。この家では三日おきにスローン・スクエアの花屋から生花が届くのだ。それはこの家の長年にわたる決まり事。アリスは両手で抱えもつ薔薇の花束に視線を落とした。急にみすぼらしいものに思え、馬鹿なことをしたと後悔した。仕方なく差し出す。「これ、姉さんに」

「まあ、アリス、ありがとう。きれいだこと」

「たいしたものじゃないの。馬鹿みたいよね。これを見たら母さまを思い出したものだから。ニジンスキーの――」

「バクストがデザインした衣装ね」デボラが笑みを浮かべ、花束を鼻に近づけた。花の香りを嗅ぐふりをして時間稼ぎをしているように見えなくもない。言うまでもなく、デボラもアリス同様、今日このときを恐れているはずだ。これから始まる話し合いから心優しきデボラが喜びを得ることはないだろう。

姉に続いて朝食室にはいると、家政婦というよりは私設秘書とでもいうべきマリアが、コーヒーテーブルにティーセットを並べていた。マリアはトレイを小脇に挟んで身を起こすと、ほかに用はないかと訊いてきた。

「花瓶をひとつお願いできるかしら、マリア。アリスからいただいたの。きれいでしょう?」

「きれいな色ですね」マリアが相槌を打つ。「こちらに飾りますか?」

「わたしの寝室がいいわ」

マリアはデボラから花束を引き取ると、きびきびとした足取りで立ち去った。アリスは呼びとめたい衝動に駆られた。マリアの母親やたくさんいる兄弟姉妹のことを尋ねるなりして、もう少し引きとめておきたかった。だが、思いとどまった。室内の空気の分子は、いましがたまでマリアのいた空間をすでに埋めたあとだった。

姉妹は視線を交わすと、向かい合うリネン張りの長椅子にそれぞれ無言でおさまった。見ればテーブルの上に一冊の本が置かれていた。本の末尾付近に革のしおりが挟んである。あれだ、とアリスはすぐさま気づいた。父がいつも持ち歩いていたキーツの詩集、生前は長いあいだこの詩集に安らぎを見出し、死の床でもしっかり握りしめていたお気に入りの一冊だ。それを目にした途端、アリスの頰がかっと燃え上がった。両親がこの部屋に不意に現われ、アリスのしでかしたことを聞こうと待ちかまえているような気にさせられた。

「お茶でいいかしら?」

「ええ、お願い」

ポットの注ぎ口からお茶が流れ出す音が耐えがたかった、五感が敏感になっているのが自分でもわかった。トレイの脇をよたよたと這いまわる蠅が、上階で歩きまわるマリアの気配が、家具磨き剤のかすかなレモンの芳香が、ひどく気になった。室内がやけに暑く感じられた。襟の内側に指を入れて首との隙間をつくる。いままさに切り出されようとしている告白が重くのしかかった。「デボラ、実はね――」

「待って」

「え？」

「お願いだから」デボラはティーポットを置くと、しっかりと合わせた両手を膝のあいだにすべりこませた。苦悶の仕草。顔は青ざめ、やつれて見えた。すると突然、とんでもない勘違いをしていたのではとアリスは思った。ベンのことでここに呼ばれたわけではない、姉は体調を崩し、死にかけているのだと。なのにわたしときたら、自分のことで頭がいっぱいで、それに気づきもしなかった。

「デボラ？」

姉の口がきゅっとすぼまった。出てきた声はささやきとそう変わらなかった。「おお、アリス、もうこれ以上耐えられないわ」

「どうしたの？」

「何年も前に言うべきだったのよ。本当はそのつもりだったの。機会はいくらもあったのに――先だっての博物館でも、あなたが〈ローアンネス〉のことを、庭師のことを口にしたときに言おうと思えば言えたのに。不意をつかれてしまって、駄目だったの」

病気ではなかった。そんなことはわかりきったこと。自衛本能を際限なく働かせてしまう自分を笑いたくなった。告白する覚悟でここに来たはずなのに、性懲りもなく逃げ道を探している自分を。一台のタクシーが外の通りを走り抜けていった。黒い車体のきらめきが紗《しゃ》のカーテン越しに見えた。できることならあのタクシーに飛び乗って、ずっと遠くに、ここではないどこかに連れ去ってほしかった。

「セオのことよ」デボラが言った。アリスは目を閉じ、すでに承知している話が飛び出すのを待ち受けた。「彼に何があったのか、実はわたし、知っているの」

さんざん思い悩み、何十年ものあいだ秘密を胸に封印し、罪悪感を抱えて生きてきた日々がこれでようやく終わる。アリスは驚くほど気持ちが軽くなった。自分のほうから明かすまでもない。デボラはとっくに知っていたのだ。「デボラ」アリスは口を開いた。「わたしね――」

「全部知っているのよ、アリス。セオに何があったのか知っているの、そのことで頭がおかしくなりそうなの。わたしがいけなかったのよ。起こったことはすべてわたしのせいだったの」

本書は二〇一七年、小社より刊行されたものに
大幅な改訳をほどこし文庫化したものである。

訳者紹介　1954年東京都生まれ。早稲田大学大学院博士課程満期退学。訳書に、L・ノーフォーク『ジョン・ランプリエールの辞書』、K・アトキンソン『ライフ・アフター・ライフ』、アダム・O・プライス『ホテル・ネヴァーシンク』他多数。

検印
廃止

湖畔荘 上

2021年10月29日　初版

著者　ケイト・モートン

訳者　青《あお》木《き》純《じゅん》子《こ》

発行所　(株) 東京創元社
代表者　渋谷健太郎

162-0814/東京都新宿区新小川町1-5
電話　03・3268・8231-営業部
03・3268・8204-編集部
URL　http://www.tsogen.co.jp
萩原印刷・本間製本

乱丁・落丁本は、ご面倒ですが小社までご送付ください。送料小社負担にてお取替えいたします。

ISBN978-4-488-20209-5　C0197

LIFE AFTER LIFE * KATE ATKINSON

コスタ賞受賞の比類なき傑作！

ライフ・アフター・ライフ

ケイト・アトキンソン　青木純子 訳

1910年の大雪の晩、アーシュラは生まれたが、臍の緒が巻きついていて息がなかった。そして大雪で医師の到着が遅れ、蘇生できなかった。しかし、アーシュラは同じ晩に生まれなおし、今度は生を受ける。以後も彼女はスペイン風邪で、海で溺れて、フューラーと呼ばれる男の暗殺を企てて、ロンドン大空襲で……何度も生まれては死亡する。やりなおしの繰り返し。かすかなデジャヴュをどこかで感じながら幾度もの生を生きる一人の女性の物語。圧倒的な独創性とウィットに満ち溢れた傑作小説。

▶ どれだけの形容詞を並べても、本書について語るには足りない。猛烈に独創的で、感動的な作品だ。
——ギリアン・フリン

▶ 読み終えた途端に読み返したくなる稀有な小説。
——タイムズ

四六判上製